BECCA FITZPATRICK es autora de la tetralogía Hush, Hush, que incluye *Hush, hush, Crescendo, Silencio* y *Finale*, todos ellos grandes éxitos de venta. Se graduó en la universidad tras cursar estudios de Ciencias de la Salud, tema que pronto abandonó para dar rienda suelta a su afán por escribir historias. Cuando no está escribiendo está corriendo, comprando zapatos o viendo series dramáticas en la televisión. Vive en Colorado con su familia.

www.beccafitzpatrick.com

Título original: *Silence*
Traducción: Irene Saslavsky
1.ª edición: marzo 2014
7.ª reimpresión: marzo 2016

© Becca Fitzpatrick, 2011
© Ediciones B, S. A., 2014
  para el sello B de Bolsillo
  Consell de Cent, 425-427 – 08009 Barcelona (España)
  www.edicionesb.com

Printed in Spain
ISBN: 978-84-9872-934-4
Depósito legal: B. 1.861-2014

Impreso por NOVOPRINT
          Energía, 53
          08740 Sant Andreu de la Barca - Barcelona

silencio

BECCA FITZPATRICK

Para Riley y Jace

AGRADECIMIENTOS

Al escribir un libro, ésta es la parte en la que siempre entra en juego la modestia.

En primer lugar, quiero agradecer a mi familia su apoyo, aliento y, especialmente, su paciencia durante los 365 días de todo un año. Justin, estoy convencida de que decir que eres mi mejor *cheerleader*, mi animadora, no es la más viril de las expresiones de afecto, pero es la más idónea. Eres mi media naranja.

También quiero agradecer a mis muchos amigos que me han ayudado enormemente, desde hacer de canguro hasta leer los primeros borradores de *Silencio,* y recordarme que la risa es la mejor de las medicinas. Sandra Roberts, Mary Louise Fitzpatrick, Shanna Butler, Lindsey Leavitt, Rachel Hawkins, Emily Wing Smith, Lisa Schroeder, Jenn Martin, Rebecca Sutton, Laura Andersen, Ginger Churchill, Patty Esden, Nicole Wright y Meg Garvin: conoceros es una bendición.

Sería una negligencia no expresar mi agradecimiento para con Jenn Martin y Rebecca Sutton, el dúo dinámico de FallenArchangel.com. Gracias por mantener informados a mis fans, y de un modo mucho más oportuno de lo que yo hubiera sido capaz. Vuestra dedicación es realmente asombrosa.

También quiero agradecer a James Porto, el genial creativo encargado de las estupendas portadas de mis libros.

Y a Lyndsey Blessing, mi agente de derechos extranjeros, gracias al cual mis libros han llegado a los lectores de todo el mundo. Y a mi agente Catherine Drayton, por... todo (incluido convencerme de comprar esos maravillosos zapatos en Bolonia).

Como siempre, disponer de un dedicado equipo en Simon & Schuster BFYR supone una gran suerte. Quiero agradecer a Courtney Bongiolatti, Julia Maguire y Venetia Gosling por su esfuerzo como editoras. Y también a Justin Chanda, Anne Zafian, Jenica Nasworthy, Lucy Ruth Cummins, Lucille Rettino, Elke Villa, Chrissy Noh y Anna McKean por aportar entusiasmo a mi vida. Realmente creo que en todo este asunto, mi tarea ha sido la más sencilla.

Aprecio la ayuda de Valerie Shea, la estupenda correctora. Sin ti, este libro hubiese sido mucho más humorístico. ¡Pero por sus errores!

Y estoy muy agradecida a Dayana Gomes Marques y a Valentine Bulgakov por bautizar a Dante Matterazzi y a Tono Grantham, los personajes de *Silencio*.

Y por último, pero no por ello menos importante, quiero agradecer a mis lectores, tanto próximos como lejanos. Escribir para vosotros ha sido sumamente excitante y gratificante. Me ha encantado compartir la historia de Patch y Nora con vosotros.

PRÓLOGO

COLDWATER, ESTADO DE MAINE

TRES MESES ANTES

l elegante Audi negro se detuvo en el parking que da al cementerio, pero ninguno de los tres hombres que lo ocupaban tenía la intención de presentarle sus respetos a los muertos. Era más de medianoche y el cementerio estaba oficialmente cerrado; una extraña bruma estival flotaba en el aire, fina y tristona, como una hilera de fantasmas. Incluso la luna menguante parecía un párpado caído. Antes de que el polvo de la calle se asentara, el conductor se apeó y abrió las dos puertas traseras del coche.

El primero en bajar fue Blakely. Era alto, de cabellos grises, y rostro duro, rectangular; de casi treinta años si fuera humano, pero bastante mayor dado que era un Nefil. Le siguió otro Nefil llamado Hank Millar, también de gran estatura, rubio, de ojos azules, apuesto y carismático. Su lema era «La justicia es más importante que la misericordia», y eso, combinado con un rápido ascenso al poder en el infierno de los Nefilim durante los últimos años, le había proporcionado los apodos de

Puño de la Justicia, Puño de Hierro y, sobre todo, Mano Negra. Los suyos lo consideraban un líder visionario, un salvador, pero en los círculos más reservados se referían a él como Mano de Sangre y, susurrando, decían que no era un redentor sino un dictador implacable. A Hank, esas habladurías lo divertían: un auténtico dictador goza de un poder absoluto y no tiene oposición. Con un poco de suerte, algún día él iba a estar a la altura de esas expectativas.

Hank encendió un cigarrillo y dio una profunda calada.

—¿Mis hombres se han reunido?

—Hay diez en el bosque más arriba —contestó Blakely—. Otros diez en coches aparcados ante ambas salidas. Cinco se ocultan en diversos puntos del cementerio; tres detrás de las puertas del mausoleo y dos junto a la cerca. Si fueran más, descubrirían nuestra presencia. No cabe duda de que el hombre con el que usted se reunirá esta noche vendrá con su propia gente.

Hank sonrió en medio de la oscuridad.

—Oh, tengo mis dudas.

Blakely parpadeó.

—¿Ha reunido a veinticinco de sus mejores guerreros Nefilim para enfrentarse a un solo hombre?

—No es un hombre —le recordó Hank—. Nada debe salir mal esta noche.

—Tenemos a Nora. Si le causa problemas, póngalo al teléfono con ella. Dicen que los ángeles no sienten, pero tienen emociones. Estoy seguro de que cuando ella grite, él lo sentirá. Dagger está preparado, esperando.

Hank se volvió hacia Blakely y le lanzó una sonrisa lenta e inquisidora.

—¿Dagger la está vigilando? No es precisamente cuerdo.

—Usted dijo que quería quebrar su resistencia.

—Sí, lo dije, ¿verdad? —reflexionó Hank. Sólo hacía cuatro días que la había capturado, arrastrándola fuera de una caseta situada en el parque de atracciones Delphic, pero ya había decidido cuáles eran las lecciones que ella debía aprender. Primero: nunca debía minar su autoridad ante sus hombres. Segundo: debía sentir devoción por la casta de los Nefilim. Y tal vez la más importante: debía respetar a su padre.

Blakely le tendió a Hank un pequeño artilugio mecánico con un botón central que lanzaba misteriosos destellos azules.

—Métalo en su bolsillo. Presione el botón azul y sus hombres atacarán desde todas las direcciones.

—¿Su poder ha sido aumentado mediante un hechizo diabólico? —preguntó Hank.

El otro asintió.

—Cuando se activa, está diseñado para inmovilizar momentáneamente al ángel. Ignoro durante cuánto tiempo. Es un prototipo y aún no lo he probado a fondo.

—¿Has hablado de esto con alguien?

—Me dijo que no lo hiciera, señor.

Satisfecho, Hank introdujo el artilugio en su bolsillo.

—Deséame suerte, Blakely.

—No la necesita —dijo su amigo, palmeándole el hombro.

Hank arrojó el cigarrillo a un lado, bajó por la escalera de piedra que conducía al cementerio, una zona bastante brumosa que anulaba la ventaja de su posición estratégica; había esperado ver al ángel primero, desde arriba, pero se consoló sabiendo que disponía de su propia milicia altamente entrenada y cuidadosamente seleccionada.

Al pie de la escalera, Hank escudriñó las sombras. Había empezado a caer una llovizna que disipaba la bruma. El cementerio estaba cubierto de malezas y casi parecía un laberinto. Con razón Blakely había sugerido este lugar: era muy improbable que una mirada humana presenciara los acontecimientos de esa noche.

Allí, más adelante, el ángel se apoyaba contra una lápida, pero al ver a Hank se enderezó. Estaba vestido de negro de pies a cabeza, incluida su cazadora de motorista, y era difícil distinguirlo entre las sombras. Hacía días que no se afeitaba, llevaba el cabello despeinado y su rostro denotaba preocupación. ¿Acaso lloraba la desaparición de su novia? Tanto mejor.

—Tienes mal aspecto... eres Patch, ¿verdad? —dijo Hank, deteniéndose a pocos pasos de distancia.

El ángel sonrió, pero su sonrisa no era agradable.

—Y yo que creía que tú también pasarías algunas noches sin dormir. Después de todo, ella es de tu propia sangre. Pero, por el contrario, parece que has dormido bien; Rixon siempre dijo que eras un niño bonito.

Hank pasó por alto el insulto. Rixon era un ángel caído que solía poseer su cuerpo todos los años, durante el mes de Chesvan, y ahora podía darlo por muerto. Tras su desaparición, ya no había nada en el mundo que asustara a Hank.

—¿Y bien? ¿Qué tienes para mí? Será mejor que sea algo que merezca la pena.

—Visité tu casa, pero te habías escabullido con el rabo entre las piernas, llevándote a tu familia contigo —dijo el ángel en voz baja, en un tono que Hank no logró descifrar: estaba a medio camino entre el desprecio y la burla.

—Sí, supuse que intentarías algún disparate. Ojo por ojo, ¿no es ése el lema de los ángeles caídos? —Hank no sabía si la actitud indiferente del ángel lo impresionaba o lo irritaba. Había esperado encontrarlo sumido en la desesperación. Como mínimo, esperaba provocarlo para que recurriera a la violencia, cualquier excusa servía para que sus hombres acudieran. No hay nada mejor que una masacre para inculcar la camaradería.

—Basta de chanzas. Dime que me has traído algo útil.

El ángel se encogió de hombros.

—Seguirte el juego no me importaba; lo importante es descubrir dónde has ocultado a tu hija.

—Ése no era el trato —exclamó Hank, tensando los músculos de la mandíbula.

—Te proporcionaré la información que necesitas —replicó el ángel en tono casi indiferente, si no fuera por el brillo helado en su mirada—. Pero primero tienes que soltar a Nora. Que tus hombres telefoneen ahora mismo.

—Antes debo comprobar que cooperarás a largo plazo. No la soltaré hasta que cumplas con tu parte del trato.

Los labios del ángel se curvaron hacia arriba, pero aquello apenas podía considerarse una sonrisa: el efecto resultaba amenazador.

—No estoy aquí para negociar.

—No puedes permitírtelo. —Hank introdujo la mano en su bolsillo superior y recuperó su móvil—. Mi paciencia se ha acabado. Si me has hecho perder el tiempo, esta noche resultará desagradable para tu novia. Una llamada, y pasará hambre...

Antes de poder cumplir con su amenaza, Hank tropezó hacia atrás. El ángel estiró los brazos, y Hank se quedó sin aliento. Su cabeza golpeó contra algo sólido y se le nubló la vista.

—Así es como funcionará —siseó el ángel.

Hank trató de gritar pero la mano del otro le apretaba el cuello. Hank pataleó, pero fue inútil: el ángel era demasiado fuerte. Trató de apretar el botón de alarma, pero no lo logró. El ángel le impedía respirar. Vio luces rojas y fue como si una piedra le aplastara el pecho.

De pronto Hank se introdujo en la mente del ángel, separó las hebras que formaban sus pensamientos y se concentró en modificar sus intenciones y en debilitar su decisión, sin dejar de susurrar con voz hipnótica: «Suelta a Hank Millar, suéltalo ahora.»

—¿Un truco mental? —se burló el ángel—. No te molestes. Haz la llamada. Si dentro de dos minutos ella queda en libertad, te mataré rápidamente. Si tarda más, te destrozaré, pedazo a pedazo. Y puedes confiar en que disfrutaré de tus últimos alaridos.

—¡No... puedes... matarme! —barbotó Hank.

Sintió un dolor punzante en la mejilla. Soltó un aullido, pero el sonido no brotó a través de sus labios. El ángel le oprimía la tráquea, el dolor agudo y lacerante aumentó, y Hank sintió el olor a sangre mezclado con su propio sudor.

—Un pedazo por vez —siseó el ángel, dejando colgar algo apergaminado y empapado en un líquido oscuro ante los ojos desorbitados de Hank.

¡Era su piel!

—Llama a tus hombres —ordenó el ángel en un tono infinitamente menos paciente.

—¡No... puedo... hablar! —graznó Hank. Ojalá pudiera alcanzar el botón de alarma...

«Jura que la soltarás ahora mismo y te dejaré hablar.» La amenaza del ángel se deslizó dentro del cerebro del otro con mucha facilidad.

«Estás cometiendo un gran error, muchacho», replicó Hank. Rozó el bolsillo con los dedos y logró aferrar el artilugio.

El ángel soltó un gruñido de impaciencia, le arrancó el artilugio de la mano y lo arrojó a un lado.

«Jura, o lo próximo que te arrancaré será el brazo.»

«Cumpliré con el trato original —contestó Hank—.

Si me proporcionas la información que necesito le perdonaré la vida a ella y me olvidaré de vengar la muerte de Chauncey Langeais. Hasta entonces, juro que no la maltrataré...»

El ángel golpeó la cabeza de Hank contra el suelo. Entre las náuseas y el dolor, Hank oyó que decía: «No la dejaré en tus manos ni cinco minutos más, por no hablar del tiempo que me llevará conseguir lo que quieres.»

Hank trató de atisbar por encima del hombro del ángel, pero lo único que vio fue el cerco de lápidas. El ángel lo aplastaba contra el suelo, impidiendo que sus hombres lo vieran. No creía que el ángel pudiera matarlo —Hank era inmortal—, pero se negaba a quedarse ahí tumbado y dejar que lo mutilara hasta parecer un cadáver.

Adoptó una expresión desdeñosa y miró al ángel directamente a los ojos.

«Nunca olvidaré sus gritos agudos cuando la arrastré. ¿Sabías que gritó tu nombre una y otra vez? Dijo que vendrías a rescatarla. Eso fue durante los dos primeros días, claro está. Creo que por fin empieza a aceptar que tú no estás a mi altura.»

Hank vio cómo el rostro del ángel se teñía de un color rojo, oscuro como la sangre, cómo sus hombros se agitaban y sus ojos negros destellaban con ira. Y entonces sucumbió a un dolor insoportable: cuando estaba a punto de perder el conocimiento debido a la paliza recibida, vio que su sangre manchaba los puños del ángel y soltó un aullido ensordecedor. El dolor lo invadió y estuvo a punto de desmayarse. En algún lugar, a lo lejos, oyó el golpe de los pasos de sus hombres Nefilim.

«¡Quitádmelo... de... encima!», gruñó mientras el ángel lo golpeaba. Sentía un ardor tremendo en las terminales nerviosas, su cuerpo rezumaba calor y dolor. Vio su mano: la carne había desaparecido, sólo quedaban huesos rotos. El ángel lo estaba despedazando. Oyó los gruñidos de sus hombres esforzándose por separarlo del ángel, pero sin éxito: las manos de éste no dejaban de lacerarle las carnes.

«¡Blakely!» Hank soltó una maldición.

—¡Quitádselo de encima ahora! —ordenó Blakely a sus hombres.

Los hombres sacaron al ángel a rastras. Hank yacía en el suelo, jadeando; estaba empapado de sangre, atravesado por atroces punzadas. Sin embargo, apartó la mano que le ofrecía Blakely y se puso de pie. Se sentía mareado, el dolor lo hacía tambalear. La expresión boquiabierta de sus hombres le indicó que su aspecto era atroz. Dada la gravedad de sus heridas, tal vez tardarían una semana en cicatrizar, incluso mediante la ayuda de la hechicería diabólica.

—¿Quiere que nos lo llevemos, señor?

Hank se puso un pañuelo en la boca; tenía el labio partido y hecho papilla.

—No. Encerrado no nos sirve de nada. Dile a Dagger que durante las próximas cuarenta y ocho horas sólo le ofrezca agua a la chica —jadeó—. Si nuestro muchacho se niega a cooperar, ella lo pagará.

Blakely asintió, se volvió y marcó un número en el móvil.

Hank escupió un diente ensangrentado, lo examinó en silencio y lo introdujo en su bolsillo. Clavó la vista en el ángel, cuya única manifestación de ira eran los puños apretados.

—Una vez más, éstas son las condiciones de nuestro juramento, para que no haya malentendidos. Primero, recuperarás la confianza de los ángeles caídos uniéndote a sus filas...

—Te mataré —le advirtió el ángel en voz baja. Aunque cinco hombres lo aferraban, había dejado de luchar;

permanecía inmóvil y los deseos de venganza ardían en sus ojos negros. Durante un instante, una punzada de temor atravesó las entrañas de Hank, pero se esforzó por parecer indiferente.

—... y después, los espiarás y me informarás directamente de sus planes.

—Ahora juro —dijo el ángel, controlando su agitada respiración—, con estos hombres como testigos, que no descansaré hasta que hayas muerto.

—No malgastes saliva. No puedes matarme. ¿Acaso has olvidado de quién ha recibido un Nefil su inmortal primogenitura?

Sus hombres soltaron una risita, pero Hank los acalló con un gesto.

—Cuando haya comprobado que me has dado la suficiente información como para evitar que los ángeles caídos posean cuerpos Nefilim el próximo Chesvan...

—Si le haces daño a ella, la venganza se multiplicará por diez.

Hank frunció los labios, como si sonriera.

—Un sentimiento innecesario, ¿no te parece? Para cuando haya acabado con ella, no recordará tu nombre.

—Recuerda esto —dijo el ángel en tono vehemente—. Te perseguirá para siempre.

—Ya basta —replicó Hank con gesto asqueado, y se dirigió hacia el coche—. Llevadlo al parque de atracciones Delphic. Ha de regresar junto a los caídos lo antes posible.

—Te daré mis alas.

Hank se detuvo, dudando de haber oído correctamente y soltó una carcajada dura.

—¿Qué?

—Jura que soltarás a Nora ahora mismo y serán tuyas. —La voz del ángel parecía exhausta, como insinuando la derrota, lo que sonó a música para los oídos de Hank.

—¿De qué me servirían tus alas? —contestó con indiferencia, pero el ángel había llamado su atención. Que él supiera, jamás un Nefil había quitado las alas de un ángel. A veces los ángeles se las quitaban entre ellos, pero la idea de que un Nefil poseyera semejante poder era una novedad, una tentación considerable. De la noche a la mañana, las noticias acerca de lo que había logrado circularían por todos los hogares de los Nefilim.

—Ya se te ocurrirá algo —dijo el ángel en tono cada vez más exhausto.

—Juraré que la soltaré antes de Chesvan —replicó Hank, sin ningún atisbo de entusiasmo en su voz; sabía que revelar su alegría sería fatal.

—No es suficiente.

—Puede que tus alas sean un buen trofeo, pero tengo planes más importantes. La soltaré a finales de verano, es mi oferta final. —Dio media vuelta y se alejó, disimulando su entusiasmo.

—Trato hecho —dijo el ángel con resignación, y Hank dio un suspiro.

—¿Cómo lo haremos? —preguntó, volviéndose.

—Tus hombres las arrancarán.

Hank se dispuso a discutir, pero el ángel lo interrumpió.

—Son bastante fuertes. Si no me defiendo, nueve o diez de ellos bastarán para hacerlo. Volveré a vivir por debajo del Delphic y haré saber que los ángeles me arrancaron las alas. Pero para que esto funcione, tú y yo no podemos mantener ningún contacto —le advirtió.

De inmediato, Hank dejó caer sobre la hierba unas gotas de sangre de su mano desfigurada.

—Juro que soltaré a Nora antes de que acabe el verano. Si rompo mi juramento, que muera y regrese al polvo del que fui creado.

El ángel se quitó la camisa y apoyó las manos en las rodillas. Su pecho se agitaba en cada respiración. Con una valentía que Hank detestaba y envidiaba, el ángel le dijo:

—Adelante.

A Hank le hubiera gustado hacerlo él mismo, pero su desconfianza se lo impidió. No podía comprobar si no quedaban rastros de hechicería diabólica en su cuerpo. Si según se rumoreaba, el punto en el que las alas del ángel se fundían con la espalda era tan sensible, un roce podría delatarlo. Había trabajado demasiado duro como para cometer un error a estas alturas de la partida.

Reprimiendo su pesar, Hank se dirigió a sus hombres.

—Arrancad las alas del ángel y después limpiadlo todo. Luego depositad su cuerpo ante las puertas del Delphic, donde seguro que lo encontrarán. Y evitad ser vistos. —Le hubiera gustado mandar que le pusieran su marca: un puño cerrado. Así podría exhibir su victoria y aumentaría su prestigio entre los Nefilim, pero el ángel tenía razón; para que esto funcionara, no debía quedar ningún indicio del vínculo entre ambos.

Una vez junto al coche, Hank dirigió la mirada al cementerio. El suceso había acabado; el ángel yacía en el suelo, sin camisa y con dos heridas abiertas en la espalda. Aunque no había sufrido dolor alguno, su cuerpo parecía haber entrado en estado de shock debido a la pérdida. Hank también había oído decir que las cicatrices de las alas de un ángel caído eran su talón de Aquiles y, con respecto a ello, los rumores no dejaban dudas.

—¿Hemos acabado? —preguntó Blakely, acercándose a él.

—Una llamada más —dijo Hank en tono levemente irónico—. A la madre de la muchacha.

Se llevó el móvil a la oreja y marcó. Carraspeó, adoptando un tono tenso y preocupado.

—Blythe, cariño, acabo de recibir tu mensaje. La familia y yo hemos estado de vacaciones y ahora me dirijo al aeropuerto. Cogeré el primer avión. Cuéntamelo todo: ¿qué dices, que la han raptado? ¿Estás segura? ¿Qué dijo la policía? —Hizo una pausa, escuchando los angustiados sollozos de la mujer.

»Escúchame —dijo en tono firme—. Estoy aquí. Me ocuparé de todo, si es necesario recurriré a todos mis contactos. Si Nora está allí fuera, la encontraremos.

CAPÍTULO

1

COLDWATER, ESTADO DE MAINE
EL PRESENTE

Incluso antes de abrir los ojos supe que estaba en peligro. Oí el ligero crujido de pasos que se acercaban. Aún estaba medio dormida y no lograba concentrarme. Estaba tendida de espaldas y el frío penetraba a través de mi camisa.

Tenía el cuello dolorosamente torcido y abrí los ojos. Unas piedras delgadas surgían entre la bruma azul negruzca y, durante un extraño momento, la imagen de unos dientes torcidos me vino a la cabeza; entonces comprendí lo que eran: lápidas.

Procuré incorporarme, pero mis manos resbalaron en la hierba húmeda; luché contra la somnolencia y me deslicé a un lado de una tumba medio hundida, tanteando entre la bruma. Las rodilleras de mis pantalones absorbían la humedad a medida que me arrastraba entre las tumbas y los monumentos. Identifiqué el lugar vagamente, pero el dolor atroz que me taladraba la cabeza me impedía pensar con claridad.

Me arrastré a lo largo de una verja de hierro forjado,

sobre una vieja capa de hojas en descomposición, y oí un alarido fantasmal que, aunque me hizo estremecer, no era el sonido que más me atemorizaba. Los pasos resonaban en la hierba a mis espaldas, pero no sabía si estaban próximos o lejanos. Un grito me persiguió a través de la bruma y avancé más rápido; sabía que debía ocultarme pero estaba desorientada; la oscuridad me impedía ver con claridad y la fantasmal bruma azul me hechizaba.

A lo lejos, entre dos hileras de árboles raquíticos, resplandecía un mausoleo blanco. Me puse de pie y eché a correr hacia él.

Me deslicé entre dos monumentos de mármol, y al otro lado él me estaba esperando: una enorme silueta, con el brazo levantado dispuesto a golpear. Tropecé hacia atrás, comprendiendo mi error. Era de piedra, un ángel encima de un pedestal que vigilaba a los muertos. Puede que me tragara una carcajada nerviosa, pero mi cabeza golpeó contra algo duro, perdí el equilibrio y se me nubló la vista.

El desmayo no pudo haber durado mucho. Cuando recuperé la consciencia aún respiraba agitadamente debido al esfuerzo de la carrera. Sabía que tenía que incorporarme, pero no recordaba el motivo, así que me quedé tendida y el rocío helado se mezcló con el tibio sudor de mi piel. Por fin parpadeé y entonces vi lo que ponía la lápida más próxima y las letras grabadas del epitafio se convirtieron en líneas legibles.

HARRISON GREY
MARIDO Y PADRE LEAL
FALLECIDO EL 16 DE MARZO DE 2008

Me mordí el labio para no gritar. Entonces identifiqué la sombra familiar que acechaba a mis espaldas hacía unos minutos, cuando desperté. Me encontraba en el cementerio de Coldwater, junto a la tumba de mi padre.

«Es una pesadilla —me dije—. Aún no he despertado del todo. Todo esto sólo es una horrenda pesadilla.»

El ángel me observaba, con sus alas desplegadas por detrás y el brazo derecho señalando al otro lado del cementerio. Su expresión era indiferente, pero su sonrisa era más irónica que benévola. Durante un momento, casi logré convencerme de que era real y que yo no estaba sola.

Le lancé una sonrisa, pero los labios me temblaban. Me sequé las lágrimas con la manga de la camisa, mas no recordaba haber empezado a derramarlas. Quería acurrucarme entre sus brazos, sentir el batir de sus alas en el aire mientras volábamos por encima de las puertas del cementerio, lejos de este lugar.

El crujir de pasos en la hierba me despertó del sopor. Ahora eran más presurosos.

Me volví hacia el ruido, desconcertada por la lucecita que brillaba y se apagaba en medio de la brumosa oscuridad. El haz de luz se elevaba y caía al ritmo de los pasos.

Una linterna.

Bizqueé cuando la luz se detuvo entre mis ojos, deslumbrándome y, aterrada, comprendí que no estaba soñando.

—Oye —gruñó una voz masculina, oculta tras el resplandor—. No puedes estar aquí. El cementerio está cerrado.

Aparté la cara, aún veía chispas de luz.

—¿Cuántos más hay por aquí? —preguntó el hombre.

—¿Qué? —Mi voz era un susurro.

—¿Cuántos más están aquí contigo? —continuó en

tono más agresivo—. Se os ocurrió venir aquí y dedicaros a los juegos nocturnos, ¿verdad? ¿Al escondite? ¿O tal vez a fantasmas en el cementerio? ¡No mientras yo esté de guardia!

¿Qué estaba haciendo yo aquí? ¿Había acudido para visitar a mi padre? Traté de recuperar la memoria, pero no pude. No recordaba haber ido al cementerio. No recordaba casi nada, era como si me hubiesen arrancado el recuerdo de esa noche de la memoria.

Y aún peor, no recordaba la mañana.

No recordaba haberme vestido, desayunado o ido al instituto. ¿Acaso era un día de clase?

Reprimí la sensación de pánico, traté de orientarme y acepté la mano que me tendía el hombre. En cuanto me incorporé, la linterna volvió a iluminarme.

—¿Cuántos años tienes? —quiso saber él.

Por fin había algo que sabía con certeza.

—Dieciséis. —Casi diecisiete; mi cumpleaños era en agosto.

—¿Qué demonios haces aquí fuera, a solas? ¿No sabes que el toque de queda ya ha pasado?

Miré en torno sin saber qué hacer.

—Yo...

—No te has escapado, ¿verdad? Sólo dime que tienes adónde ir.

—Sí. —La granja. El repentino recuerdo de mi hogar me levantó el ánimo, pero después se me fue el alma a los pies. ¿Decía que estaba fuera después del toque de queda? ¿Cuánto tiempo después? Procuré borrar la imagen del rostro enfadado de mi madre cuando entrara por la puerta, pero sin éxito.

—Ese «sí», ¿se corresponde con una dirección?

—Hawthorne Lane. —Traté de ponerme de pie, pero el mareo hizo que me tambaleara. ¿Por qué no lograba recordar cómo había llegado hasta aquí? Seguramente llegué en coche, pero ¿dónde había aparcado el Fiat? ¿Y dónde estaban mi bolso y mis llaves?

—¿Has bebido? —preguntó el hombre, entrecerrando los ojos.

Negué con la cabeza.

El haz de la linterna se había apartado de mi cara, pero entonces volvió a iluminarla directamente.

—Un momento —dijo él, y su voz adoptó un tono que me disgustó—. No eres aquella chica, ¿verdad? Nora Grey —soltó, como si mi nombre fuera una respuesta automática.

—¿Cómo es que... sabes mi nombre? —dije, retrocediendo.

—La tele. La recompensa. Hank Millar la anunció.

No presté atención a sus siguientes palabras. Marcie Millar era lo más parecido a mi archienemiga. ¿Qué tenía que ver su padre con esto?

—Te han estado buscando desde finales de junio.

—¿Junio? —repetí, invadida por el pánico—. ¿De qué estás hablando? Estamos en abril. —«¿Y quién me estaba buscando? ¿Hank Millar? ¿Por qué?»

—¿Abril? —El hombre me lanzó una mirada extraña—. Pero si estamos en septiembre, chiquilla.

¿Septiembre? No. Era imposible. Si el segundo curso del instituto hubiese acabado, lo sabría. Sabría si las vacaciones del verano ya habían transcurrido. Sólo había despertado hacía un par de minutos: desorientada sí, pero no estúpida.

Pero ¿por qué me mentiría?

El hombre dejó de iluminarme la cara y le eché un vistazo. Sus tejanos estaban sucios, hacía días que no se afeitaba, tenía las uñas largas y negras. Parecía uno de esos vagabundos que recorrían las vías del tren y se instalaban junto al río durante los meses de verano, y que solían portar armas.

—Tienes razón, debo ir a casa —dije, retrocediendo y tanteando mi bolsillo. Pero faltaban el bulto del móvil y las llaves del coche.

—¿Adónde crees que vas? —preguntó el hombre, siguiéndome.

Su abrupto movimiento me provocó un retortijón en la tripa y eché a correr. Corrí en la dirección que señalaba el ángel de piedra, con la esperanza de que me condujera a la puerta sur. Me hubiese dirigido a la del norte, por la que solía entrar, pero hubiera supuesto correr hacia el hombre en vez de alejarme de él. Perdí pie y trastabillé cuesta abajo; las ramas me arañaban los brazos y mis zapatos golpeaban contra el suelo rocoso e irregular.

—¡Nora! —gritó el hombre.

¿Por qué le dije que vivía en Hawthorne Lane? ¿Y si me seguía?

Sus zancadas eran más largas que las mías y oí sus pasos acercándose. Agité los brazos con desesperación, apartando las ramas que se clavaban en mi ropa como garras. Él me cogió del hombro y me volví, apartando su mano de un golpe.

—¡No me toques!

—Un momento. Te dije lo de la recompensa, y pienso cobrarla.

Trató de cogerme del brazo otra vez, pero un golpe de adrenalina hizo que le pegara una patada en la espinilla.

—¡Ayyy! —exclamó, y se tocó la pierna.

Mi propia violencia me desconcertó, pero no tenía otra opción. Retrocedí un par de pasos, eché un rápido vistazo en torno y traté de orientarme. El sudor me humedecía la camisa, se deslizaba por mi espalda y me erizaba el vello. Algo no encajaba. Pese a mi memoria borrosa, tenía un plano claro del cementerio en la cabeza: había estado aquí innumerables veces para visitar la tumba de mi padre, pero aunque el cementerio parecía familiar hasta en el último detalle, incluso el olor a hojas quemadas y agua estancada, había algo en su aspecto que no encajaba.

Y entonces me di cuenta de qué era.

Los arces estaban manchados de rojo, una señal de que el otoño estaba próximo. Pero eso era imposible. Estábamos en abril, no en septiembre. ¿Por qué las hojas cambiaban de color? ¿Acaso el hombre decía la verdad?

Dirigí la mirada hacia atrás y vi que el hombre me perseguía cojeando, con el móvil presionado contra la oreja.

—Sí, es ella. Estoy seguro. Abandona el cementerio en dirección al sur.

Me lancé hacia delante impulsada por el miedo. «Salta por encima de la verja. Busca una zona bien iluminada y habitada. Llama a la policía. Llama a Vee...»

Vee, mi mejor amiga, la de más confianza. Su casa estaba más cerca que la mía. Iría allí. Su madre llamaría a la policía. Yo describiría al hombre y ellos lo atraparían y se asegurarían de que me dejara en paz. Me ayudarían a recordar la noche pasada, volvería sobre mis pasos y de algún modo recuperaría la memoria y tendría por dónde empezar a comprender. Así podría desprenderme de esa versión remota de mí misma, de esa sensación de flotar en un mundo que era el mío pero que me rechazaba.

Sólo dejé de correr para encaramarme a la cerca del cementerio. Cien metros más allá había un prado, justo al otro lado del puente Wentworth. Lo atravesaría y recorrería las calles con nombres de árbol: Elm, Maple y Oak, atravesaría callejuelas y patios hasta ponerme a salvo en la casa de Vee.

Cuando me dirigía a toda prisa hacia el puente oí el aullido agudo de una sirena que se aproximaba y dos faros me inmovilizaron. La luz azul de un reflector brillaba en el techo del automóvil, que se detuvo al otro lado del puente haciendo chirriar los neumáticos.

Lo primero que se me ocurrió fue echar a correr hacia el oficial de policía, indicarle el cementerio y describir al hombre que me había cogido, pero después sentí pánico.

A lo mejor no era un oficial de policía, quizá procuraba parecer uno. Cualquiera podía echar mano de un reflector azul. ¿Dónde estaba su coche de policía? Desde mi posición y bizqueando a través del parabrisas, no parecía llevar uniforme.

Todas esas ideas se arremolinaban en mi cabeza.

Me detuve al pie del puente y me apoyé contra la pared de piedra. Estaba segura de que el supuesto oficial me había visto, pero me oculté entre las sombras de los árboles inclinados sobre la orilla del río. Por el rabillo del ojo, vi el resplandor de las aguas negras del río Wentworth. De niñas, Vee y yo nos agazapábamos debajo del puente y atrapábamos cangrejos sumergiendo palos en el agua, con trozos de salchichas clavados en la punta. Los cangrejos aferraban las salchichas con las pinzas y no las soltaban incluso cuando los sacabas del agua y los depositabas en un cubo.

La parte central del río era profunda y también estaba oculta: serpenteaba a través de una zona no urbanizada donde nadie había soltado el dinero para instalar farolas. En el otro extremo del prado, el agua fluía hacia la zona industrial, pasaba junto a las fábricas abandonadas y desembocaba en el mar.

Durante unos instantes, me pregunté si tenía el valor suficiente para saltar del puente. La altura y el miedo a caer me producían terror, pero sabía nadar. Sólo tenía que alcanzar el agua...

El ruido de una puerta de coche cerrándose me hizo volver a la realidad. El hombre del supuesto coche de policía se había apeado. Parecía un mafioso: cabellos oscuros rizados, camisa negra, corbata negra y pantalones negros.

Su aspecto me recordaba a algo, pero antes de atrapar el recuerdo, éste se desvaneció y me encontré tan perdida como antes.

El suelo estaba cubierto de troncos y ramas. Me agaché y, al enderezarme, tenía en la mano una rama casi tan gruesa como mi brazo.

El supuesto oficial fingió no ver mi arma, pero yo sabía que la había visto. Se prendió un escudo de policía en la camisa y alzó las manos. «No te haré daño», indicaba el gesto.

No le creí.

Avanzó unos pasos, procurando no hacer movimientos bruscos.

—Soy yo, Nora. —Al oír mi nombre me encogí. Era la primera vez que oía esa voz y mi corazón empezó a latir tan apresuradamente que lo noté hasta debajo de las orejas—. ¿Estás herida?

Seguí observándolo con angustia cada vez mayor, sin dejar de pensar. El escudo podía ser falso. Ya había decidido que el reflector azul lo era pero, si no era un policía, ¿quién era?

—He llamado a tu madre —dijo, remontando la rampa del puente—. Se reunirá con nosotros en el hospital.

No solté la rama. Subía y bajaba los hombros al respirar y me di cuenta de que estaba jadeando. Otra gota de sudor se deslizó debajo de mi ropa.

—Todo irá bien —dijo él—. Todo ha pasado. No dejaré que nadie te haga daño. Ahora estás a salvo.

Me disgustaba su andar relajado y el tono familiar en el que me hablaba.

—No te acerques —le dije, el sudor de mis manos me impedía aferrar la rama.

—¿Nora? —dijo, frunciendo el ceño.

La rama que sostenía tembló.

—¿Cómo sabes mi nombre? —pregunté; no quería que descubriera cuán asustada estaba. Cuánto miedo me daba él.

—Soy yo —repitió, mirándome directamente a los ojos, como si esperara que todo se iluminara—. El detective Basso.

—No te conozco.

Durante un instante guardó silencio, después hizo otro intento.

—¿Recuerdas dónde has estado?

Lo observé, presa de la desconfianza. Traté de sumergirme en mis recuerdos, penetrando en los pasillos más oscuros y antiguos, pero su rostro no apareció. Quería aferrarme a algo, lo que fuera, que me resultara familiar, a fin de comprender el mundo que había cogido un sesgo deforme para mí.

—¿Cómo llegaste al cementerio esta noche? —preguntó, inclinando la cabeza en esa dirección. Sus movimientos eran cautelosos, y también su mirada e incluso su gesto—. ¿Alguien te dejó allí? ¿Llegaste andando? —Hizo una pausa—. Has de decírmelo, Nora. Es importante. ¿Qué ocurrió esa noche?

«Yo también quisiera saberlo.»

Me sentía mareada.

—Quiero ir a casa. —Oí un ruido junto a mis pies y, demasiado tarde, comprendí que había dejado caer la rama. La brisa me enfrió las palmas vacías. Yo no debería estar aquí. Toda esta noche era un enorme error.

No. No toda la noche. ¿Qué recordaba? Sólo una parte. Mi único punto de partida era un segmento de tiempo, cuando desperté encima de una tumba, muerta de frío y perdida.

Convoqué la imagen mental de la granja, segura, cálida y real, y sentí que una lágrima se deslizaba por mi nariz.

—Puedo llevarte a casa —dijo, con una expresión comprensiva—. Pero primero he de llevarte al hospital.

Cerré los ojos, aborreciéndome por llorar: era el modo mejor y más rápido de demostrarle cuán asustada estaba.

Él suspiró, un sonido muy leve, como si deseara que hubiese otra manera de transmitir la información que estaba a punto de proporcionarme.

—Desapareciste hace once semanas, Nora. ¿Me oyes? Nadie sabe dónde has estado durante los últimos tres meses. Han de examinarte. Hemos de asegurarnos de que te encuentras bien.

Lo miré fijamente, pero sin verlo. Diminutas campanas repiqueteaban en mis oídos, pero parecían muy distantes. Sentí un retortijón en el estómago, pero procuré reprimir las náuseas. Había llorado ante él, pero me negaba a vomitar.

—Creemos que fuiste abducida —dijo, con expresión inescrutable. Se había aproximado, y ya estaba demasiado cerca de mí, diciendo cosas incomprensibles—. Secuestrada.

Parpadeé. Me limité a quedarme ahí indecisa.

Mi corazón dio un vuelco. Se me aflojaron los músculos y me tambaleé. Vi el borrón dorado de las farolas por encima de mi cabeza, oí el chapoteo del río debajo del puente, olí los gases del tubo de escape de su coche en marcha. Pero todo eso formaba parte del telón de fondo, una mareante idea de último momento.

Y tras sólo esa breve advertencia, me pareció que oscilaba, oscilaba y caía en la nada.

Me desmayé antes de golpear contra el suelo.

CAPÍTULO

Desperté en un hospital. El cielorraso era blanco, las paredes de un sereno color azul. La habitación olía a lirios, a suavizante y amoníaco. Sobre un carrito con ruedas junto a la cama había dos ramos florales, un conjunto de globos con el mensaje ¡RECUPÉRATE PRONTO! y un regalo envuelto en papel de plata violeta. Los nombres que aparecían en las tarjetas entraban y salían de foco. DOROTHEA Y LIONEL. VEE.

Noté un movimiento en el rincón.

—Oh, nena —susurró una voz conocida. Se levantó de la silla y se abalanzó sobre mí—. Oh, cariño.

Se sentó en el borde de la cama y me abrazó.

—Te quiero —dijo en tono ahogado junto a mi oreja—. Te quiero mucho.

—Mamá. —Al oír su voz, las pesadillas de las que acababa de desprenderme se desvanecieron y una oleada de tranquilidad me acunó, aflojando el nudo de temor que me oprimía el pecho.

Noté que lloraba porque su cuerpo se agitaba contra el mío, al principio con temblores ligeros y luego más convulsos.

—Me recuerdas —dijo, y el alivio que sentía inundaba su voz—. Estaba tan asustada... Pensé... ¡Oh, nena! ¡Pensé en lo peor!

Y así sin más, las pesadillas volvieron a invadirme.

—¿Es verdad? —pregunté, y se me revolvió el estómago—. Eso que dijo el detective. Que yo... que durante once semanas... —no logré decir la palabra «secuestrada». Tan fría, tan imposible.

Mi madre soltó un gemido.

—¿Qué... me ocurrió? —pregunté.

Mamá se secó las lágrimas con la punta de los dedos. La conocía lo bastante bien para saber que sólo intentaba simular calma por mi bien, y de inmediato me preparé para oír las malas noticias.

—La policía está haciendo todo lo posible para encontrar una respuesta. —Mamá sonrió, pero era una sonrisa temblorosa. Como si necesitara algo a lo que aferrarse, me cogió de la mano y la apretó.

»Lo más importante es que has vuelto, que estás en casa. Todo lo ocurrido... es agua pasada. Lo superaremos.

—¿Cómo me raptaron? —En realidad, la pregunta estaba dirigida a mí misma. ¿Cómo había ocurrido esto? ¿Quién querría raptarme? ¿Se acercaron en un coche cuando salía del instituto? ¿Me metieron en el maletero mientras atravesaba el parking? No, por favor. ¿Por qué no eché a correr? ¿Por qué no luché? ¿Por qué tardé tanto en escapar? Porque era evidente que eso fue lo que ocurrió, ¿verdad? La ausencia de respuestas me acuciaba.

—¿Qué recuerdas? —preguntó mamá—. El detective Basso dijo que hasta un pequeño detalle quizá resulte útil. Intenta recordar. ¿Cómo llegaste al cementerio? ¿Dónde estuviste antes de eso?

—No recuerdo nada. Es como si mi memoria... —me interrumpí. Era como si me hubieran robado una parte de mi memoria. Me la arrancaron, y en su lugar sólo dejaron una sensación de pánico. Me sentía violada, como si me hubieran arrojado desde una plataforma elevada sin previo aviso. Caía, y caer me daba mucho más miedo que golpear contra el suelo. La caída no tenía final, sólo una sensación constante de estar en manos de la gravedad.

—¿Qué es lo último que recuerdas? —preguntó mamá.

—El instituto —contesté automáticamente.

Poco a poco, mis recuerdos fragmentados empezaron a agitarse, a unirse entre sí y a formar algo sólido.

—Me esperaba un examen de biología, pero supongo que no asistí —añadí, y la conciencia de la realidad de esas semanas pasadas se agudizó. Tenía una imagen clara de estar sentada en la clase de biología de Coach McConaughy. El aroma familiar a polvo de tiza, a productos de limpieza, a aire cargado y el siempre presente olor a sudor surgió de mi memoria. Vee, mi compañera de laboratorio, estaba a mi lado. Nuestros manuales estaban abiertos ante nosotras encima de la mesa de granito negro, pero Vee había deslizado subrepticiamente un ejemplar de *US Weekly* en el suyo.

—Te refieres a uno de química —me corrigió mamá—. Clases de verano.

La miré fijamente, dudando.

—Nunca he asistido a clases de verano.

Mamá se llevó la mano a la boca y palideció. El único sonido en la habitación era el metódico tictac del reloj por encima de la ventana. Oí cada tic y cada tac diez veces antes de recuperar la voz.

—¿Qué día es hoy? ¿En qué mes estamos? —Volví a recordar el cementerio. Las hojas en descomposición, el frío sutil. El hombre de la linterna insistiendo en que estábamos en septiembre. La única palabra que no dejaba de repetir mentalmente era «no». No, era imposible. No, esto no estaba ocurriendo. No, era imposible que meses de mi vida hubiesen desaparecido sin que yo lo notara. Volví a abrirme paso a través de mis recuerdos, tratando de aferrar algo que me permitiera pasar del momento presente a estar sentada en la clase de biología de Coach, pero no disponía de un punto de partida. Cualquier recuerdo del verano había desaparecido por completo.

—No pasa nada, nena —murmuró mamá—. Recuperaremos tu memoria. El doctor Howlett dice que, con el tiempo, la mayoría de los pacientes mejoran mucho.

Traté de incorporarme, pero mis brazos estaban conectados a un montón de tubos y monitores.

—¡Sólo dime en qué mes estamos! —repetí con nerviosismo.

—En septiembre. —La congoja de su rostro resultaba insoportable—. Hoy es seis de septiembre.

Me recosté, parpadeando.

—Creí que estábamos en abril. No recuerdo nada más allá. —Levanté muros para circunscribir el terror que me invadía. No podía enfrentarme a ello de golpe—. ¿El verano realmente... ha pasado? ¿Así, sin más?

—¿Así sin más? —repitió ella en tono incrédulo—. Resultó eterno. Cada día sin ti... Once semanas sin noticias tuyas... El pánico, la preocupación, el temor, la desesperanza permanente...

Reflexioné y me dediqué a calcular.

—Si estamos en septiembre y estuve ausente durante once semanas, entonces desaparecí...

—El veintiuno de junio —contestó mamá—. El día del solsticio de verano.

El muro que había construido se resquebrajaba a mayor velocidad que mi capacidad mental de repararlo.

—Pero no recuerdo junio. Ni siquiera recuerdo mayo.

Ambas nos contemplamos y comprendí que ambas compartíamos la misma idea atroz. ¿Sería posible que mi amnesia se extendiera más allá de esas once semanas de ausencia, que llegara hasta abril? ¿Cómo pudo haber pasado algo así?

—¿Qué dijo el médico? —pregunté, humedeciéndome los labios secos—. ¿Sufrí una herida en la cabeza? ¿Me drogaron? ¿Por qué no puedo recordar nada?

—El doctor Howlett dijo que se trataba de una amnesia retrógrada. —Mamá hizo una pausa—. Eso significa que algunos de tus recuerdos preexistentes se han perdido. No estábamos seguros hasta dónde se remontaba la pérdida de memoria. Abril —murmuró para sus adentros, y noté que la esperanza se desvanecía de su mirada.

—¿Perdidos? ¿Perdidos cómo?

—Cree que es algo psicológico.

Me pasé las manos por el cabello y mis dedos se cubrieron de una película grasienta. De repente comprendí que no había pensado en dónde había estado todas esas semanas. Puede que encadenada en un sótano húmedo. O maniatada en el bosque. Era evidente que hacía días que no me duchaba. Eché un vistazo a mis brazos: estaban cubiertos de mugre, pequeños cortes y moratones. ¿Qué me había ocurrido?

—Psicológico. —Me obligué a reprimir las especulaciones, que sólo incrementaban mi histeria. Tenía que ser fuerte, necesitaba respuestas, no podía desmoronarme. Si lograba concentrarme pese a tener la vista medio nublada...

—Cree que lo bloqueas para no recordar algo traumático.

—No lo bloqueo. —Cerré los ojos, incapaz de controlar las lágrimas. Tomé aire y apreté los puños para evitar el temblor de mis manos.

»Si estuviera tratando de olvidar cuatro meses de mi vida lo sabría —dije, hablando lentamente y tratando de parecer calmada—. Quiero saber qué me ocurrió.

Si le lancé una mirada furibunda, mamá hizo caso omiso de ella.

—Procura recordar —me instó con suavidad—. ¿Era un hombre? ¿Has estado con un hombre todo este tiempo?

¿Lo había estado? Hasta este momento, mi raptor no tenía rostro. La única imagen que tenía en la cabeza era la de un monstruo acechando en la oscuridad. Una duda atroz me atenazaba.

—Sabes que no necesitas proteger a nadie, ¿verdad? —prosiguió mamá en el mismo tono suave—. Si sabes con quién estabas, puedes decírmelo. Da igual lo que te hayan dicho, ahora estás a salvo. No pueden cogerte. Te han hecho esta cosa horrenda, y ellos son los culpables. Ellos —repitió.

Un sollozo de frustración surgió de mi garganta. El término «página en blanco» era asquerosamente preciso. Estaba a punto de expresar mi desesperanza cuando una sombra apareció en el umbral. El detective Basso había entrado en la habitación; mantenía los brazos cruzados y la mirada alerta.

Me puse tensa. Mamá debió de haberlo notado: dirigió la mirada más allá de la cama, en la misma dirección que la mía.

—Creí que quizá Nora recordara algo mientras estábamos a solas —le dijo al detective Basso en tono de disculpa—. Sé que usted dijo que quería interrogarla, pero me limité a pensar que...

Él asintió, indicando que no pasaba nada. Luego se acercó y me miró fijamente.

—Dices que sólo recuerdas una imagen borrosa, pero incluso un detalle borroso puede ser de ayuda.

—Como el color del cabello —interrumpió mamá—. ¿Era negro, tal vez?

Quería decirle que no había nada, ni siquiera un resto de instantánea del color, pero dada la presencia del detective Basso no me atreví. No me fiaba de él. El instinto me decía que algo en él no... cuadraba. Cuando se aproximaba, se me erizaba el cabello y notaba una sensación fugaz pero clara, como de un cubito de hielo deslizándose por mi nuca.

—Quiero ir a casa —fue lo único que dije.

Mi madre y el detective Basso intercambiaron una mirada.

—El doctor Howlett necesita hacerte más pruebas —dijo mamá.

—¿Qué clase de pruebas?

—Oh, cosas relacionadas con tu amnesia. Habrán acabado enseguida, y entonces iremos a casa. —Hizo un gesto displicente con la mano, y eso sólo aumentó mis sospechas.

Como, al parecer, él sabía todas las respuestas, me dirigí al detective Basso.

—¿Qué me está ocultando?

Basso no cambió de expresión. Supongo que tras pasar años en la policía la había perfeccionado.

—Hemos de hacerte algunas pruebas. Asegurarnos de que todo está perfectamente.

«¿Perfectamente? ¿Qué parte de todo esto le parecía perfecto?»

CAPÍTULO

i madre y yo vivimos en una granja situada entre el linde de la ciudad de Coldwater y las regiones remotas y despobladas del estado de Maine. Si miras por cualquier ventana, es como echar un vistazo al pasado. A un lado, grandes extensiones sin cultivar, al otro, campos dorados rodeados de árboles de hoja perenne. Vivimos al final de Hawthorne Lane y un kilómetro y medio nos separa de nuestros vecinos más próximos. De noche, cuando las luciérnagas iluminan los árboles con su luz dorada y la fragancia cálida de los pinos flota en el aire, no me resulta difícil convencerme de que me he transportado a mí misma a un siglo completamente diferente. Si entrecierro los ojos, incluso soy capaz de ver un granero rojo y ovejas pastando.

Nuestra casa está pintada de blanco, tiene persianas azules y está rodeada de una galería cuya inclinación es apreciable a simple vista. Las ventanas son largas y estrechas y sueltan un sonoro crujido cuando las abres. Mi padre solía decir que instalar una alarma en la ventana de mi habitación era innecesario: era una broma compartida en secreto, puesto que ambos sabíamos que yo no era la clase de hija que se escabulle.

Mis padres se mudaron a la-granja-devoradora-de-dólares poco antes de que yo naciera, argumentando que no se puede luchar contra el amor a primera vista. Su sueño era sencillo: restaurarla lentamente hasta recuperar su encantador estado, el de 1771, y un día clavar un cartel de *bed-and-breakfast* en el patio delantero y servir la mejor sopa de langosta de la costa de Maine. El sueño se desvaneció cuando mi padre fue asesinado una noche en el centro de Portland.

Esa mañana me dieron el alta en el hospital y ahora estaba sola en mi habitación. Me abracé a una almohada, me recosté en la cama y eché una mirada nostálgica al *collage* de imágenes clavadas con chinchetas en un tablero de corcho colgado de la pared. Había fotos de mis padres posando en la cima de la colina Raspberry, Vee luciendo un desastroso disfraz de Catwoman que confeccionó para Halloween hacía unos años, la foto del anuario del segundo curso del instituto. Al contemplar nuestros rostros sonrientes, traté de engañarme y creer que estaba a salvo, ahora que había regresado a mi mundo. Pero la verdad es que jamás me sentiré a salvo y nunca recuperaré mi vida hasta que pueda recordar aquello por lo que he pasado durante los últimos cuatro meses, sobre todo los dos últimos meses y medio. Cuatro meses parecían insignificantes en comparación con diecisiete años (me había perdido mi decimoséptimo cumpleaños durante esas ocho semanas borradas), pero lo único que me importaba eran esos meses que faltaban: un gran hueco interpuesto en mi camino, que me impedía ver más allá. No tenía pasado ni futuro, sólo había un gran vacío que me obsesionaba.

Los resultados de las pruebas ordenadas por el doctor Howlett no presentaban ningún problema. Según ellos, y a excepción de unos cuantos cortes que ya cicatrizaban y unos moratones, mi estado físico era tan bueno como el del día que desaparecí.

Pero las cosas más profundas, las invisibles, esas partes de mí ocultas bajo la superficie y fuera del alcance de cualquier prueba, ésas hacían vacilar mi resistencia. ¿Quién era yo ahora? ¿Qué había sufrido durante esos meses ausentes? ¿Acaso el trauma me había modificado de un modo que jamás iba a comprender? O aún peor, ¿del que nunca me llegaría a recuperar?

Mientras estaba en el hospital, mamá prohibió todas las visitas, apoyada por el doctor Howlett. Comprendía su preocupación, pero ahora que estaba en casa y lentamente volvía a instalarme en mi mundo familiar, no permitiría que mamá me encerrara, con la intención excelente pero equivocada de protegerme. Puede que hubiera cambiado, pero aún era yo, y lo único que ansiaba hacer ahora mismo era hablar de todo ello con Vee.

Fui a la planta baja, cogí el BlackBerry de mamá de la encimera y me lo llevé a mi habitación. Cuando desperté en el cementerio, mi móvil había desaparecido, y hasta que lograra reemplazarlo tendría que usar el suyo.

SOY NORA. ¿PUEDES HABLAR?, ponía en el SMS que le envié a Vee. Era tarde, y la madre de Vee la obligaba a apagar la luz a las diez. Si la llamaba y su mamá oía el timbrazo, podía ser un gran problema para Vee. Conocía a la señora Sky y no creía que fuese permisiva, incluso dadas las especiales circunstancias.

Un momento después sonó el BlackBerry. ¿¡¡¡NENA!!!? ESTOY FLIPANDO. ESTOY HECHA POLVO. ¿DÓNDE ESTÁS?

LLÁMAME A ESTE NÚMERO.

Apoyé el BlackBerry en mi regazo y me roí una uña.

Estar tan nerviosa me parecía increíble. Era Vee pero, a pesar de ser mi mejor amiga, hacía meses que no hablábamos. A mí no me parecía que hubiera pasado tanto tiempo, pero el hecho es que sí. Recordé ambos dichos: «La ausencia es al amor lo que al fuego es el aire: apaga el pequeño y aviva el grande» versus «Ojos que no ven, corazón que no siente», y esperé que se cumpliera el primero.

Aunque esperaba la llamada de Vee, pegué un respingo cuando sonó el BlackBerry.

—¿Diga? ¿Diga? —dijo Vee.

Al oír su voz se me hizo un nudo en la garganta.

—¡Soy yo! —grazné.

—Ya era hora —gruñó, pero parecía emocionada—. Ayer me pasé el día en el hospital, pero no me dejaron verte. Pasé corriendo junto a los de seguridad, pero llamaron a un código noventa y nueve y me atraparon. Me acompañaron fuera esposada, y con acompañada me refiero a que hubo un montón de patadas y de palabrotas repartidas en ambas direcciones. Según mi opinión, aquí la única delincuente es tu madre. ¿Nada de visitas? Soy tu mejor amiga, ¿o acaso no lo notó todos los años, durante los últimos once? La próxima vez que vaya a tu casa, la emprenderé a golpes con esa mujer.

En medio de la oscuridad una sonrisa frunció mis labios secos. Apreté el móvil contra mi pecho, debatiéndome entre la risa y el llanto. Debería haber sabido que Vee no me fallaría. El recuerdo de todo lo que había salido horrorosamente mal desde que desperté en el cementerio hace tres noches quedó eclipsado por el mero hecho de tener la mejor amiga del mundo. Quizá todo lo demás había cambiado, pero mi relación con Vee era sólida como una roca. Éramos inseparables y nada cambiaría eso.

—Vee —suspiré, aliviada. Quería disfrutar de la normalidad de ese instante. Era tarde, se suponía que debíamos estar durmiendo y en cambio estábamos charlando con la luz apagada. El año pasado, la mamá de Vee arrojó su móvil a la basura tras pescarla charlando conmigo después del toque de queda. A la mañana siguiente, ante todo el vecindario, Vee se dedicó a buscarlo en los contenedores y sigue usando el mismo teléfono hasta el día de hoy. Lo llamamos Oscar, como en *Oscar el Gruñón*.

—¿Te están dando drogas de buena calidad? —preguntó Vee—. Por lo visto, el padre de Anthony Amowitz es farmacéutico y quizá pueda proporcionarte algo bueno.

—¿Qué es esto? ¿Tú y Anthony? —dije, arqueando las cejas, sorprendida.

—No, ni hablar. No es eso. Paso de los tíos. Si me siento romántica recurro a Netflix.

«Lo creeré cuando lo vea», pensé, sonriendo.

—¿Dónde está mi mejor amiga y qué has hecho con ella?

—Me estoy desintoxicando de los chicos. Es como una dieta, pero para mi salud emocional. Olvídalo, pasaré por tu casa —continuó Vee—. Hace tres meses que no veo a mi mejor amiga y este reencuentro telefónico es una mierda. Te demostraré lo que es un abrazo de oso.

—Buena suerte para eludir a mi madre —dije—. Es la nueva portavoz a favor de la crianza mediante helicóptero.

—¡Esa mujer! —siseó Vee—. Ahora mismo me estoy santiguando.

Discutiríamos el estatus de mi madre como bruja otro día, porque ahora teníamos que hablar de cosas más importantes.

—Necesito que me pongas al corriente de lo ocurrido en los días antes del secuestro, Vee —dije, introduciendo un tema mucho más serio—. No logro desprenderme de la sensación de que mi secuestro no fue al azar. Tienen que haber habido señales de alerta, pero no logro recordarlas. El médico dijo que la amnesia es pasajera, pero entretanto has de decirme dónde estuve, qué hice y con quién estuve aquella última semana. Recuérdamelo.

Vee tardó en responder.

—¿Estás segura de que es una buena idea? Es un poco pronto para estresarte respecto de aquel asunto. Tu madre me habló de la amnesia...

—¿En serio? —la interrumpí—. ¿Acaso piensas ponerte de parte de mi madre?

—Olvídalo —masculló Vee, cediendo.

Durante los siguientes veinte minutos me contó todo lo ocurrido durante esa última semana, pero cuanto más hablaba, mayor era mi desánimo: nada de llamadas telefónicas raras, de extraños merodeando ni de coches desconocidos siguiéndonos por la ciudad.

—¿Y qué pasó la noche que desaparecí? —pregunté, interrumpiéndola en medio de una frase.

—Fuimos al parque de atracciones Delphic. Recuerdo que fui a comprar perritos calientes... y entonces se armó la gorda. Oí disparos y la gente echó a correr fuera del parque. Traté de encontrarte, pero habías desaparecido. Supuse que habías hecho lo más inteligente: escapar, pero no te encontré en el parking. Hubiese regresado al parque, pero vino la policía y echó a todo el mundo. Traté de decirles que tal vez aún estabas en el parque, pero se negaron a escuchar. Obligaron a todos a marcharse a casa. Te llamé tropecientas veces, pero no contestabas.

Era como si me hubieran pegado un puñetazo en el estómago. ¿Disparos? Delphic tenía mala fama, pero... ¿disparos? Era tan extraño, tan completamente absurdo que si no fuese Vee la que me lo contaba no me lo hubiera creído.

—Fue la última vez que te vi —dijo Vee—. Después me enteré de que eras un rehén.

—¿Rehén?

—Al parecer, el mismo psicópata que provocó el tiroteo en el parque te tomó como rehén en la caseta de máquinas situada debajo de la Casa del Miedo. Nadie sabe por qué. Finalmente te soltó y se largó.

Abrí la boca, después la cerré. Por fin logré decir en tono azorado:

—¿Qué?

—La policía te encontró, te tomó declaración y te llevó a casa a las dos de la mañana. Ésa fue la última vez que alguien te vio. En cuanto al individuo que te tomó como rehén... nadie sabe qué le ocurrió.

Entonces todos los hilos se unieron.

—Debieron de haberme raptado en mi casa —concluí, descifrando el asunto—. Si eran más de las dos, debía de haber estado durmiendo. El individuo que me tomó cono rehén debió de seguirme a casa. Lo interrumpieron cuando trataba de lograr quién sabe qué en el Delphic y volvió a por mí. Debió de irrumpir en la casa.

—Pero de eso se trata: no había señales de lucha. Las puertas y las ventanas estaban cerradas con llave.

Me pasé la mano por la frente.

—La policía, ¿tenía algún indicio? Ese individuo —sea quien sea— no puede haber sido un fantasma.

—Dijeron que probablemente usaba un nombre falso. Pero, en todo caso, dijiste que se llamaba Rixon.

—No conozco a nadie llamado Rixon.

Vee suspiró.

—Ése es el problema. Nadie lo conoce. —Guardó silencio un momento—. Hay algo más. A veces me parece reconocer el nombre, pero cuando intento recordar por qué, se me pone la mente en blanco. Como si el recuerdo existiera, pero no lograra recuperarlo. Casi como si... hubiese un agujero allí donde debería estar su nombre. Es una sensación muy extraña, no dejo de decirme a mí misma que a lo mejor sólo deseo recordarlo, ¿comprendes? Que si lo recordara, ¡bingo! Habremos atrapado al malo y la policía podrá detenerlo. Demasiado sencillo, lo sé. Y ahora sólo estoy parloteando —dijo.

Después, en voz baja, añadió:

—Sin embargo... hubiera jurado que...

La puerta de mi dormitorio se abrió con un chirrido y mamá asomó la cabeza.

—Me voy a dormir —dijo, y dirigió la mirada al Black-Berry—. Es tarde, y ambas hemos de descansar. —Se quedó aguardando y recibí el mensaje.

—He de dejarte, Vee. Te llamaré mañana.

—Cariños a la bruja —dijo, y colgó.

—¿Necesitas algo? —preguntó mamá, y me quitó el BlackBerry—. ¿Agua? ¿Más mantas?

—No, gracias. Buenas noches, mamá. —Le lancé una sonrisa breve pero tranquilizadora.

—¿Comprobaste que tu ventana está bien cerrada?

—Tres veces.

Mamá atravesó la habitación y agitó la cerradura. Cuando comprobó que estaba bien cerrada, soltó una risita.

—No pasa nada por comprobarlo por última vez, ¿verdad? Buenas noches, nena —añadió, acariciándome el pelo y besándome la frente.

Cuando abandonó la habitación, me acurruqué bajo las mantas, apagué la lamparilla de noche y reflexioné sobre todo lo que Vee me había contado. Un tiroteo en el Delphic, pero ¿por qué? ¿Qué esperaba lograr el que disparó? ¿Y por qué, entre las miles de personas que ocupaban el parque esa noche, me eligió a mí como rehén? Tal vez sólo se trató de mala suerte, pero la idea no me convencía. Las incógnitas se agolpaban en mi cabeza hasta agotarme. Ojalá...

Ojalá lograra recordar.

Bostecé y traté de conciliar el sueño.

Pasaron quince minutos. Luego veinte. Me tendí de espaldas y clavé la vista en el cielorraso, procurando acercarme al recuerdo y atraparlo. Cuando eso no dio resultado, intenté un enfoque más directo: golpeé la cabeza contra la almohada tratando de desprender una imagen de mi cerebro, un diálogo, un olor que me provocara una idea. ¡Cualquier cosa! Pero rápidamente comprendí que, más que con cualquier cosa, tendría que conformarme con ninguna.

Esa mañana, cuando salí del hospital, estaba convencida de que mi memoria se había perdido para siempre, pero ahora, con las ideas claras y una vez pasado el shock, estaba empezando a cambiar de idea. Notaba que en mi cerebro había un puente roto y que la verdad estaba al otro lado del hueco. Si yo había demolido el puente para defenderme del trauma sufrido durante el secuestro, entonces también podía reconstruirlo, ¿no? Sólo tenía que descubrir cómo.

Comencé por el negro. Un negro profundo y sobrenatural. Todavía no se lo había dicho a nadie, pero ese color no dejaba de pasarme por la cabeza en los momentos más inesperados. Y cuando lo hacía, sentía un escalofrío agradable y era como si el color me recorriera la mandíbula como un dedo y me levantara el mentón para enfrentarme a él.

Sabía que creer que un color podía cobrar vida era un disparate, pero un par de veces me pareció entrever algo más sólido tras el color. Unos ojos y la manera como me observaban me rompían el corazón.

Pero ¿cómo era posible que algo perdido en mi memoria durante esos momentos me causara placer en vez de dolor?

Respiré lentamente. Sentía un impulso apremiante de seguir al color, me llevara a donde me llevara. Anhelaba encontrar esos ojos negros, enfrentarme a ellos. Quería saber a quién pertenecían. El color tironeaba de mí, me indicaba que lo siguiera. Desde el punto de vista racional era un sinsentido, pero no lograba desprenderme de la idea. Sentía un deseo hipnótico y obsesivo de dejar que el color me guiara. Una fascinación poderosa que ni siquiera la lógica podía romper.

Dejé que el deseo aumentara hasta que vibró bajo mi piel. Tenía demasiado calor y me quité las mantas de encima. La cabeza me zumbaba. Di vueltas en la cama hasta estremecerme de calor. Una extraña fiebre.

«El cementerio —pensé—, todo empezó en el cementerio.»

La noche negra, la bruma negra. Hierba negra, negras lápidas. El río negro y resplandeciente, y allí un par de ojos negros observándome. No podía pasar por alto los recuerdos negros y fugaces, dormir no los borraría. No podía descansar hasta haber tomado una decisión al respecto.

Me levanté, me puse una camiseta y un par de tejanos y me cubrí los hombros con un jersey. Me detuve ante la puerta de la habitación. El pasillo estaba en silencio, a excepción del tictac del reloj de pie que venía de la planta baja. La puerta de la habitación de mamá no estaba completamente cerrada, pero la rendija estaba a oscuras. Si aguzaba el oído, podía oír sus suaves ronquidos.

Bajé las escaleras sin hacer ruido, cogí una linterna y las llaves de la casa y salí por la puerta trasera, porque temía que el crujido de las tablas de la galería delantera me delatara. Además, había un policía de uniforme aparcado junto al bordillo de la acera. Estaba allí para impedir el acceso de periodistas y camarógrafos, pero me pareció que si me veía salir a dar un paseo a estas horas, telefonearía al detective Basso.

Una voz queda interior me dijo que quizá corría peligro si salía, pero un extraño trance me impulsaba. «Noche negra, bruma negra. Hierba negra, negras lápidas. Río negro y resplandeciente. Un par de ojos negros observándome.»

Tenía que encontrar esos ojos. Albergaban todas las respuestas.

Cuarenta minutos después alcancé las puertas en forma de arco del cementerio de Coldwater. La brisa arrancaba las hojas de las ramas: parecían oscuros molinetes. Encontré la tumba de mi padre sin dificultad. Tiritando bajo el frío húmedo, me abrí paso hasta la lápida plana donde todo había comenzado.

Me acurruqué y recorrí el desgastado mármol con el dedo. Cerré los ojos, bloqueé los sonidos nocturnos y me concentré en encontrar los ojos negros. Les lancé mis preguntas, con la esperanza de que me oyeran. ¿Cómo había llegado a dormir en un cementerio tras once semanas de cautiverio?

Miré en derredor, lentamente. El aroma a descomposición del otoño próximo, la fragancia intensa de la hierba cortada, el palpitar de las alas de los insectos... nada de ello provocó la respuesta que ansiaba desesperadamente. Me tragué el nudo en la garganta, esforzándome por no sentirme derrotada. El color negro, que me había perseguido días enteros, me falló. Metí las manos en los bolsillos de los tejanos y me dispuse a abandonar el cementerio.

Por el rabillo del ojo, vi una mancha en la hierba. Recogí una pluma negra, tan larga como mi brazo, desde el hombro hasta la muñeca. Fruncí el entrecejo y traté de imaginar el ave a la que pertenecía. Era demasiado larga para ser de un cuervo, demasiado grande para ser de cualquier ave, según mi opinión. La recorrí con el dedo y cada uno de los satinados segmentos volvió a su lugar.

Un recuerdo se agitó en mi cabeza. «Ángel —me pareció oír que susurraba una voz suave—. Eres mía.»

«¡Qué cosa más absurda!», pensé, ruborizándome. Miré en torno, sólo para comprobar que la voz no era real.

«No te he olvidado.»

Me puse tensa, esperando volver a oír la voz, pero se había desvanecido en el viento y todos los recuerdos que provocó desaparecieron antes de que lograra atraparlos. Me debatí entre arrojar la pluma a un lado y el impulso desesperado de enterrarla donde nadie pudiera encontrarla. Tenía la sensación de haber tropezado con algo secreto, algo privado, algo que, de ser descubierto, podía causar mucho daño.

Un coche se detuvo en el parking situado en la colina junto al cementerio, del interior surgía música a todo volumen. Oí gritos y risotadas, y no me hubiera sorprendido que fueran mis compañeros de instituto. En esta parte de la ciudad alejada del centro había muchos árboles y era un buen lugar para estar por ahí con los amigos las noches de los fines de semana sin que nadie te vigilara. Como no tenía ganas de tropezar con ningún conocido, sobre todo desde que mi repentina reaparición figuraba en todos los noticieros del lugar, me metí la pluma bajo el brazo y me apresuré a recorrer el sendero de grava que daba a la carretera principal.

Poco después de las dos de la madrugada, entré en la granja y, tras cerrar con llave, subí las escaleras de puntillas. Durante unos minutos, permanecí de pie en medio de mi habitación y después escondí la pluma en el cajón

central del tocador, donde también guardaba mis calcetines, *leggings* y pañuelos. En ese momento, ni siquiera
sabía por qué me la había llevado a casa. Yo no suelo co-
leccionar basura, por no hablar de guardarla en mis cajones. Pero la pluma había provocado un recuerdo...

Me desvestí, bostecé y me dirigí a la cama, pero me
detuve a medio camino: encima de la almohada había una
hoja de papel, algo que no estaba allí cuando me marché.

Me volví, suponiendo que mi madre estaría en el umbral, enfadada y preocupada porque me había escabullido. Pero después de todo lo ocurrido, ¿cómo iba a pensar que ella se limitaría a dejar una nota tras encontrar la
cama vacía?

Recogí el papel con manos temblorosas. Era una hoja
rayada de cuaderno, como los que usábamos en el instituto. El mensaje parecía escrito apresuradamente con
rotulador negro.

«Sólo por que estás en casa no significa que estés a
salvo.»

CAPÍTULO

rrugué el papel y lo arrojé contra la pared, aterrada y frustrada. Me acerqué a la ventana y comprobé que estaba cerrada. Me faltaba coraje para asomarme a la ventana, pero hice campana con las manos
y escudriñé las sombras que se extendían a través del césped como largos y delgados puñales. No tenía ni idea de
quién podía haber dejado la nota, pero estaba segura de una
cosa: había cerrado con llave antes de salir. Y más temprano,
antes de remontar las escaleras para irnos a la cama, había
observado a mi madre comprobando cada ventana y cada
puerta al menos tres veces.

Así que, ¿cómo logró entrar el intruso?

¿Y qué significaba el mensaje? Era críptico y cruel.
¿Una broma retorcida? De momento, era la mejor explicación que se me ocurría.

Recorrí el pasillo y empujé la puerta de la habitación
de mamá, sólo lo suficiente para asomarme.

—¿Mamá?

Ella se incorporó en la oscuridad.

—¿Nora? ¿Qué ha pasado? ¿Has tenido una pesadilla? —Una pausa—. ¿Has recordado algo?

Encendí la lámpara de la mesilla de noche; de repente la oscuridad y lo que no podía ver me dieron miedo.

—Encontré una nota en mi habitación, donde ponía que no me engañara y creyera que estaba a salvo.

La luz repentina la hizo parpadear y vi como asimilaba mis palabras. De pronto estaba completamente despierta.

—¿Dónde encontraste la nota? —preguntó.

—Yo... —Su reacción ante la verdad me ponía nerviosa. En retrospectiva, había sido una pésima idea. ¿Salir a hurtadillas? ¿Tras ser secuestrada? Pero sentir miedo ante la posibilidad de un segundo secuestro era difícil, dado que ni siquiera recordaba el primero. Y acudir al cementerio fue necesario, para mi propia cordura. El color negro me condujo hasta allí. Estúpido, inexplicable pero, no obstante, cierto.

»Estaba debajo de mi almohada, no debo haberlo notado antes de acostarme —mentí—. Sólo oí el crujido del papel cuando me moví mientras dormía.

Ella se puso el albornoz y corrió a mi habitación.

—¿Dónde está la nota? Quiero leerla. He de informar de ello al detective Basso de inmediato. —Ya estaba marcando el número en su móvil. Lo marcó de memoria y se me ocurrió que debían de haber trabajado en estrecha colaboración durante las semanas en las que estuve desaparecida.

—¿Alguien más tiene la llave de la casa? —pregunté.

Mamá alzó un dedo, indicándome que esperara. «Mensaje de voz», articuló para que le leyera los labios.

—Soy Blythe —le dijo al servicio de mensajes del detective Basso—. Llámeme en cuanto reciba este mensaje. Esta noche Nora ha encontrado una nota en su habitación. —Me lanzó una rápida mirada—. Puede que sea de la persona que la raptó. Las puertas han estado cerradas con llave toda la noche, así que deben de haber dejado la nota bajo su almohada antes de que regresáramos a casa.

»Volverá a llamar pronto —me dijo, colgando—. Le daré la nota al oficial que está fuera. Quizá quiera registrar la casa. ¿Dónde está la nota?

Señalé la bola arrugada en un rincón, pero no fui a recogerla. No quería volver a ver el mensaje. ¿Era una broma... o una amenaza? «Sólo por que estás en casa no significa que estés a salvo.» El tono sugería una amenaza.

Mamá alisó el papel contra la pared.

—Aquí no pone nada, Nora.

—¿Qué? —Me acerqué para echar un vistazo. Tenía razón, la escritura había desaparecido. Di la vuelta a la hoja apresuradamente, pero el otro lado también estaba en blanco.

»Estaba allí —dije, confundida—. Estaba allí mismo.

—A lo mejor te lo imaginaste. Una proyección de un sueño —dijo mamá en tono suave, abrazándome y frotándome la espalda, pero el gesto no me consoló. ¿Sería posible que de algún modo hubiese inventado el mensaje? ¿Debido a qué? ¿Paranoia? ¿Un ataque de pánico?

—No lo imaginé. —Pero no estaba muy segura.

—No pasa nada —murmuró ella—. El doctor Howlett dijo que esto podría ocurrir.

—¿Qué podría ocurrir?

—Dijo que era muy posible que oyeras cosas que no son reales...

—¿Como qué?

—Como voces y otros sonidos —contestó, contemplándome con expresión tranquila—. No dijo nada sobre ver cosas que no son reales, pero todo es posible, Nora. Tu cuerpo intenta recuperarse, está sometido a un gran estrés y hemos de tener paciencia.

—¿Dijo que quizá tendría alucinaciones?

—Chitón —ordenó en voz baja, y me cogió la cara con las manos—. Puede que estas cosas tengan que ocurrir antes de que consigas recuperarte. Tu cerebro se esfuerza por curarse y hemos de darle tiempo, como a cualquier otra lesión. Lo superaremos juntas.

Se me humedecieron los ojos, pero me negaba a llorar. ¿Por qué yo? Entre todos esos millones de personas allí fuera, ¿por qué a mí? ¿Quién me hizo esto? Mi cerebro giraba en círculo, procurando señalar a alguien con el dedo, pero no disponía de un rostro, de una voz. No tenía la más mínima idea.

—¿Estás asustada? —susurró mamá.

—Estoy enfadada —dije, apartando la mirada.

Me arrastré hasta la cama y me dormí con rapidez sorprendente. Atrapado en ese lugar borroso y desordenado entre la consciencia y el sueño, mi cerebro vagaba a lo largo de un túnel largo y oscuro que se volvía más estrecho a cada paso. Dormir, dormir profundamente y, dada la noche que había pasado, lo necesitaba.

En el extremo del túnel apareció una puerta y se abrió desde dentro. La luz del interior proyectaba un tenue resplandor e iluminaba un rostro tan conocido que casi caí de espaldas. Sus cabellos negros se rizaban en torno a sus orejas, húmedos tras una ducha reciente. Una piel bronceada por el sol, lisa y tersa, cubría un cuerpo alto y delgado, al menos quince centímetros más alto que el mío. De sus caderas colgaban unos tejanos, pero el pecho estaba desnudo e iba descalzo; llevaba una toalla por encima del hombro. Nuestras miradas se cruzaron y sus ojos negros se clavaron en los míos con expresión sorprendida... que inmediatamente se convirtió en desconfiada.

—¿Qué estás haciendo aquí? —preguntó en voz baja.

«Patch —pensé, y los latidos de mi corazón se aceleraron—. Es Patch.»

No recordaba por qué lo conocía, pero lo conocía. El puente en mi cabeza seguía tan roto como siempre, pero al ver a Patch pequeños trozos se unieron, recuerdos que me pusieron nerviosa. De repente recordé estar sentada a su lado en la clase de biología; después, estar pegada a él mientras me enseñaba a jugar al billar. Otro recuerdo muy intenso, sus labios rozando los míos.

Había ido en busca de respuestas, y me condujeron hasta aquí. Hasta Patch. Había encontrado un modo de eludir la amnesia. Esto no se limitaba a ser un sueño: era un pasadizo subconsciente hasta Patch, sea quien fuera él. Entonces comprendí la sensación intensa que me invadía y que jamás alcanzaba la satisfacción. En un nivel profundo e inapreciable por mi cerebro necesitaba a Patch. Y por la razón que fuere: destino, suerte, fuerza de voluntad —o por motivos que nunca comprendería— lo había encontrado.

Pese al choque sufrido, fui capaz de hablar.

—Dímelo tú.

Él asomó la cabeza a través de la puerta y recorrió el túnel con la mirada.

—Esto es un sueño. Lo comprendes, ¿verdad?

—En ese caso, ¿quién temes que me haya seguido?

—No puedes estar aquí.

—Al parecer, he descubierto un modo de comunicarme contigo —dije en tono tenso y glacial—. Supongo que lo único que puedo decir es que esperé un recibimiento más alegre. Tú tienes todas las respuestas, ¿verdad?

Se cubrió la boca con los dedos, sin despegar la mirada de mi rostro.

—Tengo la esperanza de mantenerte con vida.

Mi cerebro se detuvo, incapaz de comprender lo suficiente del sueño para descifrar un mensaje más profundo. La única idea que me martillaba la cabeza era: «Lo he encontrado. Después de todo este tiempo, he encontrado a Patch. Y en vez de sentir la misma excitación que yo, lo único que siente es... una indiferencia helada.»

—¿Por qué no logro recordar nada? —pregunté, tragándome el nudo que tenía en la garganta—. ¿Por qué no recuerdo cómo o cuándo... o por qué te fuiste? —Porque estaba segura de que eso fue lo que pasó: se había ido. De lo contrario, ahora estaríamos juntos—. ¿Por qué no trataste de encontrarme? ¿Qué me ocurrió? ¿Qué nos pasó a nosotros dos?

Patch se llevó las manos a la nuca y cerró los ojos. Permaneció inmóvil, a excepción del temblor que le recorría la piel.

—¿Por qué me abandonaste? —dije en tono ahogado.

—¿De verdad crees que te abandoné? —exclamó, poniéndose derecho.

La pregunta sólo hizo aumentar el nudo que tenía en la garganta.

—¿Qué se suponía que debía creer? Desapareciste durante meses y ahora, cuando por fin te encuentro, casi no puedes mirarme directamente a los ojos.

—Hice lo único que podía hacer. Renuncié a ti para salvarte la vida. —Apretaba y aflojaba las mandíbulas—. No fue una decisión fácil, pero fue la correcta.

—¿Renunciaste a mí, así, sin más? ¿Cuánto tardaste en tomar la decisión? ¿Tres segundos?

Al recordarlo, su mirada se volvió glacial.

—Sí, ése era el tiempo del que disponía, más o menos.

Más trozos se unieron entre sí.

—¿Alguien te obligó a abandonarme? ¿Es eso lo que me estás diciendo?

Patch guardó silencio, pero yo había obtenido mi respuesta.

—¿Quién te obligó a marcharte? ¿Quién te daba tanto miedo? El Patch que yo conocía no huía de nadie. —El dolor que estallaba en mi pecho me hizo alzar la voz—. Hubiera luchado por ti, Patch. ¡Yo hubiera luchado!

—Y hubieses perdido. Estábamos rodeados. Él amenazó con matarte y hubiera cumplido esa amenaza. Te había atrapado, y eso significa que también me había atrapado a mí.

—¿Él? ¿Quién es él?

La respuesta fue otro silencio crispado.

—¿Acaso intentaste encontrarme? ¿O te resultó fácil renunciar a mí? —pregunté con voz entrecortada.

Patch se quitó la toalla del hombro y la arrojó a un lado. Su mirada destellaba ira, alzaba y bajaba los hombros, pero sentí que su cólera no se dirigía contra mí.

—No debes permanecer aquí —dijo en tono brusco—. Debes dejar de buscarme. Has de centrarte en tu propia vida y hacerte a la idea tanto como puedas. No por mí —añadió, como si adivinara mis próximas y resentidas palabras—, sino por ti. He hecho todo lo posible por mantenerlo alejado de ti, y seguiré haciéndolo... pero necesito tu ayuda.

—¿Como yo necesito la tuya? —repliqué—. Te necesito ahora, Patch. Necesito que vuelvas. Estoy perdida y asustada. ¿Sabes que no logro recordar nada? Claro que lo sabes —dije en tono amargo y empezando a comprender—. Por eso no has ido en mi busca. Sabes que no puedo recordarte y eso te saca de un problema. Nunca creí que elegirías lo más fácil. Bueno, yo no te he olvidado, Patch. Te veo por todas partes, tengo recuerdos del color negro: el color de tus ojos, de tu pelo. Siento tu roce, recuerdo cómo me abrazabas... —no pude continuar, embargada por la emoción.

—Es mejor que permanezcas en la ignorancia —dijo Patch en tono rotundo—. Es la peor explicación que te he dado, pero por tu propia seguridad, hay cosas que no debes saber.

Solté una carcajada angustiada.

—¿Así que se acabó?

Patch se acercó y, justo cuando creí que me abrazaría, se detuvo. Respiré hondo, intentando contener las lágrimas. Él apoyó un codo en la jamba de la puerta, justo por encima de mi oreja. Su aroma era irresistiblemente familiar: olía a jabón y especias, y la fragancia embriagadora me produjo una oleada de recuerdos tan agradables que sólo hicieron que el momento presente fuera aún más atroz. Me invadió el deseo de tocarlo, de deslizar los dedos por su piel, de sentirme segura entre sus brazos. Quería que me besara el cuello, que sus susurros me cosquillearan la oreja mientras murmuraba palabras que sólo me pertenecían a mí. Lo quería cerca de mí, muy cerca y que no me soltara.

—Esto no ha acabado —dije—. Después de todo lo que hemos vivido juntos, no tienes derecho de pasar de mí. No te perdonaré tan fácilmente. —No estaba segura si se trataba de una amenaza, de mi último intento de desafiarlo o de unas palabras irracionales que salían de mi corazón partido.

—Quiero protegerte —dijo Patch en voz baja.

Estaba tan cerca de mí, fuerte, cálido y poderoso. No podía escapar de él, ni ahora ni nunca. Siempre estaría allí, consumiendo todos mis pensamientos, el único dueño de mi corazón. Un poder que no podía controlar, por no hablar de escapar de él, me atraía hacia él.

—Pero no lo hiciste.

Me cogió la barbilla con gran ternura.

—¿De verdad crees eso?

Traté de zafarme, pero no con la suficiente insistencia. No podía resistirme a su toque, ni en el pasado, ni ahora ni nunca.

—No sé qué pensar. Lo comprendes, ¿verdad?

—Mi historia es larga, y en gran parte no es buena. No puedo borrarla, pero estoy decidido a no cometer otro error. No, dado lo que está en juego, dado que se trata de ti. Todo esto responde a un plan, pero llevará tiempo.

Esta vez me estrechó entre sus brazos, me quitó el cabello de la frente y entonces algo se quebró dentro de mí. Las lágrimas calientes se derramaron por mis mejillas.

—Si te pierdo a ti, lo pierdo todo.

—¿De quién tienes tanto miedo? —volví a preguntar.

Patch apoyó las manos en mis hombros y la frente contra la mía.

—Eres mía, Ángel. Y no dejaré que nada cambie eso. Tienes razón: esto no ha acabado. Sólo es el principio y nada de lo que nos espera será fácil —dijo, lanzando un suspiro cansino.

»No recordarás este sueño, y no regresarás aquí. No sé cómo me encontraste, pero he de asegurarme de que no vuelvas a hacerlo. Borraré tu recuerdo de este sueño. Por tu propia seguridad, es la última vez que me verás.

Sentí una punzada de miedo. Me aparté mirando el rostro de Patch, y la decisión que vi en él me horrorizó. Abrí la boca para protestar...

Y el sueño se derrumbó en torno a mí, como si fuera de arena.

la mañana siguiente, me desperté con el cuello acalambrado y un remoto recuerdo de unos sueños extraños y anodinos. Me duché y me puse un vestido camisero estampado con rayas blancas y negras, unos *leggings* cortos y botines. Como mínimo, mi aspecto exterior resultaba coherente, porque arreglar el caos interior no era una meta alcanzable en cuarenta y cinco minutos.

Cuando entré en la cocina, mamá estaba preparando copos de avena al modo tradicional en un cazo. Tras la muerte de mi padre, era la primera vez que se los veía preparar así, partiendo de cero. Después de los dramáticos sucesos de anoche, me pregunté si se trataba de un plato de condolencia.

—Te has levantado temprano —dijo, y dejó de picar fresas cerca del fregadero.

—Son más de las ocho —comenté—. ¿Ha vuelto a llamar el detective Basso? —Procuré simular indiferencia ante la respuesta y me dediqué a quitarme pelusas inexistentes del vestido.

—Le dije que se trataba de un error. Lo comprendió.

Eso significaba que ambos creían que había sufrido una alucinación. Yo era la chica que gritaba «¡Que viene el lobo!», y a partir de ahora, todo lo que dijera sería considerado una exageración. «Pobrecita. Asiente con la cabeza y finge que le crees.»

—¿Por qué no vuelves a acostarte y te llevaré el desayuno cuando esté preparado? —sugirió mamá, y siguió mientras picaba.

—Estoy bien. Ya me he levantado.

—Dado todo lo ocurrido, creía que querrías tomarte las cosas con calma. Dormir hasta tarde, leer un buen libro, quizá tomar un baño de espuma prolongado.

No recordaba que mi madre jamás hubiese sugerido que haraganeara en un día de clase. Nuestra típica conversación del desayuno solía consistir en rápidos intercambios, estilo: «¿Has acabado la redacción? ¿Has envuelto tu almuerzo? ¿Has hecho la cama? ¿Puedes pagar la cuenta de la luz de camino al colegio?»

—¿Y bien? —Mamá volvió a intentarlo—. ¿Quieres desayunar en la cama? Es mi mejor oferta.

—¿Y qué pasa con el instituto?

—Puede esperar.

—¿Hasta cuándo?

—No lo sé —respondió en tono indiferente—. Una semana, supongo. O dos. Hasta que te restablezcas.

Era evidente que ella no había reflexionado al respecto, pero, en un par de segundos, yo sí. Puede que sintiera la tentación de aprovecharme de su benevolencia, pero no se trataba de eso.

—Supongo que es bueno saber que dispongo de una o dos semanas para recuperar la normalidad.

—Nora... —dijo, dejando a un lado el cuchillo.

—No importa que no recuerde nada de los últimos cuatro meses. No importa que, a partir de ahora, cada vez que vea a un extraño observándome en medio de la multitud, me pregunte si es él. Aún mejor: mi amnesia aparece en todas las noticias y él debe de estar riéndose. Sabe que no puedo identificarlo. Y supongo que debiera alegrarme porque los resultados de las pruebas a las que me sometió el doctor Howlett fueron buenos, perfectamente buenos y quizá nada malo me ocurrió durante esas semanas. Tal vez incluso logre convencerme a mí misma de que estaba tomando el sol en Cancún. Quién sabe: todo es posible. A lo mejor mi secuestrador quería diferenciarse de la manada, hacer lo inesperado y mimar a su víctima. Pero la verdad es que recuperar la normalidad puede llevarme años y quizá no ocurra jamás. Pero sé que no ocurrirá si me quedo por ahí haraganeando, viendo culebrones y evitando la vida. Hoy iré al instituto, fin de la historia.

Lo dije con total naturalidad, pero el corazón me dio un vuelco. Reprimí la sensación y me dije que era el único modo de recuperar algo parecido a mi vida.

—¿Al instituto? —Mamá se había vuelto completamente, dejando a un lado las fresas y los copos de avena.

—Según el calendario colgado de la pared, hoy es nueve de septiembre. —Como mamá no dijo nada, añadí—: Las clases empezaron hace dos semanas.

Ella apretó los labios.

—Lo sé.

—Puesto que hay clase, ¿no debería estar allí?

—Sí, dentro de un tiempo. —Se limpió las manos en el delantal. Me pareció que estaba dando rodeos o preguntándose qué decir. Deseé que, fuera lo que fuese, lo escupiera de una buena vez. En este momento, una discusión acalorada me parecía mejor que la comprensión distante.

—¿Desde cuando apruebas que haga novillos? —dije, para provocarla.

—No tengo la intención de decirte cómo has de manejar tu vida, pero creo que deberías tomártelo con calma.

—¿Tomármelo con calma? No recuerdo nada de los últimos meses de mi vida. No me lo tomaré con calma y no dejaré que las cosas se deslicen aún más fuera de mi alcance. La única manera en la que lograré sentirme mejor acerca de lo ocurrido es recuperando mi vida. Iré al instituto y después saldré con Vee a por donuts o cualquier otra clase de comida basura por la que ella se muera hoy. Y después regresaré a casa y haré mis deberes. Y después me dormiré escuchando los viejos discos de papá. Hay tantas cosas que he dejado de saber... El único modo en que lograré superar esto es aferrándome a lo que sé.

—Muchas cosas han cambiado mientras estabas ausente...

—¿Crees que no lo sé? —No tenía intención de seguir atacándola, pero no comprendía cómo podía quedarse ahí, sermoneándome. ¿Quién era ella para darme consejos? ¿Acaso había pasado por algo parecido alguna vez?

»Ten por seguro que lo he comprendido. Y estoy asustada. Sé que no puedo volver atrás y eso me aterra, pero al mismo tiempo... —¿Cómo se supone que debía explicárselo, cuando ni siquiera era capaz de explicármelo a mí misma? «Allí atrás» estaba a salvo. «En aquel entonces» estaba al mando. ¿Cómo se suponía que debía dar un salto hacia delante, dado que la plataforma sobre la que me apoyaba había desaparecido?

Mamá soltó un profundo suspiro.

—Hank Millar y yo estamos saliendo.

Sus palabras flotaron a través de mi cabeza y le clavé la mirada frunciendo el ceño.

—Lo siento, ¿qué has dicho?

—Ocurrió mientras estabas ausente —dijo, y apoyó una mano en la encimera; me pareció que era lo único que la sostenía.

—¿Hank Millar? —Por segunda vez en varios días, tuve que esforzarme por asimilar ese nombre.

—Ahora está divorciado.

—¿Divorciado? Sólo desaparecí durante tres meses.

—Durante todos aquellos días interminables, cuando no sabía dónde estabas, ni siquiera si estabas viva, él era lo único que tenía, Nora.

—¿El papá de Marcie? —Parpadeé, desconcertada. Era como si no lograra abrirme paso a través de la bruma que ocupaba mi cerebro. ¿Mi madre saliendo con el padre de la única chica que siempre he odiado? ¿La chica que me rayó el coche, que arrojó huevos contra mi taquilla, que me puso el apodo de Nora *la Puta*?

—Habíamos salido en el instituto y en la universidad. Antes de conocer a tu padre —añadió apresuradamente.

—¿Tú —dije, y por fin alcé la voz— y Hank Millar?

Mamá empezó a hablar atropelladamente.

—Sé que te sentirás tentada de juzgarlo basándote en tu opinión sobre Marcie, pero en realidad es un hombre encantador. Considerado, generoso y romántico. —Sonrió y después se ruborizó, aturullada.

Estaba indignada. ¿Así que esto es lo que mi madre estaba haciendo mientras yo había desaparecido?

—Bien. —Cogí un plátano del frutero y me dirigí a la puerta principal.

—¿Podemos hablar de ello? —Sus pies descalzos golpearon el parquet al seguirme hasta la puerta—. Al menos escúchame, ¿vale?

—Me parece que he llegado un poco tarde a la fiesta de hablemos-de-ello.

—¡Nora!

—¿Qué! —solté, y me di la vuelta—. ¿Qué quieres que diga? ¿Qué me alegro por ti? Pues no me alegro. Solíamos burlarnos de los Millar, bromear acerca de que los problemas de conducta de Marcie se debían a una intoxicación de mercurio por todos esos caros mariscos que comía su familia. ¿Y ahora tú sales con él?

—Sí, con él. No con Marcie.

—¡Me da igual! ¿Acaso esperaste hasta que se secara la tinta de los papeles del divorcio? ¿O te insinuaste cuando él todavía estaba casado con la madre de Marcie? Porque tres meses es muy poco tiempo.

—¡No tengo por qué contestar a eso! —Al parecer, notó que se había puesto colorada y recuperó la compostura masajeándose la nuca.

»¿Actúas así porque crees que estoy traicionando a tu padre? Créeme, ya me he martirizado bastante, preguntándome si debería de esperar una eternidad antes de pasar página. Tu padre hubiese querido que fuera feliz, no que dedicara el resto de mi vida a compadecerme de mí misma y a lamentarme.

—¿Marcie lo sabe?

El cambio de tema la sobresaltó.

—¿Qué? No. Creo que Hank aún no se lo ha dicho.

En otras palabras, de momento no me veía obligada a vivir temiendo que Marcie se cobrara conmigo la decisión de su padre y mi madre. Estaba convencida de que la represalia sería rápida, humillante y brutal.

—Llegaré tarde a clase —dije, y rebusqué en la fuente sobre la mesa de la entrada—. ¿Dónde están mis llaves?

—Deberían estar ahí.

—La llave de casa. ¿Dónde está la llave del Fiat?

Mamá se apretó la nariz.

—Lo vendí.

Le lancé una mirada furibunda.

—¿Lo vendiste? —Es verdad que en el pasado había aborrecido la pintura marrón y cuarteada del Fiat, sus desgastados asientos de cuero blanco y la incómoda costumbre del cambio de marchas de salirse de lugar. Pero qué diablos: ¡era mi coche! ¿Es que tras mi desaparición mamá me había dado por perdida tan rápidamente que empezó a empeñar mis pertenencias en Craigslist?

»¿Qué más? —pregunté—. ¿Qué más vendiste durante mi ausencia?

—Lo vendí antes de que desaparecieras —murmuró, bajando la vista.

Me atraganté. Eso significaba que antaño yo había sabido que había vendido mi coche, sólo que ahora no podía recordarlo. Era un doloroso recordatorio de lo muy indefensa que estaba. Ni siquiera podía mantener una conversación con mi madre sin parecer una idiota, pero en vez de disculparme, abrí la puerta principal y bajé los peldaños de la galería pisando fuerte.

—¿De quién es ese coche? —pregunté, deteniéndome. Un Volkswagen descapotable blanco estaba aparcado donde solía estarlo el Fiat. A juzgar por su aspecto, se encontraba allí de manera permanente. Puede que hubiera estado ahí ayer por la mañana cuando volvimos del hospital, pero mi estado de ánimo me impidió ver lo que me rodeaba. La única vez que había abandonado la casa fue anoche, y salí por la puerta trasera.

—Es tuyo.

—¿Qué quieres decir, mío? —Me protegí los ojos del sol y le lancé una mirada furiosa.

—Te lo regaló Scott Parnell.

—¿Quién?

—Su familia se mudó a la ciudad a principios de verano.

—¿Scott? —repetí, apelando a mi memoria a largo plazo, puesto que el nombre despertaba un vago recuerdo—. ¿El chico de mi clase en el parvulario? ¿El que se mudó a Portland hace años?

Mamá asintió con aire cansado.

—¿Por qué habría de regalarme un coche?

—No tuve oportunidad de preguntártelo. Desapareciste la noche en que él lo dejó aquí.

—¿Dices que desaparecí la noche en que Scott misteriosamente me regaló un coche? ¿No te alarmó? Que un adolescente le dé un coche a una chica que apenas conoce y a la que no ha visto en años es muy anormal. Algo de esto no cuadra. Tal vez... tal vez el coche era una prueba de algo y tuvo que deshacerse de él. ¿No se te ocurrió pensarlo?

—La policía registró el coche. Interrogaron al dueño anterior, pero creo que el detective Basso descartó que Scott estuviera involucrado tras oír tu versión de los acontecimientos de aquella noche. Te habían disparado antes, antes de que desaparecieras, y aunque al principio el detective Basso creyó que el culpable era Scott, tú le dijiste que...

—¿Me dispararon? ¿Qué quieres decir? —Sacudí la cabeza, presa de la confusión.

Ella cerró los ojos un instante y suspiró.

—Con un arma.

—¿Qué? —¿Por qué Vee no me lo había dicho?

—En el parque de atracciones Delphic. —Sacudió la cabeza—. Detesto pensar en ello —susurró, y su voz se quebró—. Estaba fuera de la ciudad. Cuando me llamaron, no logré regresar a tiempo. Nunca más volví a verte y es lo que más he lamentado en la vida. Antes de desaparecer, le dijiste al detective Basso que un hombre llamado Rixon te había disparado en la Casa del Miedo.

Dijiste que Scott también estaba allí y que Rixon también le disparó a él. La policía buscó a Rixon, pero era como si se hubiera esfumado. El detective Basso estaba convencido de que Rixon ni siquiera se llamaba Rixon.

—¿Dónde me hirieron? —pregunté, y sentí un desagradable hormigueo en la piel. No había visto una cicatriz ni ningún rastro de una herida.

—En el hombro izquierdo. —Mencionarlo parecía causarle dolor—. La bala entró y salió, sólo dio en los músculos. Tuvimos mucha, mucha suerte.

Me bajé el cuello del vestido y en efecto: vi una cicatriz.

—La policía dedicó semanas a buscar a Rixon. Leyeron tu diario, pero habías arrancado varias páginas y, en las que quedaban, su nombre no aparecía. Le preguntaron a Vee, pero ella negó haber oído ese nombre. No figuraba en los archivos del instituto, ni en los del Departamento de Vehículos...

—¿Arranqué páginas de mi diario? —la interrumpí—. Yo no haría tal cosa. ¿Por qué habría de hacerlo?

—¿Recuerdas dónde pusiste las páginas? ¿O qué ponía?

Negué con la cabeza, con gesto distraído. ¿Qué me había empeñado en ocultar?

Mamá soltó un suspiro.

—Rixon era un fantasma, Nora. Y haya ido a donde haya ido, se llevó todas las respuestas.

—Eso es inaceptable —repuse—. ¿Y Scott? ¿Qué dijo cuando el detective Basso lo interrogó?

—El detective Basso hizo un gran esfuerzo para atrapar a Rixon. No creo que hablara con Scott. La última vez que hablé con Lynn Parnell, Scott se había marchado. Creo que ahora está en New Hampshire, vendiendo raticidas.

—¿Y eso es todo? —pregunté, incrédula—. ¿El detective Basso nunca trató de echarle el guante a Scott y escuchar su versión? —Mis pensamientos se aceleraron. Algo respecto a Scott no encajaba. Según mi madre, yo le había dicho a la policía que Rixon también le había disparado a él. Era el único testigo de la existencia de Rixon. ¿Cómo encajaba eso con el regalo del Volkswagen? Me pareció que al menos faltaba una parte crucial de la información.

—Estoy segura de que tenía un motivo para no hablar con Scott.

—Yo también —dije en tono cínico—. ¿Tal vez porque es un incompetente?

—Si le dieras una oportunidad al detective Basso, verías que en realidad es muy astuto. Hace muy bien su trabajo.

No quería oírlo.

—¿Y ahora, qué?

—Haremos lo único que podemos hacer. Procurar pasar página.

De momento, dejé a un lado mis dudas sobre Scott Parnell; aún había muchas cosas a las que debía enfrentarme. ¿Y cuántos cientos de cosas estaban para mí a oscuras? ¿Tendría que sufrir interminables humillaciones a medida que recuperara mi vida? Ya podía imaginar lo que me esperaba entre las paredes del instituto: discretas miradas de lástima, miradas desviadas y silencios prolongados, y la opción más segura: evitarme por completo.

En mi interior bullía la indignación. No quería convertirme en un espectáculo, ni en objeto de virulentas especulaciones. ¿Qué infames teorías acerca de mi secuestro ya estarían circulando? ¿Ahora qué pensarían de mí los demás?

—Si ves a Scott, no dejes de señalármelo para que pueda agradecerle el regalo —dije con amargura—. Después de que le pregunte por qué me regaló el coche. Puede que tú y el detective Basso estéis convencidos de su inocencia, pero en esta historia hay demasiadas cosas que no cuadran.

—Nora...

—¿Me das la llave? —dije, tendiendo la mano.

Tras una pausa, descolgó la llave de su llavero y la depositó en mi mano.

—Ten cuidado.

—Oh, no te preocupes. El único peligro que corro es quedar como una estúpida. ¿Se te ocurre alguien más con quien podría encontrarme hoy sin reconocerlo? Afortunadamente, recuerdo el camino al instituto. Y caramba —dije, abriendo la portezuela del coche y tomando asiento—, el Volkswagen tiene cinco marchas. Menos mal que aprendí a conducir uno de éstos antes de la amnesia.

—Sé que no es el mejor momento, pero esta noche estamos invitadas a cenar.

—No me digas —repliqué con frialdad.

—Hank quiere invitarnos a Coopersmith's para celebrar tu regreso.

—Muy considerado de su parte —dije, metiendo la llave en el contacto y acelerando el motor. Por el ruidoso traqueteo, supuse que no había sido puesto en marcha desde el día en que desaparecí.

—Lo está intentando —dijo mamá, alzando la voz—. Realmente intenta conseguir que esto funcione.

Tenía una respuesta maliciosa en la punta de la lengua, pero opté por causar un impacto mayor. Me preocuparía por las repercusiones más adelante.

—¿Y tú? ¿También intentas que funcione? Porque seré sincera. Si él dice algo, me largaré. Ahora, si me disculpas, he de descubrir cómo volver a vivir mi vida.

CAPÍTULO

En el instituto, encontré un lugar para aparcar en la parte de atrás y atravesé el césped hasta una entrada lateral. Gracias a la pelea con mamá, llegaba con retraso. Tras abandonar la granja, tuve que detenerme en el arcén durante quince minutos, sólo para tranquilizarme. «Saliendo con Hank Millar.» ¿Acaso era una sádica? ¿Se proponía estropearme la vida? ¿Ambas cosas?

Un vistazo al BlackBerry que le hurté a mamá bastó para comprobar que me había perdido casi toda la primera clase. La campana sonaría dentro de diez minutos.

Con la intención de enviarle un mensaje, llamé al móvil de Vee.

—¡Holaaa! ¿Eres tú, ángel? —contestó de inmediato con su mejor voz de vampiresa. Intentaba resultar graciosa, pero casi flipé.

«Ángel.»

Ante el mero sonido de la palabra sentí una oleada de calor. Una vez más, el color negro me envolvió como un lazo caliente, pero esta vez hubo algo más: un contacto físico tan real que me detuve en seco. Sentí un roce agradable en la mejilla, como la caricia de una mano invisible, seguido de una seductora presión en los labios...

«Eres mía, Ángel, y nada puede cambiar eso.»

—Esto es una locura —murmuré en voz alta. Una cosa era ver el color negro, pero darme el lote con él era muy diferente. Tenía que dejar de perseguirme a mí misma, porque si no dejaba de hacerlo, empezaría a dudar de mi propia cordura.

—¿Qué? —preguntó Vee.

—Esto... estoy aparcando —respondí—. Todos los sitios están ocupados.

—Adivina a quién le ha tocado la clase de educación física a primera hora. Empiezo el día transpirando como un elefante en celo. ¿Los que hacen nuestros horarios no saben lo que es el olor a transpiración? ¿Ni lo que es el pelo encrespado?

—¿Por qué no me dijiste nada sobre Scott Parnell? —pregunté con calma. Empezaríamos por ahí y luego seguiríamos adelante.

El silencio de Vee se prolongaba y eso sólo confirmó mis sospechas. No me lo había contado todo. «Adrede.»

—Oh, sí, Scott —tartamudeó por fin—. Eso.

—La noche en la que desaparecí, dejó un Volkswagen blanco en la puerta de mi casa. Anoche olvidaste mencionar ese detalle, ¿verdad? ¿O a lo mejor no te pareció interesante ni sospechoso? Eres la última persona de la que hubiera sospechado que me contaría una versión atenuada de mi secuestro, Vee.

Oí que se mordía los labios.

—Quizás haya omitido un par de cosas.

—¿Como el hecho de que le dispararan a Scott?

—No quería herirte —se apresuró a contestar—. Pasaste por algo traumático. Más que traumático. Un millón de veces peor. ¿Qué clase de amiga sería si aumentara tu angustia?

—¿Y?

—Vale, vale. Me dijeron que Scott te regaló el coche. Quizá para disculparse por ser un cerdo chovinista.

—Explícamelo.

—¿Recuerdas que cuando estábamos en el colegio nuestras madres siempre nos decían que si un chico nos joroba significa que le gustamos? Bueno, tratándose de las relaciones, Scott nunca dejó atrás el séptimo curso.

—Yo le gustaba —comenté en tono de duda. No creí que Vee volviera a mentirme, no cuando acababa de enfrentarme a ella, pero estaba claro que mi madre se había adelantado y le había lavado el cerebro para convencerla de que yo era demasiado frágil para saber la verdad. Era lo más parecido a una respuesta evasiva que jamás había oído.

—Sí, lo bastante para comprarte un coche.

—¿Mantuve algún contacto con Scott en la semana anterior al secuestro?

—La noche anterior a tu desaparición husmeaste en su habitación. Pero lo más interesante que encontraste fue una planta de marihuana marchita.

Por fin estábamos llegando a alguna parte.

—¿Qué andaba buscando?

—No te lo pregunté. Me dijiste que Scott era un chiflado. Eso bastó para que te ayudara a meterte en su habitación.

No lo dudaba. Vee nunca necesitó un motivo para cometer una estupidez. Lamentablemente, la mayoría de las veces yo tampoco.

—Es todo lo que sé —insistió Vee—. Lo juro.

—No vuelvas a ocultarme cosas.

—¿Eso significa que me perdonas?

Estaba enfadada, pero por desgracia comprendía que Vee quisiera protegerme. «Es lo que hacen las mejores amigas», razoné. En otras circunstancias, incluso puede que la hubiera admirado. Y en su lugar, quizá me hubiese tentado hacer lo mismo.

—Vale, estamos en paz.

En la oficina principal, supuse que debería inventar una excusa para que no me amonestaran por llegar tarde, así que me sorprendí cuando la secretaria me vio y, tras un momento de duda, dijo:

—¡Oh! Nora. ¿Cómo estás?

Pasé por alto su tono meloso y comprensivo, y dije:

—He venido a recoger mi programa de clases.

—Oh. Oh. ¿Tan pronto? Nadie espera que empieces las clases de inmediato. Esta mañana, algunos profesores y yo comentábamos que deberías tomarte un par de semanas para... —luchó por encontrar la palabra adecuada, puesto que no existía ninguna palabra correcta para aquello a lo que me enfrentaba. ¿Recuperarme? ¿Adaptarme? No precisamente.

»Aclimatarte. —Era casi como si agitara un cartel luminoso donde ponía: «¡Qué pena! ¡Pobre chica! Será mejor que la trate con guantes de seda.»

Apoyé un codo en el mostrador y me incliné hacia ella.

—Estoy dispuesta a retomar las clases y eso es lo que importa, ¿no? —Como ya estaba de mal humor, añadí—: Me alegro mucho de que en este instituto me hayan enseñado a no valorar ninguna opinión salvo la mía.

Ella abrió la boca y la cerró. Después se dedicó a revisar diversas carpetas apoyadas en su escritorio.

—Veamos, sé que estás aquí en alguna parte... ¡Ah! Aquí estás. —Sacó una hoja de papel de una de las carpetas y me la tendió—. ¿Todo está correcto?

Examiné el programa. Historia de Estados Unidos, inglés, salud, periodismo, anatomía y fisiología, música y trigonometría. Era evidente que el año pasado, cuando me apunté a las clases, sentía un impulso autodestructivo con respecto a mi futuro.

—Parece perfecto —dije, me colgué la mochila del hombro y salí por la puerta.

El pasillo exterior estaba en penumbra, los tubos de neón proyectaban un brillo apagado sobre el encerado del suelo. Mentalmente, me dije que éste era mi instituto, que aquí me sentía a gusto. Pese a que sentía un escalofrío cada vez que recordaba que ahora estaba en el tercer curso, pese a que no me acordaba de haber acabado segundo curso, con el tiempo la sensación de extrañeza desaparecería. Tenía que desaparecer.

Sonó la campana. En un instante se abrieron todas las puertas y el pasillo se inundó de alumnos. Me sumé al flujo de estudiantes abriéndose paso a los lavabos, las taquillas y las máquinas expendedoras de bebidas. Mantuve la barbilla ligeramente alzada y dirigí la mirada hacia delante. Pero notaba que mis compañeros de clase me miraban. Todos me lanzaron un segundo vistazo sorprendidos. A estas alturas, sabían que había regresado: mi historia era la noticia más destacada del lugar. Pero supongo que verme en carne y hueso sirvió para que se convencieran. En sus miradas se reflejaba la curiosidad: «¿Dónde estaba? ¿Quién la secuestró? ¿Qué clase de cosas repugnantes le ocurrieron?»

Y con mucho la especulación más importante: «¿Es verdad que no recuerda nada de todo aquello? Apuesto a que está fingiendo. ¿Quién olvida meses enteros de su vida?»

Hojeé el cuaderno que había apretado contra el pecho y fingí buscar algo importante. «Paso de vosotros», significaba el gesto. Después enderecé los hombros y simulé indiferencia, incluso distancia, pero en realidad me temblaban las rodillas. Corrí pasillo abajo, con un único objetivo.

Entré en el lavabo de chicas y me encerré en el último retrete, apoyé la espalda contra la pared y me deslicé hacia abajo hasta quedar sentada sobre el trasero. Un sabor amargo me inundó la boca; tenía las piernas y los brazos entumecidos, y también los labios. Las lágrimas resbalaban por mi barbilla pero no podía alzar la mano para secarlas.

Por más que cerrara los ojos y procurara dejar de ver, aún veía la expresión desconfiada y sentenciosa de sus rostros. Yo ya no era uno de ellos. De algún modo y sin ningún esfuerzo por mi parte, me había convertido en una extraña.

Me quedé en el retrete unos cuantos minutos, hasta que me tranquilicé y las ganas de llorar se desvanecieron. No quería ir a clase y tampoco a casa. Lo que de verdad quería era imposible: viajar hacia atrás en el tiempo y tener una segunda oportunidad. Cambiarlo todo, a partir de la noche en la que había desaparecido.

Acababa de ponerme de pie cuando oí una voz que me susurraba al oído, como una corriente de aire frío.

«Ayúdame.»

La voz era tan queda que casi no se oía. Incluso pensé que quizá la había inventado. Después de todo, últimamente lo único de lo que era capaz era de imaginarme cosas.

«Ayúdame, Nora.»

Al oír mi nombre se me puso la piel de gallina. Me quedé quieta e intenté volver a oír la voz. El sonido no surgía de dentro del retrete —allí estaba a solas—, pero tampoco de la zona más amplia del lavabo.

«Cuando él acabe conmigo, será como estar muerto. Nunca regresaré a casa.»

Esta vez la voz era más sonora y más desesperada. Alcé la vista: parecía haber flotado hacia abajo desde la rejilla de ventilación del cielorraso.

—¿Quién eres? —pregunté con cautela.

Ante la falta de respuesta, supe que debía tratarse de otra alucinación. El doctor Howlett lo había pronosticado. Mis pensamientos se volvieron angustiosos; debía alejarme de ese entorno, interrumpir el flujo actual de ideas y romper el hechizo antes de que me afectara aún más.

Tendí la mano hacia el pestillo de la puerta cuando una imagen estalló en mi cabeza y, eclipsó mi visión. De repente el retrete desapareció y, en vez de estar alicatado, el suelo bajo mis pies se convirtió en cemento. Por encima de mi cabeza, unas vigas metálicas atravesaban el cielorraso como gigantescas patas de araña y las puertas de una hilera de muelles de carga recorrían una pared.

Mi alucinación me había transportado a un... almacén.

«Me arrancó las alas. No puedo volar a casa», susurró la voz.

No podía ver a quién pertenecía la voz. Por encima de mí colgaba una bombilla desnuda que iluminaba la cinta transportadora situada en el centro del almacén, y eso era todo lo que había en el edificio.

Cuando la cinta se puso en marcha, un zumbido reverberó en torno a mí, un traqueteo mecánico surgió de la oscuridad en el otro extremo de la cinta, que transportaba algo hacia mí.

—No —dije, pero fue lo único que se me ocurrió decir. Agité las manos, tratando de tantear la puerta del retrete. Esto era una alucinación, tal como me había advertido mi madre. Tenía que abrirme paso a través de ella y descubrir la manera de regresar al mundo real. Y todo el tiempo, el horrendo estruendo metálico aumentaba de volumen.

Retrocedí desde la cinta transportadora hasta apoyarme contra la pared de cemento.

No podía escapar y observé que una jaula de metal surgía entre las sombras, traqueteando. El brillo de los barrotes era de un azul eléctrico y fantasmal, pero eso no fue lo que me llamó la atención. En su interior se acurrucaba una persona. Una chica, encogida para caber dentro de la jaula, con las manos aferradas a los barrotes y el rostro cubierto por una melena negro azulada. Sus ojos escudriñaban a través de la cortina formada por su cabello; eran incoloros. La cuerda que le rodeaba el cuello también desprendía la misma extraña luz azulada.

«Ayúdame, Nora.»

Quería echar a correr hacia la salida. Temía atravesar las puertas de los muelles de carga, porque quizá me conducirían a una alucinación más profunda. Lo que necesitaba era encontrar mi propia puerta. Una creada por mí ahora mismo, a través de la cual escapar del lavabo del instituto.

«¡No le des el collar! —La chica agitaba los barrotes de la jaula—. Él cree que lo tienes tú. Si se hace con el collar, será imposible detenerlo. No tendré elección. ¡Tendré que decirle todo!»

El sudor me humedecía la cintura y las axilas. ¿Collar? ¿Qué collar?

«No hay ningún collar —me dije—. Tanto la chica como el collar son producto de tu imaginación. Despréndete de ellos.» ¡Despréndete! ¡De! ¡Ellos!

Sonó una campana.

Y de repente salí de la alucinación. La puerta cerrada con llave del retrete estaba a centímetros de mi nariz. EL SEÑOR SARRAF ES UNA MIERDA. B.L. + J.F. = AMOR.

BANDAS DE JAZZ ROCANROLEAN. Recorrí con el dedo las palabras profundamente grabadas. La puerta era real y me desplomé, aliviada.

Oí voces en el lavabo y me estremecí, pero eran normales, alegres y parlanchinas. A través de la rendija de la puerta, observé que tres chicas formaban fila ante los espejos. Se ahuecaron el pelo y se aplicaron brillo de labios.

—Esta noche deberíamos pedir una pizza y ver películas —dijo una.

—No puedo, chicas. Esta noche sólo seremos Susanna y yo. —Reconocí la voz: era la de Marcie Millar. Estaba entre las otras dos, peinándose la coleta rubia y sujetándola con un clip en forma de flor de plástico rosa.

—¿Nos abandonas por tu madre? Esto, ¿ay?

—Esto, sí. Confórmate —dijo Marcie.

Las chicas a ambos lados de Marcie se pusieron de morros. Apostaría a que eran Addison Hales y Cassie Sweeney. Addison era una animadora, como Marcie, pero en cierta oportunidad oí que Marcie confesaba que el único motivo de su amistad con Cassie se debía a que vivían en el mismo barrio. Su vínculo se debía a un hecho sencillo: que ambas podían permitirse el mismo tren de vida. Como dos gotas de agua, un agua muy próspera.

—No empecéis —dijo Marcie, pero su tono sonriente manifestaba claramente que la desilusión de las otras la halagaba—. Mi madre me necesita. Esta noche saldremos juntas.

—Acaso está... ya sabes... ¿deprimida? —preguntó la chica que supuse que era Addison.

—¿Hablas en serio? —Marcie rio—. Ella se quedó con la casa, aún es socia del club náutico. Además, obligó a mi padre a comprarle un Lexus SC10. ¡Es taaan mono! Y juro que la mitad de los tíos solteros de la ciudad ya la han llamado o pasado a verla.

Marcie marcó cada punto con los dedos con tanta fluidez que supuse que había ensayado el discurso.

—Es muy guapa —suspiró Cassie.

—Exactamente. Da igual con quién se líe mi padre: supondrá bajar de categoría.

—¿Está saliendo con alguien?

—Todavía no. Mi madre tiene amigos por todas partes. Alguien hubiera visto algo. Bien, chicas —dijo, adoptando un tono de cotilleo—, ¿habéis visto las noticias? ¿Sobre Nora Grey?

Al oír mi nombre, se me doblaron ligeramente las rodillas y apoyé una mano en la pared.

—La encontraron en el cementerio y dicen que no recuerda nada —prosiguió Marcie—. Supongo que está tan loca que incluso se escapó de la policía. Creía que querían hacerle daño.

—Mi madre dice que quizás el secuestrador le lavó el cerebro —dijo Cassie—. A lo mejor un tío granuja le hizo creer que estaban casados.

—¡Qué asco! —dijeron todas al unísono.

—Sea lo que fuere que ocurrió, ahora es mercancía estropeada —dijo Marcie—. Aunque diga que no recuerda nada, inconscientemente sabe qué pasó. Tendrá que cargar con ello durante el resto de su vida. Lo mejor sería que se envolviera en una cinta amarilla donde ponga «Prohibido el paso».

Todas soltaron risitas. Luego Marcie dijo:

—Hay que regresar a clase, chicas. Ya no dispongo de más pases para llegar tarde: las secretarias los han guardado bajo llave. Putas.

Aguardé hasta mucho después de que se fueran, sólo para asegurarme de que el lavabo estuviera vacío, luego me apresuré salir por la puerta. Recorrí el pasillo a toda prisa, abrí la puerta de salida y corrí hacia el parking de los alumnos.

Me lancé dentro del Volkswagen, preguntándome por qué había creído que podía volver a la vida de siempre y continuar a partir del momento en que todo se detuvo.

Pero ése era el problema: las cosas no se habían detenido.

Habían seguido adelante, pero sin mí.

CAPÍTULO

Me preparé para la cena con Hank y mamá; me puse bailarinas y un vestido ligero estilo bohemio que me llegaba arriba de la rodilla.

Era más de lo que Hank se merecía, pero yo tenía un motivo oculto. Las metas de esta noche eran dos: primero, hacer que mamá y Hank desearan no haberme invitado; segundo, dejar mi opinión sobre su relación más clara que el agua. Ya estaba ensayando mi discurso mentalmente, el que pronunciaría de pie y a voz en cuello, y que acabaría cuando derramara la copa de vino de Hank encima de su cabeza. Esa noche tenía la intención de usurpar el trono de Reina de las Divas de Marcie, y al diablo con mi propio decoro.

Pero lo primero es lo primero. Debía convencer a mamá y a Hank de que mi estado de ánimo era el adecuado como para aparecer en público. Si salía de mi habitación echando espuma por la boca y llevando una camiseta negra donde ponía EL AMOR ES UNA MIERDA, mi plan fracasaría.

Pasé treinta minutos en la ducha, el agua caliente azotaba cada centímetro de mi cuerpo y, tras refregarme y depilarme, me apliqué aceite para bebés en la piel. Los pequeños cortes en los brazos y las piernas cicatrizaban con rapidez y los moratones estaban desapareciendo, pero ambos delataban a las claras lo que había sido mi vida durante el secuestro. Sumados a la mugre que me cubría cuando llegué al hospital, supuse que había estado prisionera en medio de un bosque. En algún lugar tan remoto donde nadie me pudiera encontrar por casualidad. Un lugar tan dejado de la mano de Dios que la oportunidad de escapar y sobrevivir fuera nula.

Pero yo debía de haber escapado. De lo contrario, ¿cómo había llegado a casa? Además, pensé en los espesos bosques del norte de Maine y Canadá. Aunque nada demostraba que había estado cautiva allí, sentía que ésa era la verdad. Había escapado y, pese a tenerlo todo en contra, había sobrevivido. Era la única teoría de la que disponía.

Antes de salir de la habitación me detuve ante el espejo y me sujeté el pelo con una banda elástica. Ahora lo tenía más largo, me llegaba casi hasta la cintura, con reflejos dorados gracias al sol del verano. Era evidente que había estado en algún lugar al aire libre. Tenía la piel ligeramente bronceada y algo me decía que durante todas aquellas semanas no había estado oculta en una cámara de rayos UVA. Pensé en comprarme nuevos productos de maquillaje, pero luego descarté la idea. No quería un nuevo maquillaje que encajara con mi nuevo yo; sólo quería recuperar el anterior.

Bajé y me reuní con Hank y con mamá en el vestíbulo. Vagamente, noté que Hank parecía un muñeco Ken de tamaño natural y fríos ojos azules, de piel morena y peinado con una impecable raya a un costado. La única discrepancia era su cuerpo delgado. En una pelea, Ken hubiera vencido.

—¿Lista? —preguntó mamá. Estaba muy elegante: llevaba pantalones ligeros de lana, una blusa y un chal de seda, pero lo que me llamó la atención era lo que no llevaba: era la primera vez que no lucía la alianza y había una marca blanca en su dedo anular.

—Iré en mi coche —dije con brusquedad.

Hank me apretó el hombro con gesto juguetón. Antes de que pudiera zafarme, dijo:

—Marcie hace lo mismo que tú. Ahora que tiene el permiso de conducir, quiere conducir a todas partes. —Alzó las manos, indicando que no discutiría—. Tu madre y yo nos reuniremos allí contigo.

Dudé si decirle a Hank que mi deseo de ir en mi coche no guardaba relación con un trozo de plástico en mi cartera y sí con el hecho de que su presencia me ponía incómoda.

Me volví hacia mamá.

—¿Me das dinero para gasolina? El depósito está casi vacío.

—En realidad —dijo mamá, lanzándole una mirada a Hank que expresaba «échame una mano con esto»—, quería aprovechar este momento para que los tres habláramos. ¿Por qué no nos acompañas y mañana te daré dinero para que repostes? —dijo en tono amable, pero era evidente que no me daba otra opción.

—Sé buena chica y escucha a tu madre —dijo Hank, lanzándome una sonrisa blanca y perfecta.

—Seguro que dispondremos de tiempo para hablar mientras cenamos. No comprendo por qué ir en mi coche supone un problema.

—Es verdad, pero igual tendrás que acompañarnos —dijo mamá—. Resulta que no dispongo de efectivo. El nuevo móvil que te compré hoy no era barato.

—¿No puedo pagar la gasolina con tu tarjeta de crédito? —Pero ya sabía la respuesta. A diferencia de la madre de Vee, la mía nunca me dejaba su tarjeta de crédito y yo no me permitía «tomarla prestada». Supongo que podría haber usado mi propio dinero, pero ya me había plantado y ahora no pensaba echarme atrás. Antes de que ella pudiera rebatirme, añadí—: ¿Y Hank? Estoy segura de que me prestaría veinte dólares, ¿verdad, Hank?

Hank inclinó la cabeza hacia atrás y soltó una carcajada, pero noté la expresión irritada de su mirada.

—Nora es toda una negociadora, Blythe. El instinto me dice que no heredó tu carácter dulce y sencillo.

—No seas mal educada, Nora —dijo mamá—. Estás creando un problema donde no lo hay. Compartir el coche con nosotros durante una noche no te matará.

Miré a Hank con la esperanza de que fuera capaz de leerme el pensamiento. «No estés tan segura.»

—Será mejor que nos pongamos en marcha —dijo mamá—. Hemos reservado una mesa para las ocho y no queremos quedarnos sin ella.

Antes de que yo pudiera presentar otro argumento, Hank abrió la puerta principal y nos invitó a salir.

—Ah, ¿así que ése es tu coche, Nora? ¿El Volkswagen? —preguntó, contemplándolo—. La próxima vez que quieras comprar uno, pásate por mi concesionario. Por el mismo precio, podría haberte ofrecido un Celica descapotable.

—Se lo regaló un amigo —le explicó mamá.

Hank soltó un silbido.

—Menudo amigo.

—Se llama Scott Parnell —dijo mamá—. Un viejo amigo de la familia.

—Scott Parnell —comentó Hank, y se pasó una mano por la boca—. Me suena. ¿Conozco a sus padres?

—Lynn, su madre, vive en la calle Deacon, pero Scott se marchó de la ciudad el verano pasado.

—Interesante —murmuró Hank—. ¿Sabes a dónde fue a parar?

—A algún lugar de New Hampshire. ¿Conoces a Scott?

Hank esquivó la pregunta sacudiendo la cabeza.

—New Hampshire es un paraíso rural —murmuró en tono elogioso. Su voz era tan melosa que resultaba irritante. Y también que podría haber pasado por el hermano menor de mamá, de verdad. Tenía algo de barba, una fina pelusa que le cubría la mayor parte de la cara, pero le vi una piel perfecta y muy pocas arrugas. Había tenido en cuenta la posibilidad de que mi madre volviera a salir con otros hombres e incluso que volviera a casarse, pero quería que su próximo marido tuviera un aspecto distinguido. Hank Millar parecía un chico de un colegio mayor oculto bajo un traje gris.

Cuando llegamos a Coopersmith's, Hank aparcó el coche en la parte de atrás. Cuando me apeé, sonó mi nuevo móvil. Antes de salir le había enviado un SMS a Vee con el número y por lo visto lo había recibido.

¡NENA! ESTOY EN CASA. ¿DÓNDE ESTÁS?

—Me reuniré con vosotros dentro —les dije a mamá y a Hank—. SMS —añadí, agitando el móvil.

Mamá me lanzó una mirada furiosa que expresaba «Date prisa», luego cogió a Hank del brazo y dejó que la acompañara hasta las puertas del restaurante.

Le envié una respuesta a Vee.

—ADIVINA.

—¿PISTAS? —contestó.

—¿JURAS NO DECÍRSELO A NADIE?

—¿TIENES QUE PREGUNTARLO?

De mala gana, escribí:

—CENANDO CON PAPÁ DE MARCIE. MAMÁ SALE CON ÉL.

—¡TRAIDORA! SI SE CASAN, TÚ & MARCIE...

—¡ME VENDRÍA BIEN UN POCO DE CONSUELO!

—¿ÉL SABE QUE ME ESTÁS ENVIANDO SMS? —preguntó Vee.

—NO. ESTÁN DENTRO. ESTOY EN EL PARKING DE COOPERSMITH'S.

—ES UN CHULO. DEMASIADO FINO PARA APPLEBEE'S.

—PEDIRÉ LO MÁS CARO. SI TODO SALE BIEN, LE ARROJARÉ EL VINO EN LA CARA.

—¡JÁ! NO TE MOLESTES. IRÉ A BUSCARTE. HEMOS DE HABLAR. HA PASADO DEMASIADO TIEMPO. ¡MUERO X VERTE!

—¡ESTO ES UNA MIERDA! —contesté—. DEBO QUEDARME. MAMÁ ESTÁ BELICOSA.

—¿ME DAS CALABAZAS?

—OBLIGACIONES FAMILIARES. ¡DÉJAME EN PAZ!

—¿HE MENCIONADO Q MUERO X VERTE?

—YO TAMBIÉN. ERES LA MEJOR, LO SABES, ¿NO? PALABRA.

—¿NOS ENCONTRAMOS EN ENZO'S MAÑANA PARA ALMORZAR?

—VALE.

Colgué, atravesé el parking y entré en el restaurante. Las luces eran tenues, la decoración masculina y rústica: paredes de ladrillo, butacas de cuero rojo y arañas en forma de cornamenta de ciervo. Un intenso aroma a carne asada flotaba en el aire, y en la tele encima de la barra aparecían las noticias deportivas del día.

—Mi grupo acaba de entrar hace un minuto —le dije a la azafata—. La reserva está a nombre de Hank Millar.

—Sí, Hank acaba de entrar —contestó, lanzándome una sonrisa radiante—. Mi padre solía jugar al golf con él, así que lo conozco muy bien. Es como un segundo padre para mí. Estoy segura de que el divorcio lo ha destrozado, así que me alegro de ver que vuelve a salir con alguien.

Recordé el comentario de Marcie: que su madre tenía amigos en todas partes. Rogué que no frecuentara Coopersmith's, porque temía que la noticia sobre esta salida se divulgara a gran velocidad.

—Supongo que depende de a quién se lo preguntes —murmuré.

La sonrisa de la azafata se borró.

—¡Oh! Qué falta de consideración la mía. Tienes razón. Estoy segura de que su ex mujer no estaría de acuerdo. No debería haber dicho nada. Por aquí, por favor.

Me había malinterpretado, pero no insistí. La seguí más allá de la barra y bajé unos peldaños hasta un comedor situado a un nivel inferior. De las paredes de ladrillo colgaban fotos en blanco y negro de célebres mafiosos. Las mesas estaban hechas de viejas escotillas de barcos. Se rumoreaba que el piso de pizarra había sido importado de un castillo francés en ruinas y se remontaba al siglo XVI. Me dije mentalmente que a Hank le gustaban las cosas viejas.

Al verme, se levantó de la silla, como un auténtico caballero. Si supiera lo que le tenía preparado...

—¿Era Vee la que te enviaba un SMS?

Me senté y levanté el menú para no ver a Hank.

—Sí.

—¿Cómo está?

—Muy bien.

—¿La buena de Vee? —se burló mamá.

Solté un gruñido de asentimiento.

—Ambas deberíais reuniros este fin de semana —sugirió ella.

—Ya hemos quedado.

Al cabo de un momento, mamá cogió su propio menú.

—¡Bien! Todo parece maravilloso. Elegir un plato será difícil. ¿Qué tomarás, Nora?

Examiné la columna de los precios, buscando la suma más exorbitante.

De pronto Hank tosió y se aflojó la corbata, como si se hubiera atragantado y se quedó boquiabierto con expresión incrédula. Dirigí la mirada en la misma dirección y vi a Marcie Millar entrando en el restaurante junto con su madre. Susanna Millar colgó su chaqueta de un antiguo perchero junto a las puertas, y luego ella y Marcie siguieron a la azafata hasta una mesa situada cuatro mesas más allá.

Susanna Millar se sentó de espaldas a nosotros y yo estaba segura de que no nos había visto. Pero Marcie, sentada frente a su madre, reaccionó mientras cogía su copa de agua. Permaneció inmóvil, con la copa a milímetros de la boca y se quedó tan boquiabierta como su padre. Dirigió la mirada a Hank, después a mi madre y por fin a mí.

Luego se inclinó por encima de la mesa y le susurró unas palabras a su madre. Susanna se puso rígida.

Una sensación de desastre inminente me atravesó el estómago y me llegó hasta los pies.

Marcie apartó la silla de la mesa con gesto abrupto. Su madre trató de cogerla del brazo pero no lo logró y Marcie se acercó a nosotros.

—Bien —dijo, deteniéndose en nuestra mesa—. ¿Estáis disfrutando de una bonita cena?

Hank carraspeó, miró a mamá de soslayo y cerró los ojos en silenciosa disculpa.

—¿Puedo dar la opinión de una extraña? —continuó Marcie en tono curiosamente alegre.

—Marcie —dijo Hank, con tono recriminatorio.

—Ahora que eres un buen partido, papá, tendrás que ser cauto cuando sales con alguien. —Pese a su bravata, noté que un ligero temblor le recorría los brazos. Quizá debido a la cólera, pero lo raro es que parecía más bien debido al temor.

Casi sin mover los labios, Hank murmuró:

—Te ruego amablemente que regreses junto a tu madre y disfrutes de la comida. Hablaremos de esto más tarde.

Pero Marcie no se dejó disuadir y prosiguió:

—Esto te sonará duro, pero al final te ahorrará mucho dolor. Algunas mujeres son unas cazafortunas y sólo te quieren por tu dinero —dijo, clavando la vista en mamá.

Miré fijamente a Marcie e incluso yo notaba que mis ojos destilaban hostilidad. ¡Su padre vendía coches! Puede que en Coldwater eso fuera una profesión admirable, ¡pero ella actuaba como si su familia poseyera un pedigrí y tantos fondos que éstos le salieran por las orejas! En caso de que mi madre fuera una cazafortunas, podía conseguir alguien mucho, mucho mejor que un oscuro vendedor de coches llamado Hank.

—Y encima en Coopersmith's —prosiguió Marcie, y su tono alegre se trocó en disgusto—. Es un golpe bajo: éste es nuestro restaurante. Aquí celebramos los cumpleaños, las fiestas de trabajo, los aniversarios... ¡Qué horterada de tu parte!

Hank se presionó la frente con los dedos.

—Yo elegí el restaurante, Marcie —dijo mamá en voz baja—. No sabía que tenía un significado especial para tu familia.

—No te metas —dijo Marcie bruscamente—, esto es entre mi padre y yo. Tu opinión no me interesa.

—¡Vale! —exclamé, y me levanté de la silla—. Me voy al lavabo.

Le lancé una rápida mirada a mamá, insinuando que me siguiera. Éste no era nuestro problema; si Marcie y su padre querían pelearse en público, de acuerdo. Pero me negaba a quedarme sentada y dar un espectáculo.

—Te acompaño —dijo Marcie, con lo que logró desconcertarme.

Antes de que se me ocurriera cómo reaccionar, me cogió del brazo y me arrastró hacia la parte delantera del restaurante.

—¿Te importaría decirme de qué va todo esto? —pregunté cuando nos alejamos, echando una mirada a nuestros brazos unidos.

—Una tregua —dijo Marcie con sarcasmo.

Con cada minuto que pasaba, el asunto se volvía más interesante.

—¿Oh? ¿Y cuánto durará?

—Sólo hasta que mi padre rompa con tu madre.

—Pues te deseo buena suerte —bufé.

Ella me soltó el brazo para entrar en el lavabo de señoras. Cuando la puerta se cerró a nuestras espaldas, comprobó que estábamos a solas echando un vistazo bajo las puertas de los retretes.

—No finjas que no te importa —dijo—. Te vi sentada con ellos: parecías estar a punto de vomitar.

—¿A qué viene esto?

—A que tenemos algo en común.

Solté una carcajada, pero seca y carente de humor.

—¿Te da miedo ponerte de mi parte? —preguntó.

—Más bien soy cauta. Me disgusta bastante que me apuñalen por la espalda.

—No lo haría —dijo, gesticulando con impaciencia—. No en un caso tan grave como éste.

—Nota para mí misma: Marcie sólo apuñala por la espalda por temas triviales.

Marcie se sentó en el borde del lavamanos; ahora medía una cabeza más que yo y me contemplaba desde arriba.

—¿Es verdad que no recuerdas nada? Entonces, ¿tu amnesia es auténtica?

«No te pongas nerviosa», pensé.

—¿Me arrastraste hasta aquí para hablar de nuestros padres, o de verdad sientes interés por mí?

Marcie frunció el entrecejo.

—Si algo hubiera ocurrido entre nosotras... no lo recordarías, ¿verdad? Sería como si no hubiese ocurrido, al menos para ti. —Me observó minuciosamente, atenta a mi respuesta.

Puse los ojos en blanco. Estaba cada vez más irritada.

—Dilo de una buena vez. ¿Qué ocurrió entre nosotras?

—Lo que diré es sólo una suposición.

No le creí ni un segundo. Quizá Marcie me había sometido a una tremenda humillación antes de que yo desapareciera, pero ahora que necesitaba mi cooperación esperaba que lo hubiese olvidado. Sea lo que fuere que hizo, casi me alegré de no recordarlo. Tenía otras cosas de las que preocuparme, más allá del último ataque de Marcie.

—Entonces es verdad —dijo ella. No sonreía pero tampoco fruncía el ceño—. Realmente no recuerdas nada.

Me dispuse a responder, pero no se me ocurrió nada. Mentir y que me descubrieran delataría mi inseguridad mucho más que ser sincera.

—Mi padre dijo que no recordabas nada de lo ocurrido durante los últimos cuatro meses. ¿Por qué la amnesia afecta un período tan prolongado? ¿Por qué no sólo hasta la fecha en que te secuestraron?

Mi tolerancia había llegado al límite. En caso de que decidiera hablar de ello con alguien, la primera nunca sería Marcie. No figuraba en la lista, y punto.

—No tengo ganas de discutir. Regreso a la mesa.

—Sólo intento obtener información.

—¿No se te ha ocurrido que no es asunto tuyo? —fueron mis últimas palabras.

—¿Me estás diciendo que no recuerdas a Patch? —soltó.

«Patch.»

En cuanto Marcie pronunció su nombre, el mismo matiz negro y fantasmal me nubló la vista. Desapareció con la misma rapidez, pero dejó una sensación, un sentimiento ardiente e inexplicable, como una inesperada bofetada. De pronto no pude respirar. La punzada era profunda. Conocía ese nombre. Algo en él...

—¿Qué has dicho? —pregunté lentamente, volviéndome.

—No te hagas la sorda. —Me clavó la vista—. Patch.

Intenté reprimir mi desconcierto e incertidumbre.

—Vaya, vaya —dijo Marcie. No parecía complacida, tal como yo hubiera esperado tras descubrir mi indefensión.

Sabía que debería largarme, pero la sensación de familiaridad que me produjo ese nombre lo impidió. Si seguía hablando con Marcie, a lo mejor la recuperaba; quizás esta vez permanecería el tiempo suficiente para identificarla.

—¿Te quedarás ahí diciendo «vaya, vaya» o me darás una pista?

—Antes, en verano, Patch te dio algo —dijo, sin ningún preámbulo—. Algo que me pertenece.

—¿Quién es Patch? —logré decir por fin. La pregunta parecía redundante, pero no iba a dejar que Marcie avanzara hasta haberme puesto al corriente, dentro de lo posible. Cuatro meses suponían demasiados puntos para tratarlos en una rápida excursión al lavabo.

—Un tío con el que salí. Una aventura de verano.

Un sentimiento intenso me embargó, algo parecido a los celos, pero lo reprimí. Marcie y yo jamás nos interesaríamos por el mismo tío. Los atributos que ella valoraba —como la superficialidad, la estupidez y el egoísmo— no despertaban mi interés.

—¿Qué fue lo que me dio? —Sabía que había muchas cosas que no comprendía, pero creer que el novio de Marcie me hubiese dado algo era muy difícil de imaginar. Ella y yo no compartíamos los mismos amigos. No éramos socias de los mismos clubes. No coincidíamos en ninguna de nuestras actividades extracurriculares. Resumiendo: no teníamos nada en común.

—Un collar.

Disfrutando del hecho de que por una vez no me tocaba jugar de defensa, le lancé una amplia sonrisa.

—Vaya, Marcie, hubiera jurado que regalarle joyas a otra chica indica que tu novio te engaña.

Ella echó la cabeza hacia atrás y soltó una carcajada tan convincente que me despertó cierta inquietud.

—No sé si pensar que estás tan completamente a oscuras es triste o cómico.

Crucé los brazos, como para mostrar cierta irritación e impaciencia, pero la verdad es que me invadió un frío interior, un frío que no guardaba relación con la temperatura. Nunca lograría escapar de esto. De pronto tuve la horrorosa sensación de que mi roce con Marcie sólo era el principio, un sutil anuncio de lo que me esperaba más adelante.

—No tengo el collar.

—Crees que no lo tienes porque no lo recuerdas. Pero lo tienes. Quizás ahora mismo está en tu joyero. Le prometiste a Patch que me lo darías. —Me tendió un trozo de papel—. Es mi número. Llámame cuando encuentres el collar.

Cogí el papel, pero no me dejaría comprar tan fácilmente.

—¿Por qué no te dio el collar él mismo?

—Ambas éramos amigas de Patch. —Ante mi mirada escéptica, añadió—: Siempre hay una primera vez para todo, ¿no?

—No tengo el collar —repetí en tono terminante.

—Lo tienes, y quiero que me lo devuelvas.

«¡Cuánta insistencia!»

—Este fin de semana, cuando disponga de tiempo, lo buscaré.

—Mejor pronto que tarde.

—Es mi última oferta, lo tomas o lo dejas.

—¿Por qué estás tan tensa? —dijo, moviendo los brazos.

No dejé de sonreír, mi manera de hacerle un corte de mangas.

—Puede que no recuerde los últimos cuatro meses, pero recuerdo los dieciséis años anteriores con absoluta claridad, incluso los once que hace que nos conocemos.

—Así que se trata de rencor. Una actitud muy madura de tu parte.

—Se trata de una cuestión de principios. No me fío de ti, porque nunca me diste motivos para hacerlo. Si pretendes que te crea, tendrás que demostrarme por qué habría de hacerlo.

—Eres una idiota. Intenta recordar. Si hubo algo bueno que hizo Patch fue unirnos. ¿Sabes que asististe a la fiesta que celebré en verano? Pregúntales a los demás. Estabas allí, como amiga mía. Patch me hizo ver un aspecto diferente de ti.

—¿Dices que asistí a una de tus fiestas? —No la creí, pero ¿por qué habría de mentir? Tenía razón: yo podía preguntarles a los demás. Afirmar eso era una tontería, cuando resultaba tan sencillo averiguar la verdad.

Al parecer, me leyó el pensamiento, porque dijo:

—No me tomes la palabra. De verdad. Llama a tus

amigos y compruébalo. —Luego se colgó el bolso del hombro y salió dándose aires.

Me quedé en el lavabo unos minutos, procurando calmarme. Una idea tan desconcertante como enervante me rondaba la cabeza. ¿Sería posible que Marcie dijera la verdad? ¿Qué su novio —¿Patch?— había logrado romper años de hielo acumulado entre nosotras y conseguir que nos hiciéramos amigas? La idea resultaba casi ridícula. «Ver para creer» era la frase que se me ocurría. Mi memoria defectuosa me irritaba más que nunca, aunque sólo fuera porque me ponía en desventaja frente a Marcie.

Y si Patch era su aventura estival y nuestro mutuo amigo, ¿dónde estaba ahora?

Al salir del lavabo, noté que Marcie y su madre habían desaparecido. Supuse que se cambiaron de mesa o que le demostraron su disgusto a Hank abandonando el restaurante. Ambas soluciones me parecían perfectas.

Cuando iba llegando a nuestra mesa, ralenticé el paso. Hank y mamá estaban cogidos de la mano y se miraban a los ojos de un modo muy íntimo. Él le apartó un mechón de pelo del rostro y ella se ruborizó de placer.

Retrocedí sin darme cuenta. Sentí náuseas: el más absoluto de los clichés, pero dolorosamente preciso. Ni hablar de derramar vino en la cabeza de Hank, ni de convertirme en una diva de epopeya.

Di media vuelta y eché a correr hacia las puertas, le pedí a la azafata que le dijera a mamá que había llamado a Vee para que viniera a buscarme y abandoné el restaurante.

Respiré hondo varias veces. Mi presión se estabilizó y dejé de ver doble. Arriba brillaban algunas estrellas, aunque hacia el oeste el sol acababa de ponerse tras el horizonte. No hacía frío, pero hubiera deseado llevar un jersey; había dejado mi chaqueta tejana colgada de la silla y no pensaba volver a buscarla. Estaba más tentada de hacerlo para recuperar mi móvil, pero si había sobrevivido durante los últimos tres meses sin teléfono, seguro que podría soportarlo una noche más.

Había un 7-Eleven a unas cuantas calles y aunque sabía que estar fuera y a solas de noche no era buena idea, también sabía que no podía pasar el resto de mi vida encogida de miedo. Si las víctimas del ataque de un tiburón lograban volver a meterse en el mar, yo sería capaz de recorrer algunas manzanas a solas, ¿no? Me encontraba en una zona muy segura y bien iluminada de la ciudad. Si estaba dispuesta a superar mis temores, no podía haber elegido una zona mejor.

Seis calles más adelante entré en el 7-Eleven y cuando abrí la puerta sonó una campanilla. Estaba tan sumida en mis propios pensamientos que tardé unos segundos en comprobar que algo no iba bien. Un silencio inquietante me rodeaba, pero sabía que no estaba sola en la tienda; al atravesar el parking había visto unas cabezas a través de la ventana. Me pareció que eran cuatro tíos, pero todos habían desaparecido, y con gran rapidez. Incluso el mostrador delantero estaba abandonado. No recordaba haber entrado en una tienda de ésas sin que hubiera nadie detrás del mostrador. Era pedir que te atracaran, sobre todo de noche.

—¿Hola? —exclamé. Recorrí la parte delantera de la tienda echando un vistazo a los pasillos, donde había de todo, desde galletas de higo hasta Dramamine.

»¿Hay alguien ahí? Necesito cambio para llamar por teléfono.

Un ruido sordo surgió desde el pasillo trasero, que estaba a oscuras, tal vez conducía a los lavabos. Agucé los oídos tratando de volver a escuchar el ruido. Dadas las últimas falsas alarmas, temí que se tratara de otra alucinación.

Entonces oí un segundo ruido: el ligero chirrido de una puerta cerrándose. Estaba segura de que era un sonido real, lo cual significaba que alguien podía estar oculto allí detrás, fuera de mi vista. Sentí una punzada de angustia en el estómago y me apresuré a salir.

Tras rodear el edificio, encontré el teléfono público y marqué el 911, el número de la policía. Sólo sonó una vez antes de que una mano pasara por encima de mi hombro y cortara la comunicación.

CAPÍTULO

Me di la vuelta.

Medía quince centímetros más que yo y pesaba al menos veinticinco kilos más. Las luces del parking casi no iluminaban el lugar, pero tomé nota de algunas de sus características: pelo rubio rojizo, engominado y pinchudo, ojos de un azul acuoso, pendientes en ambas orejas y un collar de dientes de tiburón. Media cara cubierta de acné, una camiseta negra sin mangas que destacaba sus musculosos bíceps donde aparecía el tatuaje de un dragón vomitando llamas.

—¿Necesitas ayuda? —preguntó, haciendo una mueca. Me ofreció su móvil, apoyó un brazo en el teléfono público y se inclinó hacia mí, acercándose demasiado. Su sonrisa era demasiado dulzona, demasiado suficiente.

»Detesto ver a una chica guapa malgastando dinero en una llamada.

Como no contesté, frunció ligeramente el ceño.

—A menos que hicieras una llamada gratuita —añadió, rascándose la mejilla y simulando reflexionar—. Pero la única llamada gratuita que puedes hacer desde un teléfono público es a la policía. —Su tono perdió cualquier matiz angelical.

Tragué saliva.

—No había nadie en el mostrador de la tienda. Creí que algo iba mal. —Y ahora sabía que algo iba mal. El único motivo por el que le preocuparía que yo llamara a la policía era que quería mantenerla lejos, muy lejos. «¿Acaso se trataba de un atraco?»

—Te diré lo que has de hacer —me dijo, agachándose y acercando su cara a la mía, como si yo tuviera cinco años y necesitara instrucciones lentas y precisas—. Métete en tu coche y sigue conduciendo.

Entonces comprendí que ignoraba que yo había llegado andando, pero la idea pasó a segundo plano cuando oí una refriega en el callejón al otro lado de la esquina, seguida de una serie de palabrotas y un gruñido de dolor.

Consideré mis opciones. Podía aceptar el consejo de Collar de Dientes de Tiburón y largarme rápido, fingiendo que jamás había estado ahí. O correr hasta la próxima gasolinera y llamar a la policía, pero para entonces podría ser demasiado tarde. Si estaban atracando la tienda, Dientes de Tiburón y sus amigos no se demorarían. Otra opción era quedarme y hacer un intento —muy valiente o muy estúpido— de impedir el atraco.

—¿Qué está ocurriendo allí detrás? —pregunté en tono inocente, indicando la parte trasera del edificio.

—Echa un vistazo en torno —contestó con voz suave—. Este lugar está vacío, nadie sabe que estás aquí. Nadie recordará que has estado aquí. Ahora sé buena chica, métete en el coche y lárgate.

—Yo...

—No volveré a pedírtelo —dijo, tapándome la boca con el dedo. Hablaba en tono dulce, casi seductor, pero sus ojos eran dos agujeros helados.

—Me dejé las llaves en el mostrador —dije, echando mano de la primera excusa que se me ocurrió—. Al entrar en la tienda.

Él me cogió del brazo y me arrastró hasta la parte delantera del edificio. Sus zancadas eran dos veces más largas que las mías y tuve que correr para mantenerme a la par, mientras procuraba idear una excusa cuando descubriera que estaba mintiendo. No sabía cómo reaccionaría, pero tenía una vaga idea y eso hizo que se me revolviera el estómago.

Cuando entramos volvió a sonar una campanilla. Me obligó a acercarme a la caja registradora y apartó un envase de cartón que contenía protectores labiales y otro de plástico con llaveros. Después se acercó a la otra caja y siguió buscando mis llaves apresuradamente. De pronto se detuvo y me lanzó una mirada.

—¿Por qué no me dices dónde están tus llaves?

Me pregunté si podría alcanzar la calle antes que él y cuántas posibilidades había de que pasara un coche, ahora, cuando más lo necesitaba, y por qué había abandonado Coopersmith's sin mi chaqueta y mi móvil.

—¿Cómo te llamas? —me preguntó.

—Marcie —mentí.

—Te diré una cosa, Marcie —dijo, y me apartó un rizo de la cara. Traté de dar un paso atrás, pero me pellizcó la oreja en señal de advertencia así que permanecí inmóvil, soportando que me acariciara la oreja y la mandíbula con el dedo. Me levantó la barbilla y me obligó a mirarlo a los ojos, esos ojos de color pálido y casi traslúcido.

»Nadie le miente a Gabe. Cuando Gabe le dice a una chica que se largue, será mejor que lo haga. De lo contrario, Gabe se enfadará, y eso es malo, porque Gabe tiene mal genio. En realidad, malo es una manera amable de decirlo. ¿Me entiendes?

Me inquietaba que se refiriese a sí mismo en tercera persona, pero no quería darle importancia al asunto. Además, la intuición me decía que a Gabe no le gustaba que lo contradijeran o cuestionaran.

—Lo siento. —No osaba darle la espalda, temía que lo considerara una falta de respeto.

—Quiero que te marches, ahora —dijo con esa voz aparentemente aterciopelada.

Asentí, retrocediendo. Choqué contra la puerta con el codo, dejando entrar el aire fresco.

En cuanto salí, la voz de Gabe surgió a través de la puerta cristalera.

—Diez. —Estaba apoyado contra el mostrador delantero, con una sonrisa retorcida en el rostro.

No sabía por qué había dicho esa palabra, pero controlé mi expresión y seguí retrocediendo a mayor velocidad.

—Nueve —dijo a continuación.

Entonces comprendí que era una cuenta atrás.

—Ocho —añadió, apartándose del mostrador y acercándose a la puerta con paso lento. Apoyó las palmas en el cristal y dibujó un corazón invisible con el dedo. Al ver mi expresión aterrada soltó una risita.

—Siete.

Me di la vuelta y eché a correr.

Oí un coche que se acercaba por la carretera y empecé a gritar y agitar los brazos, pero estaba demasiado lejos, el coche pasó zumbando y el rugido del motor desapareció en la siguiente curva.

Cuando alcancé la carretera, miré a derecha e izquierda, y decidí volver hacia Coopersmith's.

—En sus marcas, listos, ¡ya! —gritó Gabe a mis espaldas.

Eché a correr más rápido y oí el ridículo golpeteo de

mis bailarinas contra el asfalto. Quería mirar hacia atrás y comprobar a qué distancia se encontraba él, pero me obligué a concentrarme en la curva situada más adelante. Intenté mantener la mayor distancia posible entre Gabe y yo. Pronto pasaría un coche. Tenía que pasar.

—¿No puedes correr más rápido? —Debía de estar a menos de diez metros de mí. Y, aún peor, no parecía cansado. Se me ocurrió una idea horrenda: ni siquiera se esforzaba, disfrutaba del juego del gato y el ratón, y mientras que yo me cansaba cada vez más, él se excitaba cada vez más.

»¡Sigue corriendo! —canturreó—. Pero no te canses. No será divertido si cuando te coja no puedes luchar. Quiero jugar.

Más allá, oí el rugido de un motor que se acercaba. Aparecieron los faros y pasé al centro de la carretera agitando los brazos con desesperación. Gabe no me haría daño ante la vista de un testigo, ¿verdad?

—¡Alto! —grité, intentando que lo que identifiqué como una camioneta se detuviera.

El conductor se detuvo a mi lado y bajó la ventanilla. Era un hombre de mediana edad que llevaba una camisa de franela y olía a pescado.

—¿Qué pasa? —preguntó, y dirigió la mirada por encima de mi hombro, donde yo notaba la presencia de Gabe como un crujido helado.

—Sólo estamos jugando al escondite —respondió Gabe, y me rodeó los hombros con su brazo.

—No conozco a este tío —dije, zafándome—. Me amenazó en el 7-Eleven. Creo que él y sus amigos intentan atracar la tienda. Cuando entré, estaba vacía y oí una pelea en la parte de atrás. Hay que llamar a la policía.

Me detuve, a punto de preguntarle al hombre si tenía un móvil cuando, presa del desconcierto, noté que apartaba el rostro y pasaba de mí. Subió la ventanilla y se encerró en la cabina de la camioneta.

—¡Tiene que ayudarme! —exclamé, golpeando la ventanilla, pero él mantuvo la vista clavada hacia delante. Me estremecí, el hombre no me ayudaría, me abandonaría ahí fuera junto a Gabe.

Gabe me imitó y golpeó la ventanilla.

—¡Ayúdeme! —gritó con voz chillona—. Gabe y sus amigos están atracando el 7-Eleven. ¡Tiene que detenerlos, señor! —Después echó la cabeza atrás ahogándose con sus propias carcajadas.

Como si fuera un robot, el hombre nos miró, bizqueando y sin parpadear.

—¿Qué le pasa? —dije, agitando el picaporte de la puerta de la furgoneta. Volví a golpear la ventanilla—. ¡Llame a la policía!

El hombre pisó el acelerador y la camioneta se puso lentamente en marcha. Troté a su lado, aferrada a la esperanza de poder abrir la puerta. El hombre aceleró aún más y tropecé. De repente aceleró a fondo y caí al suelo.

—¿Qué le has hecho? —chillé, volviéndome hacia Gabe.

«Esto.»

Al oír el eco de la palabra en mi cabeza, como una presencia fantasmal, me encogí. Los ojos de Gabe se convirtieron en dos agujeros negros. Sus pelos empezaron a crecer, primero en la parte superior de la cabeza y después en todas partes. Surgían de sus brazos, bajaban por los dedos, hasta que todo su cuerpo se volvió peludo. Un pelo pardo apelmazado y hediondo. Se me acercó con pasos torpes apoyado en las patas traseras y aumentó de altura hasta descollar por encima de mí. Extendió el brazo y vi el brillo de unas garras. Después se puso a cuatro patas, me tocó la cara con su nariz negra y húmeda, y soltó un rugido, un sonido furioso y reverberante. Se había convertido en un oso pardo.

Aterrada, caminé hacia atrás y caí. Retrocedí, buscando una piedra con la mano. Cogí una y la arrojé contra el oso. Lo golpeó en el hombro y rebotó hacia un lado. Cogí otra piedra y apunté a su cabeza. La piedra lo golpeó en el morro y él apartó la cabeza, babeando. Volvió a rugir y se abalanzó sobre mí, sin que yo pudiera evitarlo.

Me aplastó contra el asfalto con una pata, con tanta violencia que solté un grito de dolor.

—¡Detente! —Traté de quitarme la pata de encima, pero él era demasiado fuerte. No sabía si me oía o comprendía lo que yo decía. No sabía si en el interior del oso quedaba algo de Gabe. En toda mi vida había presenciado algo tan inexplicablemente aterrador.

El viento me azotó los cabellos en la cara. A través de ellos, vi que el viento se llevaba la piel del oso. Pequeños mechones flotaban en el aire nocturno. Cuando volví a mirar, quien se inclinaba por encima de mí volvía a ser Gabe. Su sádica sonrisa insinuaba: «Eres mi marioneta. Y no lo olvides.»

No sabía qué me daba más miedo, si Gabe o el oso.

—En pie —dijo, obligándome a levantarme.

Me empujó por la carretera hasta que aparecieron las luces del 7-Eleven. Estaba estupefacta. ¿Me había... hipnotizado? ¿Me había hecho creer que se había convertido en oso? ¿Existía alguna otra explicación? Sabía que tenía que escapar y pedir ayuda, pero aún no había descubierto cómo.

Rodeamos el edificio hasta alcanzar el callejón, donde se habían reunido los demás.

Dos llevaban ropa similar a la de Gabe. Un tercero llevaba una camiseta de cuello alto color verde limón donde ponía 7-ELEVEN y las iniciales B.J. bordadas en el bolsillo.

B.J. estaba de rodillas, tocándose las costillas y gimiendo desconsoladamente. Tenía los ojos cerrados y la saliva se derramaba por la comisura de su boca. Uno de los amigos de Gabe, que llevaba una sudadera con capucha gris extra grande, estaba de pie junto a B.J. con una barra de acero en la mano, alzada y dispuesta a volver a golpear, supuse.

Yo tenía la boca seca y era como si mis piernas fueran de paja. No logré despegar la vista de la mancha color rojo oscuro que rezumaba a través de la camiseta de B.J.

—Le estás haciendo daño —exclamé, horrorizada.

Gabe tendió la mano y el otro le pasó la barra de acero.

—¿Te refieres a esto? —preguntó Gabe con falsa sinceridad, alzó la barra y le asestó un golpe en la espalda. Oí un crujido horrendo y B.J. aulló, cayó de lado y se retorció de dolor.

Gabe se puso la barra en los hombros y dejó colgar los brazos por encima, como si fuera un bate de béisbol.

—¡Cuadrangular! —gritó.

Los otros dos rieron. Sentí ganas de vomitar.

—¡Llevaos el dinero! —dije, alzando la voz. Era evidente que se trataba de un atraco, pero las cosas habían ido demasiado lejos—. ¡Si sigues golpeándolo, lo matarás!

El grupo soltó una risita, como si supieran algo que yo ignoraba.

—¿Matarlo? No lo creo —repuso Gabe.

—¡Está sangrando mucho!

Gabe se encogió de hombros y entonces comprendí que no sólo era cruel: estaba loco.

—Se curará —dijo.

—No, si no lo llevan al hospital pronto.

Gabe empujó a B.J. con el pie. Éste se había dado la

vuelta y apoyaba la frente contra el saliente de cemento que se extendía desde la entrada trasera. Le temblaba todo el cuerpo y me pareció que estaba a punto de entrar en estado de shock.

—¿Has oído lo que ella dijo? —Gabe le gritó a B.J.—. Has de ir al hospital. Yo mismo te conduciré hasta allí y te dejaré delante de Urgencias. Pero primero debes decirlo, debes prestar juramento.

Con gran esfuerzo, B.J. levantó la cabeza y le lanzó una mirada fulminante a Gabe. Abrió la boca y creí que diría eso que todos ellos querían que dijera, pero en cambio lanzó un escupitajo que le dio en la pierna a Gabe.

—No puedes matarme —dijo en tono desdeñoso, pero le castañeteaban los dientes y puso los ojos en blanco, demostrando que estaba a punto de desmayarse—. Me-lo-dijo-La-Mano-Negra.

—Respuesta equivocada —dijo Gabe, jugando con la barra de acero como si fuera un bastón. Después la bajó con violencia; el metal golpeó contra la columna de B.J. y éste se enderezó y soltó un aullido aterrador.

Me cubrí la boca con ambas manos, paralizada por el horror. Horror por la espantosa imagen y por una ensordecedora palabra que me taladraba la cabeza. Era como si se hubiera desprendido de lo más profundo de mi subconsciente y me golpeara de frente.

Nefilim.

«B.J. es un Nefilim —pensé, pese a que la palabra no tenía ningún significado para mí—. Y están tratando de obligarlo a hacer un juramento de lealtad.»

Era una revelación aterradora, porque ignoraba lo que significaba. ¿De dónde salía esa información? ¿Cómo podía saber lo que estaba ocurriendo, dado que jamás había visto nada parecido?

Mis pensamientos se interrumpieron cuando un monovolumen blanco entró en el callejón y el haz de luz de los faros nos paralizó a todos. Gabe bajó discretamente la barra de acero y la ocultó detrás de su pierna. Rogué que quienquiera que estuviera al volante metiera la marcha atrás, saliera del callejón y llamara a la policía. Si el conductor se acercaba... bueno, ya había visto lo que Gabe era capaz de hacer para convencer a alguien de no intervenir.

Empecé a barajar ideas sobre cómo sacar de allí a B.J. mientras Gabe y los otros estaban distraídos, cuando uno de los tíos, el de la sudadera gris, le preguntó a Gabe:

—¿Crees que son Nefilim?

«Nefilim. Esa palabra. Una vez más. Y esta vez pronunciada en voz alta.»

En vez de tranquilizarme, la palabra aumentó mi temor. La conocía, y al parecer, también Gabe y sus amigos. ¿Cómo era posible que todos la supiéramos? ¿Cómo podíamos tener algo en común?

Gabe negó con la cabeza.

—Vendrían en más de un coche. La Mano Negra no se enfrentaría a nosotros con menos de veinte de sus compinches.

—¿Será la policía? Podría ser un coche camuflado. Iré a decirles que giraron en el lugar equivocado.

El tono en el que lo dijo hizo que me preguntara si Gabe no era el único dotado de esos extraordinarios poderes hipnóticos. Quizá también sus dos amigos los tenían.

Cuando el tío de la sudadera gris se disponía a acercarse al coche, Gabe lo detuvo poniéndole una mano en el pecho.

—Espera.

El monovolumen se acercó haciendo chirriar la grava. La adrenalina me provocaba un temblor en las piernas. Si estallaba una pelea, puede que Gabe y los otros se vieran tan envueltos en ella que yo lograra coger a B.J. de las axilas y arrastrarlo fuera del callejón. Una oportunidad remota, pero una oportunidad al fin.

De repente Gabe soltó una sonora carcajada y palmeó a sus amigos en la espalda; sus dientes brillaban.

—Vaya, vaya, chicos. Mirad quién ha venido a la fiesta después de todo.

CAPÍTULO

El monovolumen blanco se detuvo y el motor se apagó. La puerta del conductor se abrió y, en medio de la penumbra, alguien se apeó. Un hombre alto. Llevaba tejanos holgados y una camiseta de béisbol de color azul marino y blanco, arremangada hasta los codos. Una gorra de béisbol le ocultaba el rostro, pero pude ver su mandíbula fuerte y la forma de su boca, y la imagen me sacudió como una descarga eléctrica. El destello negro que me inundó el cerebro fue tan intenso que me nubló la vista varios segundos.

—¿Así que decidiste reunirte con nosotros después de todo? —le gritó Gabe.

El recién llegado no contestó.

—Éste se resiste —continuó Gabe, empujando con el pie a B.J., que aún permanecía en el suelo hecho un ovillo—. Se niega a jurarme lealtad. Cree que es demasiado bueno para mí. Y eso, por parte de un mestizo.

Gabe y sus dos amigos se echaron a reír. Pero si el conductor del monovolumen había comprendido el chiste, no lo demostró. Se puso las manos en los bolsillos y nos contempló en silencio. Me pareció que su mirada se detenía en mí, pero estaba tan tensa que quizá me lo estaba imaginando.

—¿Qué hace aquí? —preguntó en voz baja, señalándome con el mentón.

—Apareció en el lugar y momento equivocados —dijo Gabe.

—Ahora es un testigo.

—Le dije que se metiera en el coche y se alejara.

¿Me equivocaba, o Gabe parecía estar a la defensiva? Esa noche era la primera vez que alguien, aunque fuera de manera sutil, cuestionaba su autoridad y casi noté el chisporroteo de una descarga eléctrica negativa a su alrededor.

—¿Y?

—Se negó a largarse.

—Lo recordará todo.

—Puedo convencerla de que no hable —dijo Gabe, haciendo girar la barra de acero.

El conductor miró el cuerpo encogido de B.J.

—¿Al igual que convenciste a éste de que hablara?

Gabe frunció el ceño y aferró la barra con más fuerza.

—¿Se te ocurre una idea mejor?

—Sí. Déjala marchar.

Gabe se llevó la mano a la nariz y soltó una carcajada.

—Déjala marchar —repitió—. ¿Qué impedirá que corra a decírselo a la policía, eh Jev? ¿Has pensado en eso?

—Tú no tienes miedo de la policía —contestó Jev en tono tranquilo pero quizás un tanto desafiante, su segundo reto indirecto al poder de Gabe.

Decidí correr el riesgo de intervenir en la discusión.

—Si dejáis que me marche, prometo que no hablaré. Sólo dejad que me lo lleve —dije, indicando el cuerpo ovillado de B.J., y lo dije desde el fondo del alma. Pero, aunque me asustaba, sabía que tendría que hablar. No podía permitir que semejante acto de violencia quedara impune. Si Gabe seguía en libertad, nada le impediría torturar y aterrorizar a otra víctima. Traté de ocultar mis pensamientos, pues temía que me descubriera.

—Ya la has oído —dijo Jev.

Gabe apretó los dientes.

—No. Él es mío. Hace meses que espero que cumpla los dieciséis, y ahora no abandonaré.

—Habrá otros —dijo Jev con aire relajado, y entrelazando las manos encima de la cabeza se encogió de hombros—. Déjalo estar.

—¿Sí? ¿Y ser como tú? Tú no tienes un vasallo Nefil. Será un Chesvan largo y solitario, colega.

—Aún faltan semanas para Chesvan. Tienes tiempo. Encontrarás a otro. Deja que el Nefil y la chica se marchen.

Gabe se acercó a Jev. Éste era más alto, más listo y sabía controlarse —lo comprendí en tres segundos—, pero Gabe era más fornido. Jev era largo y delgado, como un guepardo, mientras que Gabe parecía un toro.

—Antes nos diste calabazas. Dijiste que esta noche tenías que encargarte de otros asuntos. Y no te metas en mis cosas. Estoy harto de que aparezcas en el último instante y te pongas a dar órdenes. No me marcharé hasta que el Nefil me jure lealtad.

Otra vez esa frase: «me jure lealtad», vagamente familiar pero sin embargo remota. Si en un nivel más profundo conocía su significado, el recuerdo no aparecía. De un modo u otro, sabía que las consecuencias para B.J. serían terribles.

—Ésta es mi noche —añadió Gabe, lanzando un escupitajo—. La acabaré como me plazca.

—Un momento —lo interrumpió el tío de la sudadera en tono estupefacto, y miró de un lado a otro a lo largo del callejón.

—¡Gabe! ¡El Nefil ha desaparecido!

Todos nos volvimos hacia el sitio donde B.J. había estado tumbado hacía sólo un momento. El único indicio de que había estado allí era una mancha aceitosa en la grava.

—No puede haber ido lejos —anunció Gabe bruscamente—. Dominic, ve en esa dirección —le dijo al de la sudadera, señalando el callejón—. Jeremiah, registra la tienda.

El otro individuo, el de la camiseta blanca con inscripción, dio la vuelta a la esquina.

—¿Y qué pasa con ella? —preguntó Jev, señalándome.

—¿Por qué no haces algo útil y recuperas a mi Nefil? —replicó Gabe.

Jev puso las manos en alto.

—Como quieras.

El alma se me cayó a los pies cuando comprendí que eso era todo. Jev se marchaba. Era amigo, o al menos un conocido de Gabe, y eso me inquietaba, pero al mismo tiempo representaba la única oportunidad de largarme. Hasta ese momento, parecía estar de mi parte; si se iba, volvía a estar sola. Gabe había dejado claro que el macho alfa era él, y yo sabía que sus dos amigos no le harían frente.

—¡Así que te largas, así sin más! —chillé mientras Jev se alejaba, pero Gabe me pegó una patada en la pierna y caí de rodillas; antes de que pudiera seguir hablando, me quedé sin aliento.

—Será más fácil si no miras —me dijo Gabe—. Un golpe certero y será lo último que sientas.

Me abalancé intentando escapar, pero Gabe me cogió del pelo y me arrastró hacia atrás.

—¡No puedes hacer esto! —aullé—. ¡No puedes matarme y punto!

—Quédate quieta —gruñó.

—¡No permitas que haga esto, Jev! —grité, sin verlo pero convencida de que aún podía oírme, puesto que el monovolumen todavía no se había puesto en marcha. Rodé por la grava tratando de ver la barra para esquivarla. Cogí un puñado de piedras, me volví violentamente hacia Gabe y se las arrojé.

Él me aplastó la frente contra el suelo con la mano. Se me torció la nariz y las piedras se me clavaron en el mentón y la mejilla. De pronto, oí un crujido escalofriante y Gabe se desplomó encima de mí. Presa del pánico, me pregunté si intentaba asfixiarme. Matarme rápidamente no era suficiente, ¿verdad? Tenía que prolongar el sufrimiento lo máximo posible. Jadeando, me arrastré hasta quitármelo de encima.

Me puse de pie y me envolví con mis brazos para defenderme, convencida de que Gabe se disponía a atacarme. Pero entonces bajé la vista y comprobé que estaba tendido boca abajo en el suelo y que la barra de acero sobresalía de su espalda: lo habían atravesado con ella.

Jev se restregó la cara brillante de sudor con la camiseta. A sus pies, Gabe se agitaba y se estremecía, soltando palabrotas incoherentes. Me parecía increíble que siguiera con vida: la barra tenía que haberle atravesado la columna vertebral.

—Lo apuñalaste —solté, espantada.

—Y eso no le agradará, así que sugiero que te largues —dijo Jev, clavándole la barra aún más profundamente. Me miró de soslayo y arqueó las cejas—. Cuanto antes, mejor.

—¿Y tú? —pregunté, retrocediendo.

Él me contempló durante un momento absurdamente largo, dadas las circunstancias. Por un instante, su rostro expresó pesar. Una vez más, estaba a punto de recordarlo todo, era como si el puente roto volviera a estar entero.

Abrí la boca, pero el conducto entre mi cerebro y las palabras había sido destruido, y no sabía cómo volver a conectarlos. Había algo que debía decirle, pero no sabía qué.

—Puedes quedarte de brazos cruzados, pero supongo que B.J. ya ha llamado a la poli —dijo Jev, y volvió a clavar la barra de acero en el cuerpo de Gabe, que primero se puso rígido y luego se relajó.

En ese preciso momento un aullido de sirenas resonó a lo lejos.

Jev cogió a Gabe de los brazos y lo arrastró hasta las malezas que crecían al otro lado del callejón.

—Por las calles laterales, y a la velocidad correcta, no tardarás en alejarte unos kilómetros de este lugar.

—No tengo coche.

Jev me miró fijamente.

—Llegué hasta aquí andando —expliqué.

—Ángel —dijo, en un tono que expresaba la esperanza de que yo hablara en broma.

Los breves momentos pasados juntos no justificaban el uso de apodos, pero sin embargo, el corazón me dio un vuelco al oír la expresión cariñosa. «Ángel.» ¿Cómo podía saber que ese nombre no había dejado de perseguirme durante días? Y yo, ¿cómo podía explicar los inquietantes destellos negros que se intensificaban cuándo él se acercaba a mí?

Y lo más desconcertante de todo: si unía los puntos...

«Patch —susurró una voz subconsciente, una sílaba queda que se arrojaba contra los barrotes de una jaula interior—. La última vez que sentiste lo mismo fue cuando Marcie mencionó a Patch.»

Ese monosílabo despertó una enloquecedora oleada negra que surgía desde todas partes. Sin despegar la vista de Jev, me concentré tratando de comprender una sensación a la que era incapaz de ponerle palabras. Él sabía algo que yo ignoraba, tal vez acerca del misterioso Patch, quizá sobre mí. Decididamente sobre mí. Su presencia me causaba emociones demasiado profundas para que fuera una coincidencia.

Pero ¿cuál era la conexión entre Patch, Marcie, Jev y yo?

—¿Te... conozco? —pregunté, incapaz de imaginar otra explicación.

Él me miró fijamente.

—¿No tienes coche? —confirmó, haciendo caso omiso de mi pregunta.

—No tengo coche —repetí, con voz débil.

Jev echó la cabeza atrás, como si le preguntara «¿Por qué yo?» a la luna. Después indicó con el pulgar el monovolumen blanco en el que había llegado y dijo:

—Monta en el coche.

Cerré los ojos, tratando de pensar.

—Un momento. Debemos quedarnos aquí para testificar; si huimos, es como si confesáramos que somos culpables. Le diré a la policía que mataste a Gabe para salvarme la vida. —Luego añadí—: Buscaremos a B.J. y le diremos que él también debe testificar.

Jev abrió la puerta del conductor.

—Todo eso sería cierto si uno pudiera fiarse de la policía.

—¿De qué estás hablando? Ellos son la policía. Su tarea consiste en atrapar delincuentes. Nosotros no hemos hecho nada malo. Gabe me habría matado si tú no hubieses intervenido.

—No lo dudo.

—Entonces, ¿qué?

—Las fuerzas de seguridad del lugar no están capacitadas para resolver este caso.

—¡Estoy segura de que el asesinato cae bajo la jurisdicción de la ley! —argumenté.

—Dos cosas —replicó en tono paciente—. Primero: no maté a Gabe, lo dejé sin sentido. Segundo: has de creerme cuando digo que Jeremiah y Dominic no se dejarán apresar voluntariamente y sin derramar mucha sangre.

Me dispuse a responderle cuando, por el rabillo del ojo, vi que Gabe volvía a agitarse. Era un milagro, pero no estaba muerto. Recordé el modo en que manipuló mi visión mediante algo que sólo podía ser un poderoso hipnotismo o un truco de magia. ¿Acaso Gabe estaba usando otro truco para de alguna manera eludir la muerte? Tenía la extraña sensación de que estaba ocurriendo algo que iba más allá de mi comprensión. Pero...

«¿Qué, exactamente?»

—Dime en qué estás pensando —dijo Jev en voz baja.

Vacilé, pero no había tiempo para eso. Si Jev conocía a Gabe tan bien como yo sospechaba, debía de estar al tanto de sus... aptitudes.

—Vi como Gabe hacía... un truco. Un truco de magia —Cuando la expresión sombría de Jev confirmó que no estaba sorprendido, añadí—: Me hizo ver algo que no era real. Se convirtió en oso.

—Eso es sólo la punta del iceberg de lo que es capaz.

—¿Cómo lo hizo? —pregunté, tragando saliva—. ¿Es un mago?

—Algo por el estilo.

—¿Hizo uso de la magia? —Nunca se me había ocurrido que una magia tan convincente podía existir. Hasta ese momento.

—Más o menos. Oye, se nos acaba el tiempo.

Dirigí la mirada a las malezas que parcialmente ocultaban el cuerpo de Gabe. Los magos podían crear ilusiones, pero no podían desafiar a la muerte. Que hubiese sobrevivido iba en contra de toda lógica.

Las sirenas se aproximaban y Jev me empujó hacia el monovolumen.

—El tiempo se ha acabado.

No me moví. No podía. Mi responsabilidad moral me obligaba a quedarme...

—Si te quedas aquí para hablar con la policía, habrás muerto antes de que acabe la semana. Y también todos los polis involucrados. Gabe detendrá la investigación antes de que se inicie.

Reflexioné un par de segundos; no tenía por qué confiar en Jev, pero al final —y por motivos demasiado complicados para descifrar en ese instante— lo hice.

Monté en el coche y me puse el cinturón; el corazón me latía a toda prisa. Jev puso en marcha el coche: era un modelo Tahoe. Apoyó un brazo en el respaldo de mi asiento y miró a través de la ventanilla trasera.

Dio marcha atrás a lo largo del callejón hasta alcanzar la calle y después aceleró hasta el cruce. Había una señal de stop en la esquina, pero el Tahoe no frenó y justo cuando me preguntaba si respetaría el stop y me así a la agarradera encima de la puerta con ambas manos, con la esperanza de que lo hiciera, una silueta oscura cruzó nuestro carril, tropezando. La barra de acero que salía de la espalda de Gabe colgaba hacia abajo y con la luz difusa parecía un miembro roto, un ala destrozada.

Jev pisó el acelerador y cambió de marcha, el monovolumen se lanzó hacia delante a toda velocidad. Gabe estaba demasiado lejos y yo no podía ver la expresión de su rostro, pero no se movió. Se acuclilló y alzó las manos. Como si creyera que podía detenernos.

—¡Lo atropellarás! —grité, aferrándome al cinturón.

—Se moverá.

Pisé un pedal de freno imaginario. La distancia entre Gabe y el Tahoe disminuía con rapidez.

—¡Detente... ahora... mismo... Jev!

—Esto tampoco acabará con él —dijo, y volvió a acelerar. Y entonces todo ocurrió con demasiada velocidad.

Gabe se lanzó contra el coche a través del aire, golpeó contra el parabrisas y el cristal se astilló. Un instante después desapareció y un alarido resonó en el coche: la que lo soltó fui yo.

—Está encima del coche —dijo Jev. Luego aceleró, montó en la acera, se llevó por delante un banco y pasó por debajo de las ramas de un árbol. Tras pegar un volantazo volvió a la calle.

—¿Se ha caído? ¿Dónde está? ¿Aún está encima del techo? —Apreté la cara contra la ventanilla, tratando de ver.

—Agárrate.

—¿A qué? —chillé, volviendo a asirme de la agarradera.

No noté la frenada, pero Jev debió de haber pisado el freno porque el Tahoe giró sobre sí mismo antes de detenerse con un chirrido. Me golpeé el hombro contra la puerta y por el rabillo del ojo vi un bulto oscuro volando por el aire y aterrizando con la elegancia de un gato. Gabe permaneció allí un momento, de espaldas a nosotros.

Jev puso la primera.

Gabe miró por encima del hombro. El sudor le pegaba el pelo a la cara. Su mirada se clavó en la mía y me lanzó una sonrisa diabólica. Cuando el Tahoe se puso en movimiento, dijo unas palabras y aunque no logré descifrarlas, el mensaje era claro: «Esto no ha acabado.»

Me apreté contra el respaldo, jadeando, a medida que Jev arrancaba con tanta violencia que seguro que dejó la huella de los neumáticos en la calzada.

CAPÍTULO

Jev sólo recorrió cinco calles. Demasiado tarde, se me ocurrió que debería haberle dicho que me llevara a Coopersmith's, pero él había optado por la oscuridad de las calles laterales. Condujo el Tahoe hasta el arcén de una tranquila carretera rural, rodeada de campos de maíz.

—¿Sabes cómo llegar a casa desde aquí? —me preguntó.

—¿Es que me abandonarás aquí? —Pero la verdadera pregunta que me planteaba era la siguiente: ¿Por qué Jev, supuestamente uno de ellos, se distanció de los demás para salvarme?

—Si lo que te preocupa es Gabe, olvídalo: ahora mismo tiene otras cosas en la cabeza que seguirte el rastro. No podrá hacer gran cosa antes de quitarse la barra de acero clavada en la espalda. Me sorprende que haya tenido la fuerza para perseguirnos durante tanto tiempo. Incluso tras quitársela, tendrá algo así como una resaca de mil demonios. Durante las próximas horas, lo único que querrá hacer es dormir. Si esperas el momento ideal para escapar, no habrá otro mejor que éste.

Al ver que no me bajaba del coche, Jev señaló hacia atrás con el pulgar.

—He de asegurarme de que Jeremiah y Dominic se han largado.

Sabía que pretendía que captara la indirecta, pero yo no estaba convencida.

—¿Por qué los proteges? —Quizá Jev tenía razón y Dominic y Jeremiah se enfrentarían a la policía. Quizá todo acabaría en una masacre, pero ¿no era mejor arriesgarse que dejar que se largaran?

Jev mantenía la vista clavada en la oscuridad más allá del parabrisas.

—Porque soy uno de ellos.

—No —dije, negando con la cabeza—, no eres como ellos. Ellos me hubieran matado. Tú volviste a buscarme, detuviste a Gabe.

En vez de contestar, se apeó del coche y vino a mi lado. Abrió la puerta y señaló la noche.

—Ve hacia allí, la ciudad está en esa dirección. Si tu móvil no funciona, sigue caminando hasta que encuentres un claro. Tarde o temprano tendrás cobertura.

—No tengo el móvil.

Jev hizo una pausa.

—En ese caso, cuando llegues a Whitetail Lodge, pide que te presten el teléfono en la recepción. Desde allí podrás llamar a tu casa.

—Gracias por salvarme de Gabe —dije, saliendo del coche—. Y gracias por traerme hasta aquí —añadí con cortesía—. Pero para que lo sepas: no me gusta que me mientan. Sé que te callas un montón de cosas; quizá consideras que no merezco saberlas, que como apenas me conoces no merezco que te molestes por mí. Pero dado lo que acabo de pasar, creo que me he ganado el derecho de saber la verdad.

Para mi gran sorpresa, Jev asintió con la cabeza, aunque de mala gana, un gesto que significaba «Vale, de acuerdo».

—Los protejo porque debo hacerlo. Si la policía los ve en acción, adiós tapadera. Esta ciudad no está preparada para Dominic, Jeremiah ni ninguno de nosotros. —Me miró y su mirada dura se tornó suave como el terciopelo. Sus ojos eran tan penetrantes que era casi como si me tocaran.

»Y todavía no estoy dispuesto a abandonar la ciudad —murmuró, sin despegar la vista de la mía.

Se acercó a mí y mi respiración se aceleró. Tenía la tez más oscura que yo, más tosca. No era lo bastante bello como para ser guapo. Su cuerpo era duro y anguloso y me estaba diciendo que él era diferente. No porque fuera distinto de todos los tíos que conocía, sino porque era completamente diferente. Me aferré a la única y extraña palabra nueva que no me había abandonado en toda la noche.

—¿Eres un Nefilim?

Retrocedió, como si hubiera recibido una descarga eléctrica y el momento especial se desvaneció.

—Vete a casa y sigue con tu vida —dijo—. Hazlo y estarás a salvo.

Ante su brusca despedida, los ojos se me llenaron de lágrimas. Él lo notó y sacudió la cabeza, disculpándose.

—Verás, Nora —dijo, y me puso las manos en los hombros.

—¿Cómo sabes como me llamo? —pregunté, poniéndome tensa.

La luna apareció entre las nubes y vi sus ojos. La suavidad aterciopelada había desaparecido, reemplazada por una dura y profunda negrura. Sus ojos eran de los que albergaban secretos, de los que mentían sin parpadear, de esos que, tras mirarte en ellos, casi no podías apartar la mirada.

El esfuerzo por escapar nos había hecho sudar a ambos y noté la fragancia de lo que supuse era su gel de ducha. Olía a hierbabuena y pimienta negra, y el recuerdo apareció con tanta rapidez que me sentí mareada. No sabía por qué, pero conocía esa fragancia. Y aún más inquietante: sabía que conocía a Jev. De un modo trivial o de uno mucho más importante y por ello más desconcertante, Jev había formado parte de mi vida. Era lo único que podía explicar el ardor retrospectivo causado por su proximidad.

Se me ocurrió que quizá fuera él quien me había secuestrado, pero la idea no me convenció. No lo creía, tal vez porque no quería.

—Nos conocíamos, ¿verdad? —dije, y sentí un hormigueo en las extremidades—. Ésta no es la primera vez que nos encontramos.

Como Jev guardó silencio, creí haber obtenido una respuesta.

—¿Sabes que sufro amnesia? ¿Sabes que no puedo recordar nada de los últimos cuatro meses? ¿Por eso creíste que podías salirte con la tuya y fingir que no me conocías?

—Sí —contestó con cansancio.

—¿Por qué? —pregunté, y los latidos de mi corazón se aceleraron.

—No quería señalarte como un blanco. Si Gabe supiera que existe un vínculo entre nosotros, podría usarte para hacerme daño.

Bien. Había contestado esa pregunta, pero yo no quería hablar de Gabe.

—¿Cómo nos conocimos? Después de dejar atrás a Gabe, ¿por qué seguiste fingiendo que no me conocías? ¿Qué me ocultas? ¿Me lo dirás? —pregunté, inquieta.

—No.

—¿No?

Él se limitó a mirarme.

—Pues entonces eres un gilipollas egoísta. —Solté la acusación antes de poder contenerme, pero no la retiraría. Me había salvado la vida, pero si sabía algo de aquellos cuatro meses y se negaba a decírmelo, lo que hubiera hecho dejaba de tener valor para mí.

—Si pudiera decirte algo bueno te lo diría, créeme.

—Puedo soportar las malas noticias —comenté en tono cortante.

Jev sacudió la cabeza, me esquivó y regresó al lado del conductor. Lo cogí del brazo. Bajó la vista, pero no se zafó.

—Dime lo que sabes —pedí—. ¿Qué me ocurrió? ¿Quién me hizo esto? ¿Por qué no recuerdo esos cuatro meses? ¿Qué fue eso tan espantoso que he olvidado?

Su rostro era una máscara que ocultaba sus emociones. Lo único que evidenciaba que había oído mis palabras era la tensión de su mandíbula.

—Te daré un consejo, y aunque sólo sea por esta vez, quiero que lo aceptes. Regresa a tu vida y pasa página. Empieza de nuevo. Haz lo que sea necesario para dejar todo atrás. Si sigues mirando al pasado, esto acabará mal.

—¿Esto? ¡Ni siquiera sé qué es esto! No puedo pasar página. ¡Quiero saber qué me ocurrió! ¿Sabes quién me secuestró? ¿Sabes a dónde me llevaron y por qué?

—¿Acaso importa?

—¿Cómo te atreves? —No me molesté en disimular el nudo que tenía en la garganta—. ¿Cómo te atreves a quedarte ahí y quitarle importancia a lo que he pasado?

—¿Acaso te resultará útil saber quién te raptó? ¿Será la manera de poner punto final, seguir adelante y empezar a vivir una vez más? No —repuso.

—Sí, me resultará útil. —Lo que Jev no comprendía

era que algo era mejor que nada, que medio lleno era mejor que medio vacío. La ignorancia era la peor humillación y el sufrimiento más atroz.

Jev soltó un triste suspiro y se pasó la mano por el pelo.

—Nos conocíamos —dijo, cediendo—. Nos conocimos hace cuatro meses y yo fui un mal asunto para ti desde el instante en el que me viste. Te utilicé y te hice daño. Por suerte fuiste lo bastante sensata como para echarme de tu vida antes de que pudiera regresar a por el segundo asalto. La última vez que hablamos, juraste que, si volvías a verme, harías lo posible por matarme. Puede que hablaras en serio, puede que no. De todos modos, parecías hablar muy en serio. ¿Era eso lo que querías saber? —concluyó.

Parpadeé. Me parecía inimaginable que yo profiriera tal amenaza. Lo más parecido al odio que había sentido por alguien era por Marcie Millar, e incluso en ese caso jamás había fantaseado con matarla. Yo era humana, pero no carecía de corazón.

—¿Por qué diría algo así? ¿Qué fue eso tan espantoso que hiciste?

—Traté de matarte.

Lo miré a los ojos. Su expresión sombría me dijo que no estaba bromeando.

—Querías la verdad —dijo—. Enfréntate a ello, Ángel.

—¿Que me enfrente a ello? No tiene sentido. ¿Por qué querías matarme?

—Para divertirme. Estaba aburrido, ¿acaso importa? Traté de matarte.

No. Algo no cuadraba.

—Si en aquel entonces querías matarme, ¿por qué me ayudaste esta noche?

—No lo comprendes. Podría haber acabado con tu

vida. Hazte un favor a ti misma y aléjate de mí lo más rápido que puedas. —Se apartó y me indicó con un gesto que me marchara en dirección opuesta. Era la última vez que nos veíamos.

—Eres un mentiroso.

Jev se dio la vuelta y sus ojos negros brillaban.

—También soy un ladrón, un jugador, un tramposo y un asesino. Pero resulta que ésta es una de las pocas veces que digo la verdad. Vete a casa. Considérate afortunada. Tienes la oportunidad de empezar de nuevo, y no todos pueden afirmar lo mismo.

Quería la verdad, pero me sentía más confundida que nunca. ¿Cómo era posible que una alumna tradicional como yo, que siempre obtenía las mejores notas, se hubiera cruzado con él? ¿Qué podíamos tener en común? Jev era abominable... y el ser más seductor y atormentado que jamás había conocido. Incluso ahora, sentía una lucha en mi interior. Él no se parecía a mí en absoluto, era rápido, cáustico y peligroso. Incluso un tanto aterrador. Pero esa noche, desde que se apeó del Tahoe, el corazón me latía como un caballo desbocado. A su lado sentía una descarga eléctrica en todas las terminales nerviosas del cuerpo.

—Un último consejo: deja de buscarme.

—No te estoy buscando —me burlé.

Me tocó la frente con el índice y, absurdamente, el roce me entibió la piel. Al parecer, él no dejaba de encontrar motivos para tocarme y yo quería que lo siguiera haciendo.

—Bajo todas esas capas, una parte de ti recuerda. Ésa es la parte que salió a buscarme esta noche. Es la parte que acabará con tu vida si no tienes cuidado.

Estábamos frente a frente, ambos jadeábamos. Las sirenas estaban muy próximas.

—¿Qué se supone que he de decirle a la policía? —pregunté.

—No hablarás con la policía.

—¿De veras? Muy gracioso, porque tengo la intención de contarles exactamente cómo le clavaste esa barra de acero a Gabe en la espalda. A menos que respondas a mis preguntas.

Él soltó un bufido irónico.

—¿Chantaje? Has cambiado, Ángel.

Otro golpe estratégico contra mi flanco débil, que me hizo sentir aún más insegura e intimidada. Me hubiese estrujado el cerebro, tratando de identificarlo por última vez, pero sabía que era inútil. Puesto que no podía recurrir a mi memoria, no me quedaba más remedio que lanzar mis redes en otra parte y esperar lo mejor.

—Si me conoces tan bien como dices conocerme —dije—, sabrás que no dejaré de buscar a quien me secuestró, sea quien sea, hasta que lo encuentre o toque fondo.

—Te diré dónde estará ese fondo —replicó él en tono áspero—. En tu tumba. Una tumba poco profunda en el bosque, donde nadie te encontrará. Nadie acudirá a llorar junto a ella. En lo que respecta al resto de la humanidad, habrás desaparecido del mapa. Tu madre se verá afectada por una sensación constante y amenazadora de lo desconocido. La aguijoneará y la empujará hacia el borde del precipicio hasta caer. Y en vez de estar enterrada junto a ti en un cementerio de césped verde, donde los seres queridos pueden visitarte hasta el final de los tiempos, se encontrará sola. Y tú también. Durante toda la eternidad.

Me enderecé, decidida a mostrarle que no me dejaría intimidar tan fácilmente, pero sentí un cosquilleo premonitorio en el estómago.

—Dime la verdad, o te prometo que te delataré a la poli. Quiero saber dónde he estado y quién me raptó.

Se restregó la boca con la mano, riendo para sus adentros: un sonido tenso y cansado.

—¿Quién me secuestró? —solté; estaba perdiendo la paciencia. No me movería de ahí antes de que confesara lo que sabía. De pronto me dio rabia que antes me hubiera salvado la vida. Sólo quería sentir desprecio y odio por él. Si se negaba a decirme lo que sabía, no dudaría ni un instante en delatarlo a la policía.

Él alzó esa mirada impenetrable hacia la mía haciendo una mueca. No fruncía el entrecejo, su expresión era mucho más desconcertante y aterradora.

—Se supone que ya no has de estar involucrada en este asunto. Incluso yo no puedo protegerte.

Entonces se alejó, puesto que ya había dicho todo lo que pensaba decir, pero me negué a aceptarlo. Era mi última oportunidad de comprender la parte que faltaba de mi vida.

Lo seguí pisando fuerte y lo cogí de la camisa con tanta violencia que se desgarró. No me importó. Había cosas más importantes de las que preocuparme.

—¿Qué es eso en lo que ya no debo estar involucrada? —pregunté.

Sólo que no pude pronunciar las palabras correctamente. Fueron absorbidas en el preciso instante en que un gancho pareció clavarse detrás de mi estómago y ponerme del revés. Sentí que me arrojaban al vacío y todos mis músculos se tensaron, preparándome para lo desconocido.

Lo último que recordé fue el rugir del aire en los oídos y el mundo que se precipitaba en la negrura.

CAPÍTULO
11

Cuando abrí los ojos, vi que ya no estaba en la carretera. El Tahoe, el campo de maíz, la noche estrellada... todo había desaparecido. Me encontraba dentro de un edificio de cemento que olía a aserrín y a algo un poco metálico. Me estremecía, pero no de frío. Había agarrado la camisa de Jev, había oído cómo se desgarraba la tela y puede que le tocara la espalda. Y ahora... estaba en lo que parecía un almacén vacío.

Más allá se destacaban dos figuras: Jev y Hank Millar. Aliviada de no estar sola en ese lugar, me dirigí hacia ellos con la esperanza de que me dijeran dónde estaba y cómo había llegado aquí.

—¡Jev! —grité.

Ninguno de los dos se dio la vuelta, pero tenían que haberme oído, ¿no? En ese enorme recinto la voz resonaba.

Cuando estaba a punto de abrir la boca por segunda vez, me detuve, desconcertada. Detrás de ellos los barrotes de una jaula asomaban bajo una lona y de pronto me invadieron los recuerdos. La jaula. La chica del cabello negro. El retrete del instituto, donde había perdido momentáneamente la conciencia. Tenía las palmas de las manos cubiertas de sudor. Todo eso sólo podía significar una cosa: estaba alucinando.

Otra vez.

—¿Me has traído aquí para mostrarme esto?—le dijo Jev a Hank con tono de enfado—. ¿Acaso no comprendes el peligro que corro cada vez que nos encontramos? No me hagas acudir aquí sólo para charlar, ni para desahogarte. Y nunca me hagas acudir para alardear de tu última conquista.

—Paciencia, muchacho. Te mostré el arcángel porque necesito tu ayuda. Evidentemente, ambos tenemos preguntas que hacer —dijo, echando una mirada elocuente a la jaula—. Bien, ella tiene las respuestas.

—Mi curiosidad respecto de aquella vida acabó hace años.

—Lo quieras o no, esa vida aún es la tuya. Lo he intentado todo para hacerla hablar, pero es cautelosa. —Hank sonrió—. Si logras que me diga lo que necesito saber, te la entregaré. Supongo que no necesito recordarte cuántos problemas te han causado los arcángeles. Si hubiera un modo de vengarte... bien, no he de decir nada más, ¿verdad?

—¿Cómo te las arreglaste para mantenerla enjaulada?—preguntó Jev con frialdad.

—Le serré las alas —dijo Hank, con una sonrisa burlona—. El que no las vea no significa que no tenga una noción bastante precisa de dónde están. Tú me diste la idea. Antes de conocerte, jamás hubiese imaginado que un Nefil podía quitarle las alas a un ángel.

La mirada de Jev se ensombreció.

—Una sierra normal no podría cortar sus alas.

—No utilicé una sierra normal.

—Sea lo que fuere en lo que te has metido, Hank, te aconsejo que lo dejes, y rápidamente.

—Si supieras en qué me he metido, me rogarías que te dejara participar. El imperio de los arcángeles no es eterno. Allí fuera hay poderes que superan incluso los suyos. Poderes que sólo esperan que alguien los aproveche, si sabes dónde buscarlos —dijo en tono críptico.

Haciendo un gesto de disgusto, Jev dio media vuelta dispuesto a marcharse.

—Nuestro acuerdo, muchacho —gritó Hank a sus espaldas.

—Esto no formaba parte de él.

—Entonces tal vez podemos llegar a un nuevo acuerdo. Se rumorea que no lograste que un Nefil jurara lealtad. Sólo faltan unas semanas para Chesvan... —se interrumpió.

Jev se detuvo.

—¿Me ofrecerías a uno de tus propios hombres?

—En bien de todos, sí. —Hank hizo un gesto con la mano, riendo con suavidad—. Podrías elegir. Esta proposición, ¿es lo bastante buena como para no rechazarla?

—Me pregunto qué dirían tus hombres si supieran que estás dispuesto a venderlos al mejor postor.

—Trágate tu orgullo. No ajustarás la cuenta pendiente provocándome. Te diré por qué he llegado hasta donde he llegado en esta vida: no me tomo las cosas de un modo personal y tú tampoco deberías hacerlo. No dejes que este asunto gire en torno a nuestras diferencias pasadas. Ambos saldremos ganando. Ayúdame y yo te ayudaré a ti. Es tan sencillo como eso.

Hizo una pausa para que Jev se lo pensara.

—La última vez que rechazaste una de mis proposiciones, las cosas acabaron muy mal —añadió Hank, frunciendo los labios.

—Se acabó lo de llegar a acuerdos contigo —contestó Jev con calma—. Pero te daré un consejo: suéltala. Los arcángeles notarán su ausencia. Puede que el secuestro sea tu especialidad, pero esta vez estás desafiando a la suerte. Ambos sabemos cómo acabará esto, los arcángeles no pierden.

—Ah, pero resulta que no es así —lo corrigió Hank—. Perdieron cuando los de tu clase cayeron. Volvieron a perder cuando creasteis la raza de los Nefilim. Pueden volver a perder, y lo harán. Por eso debes actuar ahora mismo. Tenemos a uno de los suyos y eso nos da ventaja. Juntos, tú y yo podemos cambiar las tornas. Juntos, muchacho. Pero hemos de actuar ahora.

Me quedé sentada contra la pared, apreté las rodillas contra el pecho e incliné la cabeza hacia atrás hasta golpear contra el cemento. «Inspira profundamente.» No era la primera vez que lograba escapar de una alucinación y volvería a hacerlo. Me sequé el sudor de la frente y me concentré en lo que estaba haciendo antes de que la alucinación comenzara. «Vuelve junto a Jev, el Jev auténtico. Abre una puerta en tu cerebro y atraviésala.»

—Estoy al tanto acerca del collar.

Al oír las palabras de Hank, abrí los ojos y dirigí la mirada hacia ambos hombres de pie ante mí, centrándome en Hank. ¿Así que sabía lo del collar? ¿Ese que Marcie estaba buscando? ¿Sería posible que se tratara del mismo collar?

«No, no es el mismo —razoné—, nada de esta alucinación es cierto. Tu subconsciente está forjando todos los detalles de esta escena. Concéntrate en crear una salida.»

Jev arqueó las cejas.

—Prefiero no revelar mi fuente —contestó Hank con sequedad—. Es evidente que ahora lo único que necesito es un collar. Eres lo bastante listo para saber que ahora te toca actuar a ti. Ayúdame a encontrar un collar de arcángel. Cualquiera servirá.

—Pídele ayuda a tu fuente —replicó Jev, pero en tono desdeñoso.

Hank apretó los labios.

—Dos Nefilim. Los que tú elijas, desde luego —regateó—. Podrías alternar entre ambos...

—Ya no tengo mi collar de arcángel, si eso es a lo que te refieres —dijo Jev, rechazando la propuesta—. Los arcángeles lo confiscaron cuando caí.

—Eso no es lo que me dice mi fuente.

—Tu fuente miente —replicó con tono indiferente.

—Una segunda fuente confirma que vio que lo llevabas el verano pasado.

Transcurrieron unos instantes, luego Jev negó con la cabeza, la echó hacia atrás y soltó una carcajada.

—Dime que no lo hiciste. —Su risa se interrumpió abruptamente—. Dime que no involucraste a tu hija en este asunto.

—Ella vio que llevabas una cadena de plata alrededor del cuello. En junio.

Jev le lanzó una mirada.

—¿Cuánto sabe?

—¿Sobre mí? Empieza a comprender. No me gusta, pero estoy contra la pared. Ayúdame y no volveré a involucrarla.

—Supones que tu hija me importa.

—Te importa una de ellas —dijo Hank con aire desdeñoso—. O al menos te importaba.

Jev se puso tenso y Hank se echó a reír.

—Después de todo este tiempo, aún mantienes el fuego encendido. Qué pena que ella no sepa que existes. Hablando de mi otra hija, también me dijeron que llevaba tu collar en junio. Lo tiene ella, ¿verdad? —Más que una pregunta, era una afirmación.

—No, no lo tiene —replicó Jev, devolviéndole la mirada.

—Hubiera sido un plan genial —dijo Hank, pero como si no diera crédito a las palabras de Jev en absoluto—. No puedo torturarla para que me diga dónde está el collar: no sabe nada.

Rio, pero era una risa falsa.

—Eso sí que sería irónico. La única información que necesito está enterrada en un cerebro cuyos recuerdos he borrado —añadió.

—Es una pena.

Hank quitó la lona de la jaula con gesto teatral, empujó la jaula metálica hacia la luz con el pie y la base se arrastró por el suelo. Los cabellos de la chica le cubrían la cara, círculos negros le rodeaban los ojos, recorría el almacén con la mirada como si tratara de memorizar cada detalle de su prisión antes de que la lona volviera a cegarla.

—¿Y bien? —le preguntó Hank—. ¿Qué opinas, cielo? ¿Crees que encontraremos un collar de arcángel para ti a tiempo?

La chica se volvió hacia Jev y era evidente que lo reconocía. Sus manos apretaron los barrotes con tanta fuerza que su piel se volvió traslúcida. Gruñó una palabra, me pareció que dijo «traidor» y les lanzó una mirada a Hank y a Jev; acto seguido abrió la boca y soltó un alarido penetrante, tan violento que me lanzó hacia atrás. Mi cuerpo atravesó las paredes del almacén y volé a través de la oscuridad girando sobre mí misma. Sentí un retortijón en el estómago y las náuseas se apoderaron de mí.

Y luego me encontré tendida boca abajo en el arcén con las manos hundidas en la grava. Me incorporé hasta sentarme. La fragancia de los campos de maíz flotaba en el aire y se oía el zumbido de los insectos nocturnos. Todo volvía a ser exactamente como antes.

No sé cuánto tiempo estuve inconsciente. ¿Diez minutos? ¿Media hora? Estaba empapada con sudor y esta vez me estremecí de frío.

—¿Jev? —exclamé con voz ronca.

Pero él había desaparecido.

CAPÍTULO

12

Seguí las instrucciones de Jev, caminé hasta Whitetail Lodge y llamé un taxi desde la recepción.

Incluso si no hubiese sabido que mamá había salido a cenar, puede que no la hubiera llamado. No estaba en condiciones de hablar, había demasiado ruido en mi cabeza. Las ideas pasaban zumbando, pero no me esforcé por atraparlas. Empecé a desconectarme, demasiado abrumada por todo lo ocurrido esa noche.

Cuando llegué a la granja, subí las escaleras hasta mi habitación y me desvestí. Me puse un camisón, me hice un ovillo bajo las mantas y me dormí.

Unos pasos acelerados delante de la puerta me despertaron. Debo de haber estado soñando con Jev, porque lo primero que se me ocurrió fue «Es él», y me cubrí con la sábana, preparándome para su entrada.

Mamá abrió la puerta con tanta violencia que se golpeó contra la pared.

—¡Está aquí! —gritó por encima del hombro—. ¡Está en la cama!

Se acercó apretándose el pecho con el puño, como para evitar que se le saliera el corazón.

—¡Nora! ¿Por qué no me dijiste adónde ibas? ¡Te hemos buscado por toda la ciudad! —Estaba jadeando y el terror se asomaba a su mirada.

—Le dije a la azafata que te dijera que llamé a Vee para que viniera a buscarme —tartamudeé. En retrospectiva, comprendí que había sido una irresponsable, pero en aquel momento, al ver a mamá radiante de felicidad en compañía de Hank, lo único que se me ocurrió fue que mi presencia era una intrusión.

—¡Llamé a Vee! No sabía de qué le hablaba.

Claro que no. Nunca llegué a llamarla; Gabe apareció antes de que pudiera hacerlo.

—No vuelvas a hacerlo —dijo mamá—. ¡No vuelvas a hacerlo nunca más!

Aunque sabía que no era lo más indicado, me eché a llorar. No quise asustarla ni obligarla a buscarme por todas partes. Sólo que cuando la vi con Hank... reaccioné. Y por más que quisiera creer que Gabe había desaparecido de mi vida para siempre, su amenaza de que aún no había acabado conmigo me hacía flipar. ¿En qué me había metido? La noche habría resultado muy diferente si me hubiese callado y abandonado el 7-Eleven cuando Gabe me dio la oportunidad.

«No.» Había hecho lo correcto. Si yo no hubiera intervenido, quizá B.J. no habría sobrevivido.

—Oh, Nora.

Dejé que mamá me abrazara y apreté la cara contra su pecho.

—Sólo fue un gran susto, eso es todo —dijo—. La próxima vez tendremos más cuidado.

Las tablas del pasillo crujieron y vi a Hank apoyado en el marco de la puerta.

—Nos has dado un buen susto, jovencita. —Su voz era suave y tranquila, pero había algo lobuno en su mirada y un escalofrío me recorrió la espalda.

—Quiero que se marche —susurré. Aunque estaba segura de que mi última alucinación no era cierta, aún me perseguía. No dejaba de ver a Hank quitando la lona de la jaula ni lograba olvidar sus palabras. Sabía que estaba proyectando mis propios temores y angustias sobre él, pero sea como fuere, quería que se marchara.

—Te llamaré más tarde, Hank —dijo mamá en tono tranquilizador—. Después de que haya arropado a Nora. Una vez más, gracias por la cena y lamento la falsa alarma.

—No te preocupes, cariño. Olvidas que bajo mi techo tengo a mi propia reina del drama, pero al menos puedo afirmar que nunca ha hecho algo tan imprudente. —Soltó una risita, como si de verdad considerara que sus palabras resultaban divertidas.

Aguardé hasta que sus pasos se desvanecieron en el pasillo. No sabía cuánto contarle a mamá, sobre todo porque Jev dijo que no se podía confiar en la policía y temí que todo lo que dijera llegaría a oídos del detective Basso, pero esta noche habían ocurrido demasiadas cosas como para no contárselas a nadie.

—Esta noche me encontré con alguien —le dije a mamá—. Después de salir de Coopersmith's. No lo reconocí pero él dijo que nos conocíamos. Debo de haberlo conocido durante los últimos cuatro meses, pero no lo recuerdo.

Mamá se puso tensa.

—¿Te dijo cómo se llamaba?

—Jev.

Mamá había estado conteniendo el aliento, pero entonces suspiró. Me pregunté qué significaba. ¿Había esperado que dijera otro nombre?

—¿Lo conoces? —pregunté. A lo mejor me diría algo sobre mi relación con Jev.

—No. ¿Te dijo de dónde te conoce? ¿Tal vez del instituto? ¿O de la época en la que trabajabas en Enzo's?

¿Había trabajado en Enzo's? Era una novedad y estaba a punto de pedirle detalles cuando ella me miró fijamente.

—Un momento. ¿Cómo iba vestido? —preguntó en tono impaciente—. ¿Qué clase de ropa llevaba?

Fruncí el entrecejo, confundida.

—¿Qué importancia tiene?

Ella se puso de pie y caminó hasta la puerta y regresó. Como si de pronto se diera cuenta de que parecía muy angustiada, se detuvo ante mi tocador y examinó una botella de colonia con aire indiferente.

—¿Llevaba un uniforme con un logotipo? ¿O vestía prendas de un único color? ¿Negras... tal vez? —Era evidente que me estaba insinuando la respuesta pero, ¿por qué?

—Llevaba una camiseta de béisbol blanca y azul, y tejanos.

Mamá frunció los labios con expresión preocupada.

—¿Qué me ocultas? —pregunté.

La expresión preocupada se acentuó.

—¿Qué sabes? —insistí.

—Había un chico... —empezó a decir.

—¿Qué chico? —dije, incorporándome en la cama. No pude evitar preguntarme si estaría hablando de Jev, con la esperanza de que fuera así. Quería saber más cosas sobre él. Quería saberlo todo.

—Vino a casa algunas veces. Siempre iba vestido de negro —dijo en tono disgustado—. Era mayor y... por favor, no te lo tomes a mal, pero no comprendía qué veía en ti. Había abandonado los estudios, tenía problemas con el juego y trabajaba de camarero en el Borderline. ¡Por amor de Dios! No tengo nada en contra de los camareros, pero era casi ridículo. Como si creyera que tú te quedarías en Coldwater para siempre. No comprendía tus sueños, por no hablar de satisfacerlos. Me sorprendería mucho que hubiese pensado asistir a la universidad.

—¿Me gustaba? —Su descripción no parecía cuadrar con Jev, pero no estaba dispuesta a abandonar.

—¡Ni hablar! Cada vez que te llamaba por teléfono me obligabas a inventar una excusa. Por fin comprendió y te dejó en paz. Todo el asunto fue muy breve, duró un par de semanas como mucho. Sólo lo mencioné porque siempre creí que había algo en él que no cuadraba y siempre me pregunté si quizá sabía algo sobre tu secuestro. No quiero ponerme dramática, pero era como si una nube negra hubiera aparecido en tu vida el día en que lo conociste.

—¿Qué pasó con él? —Noté que el corazón me latía apresuradamente.

—Se fue de la ciudad. —Mamá sacudió la cabeza—. ¿Lo ves? No pudo haber sido él. Entré en pánico, eso es todo. No me preocuparía por él —añadió, acercándose y palmeándome la rodilla.

»A estas alturas quizá se encuentre en la otra punta del país.

—¿Cómo se llamaba?

Ella vaciló sólo un instante.

—No lo recuerdo. Empezaba por P. Tal vez Peter —dijo, soltando una risotada innecesaria—. Supongo que eso demuestra cuán nimio era.

La broma hizo que le lanzara una sonrisa distraída, pero no dejaba de oír la voz de Jev en mi cabeza.

«Nos conocíamos. Nos conocimos hace cuatro meses, y yo fui un mal asunto para ti desde el instante en el que me viste.»

Si Jev y ese misterioso chico del pasado eran uno y el mismo, alguien me estaba ocultando parte de la historia. Puede que Jev fuera un mal asunto. Tal vez lo mejor que podía hacer era echar a correr en la dirección contraria.

Pero algo me decía que no era esa persona dura e indiferente que con tanta insistencia trataba de convencerme que era. Justo antes de sufrir la alucinación, oí que decía: «Se supone que ya no has de estar involucrada en este asunto. Incluso yo no puedo protegerte.»

Mi seguridad le importaba. Sus actos lo demostraban. «Y los actos son más importantes que las palabras», me dije a mí misma.

Eso sólo me dejaba dos preguntas. ¿En qué se suponía que ya no debía estar involucrada? ¿Y quién de los dos mentía? ¿Jev o mamá?

Si creían que me conformaría con quedarme mano sobre mano, el perfecto modelo de una dulce niñita de uniforme, eran menos listos de lo que creían.

CAPÍTULO

13

El domingo por la mañana desperté temprano, me puse unos pantalones cortos de algodón y salí a correr. Golpear el pavimento con los pies, sudar y desprenderme de todos mis problemas actuales me producía una extraña sensación de poder. Me esforcé por no pensar en la noche anterior. Se acabó eso de poner a prueba mi coraje vagando por ahí a solas de noche. A partir de ahora me conformaría quedándome encerrada en casa en cuanto saliera la luna, y si jamás volvía a ese 7-Eleven en particular, tanto mejor.

Pero lo extraño es que lo que me rondaba por la cabeza no era Gabe, sino un par de ojos pecaminosamente negros que habían perdido su dureza al contemplarme y se habían vuelto tan suaves y sensuales como la seda. Jev me dijo que no lo buscara, pero no podía dejar de fantasear acerca de todas las maneras en las que a lo mejor volvíamos a encontrarnos por casualidad. De hecho, el último sueño que recordaba antes de despertar esa mañana era de ir a la playa de Ogunquit con Vee, sólo para descubrir que Jev era el socorrista de guardia. Desperté del sueño con el corazón palpitante y una pena que me corroía las entrañas. Yo misma podía interpretar el sueño bastante bien: pese a lo irritada y confusa que me había hecho sentir, quería volver a ver a Jev.

Era un día nublado y el aire estaba fresco. Cuando mi cronómetro pitó indicando que había recorrido cinco kilómetros, sonreí satisfecha y me desafié a mí misma a recorrer uno más, porque aún quería seguir pensando en Jev. Y porque estaba disfrutando mucho. Había asistido con Vee a clases de *spinning* y de *zumba* en el gimnasio, pero no en el exterior, en un ambiente saturado de fragancias a pino y a fresca corteza de árbol, y decidí que prefería sudar al aire libre. Después de un rato, me quité los tapones de las orejas y disfruté de los pacíficos sonidos de la naturaleza que surgían del amanecer.

En casa tomé un baño largo y sedante, y después me quedé frente al armario, mordiéndome las uñas y examinando mi guardarropa. Al final me puse unos tejanos ceñidos, unas botas hasta las rodillas y una camisola de seda color turquesa. Vee recordaría el conjunto, puesto que fue ella quien me había persuadido de comprarlo el verano pasado en las rebajas. Me examiné en el espejo y decidí que parecía la misma Nora Grey de siempre. Un paso en la dirección correcta, pero aún faltaban mil más. Me preocupaba un poco la conversación que tendríamos Vee y yo, dado el tema candente de mi secuestro, pero me tranquilicé pensando que eso era lo que nos hacía tan compatibles a ambas: yo podía conducir la conversación planteando ciertos temas y Vee era capaz de parlotear sobre ellos interminablemente. Sólo tenía que asegurarme de que hablara de lo que a mí me interesaba.

Tras contemplar mi imagen, decidí que sólo faltaba una cosa, bisutería. No, un pañuelo.

Abrí el cajón de mi tocador y al ver la larga pluma negra me invadió una sensación desagradable. La había olvidado. Quizás estuviera sucia. Me dije mentalmente que la tiraría a la basura en cuanto regresara del almuerzo, pero no estaba muy convencida. Tenía dudas acerca de la pluma, pero no tantas como para deshacerme de ella. Primero quería saber a qué clase de animal pertenecía y quería una explicación sobre por qué sentía la responsabilidad de conservarla. Era una idea ridícula, una insensatez, pero desde que había despertado en el cementerio, todo era una insensatez. Puse la pluma en el fondo del cajón y cogí el primer pañuelo que encontré.

Luego troté escaleras abajo, cogí un billete de diez dólares del cajón del efectivo y monté en el Volkswagen. Tuve que darle cuatro puñetazos al salpicadero antes de que el motor se pusiera en marcha, pero me dije que no era necesariamente un indicio de que el coche era una birria, sólo que había envejecido, como los buenos quesos. Este coche había visto mundo y quizá transportado a gente interesante. Era avezado, experimentado y poseía todo el encanto de 1984. Y lo mejor de todo: no me había costado ni un céntimo.

Tras cargar gasolina por unos cuantos dólares, conduje hasta Enzo's, me arreglé el cabello ante la ventana del restaurante y entré.

Me quité las gafas de sol y contemplé el imponente entorno. Enzo's había sufrido una considerable reforma desde mi última visita. Una amplia escalera descendía desde la barra hasta el comedor circular. En las dos pasarelas que se extendían a ambos lados del puesto de la azafata había mesas de aluminio antiguas y elegantes. En los altavoces estéreo sonaba música estilo Big Band y durante un instante me pareció que había retrocedido en el tiempo y aterrizado en un bar clandestino.

Vee estaba arrodillada en la silla, agitando el brazo como una hélice.

—¡Estoy aquí, nena!

Salió a mi encuentro en mitad de la pasarela y me abrazó.

—He pedido café helado y un plato de donuts para ambas. Tenemos mucho que hablar. No pensaba decírtelo, pero al diablo con las sorpresas: he perdido un kilo y medio, ¿lo notas? —preguntó, girando sobre sí misma.

—Estás estupenda —le dije, y hablaba en serio. Después de tanto tiempo, por fin volvíamos a encontrarnos. Podría haber engordado cincos kilos y hubiera pensado que estaba guapísima.

—La revista *Self* dice que este otoño las curvas están de moda, así que me siento muy confiada —comentó, sentándose. Estábamos ante una mesa para cuatro personas, pero en vez de sentarme en la silla de enfrente me senté a su lado.

—Bien —dijo, inclinándose hacia delante con gesto de complicidad—, cuéntame lo de anoche. Un espectáculo flipante. No puedo creerme que tu mamá y Hank Tejemanejes estén juntos.

Arqueé las cejas.

—¿Hank Tejemanejes?

—Lo llamaremos así, es de lo más adecuado.

—Me parece que deberíamos llamarlo Chico del Colegio Mayor.

—A eso me refiero —añadió Vee, golpeando la mesa con la palma de la mano—. ¿Cuántos años crees que tiene? ¿Veinticinco? A lo mejor en realidad es el hermano mayor de Marcie. ¡Quizá tenga un complejo de Edipo y la madre de Marcie es su mamá y también su mujer!

Solté una carcajada tan violenta que se convirtió en un bufido y eso sólo hizo que riéramos aún más.

—Vale, ya basta —dije apoyando las manos en los muslos y procurando adoptar una expresión grave—. Es una maldad. ¿Y si Marcie entrara y nos oyera?

—¿Qué podría hacer? ¿Envenenarme con su alijo secreto de purgante?

Antes de que pudiera contestarle, retiraron las dos sillas disponibles, y Owen Seymour y Joseph Mancusi tomaron asiento. Conocía a ambos chicos del instituto. El año pasado, Owen había asistido a la misma clase de biología que Vee y yo. Era alto y delgado, llevaba gafas de marco negro y polos Ralph Lauren. En el sexto curso me derrotó como representante de la clase en el concurso de ortografía municipal, pero no se lo reprochaba. Hacía años que no asistía a las mismas clases que Joseph, o Joey, pero nos conocíamos desde la escuela y su padre era el único quiropráctico de Coldwater. Joey se teñía el pelo de rubio, llevaba chanclas incluso en invierno y tocaba el tambor en la banda. Su promedio de notas era de 4.0 y sabía que en el primer año del instituto Vee había estado enamorada de él.

Owen se acomodó las gafas y nos lanzó una sonrisa cordial. Me preparé para recibir una andanada de preguntas acerca del secuestro pero sólo dijo en tono ligeramente nervioso:

—Os vimos sentadas aquí y se nos ocurrió acercarnos.

—Caray, qué coincidencia. —El tono cortante de Vee me desconcertó. No era típico de ella, puesto que era una coqueta irreductible, pero tal vez había optado por parecer seca—. ¿Y qué significa «acercarnos»?

—Esto... ¿tenéis planes para el resto del fin de semana? —preguntó Joey, y apoyó las manos en la mesa a unos centímetros de las de Vee.

—Planes que no te incluyen a ti —contestó Vee, enderezándose.

Vale, no se trataba de parecer seca. La miré de soslayo y traté de que viera que articulaba «¿Qué pasa?» en silencio, pero ella estaba demasiado ocupada en lanzarle miradas furiosas a Owen.

—¿Me hacéis el favor...? —dijo, insinuando con toda claridad que era hora de que se largaran.

Owen y Joey intercambiaron una mirada breve y perpleja.

—¿Recuerdas cuando asistíamos a clase de educación física en el séptimo curso? —le preguntó Joey a Vee—. Eras mi compañera de bádminton. Eras fantástica. Si mal no recuerdo, ganamos el campeonato. —Joey alzó la mano para chocar los cinco.

—No tengo ganas de rememorar el pasado.

Joey lentamente bajó las manos a la mesa.

—Esto, de acuerdo. ¿Estáis seguras de que no podemos invitaros a una limonada o algo así?

—¿Para que puedas echarle éxtasis? Paso. Además, ya hemos pedido bebidas, algo que quizás habrías notado si despegaras la vista de nuestros pechos —dijo, agitando su copa de café helado.

—Vee —dije en voz baja. En primer lugar, ni Owen ni Joey habían estado mirando remotamente en esa dirección, y en segundo lugar ¿qué diablos le pasaba?

—Esto... vale. Lamento haberte molestado —dijo Owen, y se puso de pie—. Sólo creímos que...

—Pues te equivocaste —replicó Vee en tono brusco—. Sean cuales fueran vuestros malvados planes, no se llevarán a cabo.

—¿Malvados qué? —repitió Owen, acomodándose las gafas y parpadeando.

—Lo hemos captado —dijo Joey—. No deberíamos habernos entrometido. Una conversación privada entre chicas. Tengo hermanas —dijo en tono cómplice—. La próxima vez preguntaremos primero.

—No habrá una próxima vez —dijo Vee—. Considerad que ambas, Nora y yo, hemos bajado la cortina.

Carraspeé, tratando sin éxito de idear el modo de acabar la situación de una manera positiva. Como no se me ocurría nada, hice lo único que podía hacer y, lanzándoles una sonrisa de disculpa, les dije:

—Esto, gracias, chicos. Que tengáis un buen día. —Pero sonaba a pregunta.

—Sí, gracias por nada —exclamó Vee a sus espaldas mientras ambos retrocedían con expresión desconcertada.

Una vez que se hubieron alejado, dijo:

—¿Qué pasa con los tíos hoy en día? ¿Acaso creen que pueden acercarse, lanzar una bonita sonrisa y que nos derretiremos? Ni hablar. Nosotras no. Somos más sabias. Pueden llevarse su chanchullo romántico a otra parte, muchas gracias.

Volví a carraspear.

—Guau.

—No me vengas con «Guau». Sé que tú tampoco te dejaste engañar por esos dos.

Me rasqué una ceja.

—Personalmente, creo que sólo estaban tratando de conversar... pero quién sabe —añadí rápidamente al ver su mirada furibunda.

—Cuando un tío nuevo aparece de la nada e inmediatamente se pone seductor, es pura fachada; siempre hay un motivo oculto. Lo sé.

Chupé la pajita. No sabía qué más decir. Nunca podría volver a mirar a Owen o a Joey a la cara, pero quizá Vee no tenía un buen día, tal vez estaba de mal humor. Cuando yo veía películas originales por el canal Lifetime, tardaba un par de días en superar la idea de que el chico mono de la casa de al lado en realidad era un asesino en serie. A lo mejor Vee estaba pasando por una fase similar de fundido-y-vuelta-a-la-realidad.

Estaba a punto de preguntárselo cuando sonó mi móvil.

—Déjame adivinarlo —dijo Vee—. Ésa ha de ser tu madre vigilándote. Me sorprendió que te dejara salir de casa. Que no le caigo bien no es un secreto. Durante un tiempo, creo que hasta pensó que yo tenía algo que ver con tu desaparición. —Soltó un gruñido desdeñoso.

—Le caes bien, sólo que no te comprende —dije, abriendo un SMS que parecía ser nada menos que de Marcie Millar.

—EL COLLAR ES UNA CADENA DE PLATA DE HOMBRE. ¿LO ENCONTRASTE?

—Déjame en paz —masculé.

—¿Y bien? —preguntó Vee—. ¿Qué clase de excusa te ha planteado para obligarte a volver a casa?

—¿DE DÓNDE SACASTE MI NÚMERO? —le contesté a Marcie.

—TU MADRE Y MI PADRE INTERCAMBIAN ALGO MÁS QUE SALIVA, IDIOTA.

«Idiota serás tú», pensé.

Colgué y volví a prestarle atención a Vee.

—¿Puedo hacerte una pregunta estúpida?

—Son mis favoritas.

—¿Asistí a una fiesta en casa de Marcie el verano pasado?

Me preparé para una carcajada, pero Vee sólo comió un bocado de donut y dijo:

—Sí, lo recuerdo. También me arrastraste a mí. Dicho sea de paso, aún me debes una por aquello.

No era la respuesta esperada.

—Pregunta aún más extraña —«que sea lo que Dios quiera»—: ¿Yo era amiga de Marcie en aquel momento?

Entonces se produjo la reacción esperada. Vee casi escupe el donut en la mesa.

—¿Tú y ésa, amigas? ¿He oído bien? Sé que sufres de pérdida de memoria pasajera, pero ¿cómo puedes olvidar once años de la Pequeña Señorita Insoportable?

Ahora sí que estábamos progresando.

—¿Qué se me escapa? Si no éramos amigas, ¿por qué me invitó a su fiesta?

—Invitó a todo el mundo. Estaba reuniendo fondos para comprar nuevos trajes de animadora. Nos cobró veinte pavos de entrada —explicó—. Casi nos largamos, pero tú tenías que espiar a... —Vee cerró la boca.

—¿Espiar a quién? —inquirí.

—A Marcie. Fuimos para espiar a Marcie. Eso fue lo que pasó. —Asintió con la cabeza con demasiada insistencia.

—¿Y?

—Queríamos robar su diario —repuso Vee—. Pensábamos imprimir todos los detalles sabrosos en eZine. Colosal, ¿verdad?

La observé, sabía que algo no encajaba, pero ignoraba qué era.

—Te das cuenta de que eso suena a invento, ¿no? Jamás obtendríamos permiso para publicar su diario.

—Intentarlo no hace daño.

—Sé que me ocultas algo —afirmé, señalándola con el dedo.

—¿Quién, yo?

—Escúpelo, Vee. Prometiste que no volverías a ocultarme nada —le recordé.

Vee agitó los brazos.

—Vale, vale. Fuimos a espiar a... (pausa dramática) Anthony Amowitz.

El año pasado, Anthony Amowitz y yo habíamos

asistido a la misma clase de educación física. Mediana estatura, medianamente guapo. Y la personalidad de un cerdo. Por no hablar de que Vee ya había jurado que no había nada entre ellos.

—Mientes.

—Estaba... estaba enamorada de él. —Vee se ruborizó en exceso.

—Estabas enamorada de Anthony Amowitz —repetí, sin convicción.

—Un error. ¿Podemos dejar de hablar de eso, por favor?

Después de once años, Vee aún era capaz de sorprenderme.

—Primero, jura que no me ocultas nada. Porque toda esta historia parece poco convincente.

—Por mi honor de *girl scout* —dijo Vee, con mirada límpida y aire decidido—. Fuimos a espiar a Anthony; fin de la historia. Te ruego que dejes de insultarme. Me siento bastante humillada.

Vee no volvería a mentirme, no tras esa conversación, así que, pese a algunos detalles inciertos que adjudiqué a la confusión, me conformé con la información recibida.

—De acuerdo —dije, cediendo—. Volvamos a Marcie. Anoche me arrinconó en Coopersmith's y me dijo que Patch, su novio, me dio un collar que yo debía entregarle a ella.

Vee se atragantó con el café.

—¿Dijo que Patch era su novio?

—Creo que las palabras exactas que usó fueron «aventura de verano». Afirmó que Patch era amigo de ambas.

—¿Cómo?

—¿Por qué tengo la sensación de volver a estar a oscuras? —pregunté, golpeando impaciente la mesa con el dedo.

—No conozco a ningún Patch —dijo Vee—. Por cierto, ¿no es un nombre de perro? Tal vez se lo inventó. Marcie es una especialista en sembrar confusión. Lo mejor es que te olvides de Patch y de Marcie. Vaya, vaya, estos donut son fantásticos —añadió, agitando uno debajo de mi nariz.

Cogí el donut y lo dejé a un lado.

—¿Te suena el nombre Jev?

—¿Jev? ¿Sólo Jev? ¿Es una abreviatura?

Al parecer, Vee nunca había oído ese nombre.

—Me encontré con un tío —le expliqué—. Creo que nos conocíamos, tal vez del verano pasado. Se llama Jev.

—No puedo ayudarte, nena.

—A lo mejor es una abreviatura de Jevin, Jevon, Jevro...

—No, no y no.

Abrí el móvil.

—¿Qué estás haciendo? —preguntó Vee.

—Enviándole un SMS a Marcie.

—¿Qué le vas a preguntar? —dijo, poniéndose derecha—. Escucha, Nora...

Sacudí la cabeza, adivinaba lo que Vee estaba pensando.

—Esto no es el inicio de una relación a largo plazo, confía en mí. Te creo a ti, no a Marcie. Éste será el último SMS que le envíe. Le diré «buen intento» respecto de sus mentiras.

La expresión de Vee se relajó y asintió con la cabeza.

—Díselo, nena. Dile a esa tramposa que sus mentiras resultan inútiles mientras yo te guarde las espaldas.

Introduje el texto y se lo envié.

—BUSQUÉ POR TODAS PARTES. NO HAY COLLAR. COÑAZO.

Menos de un minuto después, recibí la respuesta.

—BUSCA MEJOR.

Le mostré el mensaje a Vee.

—Tan alegre como siempre.

—Se me ocurre lo siguiente —dijo Vee—. Puede que tu madre y Hank Tejemanejes no sean una mala cosa. Si supone sacarle ventaja a Marcie, te diría que apoyes la relación cuanto puedas.

—Debería haber sabido que tú dirías eso. —Le lancé una mirada ladina.

—Ni hablar. Sabes que la maldad no es lo mío.

—¿Ah, no?

Vee sonrió.

—¿Te he dicho cuánto me alegro de que hayas vuelto?

CAPÍTULO

14

Después de almorzar regresé a casa en coche. Tras aparcar el Volkswagen junto a la acera, mamá tardó menos de un minuto en enfilar su Taurus por el camino de entrada. Cuando salí estaba en casa y me pregunté si habría ido a almorzar con Hank. No había dejado de sonreír tras abandonar Enzo's, pero de pronto mi sonrisa se borró.

Mamá aparcó en el garaje y salió a recibirme.

—¿Qué tal el almuerzo con Vee?

—Lo de siempre. ¿Y tú? ¿Una cita excitante? —pregunté en tono ingenuo.

—Más bien una de trabajo —dijo, soltando un suspiro agobiado—. Hugo me pidió que viajara a Boston esta semana.

Mi madre trabaja para Hugo Renaldi, dueño de una empresa de subastas del mismo nombre. Hugo realiza subastas de fincas de gama alta y la tarea de mamá consiste en asegurar que las subastas se desarrollen sin problemas, algo que no puede hacer sin estar presente. Siempre está de viaje, me deja sola en casa y las dos sabemos que no es una situación ideal. En el pasado, pensó en dejarlo, pero al final siempre era una cuestión de dinero. Hugo le paga más, bastante más, de lo que podría ganar en Coldwater. Si lo dejara, habría que hacer varios sacrificios, empezando por vender la granja. Puesto que todos los recuerdos de mi padre estaban relacionados con la casa, se podría decir que el asunto me ponía sentimental.

—Le dije que no —anunció mamá—. Le dije que tendría que encontrar un trabajo que no me obligara a salir de casa.

—¿Qué le dijiste? —Mi sorpresa se desvaneció con rapidez y empecé a sentirme alarmada—. ¿Lo dejas? ¿Has encontrado otro empleo? ¿Significa que deberemos mudarnos?

Me parecía increíble que hubiera tomado esa decisión sin consultarme. En el pasado, siempre habíamos opinado lo mismo: mudarse era totalmente imposible.

—Hugo dijo que trataría de darme un puesto en Coldwater, pero que no tuviera muchas esperanzas. Hace años que su secretaria trabaja para él y lo hace muy bien. No la despedirá sólo para contentarme.

Clavé la vista en la granja; estaba anonadada. De sólo pensar que otra familia la ocupara me daba náuseas. ¿Y si la reformaban? ¿Y si destruían el estudio de mi padre y arrancaban el suelo de madera de cerezo que ambos habíamos instalado? ¿Y sus estantes de libros? No eran perfectamente rectos, pero habían sido nuestro primer intento de trabajar como carpinteros. ¡Tenían carácter!

—Todavía no pienso venderla —dijo mamá—. Algo surgirá. Quién sabe, a lo mejor Hugo se da cuenta de que necesita dos secretarias. Si ha de ocurrir, ocurrirá.

—¿Le das tan poca importancia a dejar tu empleo porque cuentas con casarte con Hank y pedirle que nos saque del apuro? —El comentario cínico surgió antes de que pudiera impedirlo e inmediatamente me sentí culpable, pero había hablado desde ese hueco atemorizado oculto en mi pecho que lo anulaba todo.

Mamá se puso completamente rígida. Luego salió del garaje y pulsó el botón que bajaba la puerta.

Durante un instante, permanecí en el camino de entrada, debatiéndome entre el deseo de entrar y disculparme, y el temor cada vez mayor por la facilidad con que eludió mi pregunta. Así estaban las cosas: salía con Hank con la intención de casarse con él. Estaba haciendo precisamente aquello de lo que Marcie la había acusado: pensar en el dinero. Yo sabía que nuestra situación económica no era boyante, pero habíamos sobrevivido, ¿verdad? Me daba rabia que mamá se rebajara hasta ese punto y también que Hank le diera una opción distinta a apañárselas conmigo.

Volví a montar en el Volkswagen y conduje a través de la ciudad. Superaba la velocidad permitida en treinta kilómetros pero, por una vez, me daba igual. No sabía a dónde me dirigía, sólo quería poner distancia entre mamá y yo. Primero Hank y ahora su empleo. ¿Por qué me parecía que no dejaba de tomar decisiones sin consultarme?

Cuando la entrada a la autopista apareció en el carril, giré a la derecha y seguí hasta la costa. Tomé la última salida antes del parque de atracciones Delphic y seguí los carteles indicadores hasta las playas públicas. En este tramo de la costa, el tráfico era mucho más escaso que en las playas del sur de Maine. La costa era rocosa y bordeada de árboles de hoja perenne que la marea alta no alcanzaba. En vez de turistas con toallas y cestos de merienda, vi a un caminante solitario y a un perro persiguiendo gaviotas.

Que era exactamente lo que quería. Necesitaba tiempo para tranquilizarme.

Aparqué el Volkswagen junto al arcén. Por el retrovisor pude ver que un deportivo rojo aparcaba detrás de mí. Recordé vagamente haberlo visto en la carretera, siempre unos coches más atrás. Quizás el conductor quería visitar la playa por última vez antes de que el tiempo empeorara.

Salté por encima de la barrera de metal y descendí por el rocoso terraplén. El aire era más fresco que en Coldwater y un viento constante me golpeaba la espalda. El cielo estaba más gris que azul y había nubes. Me mantuve fuera del alcance de las olas y escalé las rocas más altas. El terreno se volvió cada vez más abrupto y me concentré en dónde ponía los pies en vez de en la última pelea con mamá.

Patiné en una roca y de costado. Me puse de pie mascullando en voz baja y entonces noté una larga sombra. Sorprendida, me volví y reconocí al conductor del deportivo rojo. Era alto y me llevaba un par de años. Llevaba el cabello corto, tenía ojos de un marrón rojizo y usaba perilla. A juzgar por cómo le quedaba la camiseta, acudía al gimnasio con frecuencia.

—Ya era hora que salieras de casa —dijo, mirando en torno—. Hace días que trato de encontrarme a solas contigo.

Me puse de pie haciendo equilibrio sobre una roca y traté de identificarlo, pero no lo logré.

—Lo siento. ¿Nos conocemos?

—¿Crees que te han seguido? —dijo, recorriendo la costa con la mirada—. Traté de controlar todos los coches, pero puede que uno se me haya escapado. Habría sido más fácil si hubieses dado una vuelta a la manzana antes de aparcar.

—Esto... no tengo ni idea de quién eres.

—Es muy extraño que le digas eso al individuo que compró el coche que conduces.

Tardé un momento en caer.

—Espera. ¡Tú eres… Scott Parnell! —Aunque habían pasado años, el parecido aún existía. El mismo hoyuelo en la mejilla, los mismos ojos color avellana, además de una cicatriz que le atravesaba la mejilla, una barba incipiente y el contraste entre unos labios gruesos y sensuales y unos rasgos cincelados y simétricos.

—Me contaron que sufrías amnesia. Entonces los rumores son ciertos. Por lo visto, es tan grave como me dijeron.

Vaya, vaya, cuánto optimismo. Me crucé de brazos y dije fríamente:

—Ya que hablamos del tema, quizá sería un buen momento para que me dijeras por qué te deshiciste del Volkswagen en la puerta de mi casa la noche que desaparecí. Si sabes lo de mi amnesia, también sabrás que fui secuestrada, ¿no?

—El coche suponía una disculpa por ser un gilipollas. —Dirigió la mirada a los árboles. ¿Quién temía que nos hubiera seguido?

—Hablemos de aquella noche —le pedí. Aquí fuera, y sola, no parecía el mejor lugar para mantener esa conversación, pero proseguí, siempre decidida a obtener respuestas.

»Al parecer, Rixon nos disparó a ambos esa misma noche. Eso fue lo que le dije a la policía. Tú, yo y Rixon, a solas en la Casa del Miedo. Si es que Rixon existe; no sé cómo te las arreglaste pero empiezo a pensar que lo has inventado, que fuiste tú quien me disparó y querías echarle la culpa a otro. ¿Me obligaste a darle el nombre de Rixon a la policía? Y la segunda pregunta: ¿me disparaste, Scott?

—Rixon ya está en el infierno, Nora.

Me estremecí. Lo había dicho sin vacilar y con la

dosis de tristeza conveniente. Si mentía, merecía un premio.

—¿Rixon está muerto?

—Está ardiendo en el infierno, pero sí, básicamente, ésa es la idea. Muerto es la palabra correcta, en cuanto a mí respecta.

Examiné su rostro, tratando de ver si me engañaba. No pensaba discutir con él sobre la vida después de la muerte, pero necesitaba la confirmación de que Rixon había desaparecido para siempre.

—¿Cómo lo sabes? ¿Se lo has dicho a la policía? ¿Quién lo mató?

—No sé a quién hemos de darle las gracias, pero sé que está muerto. Las noticias vuelan, créeme.

—Tendrás que darme más detalles. Puede que hayas logrado engañar al resto del mundo, pero yo no me conformo tan fácilmente. Dejaste un coche en el camino de acceso a mi casa la noche en que me secuestraron. Después te ocultaste... en New Hampshire, ¿verdad? Tendrás que disculparme, pero la última palabra que se me ocurre al verte es «inocente». Creo que huelga decir que no me fío de ti.

Scott suspiró.

—Antes de que Rixon nos disparara, me convenciste de que yo realmente era un Nefilim. Fuiste tú quien me dijo que no puedo morir y eres en parte el motivo por el cual hui. Tenías razón, yo nunca acabaría como la Mano Negra, me negué a ayudarle a reclutar más Nefilim para su ejército.

El viento me perforó la ropa, era como si la escarcha me cubriera la piel. «Nefilim.» Otra vez esa palabra que me perseguía por todas partes.

—¿Yo te dije que eras un Nefilim? —le pregunté nerviosa, y cerré los ojos, con la esperanza de que se desdijera, de que había empleado las palabras «no puedo morir» figuradamente. Rogué que ahora me explicara que él era el punto final de una complicada patraña que había empezado anoche, con Gabe. Una gran patraña, y que el tiro le había salido por la culata.

Pero la verdad estaba allí, agitándose en ese lugar tenebroso, antaño ocupado por mi memoria intacta. No podía racionalizarlo, pero sí sentirlo dentro de mí, como una llama en el pecho. Scott no mentía.

—Lo que quiero saber es por qué no recuerdas nada de todo esto —dijo—. Creía que la amnesia no era algo permanente. ¿Qué te pasa?

—¡No sé por qué no puedo recordar! —contesté en tono brusco—. ¿Vale? No lo sé. Hace unas noches desperté en un cementerio y ni siquiera recordaba cómo había llegado allí. —Ignoraba a qué se debía el repentino impulso de contarle todo a Scott, pero era así. Me empezó a chorrear la nariz y los ojos me lagrimeaban.

»La policía me encontró y me llevó al hospital. Dijeron que había desaparecido durante casi tres meses, que tenía amnesia porque mi cerebro bloquea el trauma para protegerme. Pero ¿quieres saber lo más absurdo de todo? Estoy empezando a creer que no bloqueo nada. Recibí una nota. Alguien irrumpió en mi habitación y la dejó encima de mi almohada: ponía que aunque estuviera en mi casa, no estaba a salvo. Hay alguien detrás de esto. Ellos saben lo que yo ignoro, saben qué me ocurrió.

Y entonces comprendí que me había ido de la lengua. No tenía pruebas de la existencia de esa nota. Y aún peor: la lógica demostraba que no existía. Pero si la nota era producto de mi imaginación, ¿por qué no lograba olvidarla? ¿Por qué no podía aceptar que era una invención o una alucinación?

—¿Ellos? —dijo Scott, frunciendo el entrecejo.

—Olvídalo —dije, alzando las manos.

—¿Ponía algo más en la nota?

—Te dije que lo olvidaras. ¿Tienes un pañuelo de papel? —Se me estaba hinchando la piel bajo los ojos y la nariz me goteaba. Y como si eso no fuera bastante, dos lágrimas se deslizaron por mis mejillas.

—Oye —dijo Scott con suavidad, y me cogió de los hombros—. Todo irá bien. No llores, ¿vale? Estoy de tu parte y te ayudaré a descifrar este lío.

Como no me resistí, me abrazó y me dio palmaditas en la espalda. Al principio con torpeza, pero después tranquilizadoras.

—La noche en la que desapareciste, me escondí. Aquí corro peligro, pero cuando vi en las noticias que habías vuelto y no recordabas nada, tuve que salir de mi escondite y encontrarte. Te lo debía.

Sabía que debía alejarme de él. Que quisiera creerle no significaba que podía confiar en él por completo, ni bajar la guardia. Pero estaba cansada de levantar barreras y dejé de defenderme. No recordaba cuándo había sido la última vez que un abrazo resultaba tan agradable. Casi logré convencerme de que no estaba sola en este asunto. Scott había prometido que lo superaríamos juntos y también por eso quería creerle.

Además, él me conocía. Era un vínculo con mi pasado y no había palabras para describir lo mucho que eso significaba para mí. Tras innumerables intentos de recordar cualquier fragmento que mi memoria se dignara a arrojarme, Scott apareció sin que yo tuviera que hacer el menor esfuerzo. Era más de lo que hubiera esperado.

Me restregué los ojos con el dorso de la mano y pregunté:

—¿Por qué corres peligro aquí?

—Porque la Mano Negra está aquí. —Como si recordara que ese nombre no significaba nada para mí, dijo—: Sólo quiero asegurarme de algo: ¿no recuerdas nada de todo esto? ¿Nada en absoluto?

—Nada. —Tras pronunciar esa única palabra, fue como encontrarme ante la entrada de un laberinto prohibido que se extendía hasta el horizonte.

—Ser tú debe de ser jodido —dijo, y pese a la expresión, creo que realmente lo lamentaba—. La Mano Negra es el apodo de un Nefil muy poderoso. Está formando un ejército secreto y yo solía ser uno de sus soldados, a falta de una palabra mejor. Ahora soy un desertor, y si me atrapa las cosas se pondrán feas.

—Un momento. ¿Qué es un Nefil?

Scott esbozó una sonrisa.

—Prepárate para flipar, Grey. Un Nefil es un inmortal —exclamó en tono paciente, y al ver mi expresión dubitativa se amplió su sonrisa—. No puedo morir. Ninguno de nosotros puede morir.

«¿Nosotros?» ¿Scott era uno de ellos?

—¿Cuál es la trampa? —pregunté. Era imposible que se refiriera a «inmortal» en serio, ¿verdad?

Scott indicó las olas que rompían contra las rocas.

—Si me arrojo al agua, sobreviviré.

De acuerdo, quizás antaño había sido lo bastante estúpido como para lanzarse al agua y sobrevivir. Eso no demostraba nada. No era inmortal, creía que lo era porque Scott era un típico adolescente que había hecho algunas cosas temerarias, había vivido para contarlas y ahora se creía invencible.

Scott arqueó las cejas simulando estar ofendido.

—No me crees. Anoche estuve más de dos horas en el mar, buceando y pescando, y no me congelé. Puedo contener el aliento debajo del agua durante ocho o nueve minutos. A veces me desmayo, pero al recuperar la conciencia resulta que siempre he flotado hasta la superficie y mis signos vitales son normales.

Abrí la boca, pero me llevó un minuto formular una palabra.

—Eso no tiene sentido —dije por fin.

—Tiene sentido si soy inmortal.

Antes de que pudiera impedirlo, Scott extrajo una navaja y se la clavó en el muslo. Solté un grito ahogado y me abalancé sobre él, sin saber si debía arrancar la navaja o impedir que se moviera. Pero antes de que me decidiera, Scott se la arrancó y soltó un grito de dolor; la sangre le empapaba los tejanos.

—¡Scott! —chillé.

—Ya verás mañana —dijo en voz baja—. Será como si nunca hubiera ocurrido.

—¿De veras? —solté, aún furiosa. ¿Estaba completamente loco? ¿Por qué había hecho algo tan estúpido?

—No es la primera vez que lo hago. He tratado de quemarme vivo. Mi piel se abrasó, desapareció. Un par de días después estaba como nuevo.

Incluso ahora, noté que la sangre se estaba secando. La herida había dejado de sangrar. Estaba... cicatrizando. Más que en semanas, en segundos. No daba crédito a lo que veía, pero ver para creer.

De repente me acordé de Gabe. Con total claridad, evoqué la imagen de una barra de acero sobresaliendo de su espalda. Jev había jurado que la herida no acabaría con Gabe...

Al igual que Scott, cuando juró que su herida cicatrizaría sin dejar rastro.

—Vale, de acuerdo —susurré, aunque me sentía fatal.

—¿Te has convencido? Siempre puedo arrojarme delante de un coche si necesitas pruebas adicionales.

—Me parece que te creo —dije, sin poder evitar un tono de desconcierto total.

Me obligué a salir de mi estupor. De momento, le seguiría la corriente en la medida de lo posible. «Céntrate en una cosa a la vez —me dije—. Scott es inmortal. Vale. Y ahora, ¿qué?»

—¿Sabemos quién es la Mano Negra? —pregunté. De repente ansiaba obtener cualquier información que Scott pudiera darme. ¿Qué más se me escapaba? ¿Cuántas otras convicciones podía él desbaratar? Y lo más importante: ¿podía ayudarme a reparar mi memoria?

—La última vez que hablamos, ambos queríamos saberlo. Dediqué el verano a seguir pistas, y no resultó fácil dado que vivo huyendo, no tengo dinero, trabajo solo y la Mano Negra no es un tío poco cuidadoso que digamos. Pero las posibilidades se reducen a un solo hombre. —Me miró a los ojos—. ¿Estás preparada? La Mano Negra es Hank Millar.

—¿Que Hank es qué?

Estábamos sentados en dos troncos de árbol en una caverna, casi trescientos metros costa arriba, oculta tras un saliente de roca e invisible desde la carretera. La caverna estaba en penumbra, el techo era bajo pero nos protegía del viento y, tal como había insistido Scott, nos ocultaba de cualquier espía de la Mano Negra. Él se había negado a decir una sola palabra más antes de comprobar que estábamos a solas.

Scott encendió una cerilla frotándola contra la suela de su zapato y encendió un fuego en un hueco entre las rocas. Las paredes irregulares reflejaban la luz y eché un vistazo en derredor. Había una mochila y un saco de dormir apoyados contra la pared del fondo. Un espejo roto estaba apoyado en un saliente, junto con una maquinilla de afeitar, un jabón de afeitar y una barra de desodorante. Junto a la boca de la caverna había una gran caja de herramientas con unos platos, unos cubiertos y una sartén encima. Al lado reposaba una caña de pescar y una trampa para animales. La caverna me impresionó y también me entristeció. Scott era cualquier cosa salvo indefenso, alguien claramente capaz de sobrevivir gracias a sus conocimientos y su fortaleza, pero ¿qué clase de vida era ésa, escondiéndose y huyendo de un lugar a otro?

—Hace meses que lo vigilo —dijo Scott—. No es una suposición.

—¿Estás seguro de que Hank es la Mano Negra? No te ofendas, pero no encaja con mi imagen de un militar secreto ni... —«con la de un inmortal», pensé. Parecía una idea irreal. No, absurda.

»Dirige el concesionario de coches más importante de la ciudad, es socio del club náutico y financia el club de padres del colegio sin ayuda de nadie. ¿Qué puede importarle lo que ocurra en el mundo de los Nefilim? Ya tiene todo lo que podría desear.

—Porque él también es un Nefilim —dijo Scott—. Y no posee todo lo que desea. Durante el mes judío de Chesvan, todos los Nefilim que han hecho un juramento de lealtad deben renunciar a su cuerpo durante dos semanas. No tienen elección. Renuncian a él y otro los posee, un ángel caído. Rixon era el ángel caído que solía poseer a la Mano Negra, y así fue como me enteré de que está ardiendo en el infierno. La Mano Negra debe de estar en libertad, pero no ha olvidado y no está dispuesto a perdonar. Para eso reúne el ejército. Intentará derrocar a los ángeles caídos.

—Un momento. ¿Quiénes son los ángeles caídos?

—¿Una banda? Daba esa impresión. Mis dudas iban en aumento. Hank Millar era el último habitante de Coldwater que se rebajaría a relacionarse con bandas—. ¿Y qué quieres decir con «poseer»?

Scott me lanzó una sonrisa desdeñosa, pero volvió a responder en tono paciente.

—Definición de un ángel caído: los rechazados por el cielo y la peor pesadilla de un Nefil. Nos obligan a jurarles lealtad y luego poseen nuestros cuerpos durante el Chesvan. Son parásitos. Sus propios cuerpos carecen de sensibilidad, así que invaden los nuestros. Sí, Grey —dijo, al ver la mirada de asco que me tensaba la cara—. Me refiero a que se introducen literalmente en nuestros cuerpos y los usan como si fueran suyos. Un Nefil está mentalmente presente mientras lo poseen. Pero no tiene ningún control.

Intenté comprender la explicación de Scott. Más de una vez, me pareció oír del tema en la serie *La dimensión desconocida*, pero la verdad es que sabía que él no estaba mintiendo. Empecé a recordar todo. Los recuerdos eran borrosos y fragmentados, pero estaban ahí. Había descubierto todo esto antes, ignoraba dónde y cómo, pero lo sabía todo.

—La otra noche vi que tres tipos apaleaban a un Nefil. ¿Era eso lo que estaban haciendo? ¿Tratando de obligarlo a renunciar a su cuerpo durante dos semanas? Es inhumano. ¡Es repugnante!

Scott había bajado la vista y agitaba las brasas con un palo. Demasiado tarde, comprendí mi error y me sentí abochornada.

—¡Oh, Scott! Soy una tonta. Lamento mucho que hayas tenido que pasar por eso. No puedo ni imaginar lo duro que ha de ser renunciar a tu cuerpo.

—No he jurado lealtad. Y no lo haré. —Scott arrojó el palo al fuego y una lluvia de chispas doradas danzó en el aire oscuro de la caverna—. Pese a todo, eso fue lo que la Mano Negra me enseñó. Los ángeles caídos pueden intentar cualquier truco mental conmigo. Pueden cortarme la cabeza, la lengua o quemarme vivo. Pero jamás haré ese juramento. Puedo soportar el dolor, pero no las consecuencias de ese juramento.

—¿Truco mental? —Se me erizó el vello de la nuca y volví a pensar en Gabe.

—Una de las ventajas de ser un ángel caído —dijo con amargura—. Puedes tontear con el cerebro de las personas, hacerles ver cosas que no son reales. Los Nefilim heredaron el truco de los ángeles caídos.

Por lo visto, al final no me había equivocado con respecto a Gabe, pero él no había utilizado un truco de magia para crear la ilusión de haberse convertido en un oso, como Jev me hizo creer. Había usado un arma Nefilim: el control mental.

—Muéstrame cómo se hace. Quiero saber exactamente cómo funciona.

—Me falta práctica —fue todo lo que dijo Scott, balanceándose en el tronco, con las manos entrelazadas detrás de la cabeza.

—¿No puedes intentarlo, al menos? —le sugerí, palmeándole la rodilla y tratando de levantarle el ánimo—. Muéstrame a qué nos enfrentamos. Venga, sorpréndeme. Haz que vea algo inesperado y luego enséñame cómo se hace.

Cuando vi que Scott mantenía la vista clavada en las llamas y éstas iluminaban sus rasgos duros, mi sonrisa se desvaneció. Para él, esto era cualquier cosa menos una broma.

—Lo que ocurre es lo siguiente: esos poderes son adictivos —dijo—. Una vez que los has saboreado, detenerte es difícil. Hace tres meses, cuando huí y comprendí de qué era capaz, utilicé mi poder cada vez que se presentaba la ocasión. Si tenía hambre, entraba en una tienda, llenaba el carrito con lo que quería y, gracias a un truco mental, hacía que el empleado metiera todo en bolsas de papel y me dejara marchar sin pagar. Era fácil. Me hacía sentir superior. Hasta que una noche, cuando estaba espiando a la Mano Negra y le vi hacer lo mismo, lo dejé y me aguanté el mono. No pienso vivir el resto de mi vida de esa manera. No seré como él.

Scott sacó un anillo del bolsillo y las llamas lo iluminaron. Parecía de hierro y en la parte superior tenía un puño cerrado. Durante un instante, el metal irradió un extraño halo azul, pero desapareció de inmediato y yo lo atribuí a una ilusión óptica.

—Todos los Nefilim son muy fuertes, y eso nos convierte en más poderosos que los humanos, pero cuando llevo este anillo, la fuerza aumenta muchísimo —dijo Scott en tono solemne—. La Mano Negra me dio este anillo después de tratar de reclutarme en su ejército. No sé qué clase de maldición o de hechizo tiene el anillo, ni si es uno de aquéllos. Pero tiene algo. Quien lleva uno de estos anillos es casi imparable, físicamente hablando. En junio, antes de desaparecer, me robaste el anillo. El impulso de recuperarlo era tan fuerte que no dormí, no comí y no descansé hasta que lo encontré. Era como un yonqui en busca de la próxima droga que me colocara. Una noche, después de tu secuestro, irrumpí en tu casa. Lo encontré en tu habitación, dentro del estuche de tu violín.

—Violoncelo —lo corregí en voz baja. Recordaba vagamente haber visto antes el anillo.

—No soy muy listo, pero sé que este anillo no es inofensivo. La Mano Negra le hizo algo; quería proporcionarles una ventaja a todos los miembros de su ejército. Hasta cuando no llevo el anillo y sólo recurro a mi fuerza y mis poderes normales, siento el impulso de aumentarlos. La única manera de vencer ese anhelo es dejar de usar mis poderes y mis aptitudes todo lo posible.

Procuré comprender a Scott, pero sentía cierta desilusión. Necesitaba entender mejor el truco con el que Gabe me había engañado, por si volvía a encontrarme con él. Y si Hank realmente era la Mano Negra, el jefe de una milicia secreta no humana, tenía que preguntarme si formaba parte de mi vida por motivos más oscuros de lo que parecía. Porque a fin de cuentas, si estaba tan ocupado luchando contra ángeles caídos, ¿cómo es que disponía del tiempo suficiente para dirigir su negocio, ser padre y salir con mamá? Tal vez era suspicacia, pero con todo lo que Scott acababa de decirme, estaba segura de que mis sospechas tenían fundamento.

Necesitaba que alguien tomara partido por mí, alguien capaz de enfrentarse a Hank, si fuera necesario. Y el único que se me ocurría era Scott. Quería que conservara su integridad, pero al mismo tiempo era el único capaz de hacerle frente a Hank.

—A lo mejor podrías aprovechar los poderes del anillo para hacer el bien —sugerí después de unos minutos.

Scott se pasó la mano por el pelo; era evidente que estaba harto del tema.

—Es demasiado tarde. He tomado una decisión: no me pondré el anillo porque me conecta con él.

—¿No se te ha ocurrido que si no te lo pones, le darás una ventaja peligrosa a Hank?

Me miró a los ojos, pero no me contestó.

—¿Tienes hambre? Puedo pescar unas lubinas. Saben muy bien fritas en la sartén. —Sin esperar mi respuesta, cogió la caña de pescar y bajó por las rocas que rodeaban la gruta.

Lo seguí, y de pronto deseé llevar zapatillas en vez de botas. Scott trepaba y saltaba por las rocas, mientras que yo tenía que avanzar con mucho cuidado.

—De acuerdo, dejaré de hablar de tus poderes —grité—, pero no he acabado. Aún hay demasiados huecos. Volvamos a la noche en la que desaparecí. ¿Tienes idea de quién me secuestró?

Scott se sentó en una roca y puso cebos en los anzuelos. Cuando llegué a su lado, casi había acabado.

—Al principio creí que debía de ser Rixon —dijo—. Eso fue antes de descubrir que estaba en el infierno. Quería volver a buscarte, pero no era tan sencillo. La Mano Negra tiene espías por todas partes y, después de lo ocurrido en la Casa del Miedo, supuse que los polis también me perseguían.

—¿Pero?

—Pero no lo hice. —Me miró de soslayo—. ¿No te parece un tanto extraño? Los polis han de haber sabido que estaba en la Casa del Miedo esa noche, contigo y con Rixon. Tú se lo habrías dicho. Quizá les dijiste que a mí también me dispararon, así que, ¿por qué no me buscaron? ¿Por qué me dejaron salir del atolladero? Es como si... —se interrumpió.

—¿Como si qué?

—Como si alguien hubiera entrado más tarde y hubiese limpiado todo. Y no hablo de pruebas físicas, hablo de trucos mentales, de borrar memorias. De alguien lo bastante poderoso como para conseguir que los polis miraran hacia otro lado.

—Te refieres a un Nefil.

Scott se encogió de hombros.

—Tiene sentido, ¿no? Quizá la Mano Negra no quería que la policía me buscara, a lo mejor quería ser él quien me encontrara y se encargara de mí extraoficialmente. Créeme, si me encuentra, no me entregará a la policía para que me interroguen. Me encerrará en una de sus cárceles y me hará lamentar el día que lo dejé plantado.

Así que estábamos buscando a alguien lo bastante poderoso como para manipular cerebros, o, según Scott, borrar memorias. La relación con mi propia memoria borrada no se me escapó. ¿Me la había borrado un Nefil? Al considerar esa posibilidad se me hizo un nudo en el estómago.

—¿Cuántos Nefilim poseen esa clase de poderes? —pregunté.

—Quién sabe. Seguro que la Mano Negra, sí.

—¿Has oído hablar de un Nefil llamado Jev? ¿O de un ángel caído del mismo nombre? —añadí. Cada vez era más evidente que Jev era lo uno o lo otro, aunque saberlo no me sirvió de consuelo.

—No. Pero eso no significa nada. Inmediatamente después de averiguar quiénes eran los Nefilim, tuve que ocultarme. ¿Por qué lo preguntas?

—La otra noche conocí a un tío llamado Jev. Él conocía la existencia de los Nefilim. Detuvo a los tres tíos... —me interrumpí. Podía hablar con precisión, aunque no hacerlo resultaba más fácil—. Impidió que los tres ángeles caídos de los que te hablé obligaran a un Nefil llamado B.J. a prestar el juramento de lealtad. Esto te parecerá un disparate, pero Jev emitía cierta energía. Una energía parecida a la electricidad. Era mucho más potente que la emitida por los otros.

—Probablemente un buen indicador de su poder —dijo Scott—. Enfrentarse a tres ángeles caídos habla por sí solo.

—Y siendo tan poderoso, ¿nunca has oído hablar de él?

—Aunque no lo creas, sé tanto como tú acerca de estas cosas.

Recordé las palabras de Jev. «Traté de matarte.» ¿Qué significaban? ¿Acaso él tenía algo que ver con mi secuestro? ¿Y era tan poderoso como para borrar mi memoria? Dada la intensidad del poder que irradiaba, era capaz de hacer algo más que unos sencillos trucos mentales. De mucho más.

—Sabiendo lo que sé de la Mano Negra, me sorprende que yo aún siga en libertad —dijo Scott—. Debe de detestar que lo haya dejado en ridículo.

—¿Por qué desertaste del ejército de Hank?

Scott suspiró y apoyó las manos en las rodillas.

—No quería hablar de eso. No hay un modo fácil de decirlo, así que lo diré y punto. La noche en que murió tu padre, se suponía que yo debía vigilarlo. La Mano Negra me lo ordenó. Dijo que si lo lograba, demostraría que podía contar conmigo. Él quería que formara parte de su ejército, pero eso no era lo que yo quería.

Tuve una premonición y un escalofrío me recorrió la espalda. Lo último que había esperado es que Scott involucrara a mi padre en este asunto.

—Mi padre... ¿Conocía a Hank Millar?

—Ignoré la orden de la Mano Negra. Decidí hacerle un corte de mangas y demostrarle que yo tenía razón, pero lo único que hice fue dejar morir a un hombre inocente.

Parpadeé; las palabras de Scott eran como un cubo de agua fría.

—¿Dejaste morir a mi padre? ¿Permitiste que se enfrentara al peligro y no hiciste nada para ayudarle?

Scott abrió las manos.

—No sabía que las cosas acabarían así. Creí que la Mano Negra estaba loco, que era un narcisista chiflado. No comprendí todo el asunto de los Nefilim hasta que fue demasiado tarde.

Clavé la vista en el mar. Una sensación desagradable me roía el pecho. «Mi padre.» Durante todo ese tiempo,

Scott conocía la verdad y no me la había dicho hasta que se la arranqué.

—Rixon apretó el gatillo —dijo Scott, interrumpiendo mis pensamientos—. Dejé que tu padre cayera en una trampa, pero el que lo esperaba en la otra punta era Rixon.

—Rixon —repetí. Empezaba a recordarlo todo en fragmentos amargos. Un horrendo destello tras otro. Rixon conduciéndome a la Casa del Miedo, Rixon reconociendo que había matado a mi padre. Rixon apuntándome con la pistola. No recordaba lo suficiente para completar la imagen, pero los fragmentos eran suficientes. Sentí náuseas.

—Si Rixon no me secuestró, ¿quién lo hizo?

—¿Recuerdas que dije que dediqué el verano a seguir a la Mano Negra? A principios de agosto, viajó a la Reserva Nacional de White Mountain. Condujo hasta una cabaña remota donde permaneció menos de veinte minutos. Un viaje muy largo para una estadía tan breve, ¿no crees? No osé acercarme lo bastante para mirar a través de las ventanas, pero un par de días después, en Coldwater, oí una conversación telefónica suya. Le dijo al que estaba al otro lado de la línea que la chica aún estaba en la cabaña y que necesitaba saber si era una página en blanco. Ésas fueron sus palabras. Dijo que no había margen para errores. Empiezo a preguntarme si la chica a la que se refería...

—Era yo —terminé la frase por él, atónita. Hank Millar, un inmortal. Hank Millar, la Mano Negra. Hank, quizá mi secuestrador.

—Hay un menda que tal vez sea capaz de obtener respuestas —dijo Scott, tocándose el entrecejo—. Si alguien sabe cómo conseguir información, es él. Localizarlo puede resultar complicado. Ni siquiera sé por dónde empezar y, dadas las circunstancias, puede que no esté dispuesto a ayudarnos, sobre todo porque la última vez que lo vi casi me rompe la mandíbula por tratar de besarte.

—¿Besarme? ¿Qué? ¿Quién es ese tío?

Scott frunció el entrecejo.

—Claro. Supongo que tampoco lo recordarás a él. Es Patch, tu ex.

CAPÍTULO
15

Un momento —exclamé—: ¿dices que Patch era mi ex? —Eso no encajaba con lo que me había dicho Marcie, y tampoco Vee.

—Rompisteis. Creo que tenía algo que ver con Marcie. —Scott puso las palmas de las manos hacia arriba—. Es todo lo que sé. Volví a mudarme a la ciudad en medio del drama.

—¿Estás seguro de que era mi novio?

—Fue lo que dijiste tú, no yo.

—¿Qué pinta tenía?

—Aterradora.

—¿Dónde está ahora? —insistí.

—Lo dicho: encontrarlo no será fácil.

—¿Sabes algo de un collar que tal vez me dio?

—Haces muchas preguntas.

—Marcie dijo que Patch era su novio, que él me dio un collar que le pertenece a ella y ahora quiere recuperarlo. Dijo que Patch me hizo ver su lado bueno y que entonces nos hicimos amigas.

Scott se restregó la barbilla con aire burlón.

—¿Y tú la creíste?

Estaba atónita. ¿Patch era mi novio? ¿Por qué había mentido Marcie? ¿Para conseguir el collar? ¿Para qué lo querría?

En caso de que Patch fuera mi novio, explicaría los *déjà vu* que sufría cada vez que alguien mencionaba su nombre, pero...

—¿Hay algo más que puedas decirme de Patch?

—Yo apenas lo conocía, y lo que sabía de él me asustaba. Trataré de encontrarlo, pero no te prometo nada. Mientras tanto, centrémonos en algo concreto. Si logramos conocer los trapos sucios de Hank, a lo mejor descubrimos por qué se ha interesado por ti y por tu madre, cuáles son sus planes y podemos idear una manera de derribarlo. Ambos saldríamos ganando. ¿Trato hecho, Grey?

—Oh, sí, trato hecho —gruñí.

Me quedé junto a Scott hasta que el sol desapareció tras el horizonte. Dejé el pescado a medio comer y regresé a la costa. Scott y yo nos despedimos junto a la barrera de la carretera. No quería mostrarse en público y, a juzgar por lo que me dijo de Hank y sus espías Nefilim, comprendí su cautela. Prometí visitarlo pronto, pero él rechazó la idea. Las visitas regulares a la caverna suponían un riesgo demasiado grande, afirmó, y dijo que él me visitaría a mí.

En el viaje de regreso a casa repasé lo que Scott me había dicho. Un sentimiento extraño bullía en mi interior. Quizá las ganas de vengarme, o el odio más absoluto. No disponía de suficientes pruebas para demostrar que Hank estaba detrás del secuestro, pero le había dado mi palabra a Scott de que haría todo lo que estuviera en mi poder para llegar al fondo de este asunto. Y con la palabra «fondo» me refería a que si Hank tenía algo que ver con ello, le haría pagar.

Y además estaba Patch. Mi supuesto ex novio. Un tío

que irradiaba misterio, que nos impresionó tanto a Marcie como a mí y desapareció sin dejar rastro. No me veía con un novio, pero en caso de tenerlo, sería un tipo agradable y normal: que entregaba sus deberes de matemáticas a tiempo e incluso jugaba al béisbol. Un tío intachable y honesto, absolutamente diferente de lo que yo sabía de Patch. Que no era mucho.

Tenía que hallar el modo averiguar más cosas.

Una vez de regreso en la granja, encontré una nota en la encimera. Mamá había salido con Hank: cenarían y después asistirían a un concierto de una orquesta sinfónica en Portland. La idea de que estuviera a solas con Hank me retorcía las tripas, pero Scott había vigilado a Hank Millar el tiempo suficiente para saber que salía con mamá y me lo había advertido con mucha claridad: debía callarme lo que sabía, ante los dos. Hank creía que nos había engañado a todos y sería mejor que nada cambiara. Yo debía confiar en que, de momento, mamá no corría peligro.

Pensé en llamar a Vee y dejarle claro que sabía que había mentido con respecto a Patch, pero me sentía pasiva y agresiva a la vez. La sometería al silencio durante un día para que reflexionara sobre lo que había hecho. Me enfrentaría a ella cuando supiera que estaba lo bastante asustada para empezar a decir la verdad, pero esta vez en serio. Su traición me dolía y por su bien esperaba que dispusiera de una muy buena explicación.

Cogí una tarrina de postre de chocolate y lo comí delante de la tele, mirando repeticiones de culebrones para distraerme. Por fin el reloj indicó las once pasadas y subí a mi habitación. Me desvestí y cuando guardé el pañuelo en el cajón volví a ver la pluma negra. Era sedosa y brillante, y el color me recordaba los ojos de Jev: un negro infinito que absorbía hasta la última partícula de luz. Recordé estar sentada a su lado en el Tahoe y que, pese a la presencia de Gabe, no tenía miedo. Jev hacía que me sintiera a salvo y deseé saber cómo conservar esa sensación en un frasco y usarla cuando la necesitara.

Pero más que nada, deseé volver a verlo.

Estaba soñando con Jev cuando de pronto el crujido de una madera me despertó. Una figura borrosa estaba acurrucada en el alféizar, tapando los rayos de la luna; luego entró de un brinco y aterrizó silenciosamente, como un gato.

Me incorporé, ahogando un grito.

—Chitón —murmuró Scott, llevándose un dedo a los labios—. No despiertes a tu madre.

—¿Qué... qué estás haciendo aquí? —logré tartamudear por fin.

Él cerró la ventana.

—Te dije que te visitaría pronto.

Me dejé caer de espaldas y traté de recuperar mi pulso normal. No era como si mi vida hubiera pasado en un abrir y cerrar de ojos, pero había estado a punto de soltar un alarido.

—Olvidaste mencionar que entrarías a saco en mi habitación.

—¿Hank está aquí?

—No. Ha salido con mamá. Me dormí, pero aún no los he oído llegar.

—Vístete.

Eché un vistazo al reloj y después a Scott.

—Es casi medianoche.

—Muy observador de tu parte, Grey. Resulta que iremos a un lugar en el que será más fácil entrar a saco por la noche.

Genial.

—¿Entrar a saco? —repetí en tono irritado; aún no

me había repuesto del susto, sobre todo si Scott se proponía hacer algo ilegal.

Mi visión se adaptó a la penumbra y vi que sonreía.

—No te dejarás intimidar por un pequeño allanamiento de morada, ¿verdad?

—Claro que no. ¿Qué importa un delito? No albergo muchas esperanzas de asistir a la universidad o de conseguir un empleo algún día —bromeé.

Él pasó por alto mi sarcasmo.

—Descubrí uno de los almacenes de la Mano Negra. —Atravesó la habitación y se asomó al pasillo—. ¿Estás segura de que aún no han vuelto?

—Es probable que Hank posea muchos almacenes. Vende coches. Tiene que guardarlos en alguna parte —dije, me di la vuelta y me tapé con las mantas, con la esperanza de que cogiera la indirecta, porque lo que realmente quería era volver a soñar con Jev. Aún saboreaba su beso y quería prolongar la fantasía.

—El almacén se encuentra en la zona industrial. Si Hank almacena sus coches allí, se expone a que los roben. Tengo la sensación de haber descubierto algo importante, Grey. Hank guarda algo más valioso que coches en ese almacén. Hemos de averiguar qué es. Hemos de descubrir todos sus trapos sucios.

—El allanamiento es ilegal. Si pretendemos cogerlo, debemos hacerlo legalmente.

Scott se acercó a la cama y retiró los cobertores hasta destaparme la cara.

—Él no juega limpio. El único modo que esto funcionará es si le quitamos ventaja. ¿No sientes curiosidad por lo que guarda en el almacén?

Recordé la alucinación, el almacén y el ángel enjaulado, pero dije:

—No, si corro peligro de ser arrestada.

—¿Qué pasó con tu promesa de ayudarme a enterrar a la Mano Negra? —preguntó, frunciendo el ceño.

De eso se trataba. Unas horas para reflexionar sobre el asunto y mi confianza desaparecía. Si Hank era todo lo que Scott afirmaba, ¿cómo podíamos enfrentarnos a él a solas? Necesitábamos un plan mejor, algo más astuto.

—Quiero ayudar, y lo haré, pero no podemos lanzarnos así sin más —respondí—. Estoy demasiado cansada para pensar. Vuelve a la caverna y regresa aquí a una hora razonable. Tal vez pueda convencer a mamá de que visite a Hank en el almacén y luego preguntarle qué hay dentro.

—Si logro derribar a Hank, recuperaré mi vida —dijo Scott—. Ya no tendría que ocultarme ni huir. Volvería a ver a mi madre. Hablando de madres, la tuya estaría a salvo. Ambos sabemos que tú quieres lo mismo que yo —murmuró en un tono que no me gustó nada, porque insinuaba que él me conocía mucho mejor de lo que yo creía. No quería que Scott me comprendiera hasta ese punto. Al menos, no a medianoche, cuando estaba tan cerca de volver a soñar con Jev.

»No dejaré que nada te ocurra —añadió en voz baja—, en caso de que sea eso lo que te preocupa.

—¿Cómo puedo saberlo?

—No puedes. Ésta es tu oportunidad de comprobar mis intenciones, de descubrir de qué soy capaz.

Me mordí el labio inferior y reflexioné. Yo no era la clase de chica que sale a hurtadillas por la noche, pero ahora estaba a punto de hacerlo por segunda vez en una semana. Empezaba a pensar que no me parecía en absoluto a la persona que me gustaba creer que era. «¿Así que al final no eres tan buena chica?», parecía soplarme al oído el diablo burlón.

La idea de salir de noche para investigar uno de los

almacenes de Hank no me resultaba agradable, pero me aferré a la excusa de que Scott estaría a mi lado. Y si había algo que ansiaba, era que Hank desapareciera de mi vida para siempre. A lo mejor, si Scott estaba en lo cierto y Hank era un Nefilim, entonces era capaz de someter a uno o dos polis con sus trucos mentales, pero si estaba haciendo algo fuera de la ley, no lograría eludir a todo el cuerpo de policía. En ese momento, conseguir que la policía le cayera encima parecía una buena manera de desbaratar sus planes, fueran cuales fuesen.

—¿No correremos peligro? ¿Cómo sabes que no nos descubrirán?

—Hace días que vigilo el edificio. No hay nadie por las noches. Tomaremos unas fotos a través de las ventanas. No habrá peligro. ¿Vendrás conmigo, sí o no?

—¡Vale! —suspiré—. Me vestiré. Date la vuelta. Estoy en pijama. —Un pijama que sólo consistía en una camiseta sin mangas y unos pantaloncitos: una imagen que no quería que quedara grabada en la cabeza de Scott.

Él sonrió.

—Soy un tío. Eso es como pedirle a un niño que no mire el mostrador de los caramelos.

¡Puaj!

El hoyuelo de su mejilla se volvió más profundo, y no tenía nada de mono.

Porque yo no tenía intención de seguir por ahí con Scott. Fue una decisión instantánea; nuestra relación ya era lo bastante complicada. Si decidíamos trabajar juntos, tendría que ser sólo una relación platónica.

Me lanzó una sonrisa irónica y me dio la espalda. Bajé de la cama, atravesé la habitación y me encerré en el armario.

Como las puertas eran de lamas, por si acaso, no encendí la luz y tanteé mi ropa a oscuras. Me puse un par de tejanos ceñidos, una camiseta y una sudadera con capucha. Opté por ponerme zapatillas de tenis, por si teníamos que salir corriendo.

Me abotoné los tejanos y abrí la puerta del armario.

—¿Sabes qué estoy pensando en este preciso instante? —le pregunté.

—¿Qué estás muy mona con ese aspecto de chica-de-al-lado? —contestó, examinándome.

¿Por qué tenía que decir esas cosas? El rubor me cubrió las mejillas y esperé que Scott no lo notara.

—Que será mejor que no me arrepienta de esto —dije.

CAPÍTULO 16

El vehículo de Scott era un Dodge Charger de 1971, un coche poco discreto para alguien que pretendía pasar desapercibido; para colmo el tubo de escape se había roto y yo estaba convencida de que nos oían a varias manzanas de distancia. Aunque me parecía que llamaríamos aún más la atención atronando a través de la ciudad con las capuchas puestas, Scott insistió.

—La Mano Negra tiene espías por todas partes —volvió a informarme una vez más y echó un vistazo al retrovisor—. Si nos ven juntos... —dijo, sin terminar la frase.

—Comprendo. —Una palabra valiente, pero un escalofrío me recorrió la espalda. Prefería no pensar en lo que Hank haría si descubriera que Scott y yo lo estábamos espiando.

—No debería haberte llevado a la caverna —dijo Scott—. Está dispuesto a hacer cualquier cosa para encontrarme y no pensé en cómo te afectaría a ti.

—No pasa nada —dije, pero el escalofrío seguía allí—. Te sorprendiste al verme, no pensaste en las consecuencias, ni yo tampoco. Aún no lo hago —añadí, y solté una carcajada nerviosa—. De lo contrario, no estaría husmeando en uno de sus almacenes. ¿Tiene cámaras de vídeo el edificio?

—No. Creo que la Mano Negra no quiere dejar ninguna prueba de lo que ocurre allí. Los vídeos podrían traicionarlo —añadió en tono elocuente.

Scott aparcó el Charger junto al río Wentworth, bajo el follaje de un árbol, y nos apeamos. Tras recorrer una manzana y echar un vistazo por encima del hombro, ya no vimos el coche. Supuse que por eso lo aparcó allí. Recorrimos la orilla del río sigilosamente, la luna menguante no proyectaba nuestras sombras.

Cruzamos la calle Front y avanzamos entre viejos almacenes de ladrillo, estrechos y altos, edificados uno junto al otro. Era evidente que el arquitecto no había querido malgastar espacio. Las ventanas estaban sucias, protegidas por barrotes o cubiertas con periódicos desde el interior. Por todas partes había basura y matojos.

—Ése es el almacén de la Mano Negra —musitó Scott, indicando un edificio de ladrillo de cuatro plantas con una destartalada escalera de incendios y ventanas en forma de arco—. Durante la última semana ha entrado cinco veces; siempre viene justo antes del amanecer, cuando la ciudad duerme. Aparca a varias manzanas de distancia y recorre el camino a pie. De vez en cuando da dos vueltas a la manzana para asegurarse de que no lo siguen. ¿Todavía crees que usa el almacén para guardar coches?

Tuve que reconocer que era bastante improbable que Hank tomara semejantes precauciones por unos cuantos Toyotas. Tal vez utilizaba el edificio para desmontar coches y vender las piezas, pero no lo creía. Hank era uno de los hombres más ricos e influyentes de la ciudad, y no necesitaba ganar dinero extra. No; aquí ocurría otra cosa. Y dado que se me erizaba el vello de la nuca, no sería nada bueno.

—¿Crees que podremos echar un vistazo al interior?

—pregunté, porque quizá las ventanas del edificio de Hank también estarían tapadas. Aún estábamos demasiado lejos para comprobarlo.

—Avancemos otra calle y averigüémoslo.

Pasamos tan cerca de los edificios que mi sudadera se enganchaba en los ladrillos. Cuando llegamos al final de la calle vimos que, pese a que las ventanas de las dos primeras plantas estaban cubiertas de periódicos, las de las dos superiores, no.

—¿Estás pensando lo mismo que yo? —preguntó Scott con un brillo astuto en la mirada.

—¿Subir por la escalera de incendios y echar un vistazo al interior?

—Podríamos echarlo a suertes. Quien pierde, sube.

—Ni hablar. La idea fue tuya. Te toca subir a ti.

—Eres una gallina. —Scott sonrió, pero el sudor le humedecía la frente. Sacó una cámara desechable barata—. Está oscuro, pero procuraré tomar unas fotos.

Cruzamos la calle, agazapados y en silencio. Recorrimos el callejón detrás del edificio de Hank y no nos detuvimos hasta ocultarnos tras un contenedor de basura cubierto de grafitis. Apoyé las manos en las rodillas y tomé aire. No sabía si me faltaba el aliento debido a la carrera o al miedo. Ahora que habíamos llegado hasta aquí, de repente deseé haberme quedado en el Charger. O en casa y punto. Lo que más temía era ser descubierta por Hank. ¿Cómo sabía Scott que no nos estaban grabando en vídeo?

—¿Vas a subir? —pregunté, con la secreta esperanza de que también él se arrepintiera y decidiera batirse en retirada al coche.

—O a entrar. ¿Y si Hank hubiera olvidado cerrar con llave? —dijo, indicando las puertas de una hilera de muelles de carga para camiones.

No las había notado hasta que Scott las señaló. Eran

elevadas y situadas en nichos, ideales para cargar y descargar un coche sin llamar la atención. Había tres en fila, y al verlas, recordé algo: se parecían a las puertas de los muelles de carga que había visto en la alucinación que sufrí en el retrete del instituto. El almacén también se parecía al que había alucinado cuando estaba junto a Jev, en el arcén. La coincidencia me resultó inquietante, pero ignoraba cómo decírselo a Scott. Si le decía «Creo que he visto este lugar en una de mis alucinaciones», quizá no me creería.

Mientras seguía reflexionando sobre el extraño vínculo entre ambas cosas, Scott dio un brinco, aterrizó en el borde de cemento y trató de abrir la primera puerta.

—Es de llave digital. —Se acercó al teclado numérico—. ¿Cuál será el código? ¿El cumpleaños de Hank?

—Demasiado obvio.

—¿El de su hija?

—Lo dudo. —Hank no me parecía un estúpido.

—Pues entonces volvamos al plan A —suspiró.

Dio otro brinco y cogió el primer travesaño de la escalera de incendios. Cayó una lluvia de herrumbre y el metal soltó un chirrido, pero la cadena se deslizó a lo largo de la polea y la escalera bajó.

—Cógeme si me caigo —fue todo lo que dijo antes de subir. Comprobó el estado de los dos primeros travesaños y, como no se rompieron, siguió escalando lentamente para evitar que el metal chirriara. Lo observé hasta que alcanzó el primer descansillo.

Decidí mantenerme en guardia mientras Scott escalaba y me asomé a la esquina del edificio. Más allá, junto a la otra esquina, una sombra larga y delgada se proyectó en la acera y apareció un hombre. Retrocedí.

—Scott —susurré, pero estaba demasiado lejos para oírme.

Volví a echar otro vistazo en la esquina del edificio: el hombre estaba de pie, de espaldas a mí. Sostenía un cigarrillo encendido entre los dedos. Se asomó a la calle y miró en ambas direcciones. No me pareció que estuviera esperando que lo recogieran ni que hubiese abandonado el trabajo para fumar un cigarrillo. La mayoría de los almacenes de esta zona habían sido abandonados hacía años y era más de medianoche. Nadie trabajaba a esas horas. Aposté a que el hombre vigilaba el edificio de Hank.

Otra prueba de que lo que Hank escondía era valioso.

El hombre apagó el cigarrillo con el pie, echó un vistazo a su reloj y vino lentamente hacia el callejón.

—¡Scott! —siseé, ahuecando las manos alrededor de la boca—. Tenemos un problema.

Scott ya había dejado atrás la segunda planta y sólo unos pasos lo separaban del descansillo de la tercera. Sostenía la cámara en la mano, dispuesto a tomar fotos en cuanto pudiera.

Comprendí que no me oiría, cogí una piedra y se la arrojé, pero en vez de darle a él la piedra golpeó contra la escalera de incendios y después cayó con gran estrépito.

Me tapé la boca, el miedo me paralizaba.

Scott bajó la vista y se quedó inmóvil. Indiqué el otro lado del edificio con el dedo y después eché a correr hacia el contenedor, donde me agazapé. En el campo visual comprendido entre el contenedor y el edificio vi aparecer al vigilante de Hank. Debió de haber oído el impacto de la piedra, porque dirigió la mirada hacia arriba tratando de situar el origen del sonido.

—¡Eh! —le gritó a Scott, alcanzó la escalera de incendios de un salto y empezó a subir con una rapidez casi inhumana. Era alto, una de las características de un Nefil, según me informó Scott.

Scott remontó la escalera de incendios de dos en dos. Debido a las prisas, soltó la cámara y ésta cayó y se hizo trizas contra el callejón. Él le lanzó un vistazo y siguió ascendiendo. Cuando llegó al descansillo de la cuarta planta, se aferró a la escalera que daba al techo, subió y desapareció.

Consideré mis posibilidades apresuradamente. El vigilante Nefil sólo estaba a una planta de Scott: unos minutos después lo acorralaría en el techo. ¿Le daría una paliza? ¿Lo obligaría a bajar para interrogarlo? ¿Llamaría a Hank para que éste se ocupara de Scott personalmente? Sentí un retortijón en el estómago.

Corrí hasta la fachada y levanté la cabeza tratando de localizar a Scott, y entonces vi una sombra que volaba desde el almacén al edificio de enfrente. Parpadeé para ver mejor, justo a tiempo para observar otro cometa que cruzaba el cielo, agitando los brazos y las piernas.

Me quedé boquiabierta: Scott y el Nefil iban brincando de un edificio al otro. No sabía cómo lo hacían y no tenía tiempo de pensar en que lo que veía era imposible. Eché a correr hacia el Charger, tratando de anticiparme a lo que Scott tenía en mente. Si ambos lográbamos alcanzar el coche antes que el Nefil, quizá podríamos escapar. Apreté el paso y seguí los pasos de ambos resonando por encima de mi cabeza.

A mitad de camino, de pronto Scott giró a la derecha y el Nefil lo siguió. Oí como sus últimos pasos increíblemente veloces se desvanecían en la oscuridad. Entonces algo metálico golpeó más allá contra la acera. Recogí la llave del coche. Sabía lo que Scott estaba haciendo: distraer al Nefil para darme tiempo de alcanzar el coche antes que ellos. Eran mucho más rápidos que yo y, sin esos minutos extras, jamás lo lograría. Pero Scott no podría despistar al Nefil indefinidamente. Yo tendría que darme prisa.

En la calle Front aceleré el paso y recorrí la última calle que me separaba del Charger. Estaba mareada y se me nublaba la vista. Me llevé la mano a la cintura, me apoyé en el coche e intenté recuperar el aliento. Escudriñé los techos, tratando de ver a Scott o al Nefil.

Una figura saltó del edificio situado más allá, agitando los brazos al caer. Cuatro plantas más abajo, Scott aterrizó, tropezó y rodó. El Nefil le pisaba los talones, aterrizó perfectamente, agarró a Scott y le pegó un puñetazo en la cabeza. Scott se tambaleó pero no se desmayó. No sabía si resistiría otro puñetazo.

Sin reflexionar ni un instante, me arrojé dentro del Charger y puse la llave en el contacto. Encendí los faros y aceleré directamente hacia Scott y el Nefil, aferrada al volante. «Por favor, que esto funcione.»

Ambos se volvieron hacia mí, iluminados por los faros. Scott gritó algo que no comprendí. También el Nefil soltó un grito. En el último instante, soltó a Scott y esquivó el parachoques del coche. Scott no tuvo tanta suerte: salió volando por encima del capó. No tuve tiempo de preguntarme si estaba herido porque un instante después se lanzó sobre el asiento del acompañante.

—¡Acelera!

Pisé el acelerador.

—¿Qué era eso de allí atrás? —chillé—. ¡Saltabas por encima de los edificios como si fueran vallas!

—Te dije que soy más fuerte que un tío normal.

—¡Sí, bueno, pero no mencionaste que podías volar! ¡Y me dijiste que te disgustaba emplear esos poderes!

—A lo mejor me hiciste cambiar de opinión. —Me lanzó una sonrisa chulesca—. Así que logré impresionarte, ¿no?

—Ese Nefil casi te atrapa, ¿y eso es lo que te importa?

—Ya me lo imaginaba. —Parecía satisfecho de sí mismo, abría y cerraba el puño y vi que llevaba el anillo de la Mano Negra en el dedo medio, pero pensé que no era el momento de pedir explicaciones. Sobre todo por el alivio que me produjo su decisión de volver a llevarlo. Eso significaba que Scott tenía alguna posibilidad de derrotar a Hank. Y yo también, por asociación.

—¿Qué te imaginabas? —dije, desconcertada.

—Te has ruborizado.

—Estoy transpirando. —Cuando comprendí a qué se refería, me apresuré a continuar—. ¡No estoy impresionada! Lo que hiciste allí detrás... Lo que podría haber ocurrido... —Me quité unos cabellos de la cara y me tranquilicé—. Creo que eres temerario y descuidado, ¡y un fresco por tomarte esto en broma!

Su sonrisa se volvió aún más amplia.

—No hay más preguntas. Ya tengo la respuesta.

CAPÍTULO 17

Scott me acompañó a casa en el Charger y su respeto por el límite de velocidad era mucho menor que el mío. Insistí en que aparcara a cierta distancia de la granja. Durante todo el trayecto, me debatí entre dos temores: primero, que el vigilante Nefil nos hubiera seguido a pesar de la cautela de Scott; y segundo, que mamá hubiera llegado a casa antes que nosotros. Lo más probable es que hubiese marcado mi número en el móvil en cuanto viera que mi cama estaba vacía, aunque quizá su enfado al comprobar que había vuelto a desobedecerla por segunda vez en menos de una semana la hubiera dejado sin habla.

—Bien, eso fue muy excitante —le dije a Scott en voz baja.

Él aporreó el volante.

—Treinta segundos más: eso era todo lo que necesitaba. Si no hubiese dejado caer la cámara habríamos obtenido fotos del interior del almacén —dijo, sacudiendo la cabeza con incredulidad.

Cuando estaba a punto de decirle que, si pensaba regresar, tendría que buscarse otro compinche, él añadió:

—Si el vigilante me vio bien, se lo dirá a Hank. Incluso si no me vio la cara, puede que haya visto mi marca. Hank sabrá que era yo y enviará a unos cuantos para que registren la zona —dijo, mirándome de soslayo—. He oído rumores sobre Nefilim encerrados de por vida en una prisión. Cámaras subterráneas en el bosque o bajo los edificios. No puedes matar a un Nefil, pero sí torturarlo. Tendré que desaparecer durante un tiempo.

—¿Qué marca?

Scott se retiró el cuello de su camisa, revelando un pequeño signo en forma de puño cerrado marcado a fuego en su piel, un símbolo idéntico al de su anillo. La herida había cicatrizado, pero imaginé cuánto le habría dolido.

—Es la marca de la Mano Negra. Fue así como me obligó a unirme a su ejército. Lo único positivo es que no fue lo bastante listo para ponerme un dispositivo de localización.

Yo no estaba de humor para bromas y no le devolví su media sonrisa.

—¿Crees que el vigilante pudo ver tu marca?

—No lo sé.

—¿Crees que me vio a mí?

Scott negó con la cabeza.

—Los faros nos impedían ver nada. Sólo supe que eras tú porque reconocí el Charger.

Eso debería haberme tranquilizado, pero estaba tan tensa que lanzar un suspiro de alivio era imposible.

—Hank debe de estar a punto de dejar a tu madre en casa. —Scott indicó la calle con el pulgar—. Tengo que largarme. Me mantendré oculto durante unas semanas. Espero que el vigilante no haya visto la marca, que crea que soy un gamberro cualquiera.

—De todos modos, sabe que eres un Nefilim. Que

yo sepa, los humanos no se dedican a saltar de edificio en edificio. Cuando Hank se entere, no creo que lo tome por una coincidencia.

—Por eso he de ausentarme. Si desaparezco por un tiempo, puede que Hank crea que me he asustado y he abandonado la ciudad. Cuando todo esto haya pasado, vendré a buscarte. Pensaremos otro plan y lo derribaremos por otros medios.

Empecé a perder la paciencia.

—¿Y yo? Tú eres el que me metió esa idea en la cabeza. Ahora no puedes echarte atrás. Él está saliendo con mi madre y yo no puedo mantenerme al margen. Si estaba implicado en el secuestro, quiero que pague por ello. Si planea cosas aún peores, quiero que se lo impidan. No dentro de unas semanas o meses, sino ahora mismo.

—¿Y quién se lo impedirá? —preguntó en tono suave pero firme—. ¿La policía? Tiene a la mitad en nómina. Y a la otra mitad puede someterla con sus trucos mentales. Escúchame, Nora. Nuestro plan es aguantar. Hemos de dejar que pase la tormenta y conseguir que la Mano Negra crea que vuelve a estar al mando. Después nos reorganizaremos e intentaremos atacarlo de otro modo, cuando menos se lo espere.

—Pero él está al mando. No es una coincidencia que salga con mi madre. Ella no es lo más importante, pero montar un ejército Nefilim sí lo es. El Chesvan empieza el mes que viene, en octubre, así que ¿por qué ella? ¿Por qué ahora? ¿Cómo encaja mamá en sus planes? ¡He de descubrirlo antes de que sea demasiado tarde!

Scott pasó la mano por la oreja con gesto irritado.

—No debería haberte contado nada. Te desmoronarás. La Mano Negra lo descubrirá todo. Hablarás, le informarás sobre mí y la caverna.

—No te preocupes por mí —le dije bruscamente. Me

apeé del Charger y lo último que añadí, antes de dar un portazo, fue—: Estupendo, mantente al margen. Pero quien se está enamorando de ese monstruo no es tu madre. Acabaré con él, con o sin tu ayuda.

Claro que no tenía ni idea de cómo iba a hacerlo. Hank se había instalado en el mismísimo corazón de la ciudad. Tenía amigos, aliados y empleados. Tenía dinero, recursos y su propio ejército particular. Y lo más preocupante de todo: tenía a mi madre en un puño.

Pasaron dos días sin novedades. Cumpliendo con su palabra, Scott desapareció. En retrospectiva, lamenté mi estallido de ira. Él estaba haciendo lo que debía hacer y no podía culparlo por eso. Lo había acusado de echarse atrás, pero no se trataba de eso en absoluto. Él sabía cuándo avanzar y cuándo retroceder. Era más listo de lo que yo había creído. Y más paciente.

Y además estaba yo. Hank Millar no me gustaba, no me fiaba de él, y cuanto antes descubriera sus intenciones tanto mejor. El mes de Chesvan pendía sobre mi cabeza como un nubarrón, un recordatorio constante de que Hank planeaba algo. No tenía indicios concretos de que mamá formara parte de ese plan, pero había señales de peligro por todas partes. Dado lo que Hank esperaba hacer antes de Chesvan, incluido montar y entrenar a todo un ejército Nefilim con el propósito de recuperar la posesión de sus cuerpos ocupados por los ángeles caídos, ¿por qué le dedicaba tanto tiempo a mi madre? ¿Por qué necesitaba que confiara en él? ¿Por qué la necesitaba, y punto?

Sólo cuando estaba en clase de historia, escuchando con desgana la descripción del profesor sobre los acontecimientos que causaron la Reforma protestante inglesa, se me prendió la lamparita. «Hank conocía a Scott.» ¿Por qué no se me había ocurrido antes? Si Hank sospechaba que Scott era el Nefil responsable de husmear en su almacén un par de noches atrás, sabía que él no se arriesgaría a regresar tras haber sido descubierto. Incluso, puede que supusiera que Scott se había ocultado, como en realidad había hecho. Ni en un millón años Hank esperaría que apareciera otro intruso esa misma noche.

Ni en un millón de años...

La velada transcurrió sin novedad. A las diez, mamá me dio el beso de las buenas noches y se retiró a su habitación. Una hora después apagó la luz. Aguardé un par de minutos para cerciorarme y después retiré las mantas. Ya estaba vestida, así que saqué de debajo de la cama una mochila que contenía una linterna, una cámara y las llaves del coche.

Al tiempo que empujaba el Volkswagen silenciosamente a lo largo de Hawthorne Lane, en mi fuero interno agradecí a Scott por regalarme un coche liviano. Nunca lo habría logrado con un camión. No puse el motor en marcha antes de haberme alejado medio kilómetro de la granja, donde mamá no podía oírme.

Veinte minutos después, aparqué el Volkswagen a unas calles del lugar donde Scott había dejado el Charger hacía dos noches. El panorama no había cambiado: los mismos edificios tapiados con tablas, las mismas farolas averiadas. A lo lejos sonó el silbato melancólico de un ferrocarril.

Dado que el almacén de Hank estaba vigilado, descarté la idea de acercarme. Habría de encontrar otro modo de echar un vistazo al interior. Entonces se me ocurrió una idea. Si había algo que podía aprovechar era la construcción: los edificios estaban pegados los unos a los otros. ¡Quizá podría ver el interior del edificio de Hank desde uno situado en la parte de atrás!

Recorrí el camino que Scott y yo habíamos seguido anteriormente y me acerqué al almacén de Hank. Me agazapé entre las sombras y me puse a vigilarlo. Vi que habían retirado la escalera de incendios, así que Hank había tomado precauciones. También habían cubierto las ventanas de la tercera planta, pero el encargado de la tarea no había llegado a la cuarta. Cada diez minutos, puntual como un reloj, un vigilante salía del edificio y recorría el perímetro.

Convencida de que disponía de la suficiente información, rodeé la manzana y fui a dar cerca del edificio trasero del de Hank. En cuanto el vigilante acabó la ronda y volvió a entrar, eché a correr. Sólo que esta vez no me oculté en el callejón de detrás del edificio de Hank sino en uno más allá.

Me encaramé a un cubo de basura y bajé por la escalera de incendios hasta el suelo. Sufría vértigo, pero no estaba dispuesta a que eso me impidiera descubrir qué ocultaba Hank. Tomé aliento y trepé hasta el primer descansillo. Me dije que no debía mirar abajo, pero la tentación era demasiado grande. Recorrí el callejón con la mirada a través de la estructura de hierro de la escalera de incendios. Sentí un calambre en el estómago y se me nubló la vista.

Escalé hasta la segunda planta y luego hasta la tercera. Aunque me sentía algo mareada, intenté abrir una ventana. Las primeras estaban cerradas, pero al final, haciendo palanca, pude abrir una con un chirrido. Cámara en mano, me metí en el edificio.

Un instante después, unas luces me cegaron y me cubrí los ojos con el brazo. Alrededor mío oí el sonido de cuerpos en movimiento. Cuando volví a mirar, vi hileras y más hileras de catres. Un cuerpo en cada catre, todos masculinos, todos excepcionalmente altos.

Nefilim.

Sin darme tiempo a pensar en nada, un brazo me rodeó la cintura desde atrás.

—¡Muévete! —ordenó una voz, y alguien me arrastró hacia la ventana por la que había entrado.

Salí de mi aturdimiento y noté que un par de brazos fuertes me arrastraban a través de la ventana hasta la escalera de incendios. Jev me lanzó un breve vistazo con enfado y me empujó hacia los peldaños en silencio. Mientras descendíamos la escalera, oímos gritos que venían de la parte delantera del edificio. En un momento estaríamos atrapados desde abajo y desde arriba.

Jev me cogió en brazos y me apretó contra su pecho.

—No te sueltes —me ordenó.

En cuanto me aferré, salimos volando directamente hacia abajo. Sin molestarse en descender por la escalera de incendios, Jev había saltado por encima de la barandilla; el viento nos azotó mientras caíamos hacia el callejón. Todo acabó antes de que pudiera gritar, aterricé de golpe y de repente volvía a estar de pie en el suelo.

Jev me cogió de la mano y me arrastró hacia la calle.

—Estoy aparcado a tres manzanas.

Doblamos la esquina, recorrimos una calle y cruzamos un callejón. Más allá, junto al bordillo, vi el Tahoe blanco. Jev abrió las puertas con el mando y nos metimos en el coche.

Jev condujo a toda velocidad, haciendo chirriar los neumáticos en las curvas y acelerando en las rectas hasta poner varios kilómetros de distancia entre nosotros y los Nefilim. Por fin aparcó el Tahoe en una pequeña gasolinera de dos surtidores a mitad de camino entre Coldwater y Portland. En la ventana colgaba un cartel donde ponía

«Cerrado» y sólo unas luces tenues brillaban en el interior.

Jev apagó el motor.

—¿Qué estabas haciendo allí? —dijo con furia, en voz baja.

—Escalando la escalera de incendios, ¿no? —repliqué. Se me habían roto los pantalones, tenía raspones en las rodillas y las manos, y enfadarme era lo único que impedía que me echara a llorar.

—Bien, enhorabuena, la escalaste. Y casi te matan. No me digas que tu presencia en ese lugar era una coincidencia. Nadie anda por ese barrio de noche. Y donde irrumpiste era un piso franco de los Nefilim, así que, una vez más: no creo que fuera una coincidencia. ¿Quién te dijo que fueras allí?

Parpadeé.

—¿Un piso franco de los Nefilim?

—¿Te estás haciendo la tonta? Es increíble.

—Creía que el edificio estaba vacío, creía que el edificio adjunto era un almacén de los Nefilim.

—Ambos son propiedad de un Nefil... uno muy poderoso. Un edificio es un señuelo y el otro ciertas noches alberga a unos cuatrocientos Nefilim. Adivina en cuál te metiste.

Un señuelo. Hank era muy listo. Qué pena que no se me hubiera ocurrido veinte minutos antes. Mañana por la mañana ya habría trasladado todo el operativo y yo perdería mi única pista. Al menos ahora sabía qué estaba ocultando. El almacén era el dormitorio de una parte de su ejército Nefilim.

—Me parece que te dije que dejaras de buscarte problemas, que intentaras comportarte como una persona normal durante un tiempo —dijo Jev.

—La normalidad no duró mucho. Justo después de

verte por última vez, me topé con un viejo amigo. Un viejo amigo Nefil. —Solté las palabras sin reflexionar, pero no creí que hablarle a Jev de Scott fuera malo. A fin de cuentas, Jev se había puesto de mi parte cuando traté de convencer a Gabe de que soltara a B.J., así que no creí que detestara a los Nefilim tanto como Gabe.

—¿Qué amigo Nefil? —La mirada de Jev se endureció.

—No tengo por qué contestarte.

—Olvídalo. Ya lo sé. El único Nefil al que eres lo bastante crédula como para considerarlo un amigo es Scott Parnell.

No pude ocultar mi sorpresa.

—¿Conoces a Scott?

Jev no respondió, pero dada la expresión asesina de su mirada comprendí que no apreciaba a Scott.

—¿Dónde está? —preguntó.

Pensé en la caverna y en que le prometí a Scott que no le diría nada a nadie.

—No... me lo dijo. Me lo encontré mientras hacía *jogging*. Mantuvimos una breve conversación. Ni siquiera tuvimos tiempo de intercambiar nuestros números de teléfono.

—¿Dónde estabas?

—En el centro —mentí sin pestañear—. Salió de un restaurante cuando pasé, me reconoció y hablamos un momento.

—Mientes. Scott no aparecería en público, no cuando la Mano Negra ha puesto precio a su cabeza. Apuesto a que lo viste en un lugar más alejado. ¿En el bosque cercano a tu casa? —aventuró.

—¿Cómo sabes dónde vivo? —pregunté en tono inquieto.

—Hay un Nefil que no es de fiar siguiéndote los pasos. Si has de preocuparte por algo, preocúpate por eso.

—¿Que no es de fiar? Me puso al corriente sobre los Nefilim y los ángeles caídos, algo que tú te negaste a hacer. —Procuré tranquilizarme. No quería hablar de Scott. Quería hablar de nosotros y obligar a Jev a sincerarse acerca de nuestro vínculo anterior. Hacía días que fantaseaba con verlo y, ahora que lo había conseguido, no estaba dispuesta a permitir que escapara. Necesitaba saber qué había sido para mí.

—¿Y qué te dijo? ¿Que es una víctima? ¿Que los ángeles caídos son los malos de la película? Puede culparlos por la existencia de su raza, pero él no es una víctima y no es inofensivo. Si merodea por aquí, se debe a que necesita algo de ti. Todo lo demás es falso.

—Es extraño que digas eso, puesto que no me ha pedido ni un favor. Hasta ahora, todo ha girado en torno a mí. Intenta ayudarme a recuperar la memoria. No te sorprendas. Sólo porque tú eres un gilipollas reservado no significa que el resto del mundo también lo sea. Tras ponerme al corriente sobre los Nefilim y los ángeles caídos, me dijo que Hank Millar está montando un ejército secreto de Nefilim. A lo mejor ese nombre no significa nada para ti, pero sí para mí, porque Hank está saliendo con mi madre.

Jev dejó de fruncir el ceño.

—¿Qué has dicho? —preguntó en tono auténticamente amenazador.

—Dije que eras un gilipollas reservado, y lo dije en serio.

Jev miró a través de la ventana y me dio la impresión de que yo acababa de decir algo importante. Apretó las mandíbulas y su mirada se volvió sombría y aterradora. Incluso desde mi asiento, noté la tensión de su cuerpo y el sentimiento nada positivo que lo recorría.

—¿A cuántas personas les has hablado de mí?

—¿Qué te hace creer que le he hablado a alguien de ti? —repliqué.

Me clavó la mirada.

—¿Lo sabe tu madre?

Pensé en soltar otro comentario sarcástico, pero estaba demasiado cansada.

—Puede que haya mencionado tu nombre, pero ella no lo reconoció. Así que volvemos a estar como al comienzo. ¿De dónde te conozco, Jev?

—Si te pidiera que hicieras algo por mí, no me escucharías, ¿verdad? —Cuando le presté atención, continuó—: Te llevaré a casa. Intenta olvidar esta noche. Intenta comportarte de un modo normal, sobre todo en presencia de Hank. No menciones mi nombre.

A guisa de respuesta, le lancé una mirada furibunda y me apeé del Tahoe. Él me imitó y rodeó el coche.

—¿Qué clase de respuesta es ésa? —preguntó, pero no hablaba en tono tan brusco como antes.

Me alejé del Tahoe, por si creía que podía obligarme a volver a subir en el coche.

—No me iré a casa, todavía no. Desde la noche en que me salvaste de Gabe, no he dejado de pensar en cómo volver a encontrarme contigo. Dediqué demasiado tiempo a especular de dónde me conoces, por qué nos conocemos. Puede que no te recuerde, ni a ti ni nada de los últimos cuatro meses, pero sigo teniendo sentimientos, Jev. Y la otra noche, en cuanto te vi, sentí algo que no había sentido nunca. Se me cortaba la respiración cuando te miraba. ¿Qué significa eso? ¿Por qué no quieres que te recuerde? ¿Quién fuiste para mí?

Después me volví hacia él. Tenía los ojos negros muy abiertos y sospeché que ocultaban todo tipo de emociones: arrepentimiento, dolor, cautela.

—¿Por qué me llamaste Ángel la otra noche? —pregunté.

—Si pudiera pensar con claridad, te llevaría a tu casa ahora mismo —dijo en voz baja.

—¿Pero?

—Pero estoy tentado de hacer algo de lo que quizá me arrepienta.

—¿Decirme la verdad? —dije esperanzada.

Sus ojos negros me miraron.

—Primero he de sacarte de la calle. Los hombres de Hank no pueden estar lejos.

En ese preciso momento se oyó el chirrido de unos neumáticos. Hank estaría orgulloso: sus hombres no abandonaban tan fácilmente.

Jev me arrastró detrás de una destartalada pared de ladrillos.

—No alcanzaremos el Tahoe antes que ellos, e incluso si lo lográsemos, no pienso meterte en una persecución en coche contra los Nefilim. Ellos saldrán ilesos si el coche vuelca o choca, pero puede que tú no. Será mejor que intentemos escapar a pie y regresar al coche cuando se hayan ido. A una manzana de aquí hay un club nocturno. Un lugar poco recomendable, pero podemos ocultarnos allí. —Me cogió del codo y me empujó hacia delante.

—Si los hombres de Hank registran el club, y de no hacerlo serían unos estúpidos puesto que verán el Tahoe y sabrán que vamos andando, me reconocerán. Las luces del almacén se encendieron cinco segundos antes de que me arrastraras fuera. Alguien debe de haberme visto. Puedo ocultarme en el lavabo, pero si hacen preguntas por ahí, no tardarán en descubrirme.

—El almacén donde te metiste está destinado a los

nuevos reclutas. Tendrán dieciséis o diecisiete años, contando en años humanos, y hace poco que prestaron juramento; eso equivale a menos de un año para un Nefilim. Soy más fuerte que ellos y tengo más práctica cuando se trata de manipular cerebros. Te hechizaré. Si nos miran, verán un tío vestido con pantalones de cuero negro que lleva un collar con pinchos y a una rubia platino enfundada en un corsé y botas militares.

De pronto me sentí un poco mareada. Un hechizo. ¿Era así como funcionaban los trucos mentales? ¿Por encantamiento?

Jev me levantó la barbilla y me miró a los ojos.

—¿Confías en mí?

Confiar o no daba igual, porque la verdad es que no me quedaba más remedio. La alternativa era enfrentarme a los hombres de Hank a solas, y podía adivinar cómo acabaría eso.

Asentí con la cabeza.

—Bien. Sigue caminando.

Seguí a Jev y entramos en una antigua fábrica que ahora funcionaba como el club nocturno Bloody Mary's. Jev pagó la entrada. Tardé unos minutos en adaptarme a los focos de luz estroboscópica blanca y negra. Habían derribado las paredes interiores creando un espacio abierto, repleto de cuerpos que giraban. La ventilación era escasa y de inmediato me golpeó un olor a sudor mezclado con perfume, humo de tabaco y vómito. La clientela era más de quince años mayor que yo, y yo era la única que llevaba pantalones de pana y coleta, pero los trucos mentales de Jev debían de estar funcionando porque en medio del mar de cadenas, cuero, pinchos y medias de red, nadie parpadeó al verme.

Nos abrimos paso hasta el centro de la multitud, donde podíamos ocultarnos sin perder de vista las puertas.

—El plan A es quedarse aquí y esperar a que se larguen —gritó Jev, alzando la voz—. Finalmente tendrán que abandonar la búsqueda y regresarán al almacén.

—¿Y el plan B?

—Si nos siguen hasta aquí, saldremos por la puerta trasera.

—¿Cómo sabes que hay una?

—Ya he estado aquí. No me gusta, pero es mi lugar favorito cuando se trata de los de mi clase.

No quería pensar en qué clase era ésa. En ese momento, en lo único que quería pensar era en llegar a casa viva.

Miré en torno.

—Dijiste que podías usar trucos mentales con todos, pero ¿por qué tengo la sensación de que me miran fijamente?

—Porque somos los únicos que no bailan.

Bailar. Hombres y mujeres que parecían miembros del grupo Kiss entrechocaban las cabezas, se empujaban y se lamían. Un tío con tirantes de cadena sosteniéndole los tejanos remontó una escalera pegada a la pared y se arrojó sobre la multitud. «Tal para cual», pensé.

—¿Me concedes este baile? —dijo Jev, sonriendo.

—¿No deberíamos buscar la manera de salir de aquí? ¿Idear otros planes, por si acaso?

Jev me cogió la mano derecha y me atrajo hacia sí en un baile lento que no encajaba con el ritmo enloquecido de la música. Como si me leyera el pensamiento, dijo:

—Pronto dejarán de mirarnos. Están demasiado ocupados en competir por hacer los movimientos más extremados de la noche. Intenta relajarte. A veces el mejor ataque es una buena defensa.

El corazón me latía apresuradamente, y no debido a la proximidad de los hombres de Hank. Bailar así con Jev acababa con mi capacidad de controlar mis sentimientos. Sus brazos eran fuertes, y su cuerpo, tibio. No llevaba colonia, pero un fascinante aroma a hierba recién cortada y agua de lluvia me envolvió cuando me estrechó entre sus brazos. Y esos ojos: profundos, misteriosos e insondables. Pese a todo, sólo quería estar cerca de él y... aflojarme.

—Mejor así —me murmuró al oído.

Antes de que pudiera reaccionar, me hizo girar. Nunca había bailado así, y la destreza de Jev me sorprendió. Habría imaginado que era un experto en *street dance*, pero no en esto. Su manera de bailar me recordaba otro lugar y otro tiempo. Era confiada y elegante, ágil y sexy.

—¿Acaso crees que no desconfiarán de un tío que lleva ropa de cuero hortera y sabe bailar como tú? —me burlé cuando volvió a hacerme girar entre sus brazos.

—Sigue así y te pondré pantalones de cuero a ti. —No sonrió, pero parecía divertido. Me alegré de que a uno de los dos la situación le resultara remotamente divertida.

—¿Cómo funcionan los hechizos? ¿Igual que el glamur?

—Es más complicado que eso, pero el resultado final es el mismo.

—¿Puedes enseñarme a hacerlo?

—Si te enseñara todo lo que sé, tendríamos que pasar bastante tiempo juntos, y a solas.

Como no sabía si estaba insinuando algo, dije:

—Estoy convencida de que lograríamos mantener una relación... profesional.

—Si tú lo dices... —contestó en el mismo tono firme que impedía adivinar sus intenciones.

Su mano apoyada en mi espalda me presionaba contra él y me descubrí más nerviosa de lo que había creído. Me pregunté si anteriormente nuestro vínculo habría sido también tan electrizante. Estar a su lado, ¿siempre me había producido la sensación de jugar con fuego? ¿Cálida y ardiente, intensa y peligrosa?

Para evitar que nuestra conversación siguiera adentrándose en un terreno pantanoso, apoyé la cabeza contra su pecho, pese a saber que suponía un peligro. Todo en él era peligroso; cada vez que me tocaba sentía que todo mi cuerpo vibraba, una sensación extraña y fascinante. Mi parte sensata quería analizar mis emociones, lo que sólo suponía complicar mi reacción frente a Jev. Pero una parte más sensual e inmediata estaba harta de la lógica, de preguntarse por ese hueco en el tiempo y así, sin más, dejé de pensar.

Pieza por pieza, dejé que Jev derribara mis defensas. Giré y me balanceé entre sus brazos y le seguí el ritmo. Estaba acalorada, el humo me mareaba y la situación empezó a parecerme irreal, pero eso sólo hizo que fuera más fácil convencerme a mí misma de que, si más adelante la culpa o el arrepentimiento me invadían, podría fingir que nunca había ocurrido. Mientras permanecía aquí, atrapada en el club, atrapada por la mirada de Jev, él hacía que sucumbir fuera demasiado fácil.

—¿Qué piensas? —preguntó, y sus labios me rozaron la oreja.

Cerré los ojos un instante, inmersa en la sensación. «En lo cálida, en lo increíblemente viva y vibrante y temeraria que me siento a tu lado.»

—Um —musitó, y sus labios esbozaron una sonrisa sexy y perspicaz.

—¿Um? —Desvié la mirada, nerviosa, y automáticamente eché mano de la irritación para disimular mi inquietud—. ¿Qué significa «um»? ¿No puedes usar más de cinco palabras? Esos gruñidos y esas interjecciones hacen que parezcas... primitivo.

La sonrisa de Jev se volvió más amplia.

—Primitivo.

—Eres imposible.

—Yo Jev, tú Nora.

—Déjalo ya. —Pero a pesar de que no era mi intención, casi sonreí.

—Puesto que estamos en plan primitivo, te diré que hueles bien —comentó. Me estrechó aún más y fui consciente de su estatura, de su respiración, del ardor de su piel en la mía. Sentí una descarga eléctrica en el cuero cabelludo y me estremecí de placer.

—Se llama ducharse... —empecé a decir, pero después me interrumpí, desconcertada por una sensación de familiaridad indebida—. Jabón, champú y agua caliente —añadí, casi como una idea de último momento.

—Desnuda. Sé cómo se hace —dijo Jev, y su mirada se volvió inescrutable.

Ignoraba cómo proseguir, así que opté por borrar el instante con una risa ligera.

—¿Estás flirteando conmigo, Jev?

—¿Acaso te lo parece?

—No te conozco lo suficiente para saberlo. —Procuré hablar en tono neutral.

—Entonces tendremos que cambiar eso.

Todavía dudaba de sus intenciones y carraspeé. Dos podían jugar a este juego.

—¿Consideras que escapar juntos de los malos de la película es una manera de conocernos mejor?

—No. Pero esto, sí.

Me inclinó hacia atrás y volvió a alzarme lentamente hasta apretarme contra él. Entre sus brazos, mis articulaciones se aflojaron y mis defensas se derritieron al tiempo que seguía el ritmo sensual de sus pasos. Sus músculos se tensaban bajo la ropa, abrazándome, guiándome e impidiendo que me alejara.

Se me doblaban las rodillas, pero no de cansancio. Mi respiración se aceleró y sabía que pisaba un terreno resbaladizo. Estar tan cerca de Jev, su piel y sus piernas rozando las mías, ambos cruzando miradas en la oscuridad... todo era pura sensación y calidez embriagadora. Invadida por una extraña mezcla de nerviosismo y excitación, me aparté, pero sólo un poco.

—Mi figura no es la indicada para esto —bromeé, indicando con la barbilla a una mujer voluptuosa que agitaba rítmicamente las caderas—. Sin curvas.

Jev me miró a los ojos.

—¿Me estás pidiendo una opinión?

—Me busqué esa respuesta —dije, y me ruboricé.

Él bajó la cabeza y su aliento me entibió la piel. Me rozó la frente con los labios, una presión suave. Cerré los ojos y procuré reprimir el deseo absurdo de que sus labios buscaran los míos.

«Jev... —quise decir, pero no pude pronunciar su nombre—. Jev, Jev, Jev», pensé, al ritmo de mi pulso acelerado. Repetí su nombre en silenciosa súplica hasta marearme.

Los milímetros de separación entre nuestros labios resultaban provocadores y tentadores. Estaba tan cerca de mí, y mi cuerpo tan en sintonía con el suyo, que me asusté y me maravillé. Aguardé, apoyada contra su pecho, jadeando y expectante.

De pronto se puso tenso. El hechizo se rompió, la distancia que nos separaba aumentó y di un paso atrás.

—Tenemos compañía —dijo Jev.

Traté de apartarme por completo, pero Jev no me soltó y me obligó a fingir que seguíamos bailando.

—No te pongas nerviosa —murmuró, y me rozó la frente con la mejilla—. Recuerda que si te miran verán cabellos rubios y botas militares. No verán a la Nora auténtica.

—¿No habrán sospechado que manipularías sus

mentes? —Intenté echar un vistazo a la puerta, pero varios hombres más altos me lo impidieron. No sabía si los hombres de Hank avanzaban o permanecían junto a las puertas, observando.

—No me vieron el rostro con claridad, pero sí que salté de la tercera planta del almacén, así que sabrán que no soy humano. Buscarán a un tío y una chica, pero podrían ser cualquiera de las parejas presentes.

—¿Qué están haciendo? —pregunté; la multitud aún me impedía verlos.

—Echando un vistazo en torno. Baila conmigo y no mires las puertas. Son cuatro. Se están moviendo. —Jev soltó una palabrota—. Dos vienen hacia aquí. Creo que nos han descubierto. La Mano Negra los ha entrenado bien. No conozco ningún Nefil capaz de no dejarse engañar por un hechizo durante el primer año tras jurar lealtad, pero puede que algunos lo logren. Dirígete a los lavabos y sal por la puerta situada en el otro extremo de la sala. No te apresures y no mires atrás. Si alguien trata de detenerte, pasa de ellos y sigue caminando. Los despistaré para ganar tiempo. Nos encontraremos en el callejón en cinco minutos.

Jev se encaminó en una dirección y yo en la opuesta... con el corazón en la boca. Me abrí paso a codazos entre la multitud; el calor de los cuerpos y la adrenalina que me circulaba por las venas me humedecían la piel. Tomé por un pasillo hacia los lavabos que, a juzgar por el pestazo rancio y la nube de moscas, era cualquier cosa menos higiénico. Había una larga cola y tuve que esquivarlos a todos murmurando «Perdón».

Tal como Jev prometió, había una puerta al final del pasillo. La abrí y me encontré en el exterior. Sin perder tiempo, corrí hacia los contenedores de basura porque consideré que sería mejor esconderme hasta que Jev viniera a buscarme. Tras recorrer unos metros, la puerta se abrió a mis espaldas.

—¡Allí! —gritó una voz—. ¡Está escapando!

Volví la vista hacia atrás sólo un segundo para confirmar que eran Nefilim, después eché a correr. Ignoraba a dónde me dirigía, pero Jev tendría que buscarme en otro lugar. Atravesé la calle y corrí hacia donde habíamos dejado el Tahoe. Tenía la esperanza de que cuando Jev descubriera que no estaba en el callejón, se le ocurriría buscarme en el coche.

Los Nefilim eran demasiado rápidos. Incluso corriendo a toda velocidad, noté que se aproximaban. Comprendí con pánico cada vez mayor que para ellos todo resultaba diez veces más fácil. Cuando estaban a punto de atraparme, me volví.

Los dos Nefilim ralentizaron el paso, desconfiando de mis intenciones. Jadeando, miré a uno y después al otro. Podía seguir corriendo y prolongar lo inevitable; podía luchar; podía chillar como una loca con la esperanza de que Jev me oyera, pero todas las opciones eran como agarrarse a un clavo ardiendo.

—¿Es ella? —preguntó el de menor estatura; hablaba con un acento que parecía británico y me observó.

—Es ella —confirmó el más alto, un estadounidense—. Está usando un hechizo. Céntrate en un detalle y después en otro, tal como nos enseñó la Mano Negra. En su cabello, por ejemplo.

El Nefil más bajo me escudriñó con tanta atención que me pregunté si su mirada me traspasaría, llegando hasta los ladrillos del edificio a mis espaldas.

—Vaya, vaya —dijo tras un momento—. Es rojo, ¿no? Te prefiero rubia.

Con rapidez inhumana se acercaron y me cogieron de los codos con tanta violencia que me encogí de dolor.

—¿Qué estabas haciendo en el almacén? —preguntó el Nefil más alto—. ¿Cómo lo descubriste?

—Yo... —empecé a balbucear, pero estaba demasiado aterrada para inventar una mentira plausible. No me creerían si decía que había ido a dar con su ventana en medio de la noche por pura casualidad.

—¿Te comieron la lengua los ratones? —dijo el más bajo, haciéndome cosquillas bajo el mentón.

Me aparté con violencia.

—Tenemos que llevarla al almacén —añadió el más alto—. La Mano Negra o Blakely querrán interrogarla.

—No regresarán hasta mañana.

—Será mejor que la interroguemos ahora mismo.

—¿Y si se niega a hablar?

El más bajo se relamió y su mirada adquirió un brillo aterrador.

—Nos aseguraremos de que hable.

—Les dirá todo a los demás —dijo el más alto, frunciendo el entrecejo.

—Cuando hayamos acabado, borraremos su memoria. Ella no sabrá qué pasó.

—Aún no somos bastante fuertes. Incluso si logramos borrar la mitad, no sería suficiente.

—Podríamos intentarlo con un hechizo diabólico —sugirió el otro con un destello inquietante en sus ojos.

—Los hechizos diabólicos son un mito. La Mano Negra lo dejó claro.

—¿Ah, sí? Si los ángeles del cielo tienen poderes, es lógico que los diablos del infierno también los tengan. Tú dices mito, yo digo oro en potencia. Imagina lo que podríamos hacer si logramos hacernos con eso.

—Incluso si el hechizo diabólico existe, no sabríamos por dónde empezar.

El Nefil más bajo sacudió la cabeza, irritado.

—Tú siempre tan divertido. Vale. Haremos que nuestras versiones coincidan, será nuestra palabra contra la suya —dijo, y enumeró su versión de los acontecimientos de la noche con los dedos.

—La perseguimos desde el almacén, la descubrimos ocultándose en el club y mientras la arrastrábamos de vuelta al almacén, se asustó y lo escupió todo. Dará igual lo que diga ella. Ya se metió en el almacén y lo más probable es que la Mano Negra suponga que vuelve a mentir.

El otro no parecía muy convencido, pero tampoco discutió.

—Vendrás conmigo —gruñó el más bajo, y me obligó a entrar en el estrecho pasadizo entre los edificios. Sólo se detuvo para decirle a su amigo:

»Quédate aquí y asegúrate de que nadie nos moleste. Si logramos sacarle información, quizás obtengamos privilegios extra. Tal vez incluso subamos de rango.

Me quedé helada ante la idea de ser interrogada por un Nefil, pero había comprendido rápidamente que la posibilidad de luchar contra ambos era nula. Tal vez podría sacar ventaja. Mi única esperanza —y hasta yo sabía que era muy escasa— era cambiar las reglas del juego a mi favor enfrentándome uno a uno. Dejé que el Nefil más bajo me arrastrara dentro del pasadizo, con la esperanza de que el riesgo valiera la pena.

—Cometes un gran error —le dije, tratando de hablar en tono amenazador—. He venido con unos amigos que me están buscando ahora mismo.

Él se remangó y noté que llevaba varios anillos en punta en los dedos, y de pronto ya no me sentí tan valiente.

—Hace seis meses que llegué a Estados Unidos, me levanto de madrugada, entreno todo el día al mando de un tirano y de noche me encierran en el cuartel. Tras seis meses de estar en esa cárcel, pagarla con alguien será estupendo —dijo, lamiéndose los labios—. Disfrutaré con ello, cielo.

—Eso me tocaba decirlo a mí —repliqué, y le pegué un rodillazo entre las piernas.

Había visto a varios tíos que sufrieron el mismo golpe en el instituto durante un partido de fútbol o en clase de educación física y sabía que la lesión no lo inmovilizaría por completo, pero no sospeché que se lanzaría sobre mí tras apenas soltar un gemido.

Se abalanzó hacia delante. A mis pies había una tabla con varios clavos oxidados y la cogí. Sería un arma útil.

El Nefil esquivó el golpe y se encogió de hombros.

—Adelante, intenta golpearme. No me dolerá.

Cogí la tabla como si fuera un bate.

—Quizá no sufras una lesión permanente, pero créeme: te dolerá.

Se lanzó hacia la derecha, pero eso era lo que yo esperaba. Cuando brincó hacia la izquierda, lo golpeé con todas mis fuerzas. Oí un sonido horrendo y el Nefil soltó un grito.

—Lo lamentarás. —Me lanzó una patada antes de que yo lograra registrar el movimiento, y la tabla salió volando. Me aplastó contra el suelo y me inmovilizó los brazos por encima de mi cabeza.

—¡Suéltame! —chillé, retorciéndome bajo su cuerpo.

—Claro, cielo. Sólo dime qué hacías en el piso franco.

—¡Suéltame... ahora... mismo!

—Ya la has oído —dijo una voz conocida.

—¿Y ahora qué pasa? —exclamó el Nefil con expresión impaciente y volvió la cabeza para ver quien osaba interrumpir.

—Una orden bastante sencilla —repuso Jev con una sonrisa leve pero letal.

—Ahora mismo estoy un poco ocupado, compañero —ladró el Nefil, sin dejar de mirarme—. Así que si no te importa...

—Resulta que sí me importa. —Jev cogió al Nefil de los hombros, lo arrojó contra el muro del edificio y aplastó la mano contra su garganta, impidiendo que respirara.

»Discúlpate. —Jev me indicó con un breve movimiento de cabeza.

El Nefil trató de desprenderse de la mano de Jev y su cara se enrojeció; abría y cerraba la boca como un pez.

—Dile que lo lamentas profundamente, o me aseguraré de que no dirás otra palabra durante un buen rato. —Jev sostenía una navaja en la otra mano y comprendí que se disponía a cortarle la lengua al Nefil, pero la verdad es que no sentía pena por él.

»Bien, ¿te disculpas o no?

La mirada furiosa del Nefil oscilaba entre Jev y yo.

«Lo siento.» Oí su voz colérica en mi cabeza.

—No ganarás un Oscar, pero es suficiente —le dijo Jev con una sonrisa irónica—. A que no fue tan difícil, ¿verdad?

El Nefil se zafó, tomó aire y se masajeó la garganta.

—¿Te conozco? Sé que eres un ángel: percibo el poder que emana de ti como un hedor, lo cual me hace pensar que debes de haber sido un tipo muy importante antes de caer, incluso quizás un arcángel, pero lo que quiero saber es si nos hemos cruzado con anterioridad. —Parecía una pregunta con truco, para ayudarle al Nefil a rastrear a Jev en el futuro, pero Jev no se dejó engañar.

—Todavía no. La presentación será breve —respondió, y le pegó un puñetazo en el estómago. El Nefil aún tenía la boca abierta en una O cuando se le doblaron las rodillas y se desplomó.

Jev se volvió hacia mí. Esperaba que me preguntara

por qué no me había quedado en el callejón como habíamos acordado y cómo había acabado en compañía del
Nefil, pero sólo me quitó un poco de suciedad de la mejilla y me abrochó los dos botones superiores de la blusa.

—¿Estás bien? —preguntó en voz baja.

Asentí, pero tuve que tragarme las lágrimas.

—Larguémonos de aquí —dijo.

Por una vez, no protesté.

CAPÍTULO 19

Mientras Jev conducía, apoyé la cabeza contra la ventanilla en silencio. Tomó por caminos laterales y carreteras secundarias, pero yo tenía una idea aproximada de dónde estábamos. Tras un par de curvas, supe exactamente el lugar: más allá se elevaba la imponente entrada del parque de atracciones Delphic. Jev aparcó en el parking vacío. Cuatro horas antes sólo con mucha suerte hubiese encontrado un lugar tan cerca de las puertas.

—¿Qué hacemos aquí? —pregunté, enderezándome.

Jev apagó el motor y alzó una ceja oscura.

—Dijiste que querías hablar.

—Sí, pero este lugar está... —«Vacío», pensé.

—¿Aún no sabes si puedes confiar en mí? —dijo, con una sonrisa dura—. ¿Y por qué aquí, en Delphic? Llámame sentimental.

Si suponía que yo debía comprender a qué se refería, no fue así. Lo seguí hasta las puertas y él saltó por encima con agilidad. Luego entreabrió una para dejarme pasar.

—¿Podemos ir a la cárcel por esto? —inquirí, sabiendo que era una pregunta estúpida puesto que si nos descubrían, allí iríamos a parar. Pero como parecía que Jev sabía lo que estaba haciendo, lo seguí. Por encima de las farolas, una montaña rusa dominaba el parque y de repente se me apareció la imagen de mí misma cayendo de las vías. Tragué saliva y reprimí la imagen, adjudicándosela a mi miedo a las alturas.

Me sentía más inquieta con cada minuto que pasaba. Sólo porque Jev me había salvado la vida un par de veces, no significaba que estar a solas con él fuera una buena idea. Supuse que me dejé arrastrar hasta el parque en busca de respuestas. Jev me prometió que hablaríamos y no pude resistirme a la tentación.

Por fin, Jev avanzó más lentamente, abandonó la pasarela y se detuvo ante una desvencijada caseta de mantenimiento, sobre la que se levantaba la montaña rusa a un lado y una noria gigante al otro. La caseta pequeña y gris era el último sitio que llamaría la atención.

—¿Qué hay en la caseta? —pregunté.

—Mi hogar.

«¿Su hogar?» O bien tenía mucho sentido del humor o acababa de redefinir el concepto de la vida sencilla.

—Espléndido —dije.

—Sacrifiqué el estilo por la seguridad —dijo, con una sonrisa astuta.

Eché un vistazo a la pintura cuarteada, al toldo inclinado y a la endeble construcción.

—¿La seguridad? Podría derribar la puerta de un puntapié.

—Seguridad frente a los arcángeles.

Al oír esa palabra sentí una punzada de miedo. Recordé mi última alucinación. «Ayúdame a encontrar el collar de un arcángel», había dicho Hank. La coincidencia me ponía nerviosa. ¿Acaso sabía más acerca de los arcángeles de lo que actualmente lograba recordar?

Jev metió la llave en la cerradura, abrió la puerta y la sostuvo para dejarme pasar.

—¿Cuándo me dirás algo sobre los arcángeles? —La pregunta parecía simple, pero los nervios me afectaban el estómago. ¿Cuántos diferentes tipos de ángeles había?

—De momento, lo único que has de saber es que no están de tu parte.

—¿Pero a lo mejor más adelante, sí?

—Soy un optimista —dijo Jev.

Crucé el umbral y sospeché que la caseta albergaba un secreto, porque me sorprendería que una ráfaga de viento no derrumbara las paredes. El suelo de madera crujía bajo mis pies y el aire estaba viciado. La caseta era pequeña, de unos cinco metros por dos. No había ventanas y, cuando Jev cerró la puerta, nos envolvió una oscuridad total.

—¿Vives aquí? —pregunté, sólo para asegurarme.

—Esto es más bien una especie de antecámara.

Antes de que pudiera preguntarle qué quería decir, oí que atravesaba la caseta y el zumbido apagado de una puerta que se abría. Cuando él volvió a hablar, su voz surgía cerca del suelo.

—Dame la mano.

Avancé a través de la oscuridad hasta que me cogió de la mano. Al parecer, estaba más abajo que yo, de pie en un hueco. Me cogió de la cintura y me bajó… hasta un espacio situado debajo de la caseta. Permanecimos frente a frente en la oscuridad y oí su respiración lenta y firme. La mía era más irregular. «¿A dónde me lleva?»

—¿Qué es este lugar? —susurré.

—Bajo el parque hay un laberinto de túneles, uno encima del otro. Hace años, los ángeles caídos no se mezclaban con los humanos. Se apartaron y vivían aquí fuera, en la costa; sólo acudían a las ciudades y aldeas durante el Chesvan, con el fin de poseer los cuerpos de sus vasallos Nefilim. Unas vacaciones de dos semanas, y esas ciudades y aldeas eran sus centros turísticos. Hacían lo que les venía en gana. Cogían lo que les apetecía. Se llenaban los bolsillos con el dinero de sus vasallos.

»Estos acantilados junto al mar eran lejanos, pero los ángeles caídos edificaron sus ciudades bajo tierra, por precaución. Sabían que, con el tiempo, las cosas cambiarían. Y cambiaron. Los humanos se extendieron. La frontera entre el territorio de los humanos y el de los ángeles caídos se volvió borrosa. Los ángeles caídos construyeron el Delphic encima de su ciudad para ocultarla. Cuando inauguraron el parque de atracciones, aprovecharon los ingresos para mantenerse.

Hablaba en tono tan mesurado, tan firme que no supe qué me hacía sentir lo que acababa de decirme. Y no supe qué contestar. Era como escuchar un sombrío cuento de hadas por la noche, antes de dormirme. El momento parecía un sueño desdibujado, y sin embargo muy real.

Sabía que Jev me decía la verdad, y no porque su historia de ángeles caídos y Nefilim encajara con la de Scott, sino porque cada una de sus palabras me inquietaba y fragmentos de mi memoria que creía perdidos para siempre volvían a surgir.

—En cierta oportunidad, estuve a punto de traerte aquí —dijo Jev—, pero el Nefil en cuyo piso franco entraste se entrometió.

No tenía por qué sincerarme con Jev, pero decidí arriesgarme.

—Sé que Hank Millar es el Nefil del que estás hablando. Él es el motivo por el cual fui al piso franco esta noche. Quería averiguar qué ocultaba en su interior. Scott me dijo que si reuníamos la suficiente cantidad de trapos sucios sobre él, averiguaríamos qué planea y podríamos idear el modo de derrotarlo.

Algo parecido a la lástima se asomó a la mirada de Jev.

—Hank no es un Nefil común, Nora.

—Lo sé. Scott me dijo que está montando un ejército, que quiere derrocar a los ángeles caídos para que no puedan seguir poseyendo los cuerpos de los Nefilim. Sé que es poderoso y que está muy bien relacionado. Lo que no comprendo es el papel que tú juegas en este asunto. ¿Por qué estabas en el piso franco esta noche?

Durante unos minutos, Jev guardó silencio.

—Hank y yo concertamos negocios. Suelo visitarlo. —Estaba siendo poco explícito adrede y yo ignoraba si, incluso tras mi franqueza, se negaba a ser sincero conmigo o si trataba de protegerme. Jev soltó un suspiro prolongado.

—Tenemos que hablar.

Me cogió del codo y me condujo a más profundidad en la oscuridad absoluta reinante debajo de la caseta. Avanzamos cuesta abajo, a lo largo de sinuosos pasillos y curvas. Por fin Jev se detuvo, abrió una puerta y recogió algo del suelo.

Encendió una cerilla y la acercó a una vela.

—Bienvenida a mi casa.

Comparada con la oscuridad total, la luz de la vela era sorprendentemente intensa. Nos encontrábamos ante la entrada de un vestíbulo de granito negro que daba a una inmensa habitación, también de granito negro. El suelo estaba cubierto de alfombras de seda en tonos azul marino, gris y negro. Los muebles eran escasos, pero las piezas seleccionadas por Jev eran elegantes y modernas, de líneas puras y muy artísticas.

—Guau —exclamé.

—No traigo a casi nadie aquí. No quiero compartirlo con todo el mundo, me agrada la intimidad y la reclusión.

«Pues dispone de ambas», pensé, echando un vistazo en torno al estudio parecido a una caverna. Iluminados por la luz de la vela, los suelos y las paredes de granito resplandecían como incrustados de diamantes.

Mientras yo seguía examinando todo lentamente, Jev encendió más velas.

—La cocina está a la izquierda —dijo—, el dormitorio en la parte de atrás.

Le lancé una mirada coqueta por encima del hombro.

—¿Estás flirteando conmigo, Jev?

Él me observó con sus ojos oscuros.

—Empiezo a preguntarme si intentas distraerme para impedir que prosigamos con la conversación anterior. —Recorrí el único objeto antiguo de la habitación con el dedo: un espejo de cuerpo entero que parecía haber formado parte de un castillo francés. Mamá habría estado muy impresionada.

Jev se dejó caer en un sofá de cuero de estilo art déco y extendió los brazos sobre el respaldo.

—En esta habitación, yo no soy la distracción.

—¿Oh? Y entonces, ¿qué es?

Noté que me devoraba con la mirada mientras yo recorría la habitación; me examinaba de pies a cabeza sin parpadear y un ardor me recorrió. Un beso hubiera resultado menos íntimo.

Reprimí el acaloramiento causado por su mirada, me detuve para observar una deslumbrante pintura al óleo. Los colores eran muy intensos, la técnica era impresionante.

—*La caída de Faetón* —me informó Jev—. Helios, el dios griego del sol, tuvo un hijo, Faetón, con una mortal. Todos los días, Helios solía conducir un carro a través del cielo. Faetón engañó a su padre para que le dejara conducir el carro, pese a que Faetón no tenía ni la fuerza ni la destreza suficiente para conducir a los caballos. Como era de esperar, los caballos se desbocaron y cayeron sobre la Tierra, quemando todo a su paso. —Aguardó hasta que lo miré—. Eres consciente del efecto que tienes sobre mí, ¿no?

—Me estás tomando el pelo.

—Es verdad que disfruto tomándote el pelo, pero hay cosas acerca de las que jamás bromeo —dijo, y su mirada se volvió grave.

Atrapada por esa mirada, acepté lo que acababa de decirme con tanta claridad. Él era un ángel caído. El poder que irradiaba era diferente del que noté junto a Scott. Más poderoso y más intenso. Incluso ahora, el aire chisporroteaba. Sentía su presencia y sus movimientos en todas las moléculas del cuerpo.

—Sé que eres un ángel caído —dije—. Sé que obligas a los Nefilim a jurarte lealtad. Posees sus cuerpos y, en esta guerra actual, no estás del mismo lado que Scott. Con razón te cae mal.

—Empiezas a recordar.

—No lo suficiente. Si eres un ángel caído, ¿por qué tienes negocios con Hank, un Nefil? ¿Acaso no se supone que sois enemigos acérrimos? —pregunté en un tono más duro del que era mi intención; no sabía qué sentir respecto de que Jev fuese un ángel caído. Uno de los malos. Para evitar que esa revelación me enloqueciera, me recordé a mí misma que antaño ya lo había averiguado todo. Si entonces pude soportarlo, ahora también podría.

Una vez más, en su rostro apareció una expresión de lástima.

—En cuanto a Hank... —dijo, y se restregó la cara con las manos.

—¿Qué pasa con él? —Lo miré fijamente, procurando adivinar qué era lo que le resultaba tan difícil decir. Su rostro expresaba una compasión tan profunda que me preparé para lo peor.

Jev se puso de pie, se acercó a la pared y se apoyó contra ella. Se había remangado la camisa y mantenía la cabeza gacha.

—Quiero saberlo todo —le dije—. Empezando por ti. Quiero recordar qué ocurrió entre nosotros. ¿Cómo nos conocimos? ¿Qué significamos el uno para el otro? Y después quiero que me lo digas todo sobre Hank, aunque te preocupe que no me guste lo que digas. Ayúdame a recordar. No puedo seguir así. No puedo avanzar hasta no saber qué he dejado atrás. Hank no me da miedo —añadí.

—Yo tengo miedo de lo que es capaz. No tiene límites. Nunca deja de presionar y lo peor de todo es que no puedes confiar en él. Con respecto a nada. —Jev titubeó—. Te diré la verdad. Te lo diré todo, pero sólo porque Hank me traicionó. Se suponía que tú ya no formabas parte de esto. Hice todo lo que pude por evitarlo. Hank me dio su palabra de que se mantendría alejado de ti, así que imagínate mi sorpresa cuando antes, esta misma noche, me dijiste que intenta seducir a tu madre. Si vuelve a interferir en tu vida se debe a que está tramando algo. Y eso significa que tú corres peligro. Volvemos a estar como al comienzo, y decirte la verdad ya no supone ponerte en peligro.

El corazón me martilleaba, el temor me taladraba los huesos. Hank. Tal como había sospechado, todo estaba relacionado con él.

—Ayúdame a recordar, Jev.

—¿Es lo que quieres? —preguntó, examinándome para confirmar que estaba completamente segura.

—Sí —dije, con más coraje del que sentía.

Jev se sentó en el borde del sofá, se quitó la camisa y,

pese a mi desconcierto, el instinto me dijo que tuviera paciencia. Apoyó los codos en las rodillas y dejó caer la cabeza entre sus hombros desnudos. Todos los músculos y los tendones de su cuerpo estaban en tensión y, durante un instante, parecía el Faetón del cuadro. Me acerqué un paso, luego dos. La luz oscilante de las velas iluminaba su cuerpo.

Ahogué un grito. Dos heridas le atravesaban la inmaculada piel de la espalda, rojas y en carne viva, y se me hizo un nudo en el estómago. El dolor que debía sentir era inconcebible. No podía imaginar qué le había provocado esas espantosas heridas.

—Tócalas —dijo Jev, lanzándome una mirada nerviosa—. Concéntrate en lo que deseas saber.

—Yo... no comprendo.

—La noche que me alejé del 7-Eleven en el coche, me desgarraste la camisa y tocaste las cicatrices de mis alas. Viste uno de mis recuerdos.

Parpadeé. ¿Así que aquello no fue una alucinación? Hank, Jev, la chica enjaulada... ¿formaban parte de los recuerdos de Jev?

Cualquier duda que pudiera albergar se desvaneció. Cicatrices de sus alas. Claro. Porque era un ángel caído. Y aunque ignoraba el motivo, cuando tocaba sus cicatrices veía cosas que ningún otro podía saber, excepto Jev. Por fin tenía lo que quería: una ventana al pasado, y el temor amenazó con superarme.

—Debo advertirte que, si penetras en un recuerdo que te incluye, las cosas se complicarán —dijo—. Puede que veas a un doble de ti misma. Puede que tú y mi recuerdo de ti aparezcan al mismo tiempo y, en ese caso, te verías obligada a observar lo que sucede como un transeúnte invisible. Otra posibilidad es que te traslades a tu propia versión del recuerdo, y eso significa que quizás experimentes mi recuerdo desde tu propio punto de vista. Si eso ocurre, no verás doble. Serás la única versión de ti misma en el recuerdo. Me han dicho que ambos casos pueden ocurrir, pero el primero es más común.

—Tengo miedo. —Las manos me temblaban.

—Te daré cinco minutos. Si no has regresado, quitaré tu mano de las cicatrices. Eso interrumpirá la conexión.

Me mordí el labio. «Ésta es tu oportunidad —me dije—. No huyas, no ahora que has logrado llegar hasta aquí. La verdad es aterradora, pero no saber nada es atroz. Tú, más que nadie, lo comprendes.»

—Dame media hora —dije en tono firme.

Luego procuré poner la mente en blanco y tranquilizarme. No tenía que comprenderlo todo de inmediato. Sólo tenía que tener fe. Extendí la mano y cerré los ojos armándome de valor; me sentí agradecida cuando Jev me cogió de la mano y me guio hasta tocarle la espalda.

CAPÍTULO

i primera sensación fue estar clavada contra algo. No, clavada dentro de algo, encerrada en un ataúd, atrapada en una red. Indefensa y dominada por otro cuerpo. Un cuerpo que parecía el mío: las mismas manos, el mismo pelo, idéntico hasta en el más mínimo detalle, pero un cuerpo que yo no podía controlar. Un extraño cuerpo fantasmal que actuaba en contra de mi voluntad, que me arrastraba.

Lo segundo que pensé fue «Patch».

Patch me estaba besando. Me besaba de un modo aún más aterrador que el cuerpo fantasmal y que su control inquebrantable sobre mí. La boca de Patch en todas partes. La lluvia, tibia y dulce. Un trueno lejano. Y su cuerpo, ocupando todo el espacio, tan próximo al mío, irradiando calor.

«Patch.»

Atónita y temblorosa, me aferré al recuerdo. Supliqué que me soltaran.

Solté un grito ahogado, como si hubiera estado a punto de asfixiarme bajo el agua y abrí los ojos.

—¿Qué ocurre? —preguntó Jev, y me rodeó los hombros al tiempo que me apoyaba en él.

Volvíamos a estar en su estudio de granito y las mismas velas iluminaban las paredes, y la familiaridad del lugar me llenó de alivio. Sentía terror de quedarme atrapada allí abajo, de estar prisionera en un cuerpo que no controlaba.

—Yo aparecía en tu recuerdo —dije—. Pero no había un doble. Estaba atrapada en el interior de mi cuerpo, pero no podía controlarlo ni moverlo. Era... aterrador.

—¿Qué viste? —preguntó, tan tenso como si su cuerpo fuera de piedra y un empujón pudiera romperlo en mil pedazos.

—Estábamos aquí encima, en la caseta. Cuando pronuncié tu nombre no dije Jev, dije Patch, y tú me estabas... besando. —Me sentía demasiado espantada como para ruborizarme.

Jev me quitó el cabello de la frente y me acarició la mejilla.

—No pasa nada —murmuró—. En aquel entonces me conocías como Patch. Ése era el nombre que usaba cuando nos conocimos. Dejé de usarlo cuando te perdí y, desde entonces opté por llamarme Jev.

Me sentía como una estúpida por llorar, pero no podía evitarlo. Jev era Patch. Mi antiguo novio. De repente todo cobraba sentido. Con razón nadie reconocía su nombre: lo cambió tras mi desaparición.

—Yo te devolvía el beso —dije, llorando—. En el recuerdo.

Su rostro se relajó.

—¿Tan espantoso fue?

Me pregunté si alguna vez lograría decirle el efecto del beso. Era tan placentero que me expulsó automáticamente de su recuerdo.

Para no contestarle, repuse:

—Antes me dijiste que en cierta ocasión intentaste traerme aquí a tu casa, pero que Hank lo impidió. Creo que ése fue el recuerdo que vi, pero no vi a Hank. No llegué hasta ahí e interrumpí la conexión. No soportaba estar dentro de mi cuerpo pero sin poder controlarlo. No estaba preparada para sentir cuán real sería la sensación.

—La chica que controlaba tu cuerpo eras tú —me recordó—. Tú en el pasado. Antes de perder la memoria.

Me puse de pie y caminé de un lado a otro.

—He de volver.

—Nora...

—He de enfrentarme a Hank. Y no podré hacerlo antes de enfrentarme a él allí dentro —dije, señalando las cicatrices de Jev con el dedo. «Y enfrentarte a ti misma —pensé—. Has de enfrentarte a la parte de ti misma que conoce la verdad. La parte que dejaste atrás.»

Jev me lanzó una mirada inquisidora.

—¿Quieres que te saque?

—No. Esta vez llegaré hasta el fondo.

En cuanto regresé al interior del recuerdo de Jev fue como si alguien le diera a un interruptor y un instante después reviví la escena retrospectiva a través de los ojos de la chica que había sido antes de que me borraran la memoria. Su cuerpo tomó el control del mío y también sus pensamientos. Respiré profundamente para superar el pánico y me abrí a ella, a mí misma.

Fuera, la lluvia golpeaba contra el techo metálico de la caseta. Nos había empapado tanto a Patch como a mí y él lamió una gota de lluvia de mi labio. Lo cogí de la cinturilla de los tejanos y lo atraje hacia mí. Nuestras bocas se fundieron, haciéndonos olvidar el aire frío.

—Te quiero —dijo, besándome el cuello afectuosamente—. No recuerdo haber sentido jamás tanta felicidad.

Cuando me disponía a contestarle, una voz masculina e inexplicablemente familiar surgió del rincón más oscuro de la caseta.

—¡Muy conmovedor! Coged al ángel.

Un grupo de jóvenes de gran estatura, Nefilim sin lugar a dudas, emergieron de las sombras, rodearon a Patch y le sujetaron los brazos detrás de la espalda.

Antes de entender lo que ocurría oí la voz mental de Patch con la misma claridad que si me hubiera hablado al oído. «Cuando yo empiece a luchar, echa a correr. Coge el Jeep. No vayas a casa. Quédate en el Jeep y no te detengas hasta que yo te encuentre.»

El hombre que permanecía en la parte posterior de la caseta dando órdenes dio un paso adelante, iluminado por la fantasmagórica luz del parque de atracciones que penetraba a través de las numerosas rendijas de la caseta. Parecía demasiado joven para su edad real, tenía ojos azules y una sonrisa cruel.

—Señor Millar —musité.

¿Cómo podía estar aquí? Después de todo por lo que había pasado esa noche, un atentado casi fatal contra mi vida y el descubrimiento de la sórdida verdad acerca de mi genealogía, sólo para estar con Patch. ¿Y ahora esto? No parecía real.

—Permite que me presente correctamente —dijo—. Soy la Mano Negra. Conocía muy bien a Harrison, tu padre. Me alegro de que no esté presente para ver como te rebajas con uno de la camada del diablo. —Hank sacudió la cabeza—. No eres la chica en la que creí que te convertirías, Nora. Confraternizando con el enemigo, burlándote de tu genealogía. Pero puedo perdonártelo.

Hizo una pausa elocuente.

—Dime, Nora. ¿Fuiste tú quien mató a Chauncey Langeais, mi querido amigo y socio?

Se me heló la sangre. Me debatía entre el impulso de mentir y la convicción de que sería inútil. Él sabía que yo había matado a Chauncey. Frunció el ceño y me miró con frialdad.

«¡Ahora! —gritó Patch, interrumpiendo mis pensamientos—. ¡Corre!»

Eché a correr hacia la puerta de la caseta, pero, tras un par de pasos, un Nefil me cogió de un brazo y con igual rapidez me aprisionó el otro detrás de la espalda. Intenté zafarme y desesperadamente traté de alcanzar la puerta.

A mis espaldas oí los pasos de Hank Millar.

—Esto se lo debo a Chauncey.

Ya no sentía frío a causa de la lluvia; hilillos de sudor se deslizaban por debajo de mi camisa.

—Compartíamos un proyecto y pensábamos llevarlo hasta el final —continuó Hank—. ¿Quién hubiera sospechado que precisamente tú serías quien casi lo haría fracasar?

Se me ocurrieron un montón de respuestas maliciosas, pero no osaba provocar a Hank. La única ventaja de la que disponía era el tiempo, y debía aprovecharla. El Nefil me hizo girar en el preciso instante en que Hank cogía un puñal largo y delgado de la cinturilla del pantalón.

«Tócame la espalda.»

La voz de Patch se abrió paso a través del pánico que me invadía y lo miré de soslayo.

«Entra en mi recuerdo. Toca el sitio en el que mis alas se unen a mi espalda.» Patch me instó a que lo hiciera asintiendo con la cabeza.

«Del dicho al hecho hay mucho trecho», pensé, aunque sabía que no podía oírme. Nos separaban un par de metros y los Nefilim nos mantenían prisioneros a ambos.

—Suéltame —le dije al Nefil que me cogía de los

brazos—. Los dos sabemos que no iré a ninguna parte. No puedo correr más rápido que todos vosotros.

El Nefil miró a Hank y éste le indicó que me soltara con la cabeza. Después suspiró, parecía casi aburrido.

—Lo lamento, Nora, pero esto no puede quedar impune. Chauncey hubiese hecho lo mismo por mí.

Me froté los antebrazos, doloridos por la violencia con que el Nefil me había atrapado.

—¿Impune? ¿Y qué hay de la familia? Soy tu hija, soy de tu misma sangre. —«Y nada más.»

—Eres una mancha en mi genealogía —exclamó—. Una renegada. Una humillación.

Le lancé una mirada furibunda, a pesar del temor que me atenazaba.

—¿Estás aquí para vengar a Chauncey o se trata de un intento de guardar las apariencias? ¿No puedes con la idea de que tu hija salga con un ángel caído y te abochorne ante todo tu pequeño ejército Nefilim? ¿Me acerco a la respuesta? —Y yo, que no quería provocarlo.

Hank frunció ligeramente el entrecejo.

«¿Podrás penetrar en mi recuerdo antes de que él te rompa el pescuezo?», siseó Patch mentalmente.

No lo miré, temía perder mi decisión si lo hacía. Ambos sabíamos que introducirme en sus recuerdos no serviría para escapar de ahí, se limitaría a trasladar mi mente a su pasado. Y supuse que eso era lo que Patch deseaba: que yo estuviera en otro lugar cuando Hank me matara. Patch sabía que esto era el final y quería ahorrarme el dolor de estar consciente durante mi propia ejecución. La ridícula imagen de un avestruz con la cabeza metida en la arena pasó por mi cabeza.

Si iba a morir dentro de unos instantes, no sería antes de pronunciar las palabras que esperaba que persiguieran a Hank durante toda la eternidad.

—Supongo que elegir a Marcie como hija tuya fue una buena idea —dije—. Es mona, popular, sale con los chicos adecuados y es demasiado estúpida para cuestionar lo que haces. Pero sé que los muertos pueden regresar. Antes, esta noche, vi a mi padre... al verdadero.

Hank frunció el ceño aún más.

—Si él puede visitarme, nada impide que yo visite a Marcie... o a tu mujer. Y las cosas no se detendrán ahí. Sé que vuelves a salir con mi madre a escondidas. Le diré la verdad sobre ti, viva o muerta. ¿Cuántas citas crees que obtendrás antes de que le diga que tú me mataste?

Eso fue todo lo que pude decir antes de que Patch le pegara un rodillazo en la tripa al Nefil que lo cogía del brazo derecho. Éste se desplomó y Patch le pegó un puñetazo en la nariz al Nefil que lo cogía del brazo izquierdo. Se oyó un crujido horrendo y después un aullido ahogado.

Corrí hacia Patch y me lancé sobre él.

—Date prisa —dijo, poniendo mi mano por debajo de su camisa.

La pasé a ciegas por su espalda, con la esperanza de entrar en contacto con el punto en que sus alas se unían a su piel. Las alas estaban hechas de una materia espiritual y no podía verlas ni tocarlas, pero era lógico que ocuparan buena parte de su espalda.

Alguien —Hank o uno de los Nefilim— me agarró de los hombros, pero sólo resbalé un poco; Patch me abrazaba y me presionaba contra su pecho. Sin tiempo que perder, volví a tocar la piel lisa y elástica de su espalda. «¿Dónde estaban sus alas?»

Patch me besó la frente y murmuró algo ininteligible. No hubo tiempo para nada más. Una luz blanca y cegadora estalló en mi mente. Un instante después flotaba en un universo oscuro moteado de lucecitas de colores. Sabía que debía acercarme a una de ellas —cada una era un recuerdo almacenado—, pero parecían muy lejanas.

Oí los gritos de Hank y comprendí que no había cruzado del todo. Puede que mi mano estuviera cerca de la base de las alas de Patch, pero no lo bastante cerca. No lograba reprimir las atroces imágenes de todas las maneras horrendas y dolorosas en las que Hank podía poner fin a mi vida y me abrí paso a través de la oscuridad, con la decisión de ver a Patch en sus recuerdos una última vez, antes de que todo acabara.

Las lágrimas me nublaban la vista. «El fin.» No quería que éste fuese aquel momento, que se acercara sigilosamente y sin avisar. Había tantas cosas que quería decirle a Patch... ¿Sabía lo mucho que significaba para mí? Lo que compartíamos... apenas había empezado. Ahora no se podía ir todo a tomar viento.

Evoqué una imagen del rostro de Patch. La imagen que elegí era la de la primera vez que nos encontramos. El cabello largo se rizaba en torno a sus orejas y su mirada parecía percibir todos los secretos y anhelos de mi alma. Recuerdo su expresión sorprendida cuando entré en Bo's Arcade, interrumpí su partida de billar y exigí que me ayudara a acabar nuestros deberes de biología. Recuerdo su sonrisa lobuna desafiándome a seguirle el juego cuando se disponía a besarme aquella primera vez en la cocina de mi casa...

Patch también gritaba. No ante mí en sus recuerdos sino mucho más abajo, en la caseta. Tres palabras se destacaron por encima de las demás, distorsionadas como si hubieran recorrido una gran distancia.

«Trato. Acuerdo mutuo.»

Procuré oír más. ¿Qué estaba diciendo Patch? De repente temí que, fuera lo que fuese, no me iba a gustar.

«¡No! —grité; tenía que detener a Patch. Intenté regresar a la caseta, pero estaba flotando en el vacío—. ¡Patch! ¿Qué le estás diciendo?»

Sentí un curioso tirón en el cuerpo, como si algo me hubiera agarrado de la columna vertebral. Los gritos se desvanecieron y caí hacia una luz cegadora en el interior del recuerdo de Patch.

Una vez más.

Alcancé el interior del segundo recuerdo en un instante.

Volvía a estar en la húmeda y fría caseta con Hank, sus Nefilim y Jev, y sólo se me ocurrió que este segundo recuerdo estaba empezando precisamente donde acababa el otro. Sentí como si alguien volviera a darle al mismo interruptor, pero esta vez no estaba encerrada en una versión del pasado de mí misma. Mis ideas y mis actos pertenecían a mi yo actual. Ahora era una doble, una transeúnte invisible que observaba la versión de Jev de este momento, tal como él lo recordaba.

Sostenía una versión aletargada de mi cuerpo en sus brazos, a excepción de mi mano apoyada en su espalda. Tenía los ojos en blanco y me pregunté si recordaría ambos recuerdos cuando me recuperara del todo.

—Ah, sí. He oído hablar de ese truco —dijo Hank—. Supongo que es verdad. Ahora ella está dentro de tu recuerdo, ¿y sólo gracias a tocarte las alas?

Al contemplar a Hank me sentí indefensa. ¿Acababa de decir que él era mi padre? Sí. Sentí el impulso de pegarle puñetazos en el pecho hasta que lo negara, pero la verdad ardía como una llama en mi pecho. Podía aborrecerlo cuanto quisiera, pero eso no cambiaba el hecho de que su inmunda sangre circulaba por mis venas. Puede que Harrison Grey me diera todo el amor de un padre, pero Hank Millar me había dado la vida.

—Te propongo un trato —dijo Jev en tono brusco—. Algo que tú desees, a cambio de la vida de ella.

—¿Qué podrías tener tú que yo pudiese desear? —dijo Hank. Una sonrisa le agitaba los labios.

—Estás montando un ejército Nefilim con la esperanza de derrocar a los ángeles caídos en el mes de Chesvan. No te sorprendas. No soy el único ángel que sabe qué tramas. Hay grupos de ángeles caídos forjando alianzas y harán que sus vasallos Nefilim lamenten haber pensado que podían liberarse. No será un Chesvan agradable para ningún Nefil marcado por la fidelidad a la Mano Negra. Y eso sólo es la punta del iceberg con respecto a lo que les espera. Nunca lograrás tus propósitos sin un aliado.

Haciendo un gesto, Hank indicó a sus hombres que se largaran.

—Dejadme a solas con el ángel. Llevad fuera a la chica.

—Debes estar de broma si crees que estoy dispuesto a perderla de vista.

Divertido, Hank cedió soltando un bufido.

—Muy bien. Consérvala mientras puedas.

En cuanto los Nefilim se marcharon, Hank dijo:

—Continúa.

—Deja vivir a Nora y seré tu espía.

Hank arqueó sus cejas rubias.

—Vaya, vaya. Lo que sientes por ella es más profundo de lo que creía —dijo, contemplando mi cuerpo inconsciente—. Diría que ella no lo merece. Por desgracia, lo que tú y tus ángeles custodios amigos opinan de mis planes me es indiferente. Siento un interés mucho mayor por los ángeles caídos, por lo que están pensando, por las medidas que piensan tomar para contrarrestar mis intenciones. Ya no eres uno de ellos, así que ¿cómo piensas enterarte de sus planes?

—Eso es asunto mío.

Hank lo juzgó con la mirada.

—De acuerdo —dijo por fin—. Siento curiosidad. No soy yo quien lleva las de perder —añadió, encogiéndose de hombros—. ¿Supongo que querrás que preste un juramento?

—Desde luego —contestó Jev fríamente.

Hank volvió a sacar el puñal y se hizo un corte en la palma de la mano izquierda.

—Juro que dejaré a la chica con vida. Si rompo mi juramento, que muera y regrese al polvo del que fui creado.

Jev cogió el puñal, también se hizo un corte, cerró el puño y dejó caer unas gotas de un líquido similar a la sangre.

—Juro que te proporcionaré toda la información posible sobre los planes de los ángeles caídos. Si rompo mi juramento, me encadenaré en el infierno personalmente.

Ambos se estrecharon las manos, mezclando su sangre. Cuando las separaron, las heridas habían cicatrizado.

—Mantente en contacto —dijo Hank en tono irónico, y se quitó el polvo de la camisa, como si estar en la caseta lo hubiera ensuciado. Se llevó el móvil a la oreja y, al ver que Jev lo observaba, añadió—: Compruebo que mi coche está dispuesto. —Pero cuando habló, sus palabras adquirieron un tono de dureza—. Que acudan mis hombres, todos. Quiero que se lleven a la chica.

Jev se quedó inmóvil, y al tiempo que se oyeron pasos rápidos acercándose a la caseta, dijo:

—¿Qué significa esto?

—Juré que la dejaría con vida —contestó Hank—. Pero yo decidiré cuándo la soltaré, y eso también depende de ti. Te la entregaré cuando me hayas proporcionado la suficiente información para garantizar que lograré derrocar a los ángeles caídos en Chesvan. Considera a Nora como una póliza de seguros.

Jev echó un vistazo a la puerta de la caseta, pero Hank añadió:

—Ni lo pienses. Te superamos en un número de veinte a uno. A ambos nos disgustaría que Nora resultara innecesariamente herida en la pelea. No seas tonto y entrégamela.

Jev lo cogió de la manga y lo atrajo hacia sí.

—Si te la llevas, me encargaré de que tu cadáver abone el suelo que pisamos —le dijo en el tono más cargado de odio que yo jamás había oído.

La expresión de Hank no era de temor sino de suficiencia.

—¿Mi cadáver? ¿Me ha llegado el turno de reír?

Hank abrió la puerta de la caseta y sus Nefilim entraron en tromba.

Al igual que en un sueño, los recuerdos de Jev se interrumpieron casi antes de haber empezado. Hubo un instante de desorientación y después volví a ver el estudio de granito. La luz de las velas iluminaba su silueta y las llamas revelaron el brillo severo de sus ojos. Un auténtico ángel oscuro.

—Vale —susurré, aún presa del vértigo—. Vale... de acuerdo.

Jev sonrió, pero su expresión era dubitativa.

—¿Eso es todo: vale, de acuerdo?

Me volví hacia él. Ya no podía contemplarlo del mismo modo y las lágrimas se derramaban por mis mejillas sin darme cuenta de que había empezado a llorar.

—Hiciste un trato con Hank. Me salvaste la vida. ¿Por qué harías eso por mí?

—Ángel —murmuró Jev, se acercó y me cogió la cara con las manos—. Creo que no sabes de lo que soy capaz, con tal de conservarte a mi lado.

Se me hizo un nudo en la garganta, no sabía qué decir. Ahora resultaba que Hank Millar, el hombre que durante años había permanecido silenciosamente entre las sombras, me había dado la vida sólo para tratar de ponerle fin, y Jev era el motivo por el que seguía con vida. Hank Millar, que había estado en mi casa en numerosas ocasiones, como si le perteneciera. Que había sonreído y besado a mi madre, que me había dirigido palabras cariñosas y familiares...

—Él me raptó —dije, reconstruyendo lo sucedido. Antes lo había sospechado, pero los recuerdos de Jev llenaron los huecos con toda claridad—. Juró que no me mataría, pero me mantuvo como rehén para asegurarse de que espiaras para él. Durante tres meses. ¡Engañó a todo el mundo durante tres meses! Sólo para obtener información acerca de los ángeles caídos. Dejó que mamá creyera que yo había muerto.

Claro que sí. Había demostrado que no tenía reparos en ensuciarse las manos. Era un Nefil poderoso capaz de realizar toda clase de trucos mentales y, tras abandonarme en el cementerio, los utilizó para impedir que recuperara la memoria, porque a fin de cuentas no podía soltarme y dejar que yo difundiera sus diabólicos actos.

—Lo odio. No hay palabras para expresar la ira que siento. Quiero que pague, lo quiero muerto —dije con mucha firmeza.

—La marca que tienes en la muñeca no es de nacimiento —dijo Jev—. La he visto antes, en dos oportunidades. La llevaba Chauncey Langeais, mi antiguo vasallo

Nefil. Hank Millar también la lleva, Nora. La marca indica que ambos compartís la misma sangre, como un indicio externo de un marcador genético o una secuencia de ADN. Hank es tu padre biológico.

—Lo sé —dije en tono amargo.

Entrelazó sus dedos con los míos y me besó los nudillos. La presión de sus labios era como una corriente eléctrica bajo la piel.

—¿Lo recuerdas?

—Me oí a mí misma decirlo cuando estaba en tu recuerdo, pero ya debo de haberlo sabido, porque no me sorprendí; me enfadé. No recuerdo cuándo lo supe por primera vez.

Presioné la marca que me atravesaba la cara interior de la muñeca.

—Pero lo noto. Hay una desconexión entre mi cabeza y mi corazón, pero percibo la verdad. Dicen que cuando alguien se queda ciego, su oído se vuelve más agudo. He perdido una parte de mi memoria, pero a lo mejor mi intuición es mayor.

Nos quedamos pensando en eso en silencio. Lo que Jev ignoraba es que mi verdadero parentesco no era la única información sobre la cual mi intuición emitía un juicio.

—No quiero hablar de Hank. No ahora. Quiero hablar de algo diferente que he visto. O más bien, de algo que he descubierto.

Él me miró, con curiosidad y cautela a la vez.

—Descubrí que o bien estaba locamente enamorada de ti o estaba haciendo la mejor interpretación de mi vida.

Su mirada permaneció neutral, pero me pareció ver un destello de esperanza.

—¿Qué te parece lo más probable?

«Sólo hay un modo de averiguarlo.»

—Primero, necesito saber qué ocurrió entre tú y Marcie. Éste es uno de esos momentos donde lo que más te conviene es decirme la verdad —le advertí—. Marcie dijo que fuiste su aventura de verano. Scott me dijo que ella desempeñó un papel en nuestra separación. Lo único que falta es tu versión.

Jev se restregó la barbilla.

—¿Acaso parezco una aventura de verano?

Intenté imaginarme a Jev jugando con un Frisbee en la playa o untándose con protector solar. Traté de imaginarlo comprándole un helado a Marcie en el paseo marítimo y escuchando pacientemente su interminable cháchara, pero las imágenes sólo me provocaron una sonrisa.

—De acuerdo —dije—. Ahora escúpelo.

—Marcie era una misión. Aún no me había convertido en un renegado, todavía tenía mis alas, lo cual me convertía en un ángel custodio a las órdenes de los arcángeles, y ellos querían que la vigilara. Es la hija de Hank, lo que es igual a un peligro por asociación. La mantuve fuera de peligro, pero no fue una experiencia agradable. He hecho todo lo posible por olvidarlo.

—¿Así que no pasó nada?

—Estuve a punto de dispararle un par de veces, pero eso fue todo —dijo, sonriendo.

—Una oportunidad perdida.

Jev se encogió de hombros.

—Siempre hay una segunda vez. ¿Aún quieres hablar de Marcie?

Le sostuve la mirada y negué con la cabeza.

—No tengo ganas de hablar —confesé en voz baja.

Me puse de pie y lo obligué a imitarme, un tanto mareada por la audacia de lo que me proponía hacer. Los sentimientos se arremolinaban en mi interior y sólo logré identificar dos de ellos: la curiosidad y el deseo.

Jev permaneció inmóvil.

—Ángel —dijo en tono áspero, y me rozó la mejilla con el pulgar, pero yo me retiré un poco.

—No te apresures. Si aún albergo un recuerdo de ti, no puedo forzarlo. —Era media verdad. La otra mitad me la guardé. No había dejado de fantasear en secreto sobre este momento desde que lo conocí. Desde entonces, había creado cientos de variantes en mi cabeza, pero mis fantasías nunca me habían hecho sentir lo que ahora. Me sentía irresistiblemente atraída.

Sucediera lo que sucediera, no quería olvidar cómo era estar con Jev. Quería grabar su tacto, su sabor, incluso su aroma tan profundamente dentro de mí que nadie, nadie, pudiera quitármelos jamás.

Deslicé las manos por su torso, memorizando cada músculo. Aspiré las mismas fragancias de aquella primera noche en el Tahoe: cuero, especias, hierbabuena. Recorrí su rostro con los dedos explorando sus facciones marcadas, casi italianas. Jev no se movió, y mantuvo los ojos cerrados mientras yo lo tocaba.

—Ángel —repitió en el mismo tono tenso.

—Todavía no.

Deslicé los dedos entre sus cabellos, memoricé hasta el último detalle: el tono bronceado de su piel, su aspecto seguro, sus pestañas largas y seductoras. Su cuerpo no era de líneas puras y simétricas y por ello me resultaba aún más interesante.

«Basta de rodeos», me dije finalmente. Me incliné hacia él y cerré los ojos.

Sus labios se abrieron bajo los míos y un temblor recorrió su cuerpo férreamente controlado. Me rodeó con los brazos y me apretó contra su pecho. Sus besos aumentaron de intensidad y me sentí desconcertada.

Tenía las piernas temblorosas y pesadas. Me apoyé

contra Jev y ambos nos deslizamos a lo largo de la pared hasta que quedé a horcajadas en su regazo. Una llama se encendió en mis entrañas y su calor lo consumió todo. Un mundo oculto se abrió entre ambos, tan aterrador como familiar. Sabía que era real, que ya había besado así antes, que había besado así a Patch. No recordaba llamarlo por otro nombre que no fuera Jev, pero de algún modo parecía... el idóneo. El recuerdo deliciosamente ardiente amenazó con devorarme.

Fui la primera en apartarme, y me lamí el labio inferior.

—¿Qué tal? —dijo Patch en voz baja.

—La práctica hace al maestro —contesté, inclinando la cabeza hacia él.

CAPÍTULO

21

Abrí los ojos y la habitación cobró forma. Las luces estaban apagadas, y el aire, fresco. Una tela suave y deliciosa me acariciaba la piel. El recuerdo de la noche anterior regresó como un torbellino: Patch y yo nos habíamos dado el lote... Tenía un recuerdo borroso de haber murmurado que estaba demasiado cansada para conducir hasta mi casa.

Había dormido en la casa de Patch.

Me incorporé.

—¡Mamá me matará! —solté, sin dirigirme a nadie en particular. Por una parte, tendría que haber asistido a clase, por la otra, el toque de queda había pasado hacía horas y no la había llamado para darle explicaciones.

Patch estaba sentado en una silla en un rincón, con la barbilla apoyada en un puño.

—Ya me he ocupado de eso. Llamé a Vee y prometió decirle a tu madre que estabas en su casa viendo la versión de cinco horas de duración de *Orgullo y prejuicio*, que perdieron la noción del tiempo, que tú te quedaste dormida y que, en vez de despertarte, la madre de Vee no tuvo inconveniente en que te quedaras a dormir.

—¿Llamaste a Vee? ¿Y ella estuvo de acuerdo, sin hacer preguntas? —Eso no se parecía a Vee en absoluto, sobre todo a la nueva Vee que le deseaba la muerte a la raza masculina en general.

—Puede que haya sido un poco más complicado que todo eso.

Su tono enigmático hizo que algo hiciera clic en mi cerebro.

—¿Le hiciste un truco mental?

—Entre pedir permiso y pedir perdón, opto por lo segundo.

—Es mi mejor amiga. ¡No puedes hacerle trucos mentales! —Aunque seguía enfadada con Vee por mentirme sobre Patch, ella debió de hacerlo por algún motivo. Y aunque me parecía mal y tenía la intención de averiguar pronto, muy pronto, qué se ocultaba detrás de todo eso, ella me importaba mucho. Patch había traspasado un límite.

—Estabas exhausta. Y tenías un aspecto muy apacible durmiendo en mi cama.

—Eso se debe a que tu cama está hechizada —contesté, en tono menos irritado de lo que era mi intención—. Podría dormir una eternidad. ¿Sábanas de satén? —aventuré.

—De seda.

Sábanas de seda negra. Quién sabe cuánto habían costado. Pero no cabía duda de que poseían una cualidad hipnótica que me resultaba muy inquietante.

—Jura que nunca volverás a hacerle trucos mentales a Vee.

—Trato hecho —contestó, ahora que se había salido con la suya y supongo que eso equivalía a pedir perdón.

—Sospecho que no podrás explicarme por qué tanto Vee como mi madre no han dejado de afirmar que desconocen tu existencia, ¿verdad? De hecho, las únicas dos personas que confesaron que te recuerdan son Marcie y Scott.

—Vee salía con Rixon. Cuando Hank te secuestró, yo borré sus recuerdos de Rixon. Él la utilizó y la hizo sufrir mucho. Hizo sufrir mucho a todos. A la larga, resultaba más sencillo si yo hacía lo imposible para que todos lo olvidaran. La alternativa era dejar que tus amigos y tu familia albergaran esperanzas de que fuera arrestado, algo que nunca ocurriría. Cuando quise borrar la memoria de Vee, ella se defendió y aún sigue enfadada. Ignora el motivo, pero está muy arraigado. Borrar la memoria de alguien no es fácil. Es como extraer todos los trocitos de chocolate de una galleta. El resultado nunca es perfecto; quedan trozos, ideas inexplicables que parecen convincentes y familiares. Vee no recuerda lo que le hice, pero cree que no puede confiar en mí. No recuerda a Rixon, pero sabe que allí fuera hay un tipo que la hizo sufrir mucho.

Ello explicaba que Vee sospechara de los tíos y también mi instantánea aversión por Hank. Quizá borraron nuestros recuerdos, pero quedaron algunas migajas.

—A lo mejor deberías darle una oportunidad —sugirió Patch—. Ella te ha recuperado. La sinceridad es buena, pero también lo es la lealtad.

—En otras palabras, que la perdone.

—Tú decides. —Patch se encogió de hombros.

Vee me había mentido mirándome a la cara y sin parpadear. No era un pecado cualquiera, pero yo sabía cómo se sentía. Habían manipulado sus recuerdos y la sensación era desagradable: la palabra «vulnerable» apenas la describía. Vee trató de protegerme. ¿Acaso yo había actuado de un modo muy diferente? No le dije nada sobre los ángeles caídos o los Nefilim, y había utilizado la misma excusa. O bien aplicaba una ley para Vee y otra para mí, o aceptaba el consejo de Patch y olvidaba el asunto.

—¿Y mamá? ¿También responderás por ella?

—Ella cree que tuve algo que ver con tu secuestro. Mejor que sospeche de mí que de Hank —dijo, con cierta indiferencia—. Si Hank creyera que ella sabe la verdad, haría algo para remediarlo.

El tono de Patch no era enfático, pero yo estaba convencida de que Hank era capaz de hacerle daño a mi madre para lograr su propósito. Una razón más para no decirle nada... de momento.

Me negaba a sentir la más mínima simpatía por Hank, a humanizarlo, pero me pregunté qué clase de hombre era cuando se había enamorado de mamá. ¿Siempre había sido un malvado? Quizás al principio nos tenía afecto a ambas... y con el tiempo todo su mundo giró en torno a su misión Nefilim, y eso había prevalecido sobre todo lo demás.

De golpe puse punto final a mis elucubraciones. Ahora Hank era un malvado, y eso era lo que importaba. Me había secuestrado y yo me aseguraría de que pagara por ello.

—Te refieres a que la detención nunca se produciría porque Rixon está en el infierno —dije—. «Literalmente en el infierno, al parecer.»

Patch lo confirmó asintiendo con la cabeza, pero su mirada se ensombreció. Supuse que le disgustaba hablar del infierno, al igual que cualquier ángel caído.

—En tu recuerdo, vi que aceptaste espiar a los ángeles caídos para Hank.

Patch asintió.

—Qué planeaban, y cuándo. Me reunía cada semana con Hank para pasarle información.

—¿Y si los ángeles caídos descubren que estás vendiendo secretos a sus espaldas?

—Espero que no lo hagan.

Su actitud despreocupada no sirvió para tranquilizarme.

—¿Qué crees que te harían?

—He estado en peores situaciones y me las he arreglado —respondió, sonriendo—. Ha pasado mucho tiempo, pero aún no tienes fe en mí.

—Déjate de bromas, por favor.

Él se inclinó, me besó la mano, habló en tono sincero.

—Me arrojarían al infierno. Se supone que quienes se encargan de ello son los arcángeles, pero las cosas no siempre suceden así.

—Explícate —insistí.

Patch se repantigó con cierta arrogancia perezosa.

—La ley prohíbe que los humanos se maten los unos a los otros, pero todos los días mueren asesinados muchos hombres. Mi mundo no es muy diferente. Para cada ley, hay alguien dispuesto a quebrantarla. No fingiré ser un inocente. Hace tres meses encadené a Rixon en el infierno, aunque no tenía autoridad para hacerlo, excepto mi propio sentido de la justicia.

—¿Encadenaste a Rixon en el infierno?

Patch me lanzó una mirada curiosa.

—Tenía que pagar. Trató de matarte.

—Scott me habló de Rixon, pero ignoraba quién lo había encadenado en el infierno ni cómo lo habían hecho. Le diré que es a ti a quien ha de agradecérselo.

—La gratitud de ese mestizo no me interesa. Pero puedo decirte cómo se hace: cuando los arcángeles expulsan a un ángel caído del cielo y le arrancan las alas, conservan una pluma, que es cuidadosamente archivada y conservada. Si se presenta la ocasión en la que un ángel caído debe ser encadenado en el infierno, los arcángeles recuperan la pluma y la queman. Es un acto simbólico de resultados concretos. El término «arder en el infierno» no es una figura retórica.

—¿Poseías una de las plumas de Rixon?

—Antes de que me traicionara, era lo más parecido a un hermano para mí. Sabía que tenía una pluma y dónde la guardaba. Lo sabía todo sobre Rixon y por eso no me despedí de él de un modo impersonal. —Aunque sospeché que pretendía simular indiferencia, el rostro de Patch se puso tenso—. Lo arrastré al infierno y quemé la pluma delante de él.

El relato me puso los pelos de punta. A pesar de que Vee me había traicionado tan descaradamente, me sentía incapaz de hacerla sufrir como Patch lo había hecho con Rixon. De pronto comprendí por qué Patch se había tomado el tema de manera tan personal.

Dejando a un lado la espantosa imagen que Patch había evocado, recordé la pluma que había encontrado en el cementerio.

—Esas plumas, ¿andan flotando por ahí? ¿Puedes toparte con una?

Patch negó con la cabeza.

—Los arcángeles guardan una pluma. Algunos ángeles caídos, como Rixon, logran llegar a la Tierra con un par de plumas intactas. Cuando eso ocurre, el ángel caído se asegura de que sus plumas no acaben en manos inconvenientes. —Sus labios esbozaron una sonrisa—. Y tú creías que no éramos sentimentales.

—¿Qué sucede con el resto de las plumas?

—Al caer, se deterioran con rapidez. Caer del cielo supone un trayecto bastante accidentado.

—¿Y tú? ¿Tienes alguna pluma secreta guardada en algún lugar?

—¿Planeas mi caída? —preguntó, arqueando una ceja.

Le lancé una sonrisa, pese a la gravedad del asunto.

—Una chica ha de mantener abiertas todas sus opciones.

—Lamento desilusionarte: nada de plumas. Llegué a la Tierra completamente desnudo.

—Hum —comenté en tono neutral, pero la imagen evocada por esa palabra hizo que me ruborizara. Era mejor no pensar en la palabra «desnudo» mientras estaba en la habitación ultra secreta y ultra chic de Patch.

—Me gusta verte en mi cama —dijo él—. Casi nunca quito las mantas, casi nunca duermo. Podría acostumbrarme a esa imagen.

—¿Me estás ofreciendo un lugar para quedarme?

—Ya he dejado una llave de repuesto en tu bolsillo.

Tanteé mi bolsillo. En efecto: contenía algo pequeño y duro.

—Muy generoso de tu parte.

—No es por generosidad —dijo él, me miró a los ojos y su voz adoptó un tono áspero—. Te eché de menos, Ángel. No ha pasado ni un día en que no te echara de menos. Tu presencia me perseguía hasta tal punto que empecé a creer que Hank había roto su juramento y te había matado. Veía tu fantasma por todas partes, no podía ni quería escapar de ti. Me torturabas, pero eso era mejor que perderte.

—¿Por qué no me lo dijiste todo aquella noche en el callejón, con Gabe? Estabas tan enfadado... —Sacudí la cabeza al recordar cada una de sus duras palabras—. Creí que me detestabas.

—Una vez que Hank te soltó, te espié para asegurarme de que estabas bien, pero juré que pondría fin a mi relación contigo, por tu propia seguridad. Tomé la decisión y creí que podría mantenerla. Traté de convencerme de que ya no nos quedaba ninguna posibilidad, pero aquella noche, cuando te vi en el callejón, mi decisión se fue a tomar viento. Quería que me recordaras, tal como yo te recordaba a ti, pero no podías. Me había asegurado de ello.

Patch bajó la mirada y contempló sus manos entrelazadas sobre las rodillas.

—Te debo una disculpa —dijo en voz baja—. Hank borró tu memoria para evitar que recordaras lo que él te había hecho, pero yo acepté. Le dije que la borrara lo bastante atrás en el tiempo para que tampoco me recordaras a mí.

—¿Que aceptaste qué? —exclamé.

—Quería devolverte tu vida. Antes de los ángeles caídos y de los Nefilim, antes de mí. Creí que era el único modo en que podrías superar lo ocurrido. Me parece que nadie puede negar que te he complicado la vida. Procuré remediarlo, pero las cosas no siempre salieron como yo quería. Reflexioné al respecto y llegué a la conclusión de que lo mejor para tu recuperación y tu futuro era que yo me marchara.

—Patch...

—En cuanto a Hank, me negué a observar cómo te destruía. Me negué a ver cómo estropeaba cualquier oportunidad de ser feliz que tuvieras obligándote a cargar con esos recuerdos. Tienes razón: te secuestró porque creyó que podía utilizarte para controlarme. Te raptó a finales de junio y no te soltó hasta septiembre. Durante todos aquellos días estuviste encerrada y a solas. Hasta los soldados más duros pueden quebrarse cuando los dejan incomunicados, y Hank sabía que ése era mi mayor temor. Pese a que presté un juramento, exigió que le demostrara que estaba dispuesto a espiar para él. Durante todos aquellos meses, no dejó de amenazarme contigo.

Un destello muy duro brilló en los ojos de Patch.

—Pagará por ello, y según mis condiciones —dijo en tono letal, y un escalofrío me recorrió la espalda.

»Aquella noche en la caseta —prosiguió—, lo único que me preocupaba era evitar que te matara allí mismo. Si yo hubiera estado solo en la caseta, habría luchado. Pensé que no aguantarías una pelea, y no he dejado de lamentarlo. No toleraba que te hicieran daño, y eso me cegó. Subestimé todo lo que ya habías pasado y que te había hecho más fuerte. Hank lo sabía, y yo le hice el juego.

»Le propuse un trato. Le dije que espiaría para él si te dejaba con vida. Él aceptó, y después llamó a sus Nefilim para que te sacaran de allí. Luché cuanto pude, Ángel. Cuando lograron arrastrarte fuera de la caseta estaban hechos pedazos. Cuatro días después me reuní con Hank y le dije que podía arrancarme las alas si te soltaba. Era lo último que me quedaba y él aceptó, pero no conseguí que lo hiciera antes del final del verano. Durante los tres meses siguientes te busqué incansablemente, pero Hank también lo había tenido en cuenta y dedicó todos sus esfuerzos a mantener el lugar donde estabas en secreto. Atrapé y torturé a varios de sus hombres, sin embargo ninguno sabía dónde estabas. Me sorprendería que Hank le hubiese dicho dónde te escondía a más de un par de hombres encargados de ocuparse de tus necesidades básicas.

»Una semana antes de que Hank te soltara, envió a uno de sus mensajeros Nefilim a buscarme y, con aire de suficiencia, éste me informó que después de soltarte, su jefe tenía la intención de borrar tu memoria, y quería saber si yo tenía alguna objeción. Le borré la sonrisa de la cara y luego arrastré su cuerpo ensangrentado y apaleado hasta la casa de Hank.

»Cuando éste salió a trabajar a la mañana siguiente yo lo estaba esperando. Le dije que si no quería correr la misma suerte que su mensajero, borrara tu memoria por completo, para que no sufrieras escenas retrospectivas. No quería que guardaras ni un recuerdo de mí y tampoco quería que tuvieras pesadillas de estar encerrada y completamente sola durante días. No quería que te despertaras gritando en medio de la noche sin saber por qué. Quería devolverte la vida, en la medida de lo posible. Sabía que la única manera de protegerte era mantenerte al margen de todo. Después le dije a Hank que se apartara de ti para siempre, dejando claro que si se cruzaba en tu camino, le daría caza y mutilaría su cuerpo hasta dejarlo irreconocible. Y que después encontraría el modo de matarlo, costara lo que costase. Pensé que era lo bastante listo para respetar el trato, hasta que me dijiste que está saliendo con tu madre. El instinto me dice que no es una historia de amor. Trama algo y, sea lo que sea, está utilizando a tu madre, o quizás a ti, para lograrlo.

—¡Es una víbora! —exclamé. El corazón me palpitaba aceleradamente.

Patch soltó una carcajada sombría.

—Yo emplearía una palabra más dura, pero esa también sirve.

¿Cómo pudo Hank hacerme semejante cosa? Era evidente que había decidido no quererme, pero seguía siendo mi padre. ¿Acaso la sangre no significaba nada para él? ¿Cómo pudo tener la audacia de mirarme a la cara durante los últimos días y sonreír? Me había arrancado de mi madre, me había mantenido prisionera durante semanas... ¿y ahora osaba entrar en mi casa y comportarse como si sintiera aprecio por mi familia?

—Tiene un objetivo final. No sé cuál es, pero no debe de ser inofensivo. El instinto me dice que quiere poner en práctica su plan antes del Chesvan —dijo Patch, lanzándome una mirada—. El Chesvan empieza en menos de tres semanas.

—Sé lo que estás pensando —dije—. Que te enfrentarás a él a solas, pero no me quites la satisfacción de acabar con él. Me lo merezco.

Patch me rodeó el cuello con el brazo y me besó la frente.

—Ni en sueños.

—Bien, y entonces ¿qué?

—Hank nos lleva la delantera, pero planeo igualar los tantos. El enemigo de tu enemigo es tu amigo, y tengo una vieja amiga que tal vez nos resulte útil. —Algo en la manera en la que dijo «amiga» insinuaba que la persona en cuestión era cualquier cosa menos eso.

—Se llama Dabria y me parece que ha llegado la hora de llamarla.

Por lo visto, Patch ya había decidido lo que haría y yo también. Salté de la cama y recogí mis zapatos y mi jersey, que él había dejado encima del tocador.

—No puedo quedarme aquí, debo ir a casa. No puedo permitir que Hank utilice a mi madre sin decirle lo que está pasando.

Patch soltó un suspiro de preocupación.

—No puedes decirle nada. No te creerá. Él le está haciendo lo mismo que yo le hice a Vee. Incluso si no quisiera confiar en él, no le queda más remedio que hacerlo. Está bajo su influencia y por ahora no podemos hacer nada. Espera un poco, hasta que descubramos qué está planeando.

Me sentí invadida por la cólera al pensar que Hank controlaba y manipulaba a mi madre.

—¿No puedes ir allí y hacerlo trizas? —pregunté—. Se merece algo mucho peor, pero eso al menos resolvería todos nuestros problemas. Y me daría cierta satisfacción —añadí en tono amargo.

—Tenemos que acabar con él para siempre. No sabemos quién más le ayuda ni cuál es el alcance de su plan. Está reuniendo un ejército Nefilim para atacar a los ángeles caídos, pero sabe tan bien como yo que, una vez empezado el Chesvan, no hay ejército lo bastante poderoso para enfrentarse a un juramento prestado ante el cielo. Aparecerán hordas de ángeles caídos que poseerán a sus hombres. Debe de estar tramando algo distinto, pero ¿dónde encajas tú? —se preguntó en voz alta. De pronto frunció el entrecejo—. Sea lo que sea que planea, todo depende de una información que debe proporcionarle el arcángel. Pero si quiere que hable, necesita hacerse con el collar de un arcángel.

Era como si sus palabras me golpearan. Había estado tan absorta en todo lo revelado anoche, que se me había ido de la cabeza por completo la alucinación de la chica enjaulada. Y ahora sabía que era un recuerdo real. No era una chica, era un arcángel.

—Lo siento, Ángel —Patch soltó un suspiro—, me estoy adelantando. Te lo explicaré.

Pero lo interrumpí.

—Sé lo del collar. Vi al arcángel enjaulado en uno de tus recuerdos y estoy segura de que intentó decirme que tratara de que Hank no se hiciera con el collar, pero en aquel momento creí que era una alucinación.

Patch me contempló en silencio; luego dijo:

—Es un arcángel y lo bastante poderoso para introducirse en tus pensamientos conscientes. Es evidente que trató de advertirte.

—Porque Hank cree que yo tengo tu collar.

—No lo tienes.

—Intenta decírselo a Hank —le pedí.

—¿De eso se trata? ¿De que Hank cree que yo te di mi collar?

—Creo que sí.

Patch frunció el ceño, con mirada calculadora.

—Si te llevo a casa, ¿serás capaz de enfrentarte a Hank y convencerlo de que no tienes nada que ocultar? Necesito que le hagas creer que nada ha cambiado. Esta noche no ha existido. Nadie te culpará si no estás preparada, y yo menos que nadie. Pero primero he de saber si puedes manejar esto.

Le contesté sin vacilar. Por más difícil que fuera, podía guardar un secreto cuando mis seres queridos corrían peligro.

CAPÍTULO

Apreté el acelerador del Volkswagen, con la esperanza de que ningún aburrido poli de tráfico sin nada mejor que hacer que ponerme una multa se cruzara en mi camino. Me dirigía a casa tras abandonar a Patch de muy mala gana. No quería marcharme, pero la idea de mamá con Hank —una marioneta bajo su influencia— era insoportable. Pese a saber que no era así, me dije que mi presencia la protegería. La otra opción era ceder ante Hank, y antes prefería morir.

Tras procurar convencerme de que me quedara hasta que se hiciera de día, Patch me acompañó hacia el Volkswagen. Su dudoso aspecto le había permitido permanecer intacto en la zona industrial durante varias horas sin que nadie lo robara. Yo pensaba que, como mínimo, le habrían arrancado el reproductor de CD.

Cuando llegué a la granja, subí los peldaños del porche y entré sin hacer ruido. Cuando encendí la luz de la cocina reprimí un grito.

Hank Millar estaba apoyado contra la encimera con un vaso de agua en la mano.

—Hola, Nora.

De inmediato disimulé mi temor y fruncí el ceño, intentando parecer enfadada.

—¿Qué estás haciendo aquí?

—Tu madre tuvo que ir a la oficina. Hugo la llamó en el último momento para resolver una emergencia —contestó, indicando la puerta principal con un gesto.

—Son las cinco de la mañana.

—Ya conoces a Hugo.

«No. Pero te conozco a ti», quise decir. Durante un segundo pensé que quizás Hank le había hecho un truco mental a mamá para poder arrinconarme a solas, pero ¿cómo habría sabido a qué hora llegaría? Sin embargo, no descarté la idea.

—Consideré que lo correcto era levantarme y ocuparme de mis cosas —dijo—. No estaría bien de mi parte si me quedara en cama mientras tu madre trabaja, ¿verdad?

No se molestó en ocultar que había dormido aquí. Que yo supiera, era la primera vez. Una cosa era manipular la mente de mi madre, pero dormir en su cama...

—Creí que te quedarías a dormir en casa de tu amiga Vee. ¿Tan pronto acabó la fiesta? —preguntó—. ¿O quizá debería decir tan tarde?

Sentí una cólera inmensa y tuve que morderme la lengua.

—Decidí dormir en mi propia cama. —«¿Comprendes la indirecta?»

—De acuerdo —dijo, con una sonrisa condescendiente.

—¿No me crees? —pregunté, desafiante.

—A mí no me debes ninguna explicación, Nora. Sé que existen escasos motivos por los que una joven se sentiría obligada a mentir acerca de dónde ha dormido. —Soltó una risita, pero era fría—. Dime, ¿quién es el afortunado?

Arqueó una ceja y bebió un trago de agua.

El corazón me latía aprisa, pero hice un gran esfuerzo por fingir tranquilidad. Él estaba dando palos de ciego. Era imposible que supiera que había estado con Patch. La única manera que tenía de saber lo que había hecho anoche es que yo se lo permitiera.

Le lancé una mirada furiosa.

—La verdad es que estuve viendo una película con Vee. Quizá Marcie suele escabullirse con chicos, pero yo no soy Marcie, claro está. —«Demasiado malicioso.» Si quería salir adelante con esta situación, tendría que retroceder ligeramente.

—¿De veras? —comentó Hank, sin abandonar su sonrisa de superioridad.

—Sí, de veras.

—Llamé a la madre de Vee y me dio una noticia chocante: que no apareciste por su casa en toda la noche.

—¿Dices que comprobaste dónde estaba?

—Me temo que tu madre es demasiado blanda contigo, Nora. Descubrí que mentías y decidí tomar cartas en el asunto. Me alegro de que nos hayamos encontrado; así podemos mantener esta pequeña conversación en privado.

—Lo que yo haga no es asunto tuyo.

—Es cierto, de momento. Pero si me caso con tu madre, se acabarán las viejas reglas. Seremos una familia. —Me guiñó un ojo, pero el efecto era más amenazador que juguetón—. Llevo el timón con mano firme, Nora.

«Vale, a ver cómo te sienta esto.»

—Tienes razón. No estaba en casa de Vee. Le mentí a mamá porque quería dar un largo paseo en coche para aclararme las ideas. Últimamente ha pasado algo extraño —dije, llevándome la mano a la cabeza—. La amnesia empieza a desaparecer, los últimos meses ya no son tan borrosos. No dejo de ver un rostro una y otra vez. El de mi secuestrador. Aún no lo veo con el suficiente detalle, pero sólo es cuestión de tiempo.

El rostro de Hank permaneció inexpresivo, pero me pareció ver un destello de ira en su mirada.

«Eso fue lo que pensé, gilipollas odioso.»

—El problema es que al volver a casa, mi cochambroso coche se estropeó. No quise meterme en problemas conduciendo sola de noche, así que llamé a Vee y le pedí que me cubriera la espalda. He dedicado las últimas horas a tratar de poner el coche en marcha.

Hank no parpadeó.

—Le echaré un vistazo. Si no logro descubrir qué le ocurre, no debería dedicarme a vender coches.

—No te molestes. Lo llevaré al mecánico. —Por si no había comprendido la indirecta, añadí—: He de prepararme para el instituto y tengo que hacer deberes. Necesito paz y tranquilidad.

La sonrisa de Hank se endureció.

—Si no supiera que es imposible, creería que intentas deshacerte de mí.

—Llamaré a mamá y le diré que te has marchado —dije, señalando la puerta.

—¿Y tu coche?

Vaya, vaya, cuánta obstinación.

—El mecánico, ¿recuerdas?

—Tonterías —dijo—. No merece la pena que tu madre gaste dinero en un mecánico cuando yo puedo resolver el problema. El coche está en el camino de acceso, ¿no?

Antes de que pudiera detenerlo, salió por la puerta. Lo seguí con el corazón en un puño. Hank se situó ante el capó del Volkswagen, se remangó, introdujo la mano debajo del capó y lo abrió.

Me quedé a su lado, con la esperanza de que Patch lo hubiera hecho bien. Fue él quien pensó que sería mejor tener un plan B, por si la historia de Vee no se sostenía. Como al parecer Hank había anulado el truco mental de Patch dirigiéndose directamente a la señora Sky, estaba muy agradecida por su precaución.

—Aquí está —dijo Hank, señalando una diminuta fisura en uno de los numerosos tubos enroscados en torno al motor—. Problema solucionado. Aguantará un par de días, pero tendrás que arreglarlo más pronto que tarde. Llévalo al concesionario y les diré a mis hombres que lo reparen.

Como no dije nada, prosiguió:

—Debo impresionar a la hija de la mujer con la que pienso casarme. —Lo dijo en tono superficial, pero con un trasfondo siniestro—. Oh, y además, Nora —añadió cuando me volví—, no tengo inconveniente en que este incidente quede entre nosotros, pero en bien de tu madre no toleraré más mentiras, sean cuales sean tus intenciones. Si vuelves a engañarme...

Sin decir una palabra, entré en casa obligándome a caminar despacio y a no mirar atrás. Era innecesario: notaba la mirada enfadada de Hank incluso tras cerrar la puerta.

Transcurrió una semana sin noticias de Patch. No sabía si había encontrado a Dabria o si había descubierto por qué Hank no se despegaba de nosotras. En más de una ocasión, tuve que prohibirme a mí misma conducir hasta el Delphic y tratar de encontrar el camino a su estudio de granito. Había aceptado aguardar a que él se pusiera en contacto conmigo, pero empezaba a lamentarlo. Le había hecho prometer que no me dejaría al margen cuando fuera tras Hank, pero su promesa empezaba a tambalearse. Aunque no hubiera encontrado nada, quería que me llamara porque me echaba de menos, tanto como yo a él. ¿Acaso era incapaz de coger el teléfono? Scott tampoco había vuelto a aparecer y, respetando su ruego, yo no había ido a buscarlo. Pero si ninguno de los dos daba señales de vida pronto, podía pasar cualquier cosa.

Lo único que me hacía dejar de pensar en Patch era el instituto, pero no demasiado. Siempre me consideré una excelente alumna, aunque empezaba a preguntarme por qué me tomaba la molestia. Comparado con la necesidad urgente de habérmelas con Hank, el ingreso en la universidad pasaba a segundo plano.

—Enhorabuena —exclamó Cheri Deerborn cuando ambas entramos en la clase de gramática.

No comprendía a qué se debía su amplia sonrisa.

—¿Por qué?

—Porque esta mañana anunciaron las nominaciones para la fiesta del año académico. Te han nominado miembro del séquito del tercer curso.

Me limité a mirarla fijamente.

—¿Estás segura?

—Tu nombre figura en la lista. No puede ser un error de imprenta.

—¿Quién me nominaría a mí?

Ella me lanzó una mirada de extrañeza.

—Cualquiera puede nominarte, pero ha de conseguir que al menos cincuenta personas más firmen la solicitud. Como si fuera una petición; cuantas más firmas, mejor.

—Voy a matar a Vee —refunfuñé, cuando se me ocurrió la única explicación lógica. Había aceptado el consejo de Patch y no le dije que sabía que me había mentido, pero esto era imperdonable. «¿Miembro del séquito de la fiesta académica?» Ahora ni siquiera Patch podría protegerla.

Sentada ante el pupitre, escondí el móvil bajo la tapa,

puesto que el señor Sarraf, el profesor, no nos permitía usarlo en clase.

—¿MIEMBRO DEL SÉQUITO? —ponía en el SMS que le envié.

Por suerte la campana todavía no había sonado y me contestó enseguida.

—ACABO DE ENTERARME. ESTO... ¿ENHORABUE-NA?

—TE MATARÉ —envié.

—¿EXCUSE MOI? ¿CREES QUE FUI YO?

—Será mejor que guardes eso —dijo una voz alegre—. Sarraf te está mirando.

Marcie Millar se sentó en un pupitre al otro lado del pasillo. Sabía que ambas íbamos a la misma clase de gramática, pero ella siempre se sentaba en la última fila, junto a Jon Gala y Addison Hales. Que el señor Sarraf era prácticamente ciego no era ningún secreto y allí atrás podían hacer cualquier cosa salvo fumar.

—Si Sarraf sigue bizqueando sufrirá una hemorroide cerebral —dijo Marcie.

—Genial —repuse—. ¿De dónde sacas esos comentarios?

Malinterpretó mi sarcasmo y se irguió con aire autosuficiente.

—Veo que te han nominado para la fiesta académica —añadió.

No contesté. A juzgar por su tono de voz no se estaba burlando, pero los once años de relación entre ambas insinuaban lo contrario.

—¿Quién crees que ganará la nominación para miembro del tercer curso? —prosiguió—. Apuesto que será Cameron Ferria. Espero que hayan mandado los trajes del año pasado a la tintorería. Sé de buena fuente que Kara Darling dejó manchas de sudor en las axilas de su traje. ¿Y si tuvieras que llevar ese traje? Si manchó el traje, ¿qué habrá hecho con la tiara? —añadió, frunciendo la nariz.

De mala gana, recordé la única fiesta académica a la que había asistido. Vee y yo fuimos como alumnas de primer año. Acabábamos de entrar en el instituto y nos pareció adecuado averiguar a qué se debía el alboroto. Durante el descanso, el club de animadoras entró en el campo y anunció a los reyes de la fiesta, comenzando por los miembros del séquito de primer año y acabando por la reina y el rey del último curso. Cada miembro del séquito real llevaba una capa con los colores del instituto y una corona o tiara en la cabeza. Después daban una vuelta olímpica alrededor de la pista en carritos de golf. De lujo, lo sé. Marcie ganó la nominación para miembro del séquito del primer curso y eso acabó con mis deseos de asistir a otra coronación.

—Yo te nominé. —Marcie agitó su melena y me lanzó una amplia sonrisa—. Iba a mantenerlo en secreto, pero el anonimato no es lo mío.

Sus palabras me sacaron de mis reflexiones.

—¿Que has hecho qué?

Marcie adoptó una expresión comprensiva.

—Sé que has pasado por un mal momento. Primero todo el asunto de la amnesia y... —Marcie bajó la voz—... me he enterado de eso de las alucinaciones. Me lo dijo papá. Dijo que debía ser súper amable contigo. Sólo que yo no sabía cómo. No dejé de devanarme los sesos y entonces vi el anuncio de las nominaciones para la fiesta de este año. Claro que todos querían nominarme a mí, pero les dije a mis amigos que debíamos nominarte a ti. Puede que haya mencionado las alucinaciones y quizás exageré su gravedad. Hay que jugar sucio para ganar. La buena noticia es que obtuvimos más de doscientas firmas, ¡más que cualquier otra nominación!

Estaba completamente atónita, oscilando entre la incredulidad y el enfado.

—¿Me convertiste en tu proyecto caritativo?

—¡Sí! —chilló, batiendo las palmas con delicadeza.

Me incliné a través del pasillo y le lancé una mirada dura y severa.

—Irás a la oficina y te retractarás. No quiero que mi nombre figure en la papeleta.

En vez de adoptar un aire ofendido, Marcie se puso las manos en las caderas.

—Eso lo complicaría todo. Ya han impreso las papeletas. Esta mañana eché un vistazo al montón en la oficina. ¿Quieres malgastar todo ese papel? Piensa en los árboles que sacrificaron sus vidas para crear esas resmas. Y, además, a la mierda con el papel. ¿Y yo? Me tomé la molestia de hacer algo bonito, y tú no puedes rechazarlo así, sin más.

Incliné la cabeza hacia atrás y contemplé las manchas de humedad en el cielorraso. «¿Por qué yo?»

Después de clase, encontré una nota clavada en la puerta de casa que ponía «Granero»; me la metí en el bolsillo y me encaminé al patio trasero. La verja de madera en el límite de nuestro solar daba a un prado en cuyo centro había un granero pintado de blanco. Nunca supe a quién pertenecía; hace años, Vee y yo habíamos pensado convertirlo en un club secreto, pero nuestras fantasías se desvanecieron con rapidez la primera vez que abrimos la puerta y vimos un murciélago colgando de una viga.

Desde entonces no había vuelto a entrar y, aunque creía que ya no tenía miedo de los pequeños mamíferos voladores, titubeé antes de abrir la puerta.

—¿Hola? —exclamé.

Scott estaba echado en un banco en la parte trasera del granero y, al verme, se incorporó.

—¿Todavía estás enfadada conmigo? —preguntó, mordisqueando un trozo de hierba. Si no fuera por la camiseta del grupo Metallica y los tejanos deshilachados, habría quedado perfecto al volante de un tractor.

Eché un vistazo a las vigas.

—¿Viste murciélagos al entrar?

—¿Te dan miedo los murciélagos, Grey? —preguntó, sonriendo.

Me senté a su lado en el banco.

—Deja de llamarme Grey. Es un nombre de chico. Como Dorian Gray.

—¿Dorian qué?

—Estaba pensando en otra cosa —dije, suspirando—. Podrías llamarme Nora, y punto.

—Claro, bombón.

Hice una mueca.

—Lo retiro. Llámame Grey.

—Pasé para ver si tenías algo para mí. Información sobre Hank sería ideal. ¿Sospechas que sabe que los que espiábamos su edificio la otra noche éramos nosotros?

Estaba bastante segura de que no. Hank no se había comportado de un modo más inquietante que de costumbre, lo cual en retrospectiva no significaba gran cosa.

—No, creo que no sospecha nada.

—Eso es bueno, muy bueno —dijo Scott, jugueteando con el anillo de la Mano Negra. Me alegré al ver que no se lo había quitado—. A lo mejor puedo dejar de ocultarme antes de lo pensado.

—Me parece que ya lo has hecho. ¿Cómo sabías que iba a encontrar tu nota en la puerta antes que Hank?

—Hank está en su concesionario, y yo sé a qué hora regresas del instituto. No te lo tomes a mal, pero he estado comprobando tus movimientos de vez en cuando. Necesitaba saber cuál era el mejor momento de ponerme en contacto contigo. Dicho sea de paso: tu vida social da pena.

—Si tú lo dices...

Scott rio, pero como no lo imité, me pegó un codazo.

—Pareces deprimida, Grey.

—Marcie Millar me nominó para formar parte del séquito de la fiesta académica. La votación es este viernes —dije, suspirando.

Scott me dio uno de esos complicados apretones de mano utilizados por las asociaciones estudiantiles universitarias en la tele.

—Bien hecho, campeona.

Le lancé una mirada disgustada.

—Creí que las chicas adorabais esas cosas. Comprar un vestido, ir a la peluquería, llevar una coronita en la cabeza.

—Una tiara.

—Eso, una tiara. Lo sabía. Así que, ¿qué es lo que te molesta tanto?

—Que mi nombre figure en una papeleta con otras cuatro chicas que son realmente populares hace que me sienta como una estúpida. No ganaré, sólo pareceré una estúpida. Ya estarán preguntando si no fue un error de imprenta. Y no tengo con quién ir. Supongo que podría invitar a Vee. Marcie no dejará de hacer bromas sobre lesbianas, pero podría ser peor.

Scott abrió los brazos, como si la respuesta fuera inevitable.

—Problema resuelto: irás conmigo.

Puse los ojos en blanco; de pronto lamenté haber mencionado el tema. Era lo último de lo que quería hablar. Decirle que no parecía la única solución.

—Ni siquiera asistes al instituto —objeté.

—¿Hay un reglamento al respecto? Las chicas de mi instituto de Portland siempre asisten a los bailes con sus novios universitarios.

—En sí, no hay tal reglamento.

—Si lo que te preocupa es la Mano Negra, te diré que los dictadores Nefilim no le dan mucha importancia a los bailes de instituto celebrados por los humanos. Él nunca sabrá que he asistido.

La imagen de Hank patrullando en el gimnasio del instituto me dio risa.

—Ríes, pero no me has visto enfundado en un esmoquin. ¿O acaso no te gustan los tíos de hombros anchos, pecho musculoso y abdominales firmes?

Me mordí el labio, reprimiendo otra carcajada.

—Deja de intimidarme. Esto empiece a parecerse a un cambio de roles entre la Bella y la Bestia. Todos sabemos que eres bello, Scott.

Scott me apretó la rodilla afectuosamente.

—Nunca volveré a admitir lo siguiente, así que presta atención. Eres guapa, Grey. En una escala de uno a diez, estás en la parte superior.

—¡Pero... gracias!

—No eres el tipo de chica que hubiese perseguido cuando estaba en Portland, pero yo tampoco soy el de entonces. Eres quizá demasiado buena para mí y, seamos realistas, demasiado lista.

—Tú eres espabilado —repliqué.

—Deja de interrumpirme. Harás que olvide lo que estaba diciendo.

—¿Has aprendido el discurso de memoria?

—Dispongo de mucho tiempo libre. —Scott me lanzó una sonrisita—. Como iba diciendo... maldición, olvidé lo que iba a decir.

—Me estabas diciendo que me quede tranquila, que soy más guapa que la mitad de las chicas del instituto.

—Eso era una figura retórica. Técnicamente, eres más guapa que el noventa por ciento, aproximadamente.

Me llevé una mano al corazón.

—Me dejas sin habla.

Scott se arrodilló y me cogió la mano con gesto teatral.

—Sí, Nora, sí. Iré al baile contigo.

—Eres un engreído —dije, bufando—. No te lo he pedido.

—¿Lo ves? Demasiado lista. De todos modos, ¿cuál es el problema? Necesitas un acompañante y aunque yo no sea tu primera opción, serviré.

De pronto una imagen nítida de Patch invadió mis pensamientos, pero me contuve. Sabía que Scott no podía leerme el pensamiento, pero eso no evitó que me sintiera culpable. Aún no estaba dispuesta a decirle que ya no trabajaba exclusivamente con él para acabar con Hank; había recurrido a la ayuda de mi ex novio, quien daba la casualidad que era dos veces más ingenioso y más peligroso, la perfección masculina en persona... y un ángel caído. Lo último que quería era herir a Scott. De manera inesperada, le había cogido aprecio.

Y aunque me parecía raro que Scott de pronto hubiera decidido tratar a Hank con displicencia, no tenía el valor de decirle que salir a divertirse una noche le estaba prohibido. Tal como él había dicho, el baile del instituto era lo último que despertaría el interés de Hank.

—Vale, está bien —exclamé, pegándole un codazo juguetón—. Tenemos una cita. —Luego me puse seria—. Pero será mejor que no hayas exagerado acerca de lo guapo que estás con esmoquin.

Más tarde me di cuenta de que no le había dicho nada a Scott sobre la tapadera de Hank y el verdadero piso franco de los Nefilim. ¿Quién hubiese dicho que el baile ocuparía más lugar en mi cabeza que meterme en un cuartel lleno de Nefilim armados? En momentos como ése disponer del número del móvil de Scott hubiera resultado útil. Pero después se me ocurrió que quizá no tenía móvil. Las llamadas de los móviles dejaban rastros.

A las seis, mamá y yo nos sentamos a la mesa para cenar.

—¿Qué tal te ha ido hoy? —preguntó.

—Si quieres, puedo decirte que fantásticamente bien —dije, masticando los macarrones.

—Vaya. ¿Se volvió a estropear el Volkswagen? Arreglarlo me pareció muy generoso por parte de Hank y estoy segura de que, si se lo pides, volverá a hacerlo.

Ante la admiración ciega por Hank expresada por mamá, tuve que soltar el aire lentamente para recuperar la compostura.

—No, algo peor. Marcie me nominó para ser miembro del séquito en la fiesta académica. Y aún peor, figuro entre las candidatas.

Mamá dejó el tenedor en la mesa. Parecía atónita.

—¿Estamos hablando de la misma Marcie?

—Dijo que Hank le había comentado lo de las alucinaciones y ahora soy su nueva obra de caridad. Pero no fui yo quien le habló a Hank de las alucinaciones.

—Debo de haber sido yo —dijo, parpadeando por la sorpresa—. Me parece increíble que se lo haya contado a Marcie. Recuerdo con toda claridad que le dije que no lo hiciera. —Abrió la boca y volvió a cerrarla lentamente—. Al menos estoy casi segura de ello.

Dejó los cubiertos en la mesa y añadió:

—Juro que la vejez está afectándome. Es como si ya no recordara nada. Te ruego que no culpes a Hank, yo soy la responsable.

Ver a mi madre perdida y desconcertada era insoportable. La vejez no guardaba ninguna relación con su mala memoria. Estaba convencida de que Patch tenía razón: mamá estaba bajo la influencia de Hank. Me pregunté si le hacía trucos mentales cotidianamente o si le había infundido un sentido general de obediencia y fidelidad.

—No te preocupes —murmuré. Sostenía un macarrón en el tenedor, pero había perdido el apetito.

Patch me había dicho que era inútil explicarle la verdad a mamá: no me creería. Pero eso no impedía que la frustración me diera ganas de gritar. Ignoraba cuánto tiempo más podría seguir con esta farsa: comer, dormir y sonreír como si todo estuviera bien.

—Ha de ser por eso que Hank sugirió que tú y Marcie vayáis a comprar un vestido juntas —añadió—. Le dije que me sorprendería mucho que quisieras asistir al baile, pero él debe de haber estado al tanto de lo planeado por Marcie. Claro que no tienes ninguna obligación de ir con ella a ninguna parte —se apresuró a corregirse—. Considero que sería muy generoso por tu parte, pero es evidente que Hank ignora lo que sientes por Marcie. Creo que sueña con que nuestras familias se lleven bien.

Mamá soltó una risita melancólica.

Dadas las circunstancias, no pude reír con ella. No sabía cuánto de lo que decía era de corazón y cuánto era el resultado de los trucos mentales de Hank, pero era evidente que si mamá estaba pensando en el casamiento, Patch y yo tendríamos que darnos prisa.

—Marcie me arrinconó después de clase y me dijo, o más bien me ordenó, que esta noche iríamos a comprar un vestido. Como si mi opinión no contara en absoluto. Pero no pasa nada, Vee y yo tenemos un plan: le envié un SMS a Marcie diciéndole que no podíamos ir de compras porque no tengo dinero, y después, que lo lamentaba mucho porque tenía muchas ganas de que me diera su opinión. Ella me contestó que Hank le había dado su tarjeta de crédito y que ella pagaría.

Mamá soltó un gemido de desaprobación, pero adoptó una expresión divertida.

—Dime que te he educado mejor que eso, por favor.

—Ya elegí el vestido que quiero —dije en tono alegre—. Marcie lo pagará y luego Vee se encontrará con nosotras como por casualidad cuando salgamos de la tienda. Cogeré el vestido, me desharé de Marcie e iré a comer donuts con Vee.

—¿Cómo es el vestido?

—Vee y yo lo descubrimos en Silk Garden. Es un vestido de fiesta corto.

—¿De qué color?

—Tendrás que esperar. —Le lancé una sonrisa diabólica—. Cuesta ciento cincuenta dólares.

Mamá despachó el precio con un ademán.

—Me sorprendería que Hank lo notara. Deberías ver cómo quema el dinero.

Me acomodé en la silla con aire complacido.

—En ese caso, supongo que no le importará pagarme los zapatos también.

Había quedado en encontrarme con Marcie a las siete en Silk Garden, una elegante tienda de ropa situada en la esquina de las calles Asher y Tenth. Desde el exterior parecía un castillo: puerta de roble y hierro, acera adoquinada y árboles envueltos en luces decorativas azules. En los escaparates había maniquíes con fabulosos vestidos. De niña soñaba con ser una princesa, apoderarme de Silk Garden y convertirlo en mi castillo.

A las siete y veinte recorría el parking en busca del coche de Marcie, que conducía un Toyota 4Runner rojo; sospechaba que la palanca de cambios nunca se salía de lugar y que ella jamás tenía que aporrear el salpicadero durante diez minutos para que se pusiera en marcha. Y que el coche nunca se estropeaba a mitad de camino del instituto. Lancé una mirada triste al Volkswagen y suspiré.

Un 4 Runner rojo entró al parking y Marcie se apeó.

—Lamento el retraso —dijo, colgándose el bolso del hombro—, mi perro no quería que me marchara.

—¿Tu perro?

—*Boomer*. Los perros también son personas, que lo sepas.

Vi mi oportunidad.

—No te preocupes. Ya eché un vistazo a la tienda y elegí el vestido. Resolveremos este asunto con rapidez y tú podrás volver con *Boomer*.

—¿Y qué hay de mi opinión? —dijo con aire disgustado—. Dijiste que la valorabas.

«Lo que valoro es la tarjeta de crédito de tu padre.»

—Sí, claro. Tenía toda la intención de esperarte, pero al ver el vestido fue como si me hablara.

—¿De veras?

—Sí, Marcie. El cielo se abrió y los ángeles cantaron Aleluya. —Me golpeé la cabeza mentalmente contra la pared.

—Muéstramelo —ordenó—. Sabes que tu cutis es de un tono cálido, ¿verdad? Un color inadecuado hará que parezcas pálida.

Entramos y le indiqué el vestido a Marcie. Era de fiesta, con cuadros escoceses verde y azul marino, y tenía una falda fruncida. La vendedora dijo que me destacaba las piernas. Vee dijo que hacía que pareciera que tenía busto.

—¡Puaj! —dijo Marcie—. ¿Cuadros escoceses? Parecerás una colegiala.

—Pues es el que quiero.

Marcie examinó los vestidos del perchero y cogió uno de mi talla.

—Puede que ése me siente mejor, pero no creo que cambie de idea.

Me llevé el vestido al probador con paso alegre. Ése era el vestido. Que Marcie se pusiera de morros: no me haría cambiar de idea. Me quité los tejanos y me puse el vestido. No conseguí subir la cremallera y le eché un vistazo a la etiqueta: talla 34. Quizá se tratara de un error, quizá lo había hecho adrede. Para hacerle un corte de mangas a Marcie, me enfundé en el vestido, pero me apretaba el estómago.

—¿Marcie? —exclamé a través de la cortina.

—¿Sí?

—No es de mi talla —dije, pasándole el vestido.

—¿Demasiado grande? —preguntó, fingiendo ingenuidad.

Me quité el pelo de la cara para no responder con un comentario cínico.

—Mi talla es la 38, muchas gracias.

—Oh, comprendo: es demasiado pequeño.

Menos mal que estaba en paños menores, de lo contrario hubiera estado tentada de abofetearla.

Un minuto después, Marcie me alcanzó uno de la talla 38 y luego un vestido largo de color rojo.

—No pretendo hacerte cambiar de idea, pero creo que el rojo es ideal. Mucho más elegante.

Colgué el vestido rojo de un gancho, le saqué la lengua y me puse el de cuadros escoceses. Me di la vuelta delante del espejo y solté un chillido silencioso. Me imaginé bajando por las escaleras de la granja la noche de la fiesta observada por Scott. De repente no me imaginaba a Scott sino a Patch, apoyado contra la barandilla y vestido con un traje negro y una corbata color plata.

Le lancé una sonrisa coqueta. Él me tendió el brazo y me acompañó hasta la puerta, envuelto en un aroma cálido, como de arena calentada por el sol.

Incapaz de controlarme, lo cogí de las solapas y lo besé.

—Podría hacerte sonreír así, y sin impuesto sobre las ventas.

Me volví y descubrí al Patch real de pie en el probador. Llevaba tejanos y una camiseta blanca ceñida. Tenía los brazos cruzados y sus ojos negros me sonreían.

Una oleada de calor no precisamente desagradable me invadió.

—Podría hacer todo tipo de chistes sobre pervertidos —bromeé.

—Podría decirte cuánto me gustas con ese vestido.

—¿Cómo lograste entrar?

—Me muevo por caminos insondables.

—Dios se mueve por caminos insondables. Tú te mueves como el rayo: un segundo estás aquí y al siguiente has desaparecido. ¿Cuánto hace que estás ahí? —Me moriría de vergüenza si me hubiera visto enfundándome en una talla 34. Por no hablar de ver cómo me desvestía.

—Hubiera llamado antes de entrar, pero no quise arriesgar un encuentro con Marcie. Hank no debe saber que tú y yo hemos reanudado operaciones.

Procuré no pensar demasiado en el significado de «reanudado operaciones».

—Tengo noticias —dijo Patch—. He contactado con Dabria; está de acuerdo en ayudarnos a lidiar con Hank, pero primero he de decirte la verdad: Dabria es algo más que una vieja amiga, nos conocimos antes de mi caída. Fue una relación de conveniencia, pero hace un tiempo ella te causó considerables inconvenientes.

Hizo una pausa.

—Que es un modo amable de decir que trató de matarte.

¡Vaya!

—Ya no está celosa, pero quería que lo supieras.

—Pues ahora lo sé —repliqué. No me enorgullecía

de mi repentina sensación de inseguridad, pero ¿por qué no me lo dijo antes de llamarla?

—¿Cómo sabemos que no volverá a hacer de asesina?

—Saqué una póliza de seguro —respondió, sonriendo.

—No suena muy claro.

—Ten un poco de fe.

—¿Qué aspecto tiene? —Había pasado de la inseguridad a la superficialidad.

—Pelo grasiento, con michelines y las cejas unidas. ¿Satisfecha? —preguntó, volviendo a sonreír.

Me pregunté si eso significaba curvilínea y guapísima, con el cerebro de un astrofísico.

—¿Ya te has encontrado con ella?

—No será necesario. Lo que quiero que haga no es complicado. Antes de caer, Dabria era un ángel de la muerte y capaz de ver el futuro. Afirma que aún posee ese don y, aunque no te lo creas, se gana bien la vida gracias a sus clientes Nefilim.

Me di cuenta de dónde quería ir a parar.

—Se mantendrá alerta. Nos informará de lo que dicen sus clientes sobre Hank sin que éstos se enteren.

—Bien pensado, Ángel.

—¿Y qué quiere a cambio?

—Yo me encargaré de ello.

—Respuesta equivocada, Patch —dije, con los brazos en jarras.

—Yo ya no le intereso; lo único que le atrae es el dinero contante y sonante. —Se acercó a mí y me acarició el cuello con un dedo—. Y yo ya no siento interés por ella. Me he fijado en otra.

Me zafé de su caricia, porque sabía que sus seductoras manos eran capaces de borrar hasta las ideas más importantes.

—¿Es confiable?

—Quien le arrancó las alas cuando cayó fui yo. Tengo

una de sus plumas y ella lo sabe. A menos que quiera pasar el resto de la eternidad haciéndole compañía a Rixon, tiene excelentes motivos para no hacerme enfadar.

La póliza de seguro. Bingo.

Sus labios rozaron los míos.

—No puedo quedarme. Estoy siguiendo unas cuantas pistas más y, si descubro algo, me comunicaré contigo. ¿Estarás en casa esta noche?

—Sí —contesté dubitativa—, pero ¿acaso no te preocupa Hank? Estos días siempre suele estar en casa.

—Sabré cómo eludirlo —dijo, con un brillo misterioso en la mirada—. Entraré a través de tus sueños.

Ladeé la cabeza, contemplándolo.

—¿Es una broma?

—Para que funcione, has de aceptar la idea. Ha sido un buen comienzo.

Aguardé el remate, pero rápidamente comprendí que hablaba en serio.

—¿Cómo funciona? —pregunté en tono escéptico.

—Tú sueñas, y yo me introduzco en el sueño. Si no intentas impedírmelo, funcionará a la perfección.

Me pregunté si debería decirle que mis antecedentes en cuanto a no impedir que se metiera en mis sueños eran excelentes.

—Una última cosa —añadió—. Me he enterado de que Hank sabe que Scott está en la ciudad. Me importa un rábano que lo cojan, pero sé que significa algo para ti. Dile que se ande con cuidado. Hank no siente mucho aprecio por los desertores.

Una vez más, disponer de un medio seguro para contactar con Scott resultaría útil.

Al otro lado de las cortinas oí que Marcie discutía con una vendedora, tal vez sobre algo tan nimio como una mota de polvo en uno de los grandes espejos.

—¿Marcie sabe qué es su padre en realidad?

—Marcie vive dentro de una burbuja, pero Hank no deja de amenazar con romperla. —Patch indicó mi vestido con un gesto de la cabeza—. ¿Qué se celebra?

—La fiesta académica —dije, volviéndome—. ¿Te gusta?

—Por lo que he escuchado, debes ir acompañada a la fiesta.

—En cuanto a eso —dije, escapándome por la tangente—, iré... con Scott. Ambos suponemos que el baile del instituto es el último lugar en el que Hank estará de patrulla.

Patch sonrió, pero era una sonrisa tensa.

—Retiro lo dicho. Si Hank quiere dispararle a Scott, tiene mi bendición.

—Sólo somos amigos.

Patch me alzó la barbilla y me besó.

—Pues que no se convierta en otra cosa —dijo, y se calzó las gafas oscuras de aviador que llevaba colgadas de su camiseta—. No le digas a Scott que no se lo advertí. He de marcharme, pero estaré en contacto.

Salió del probador y desapareció.

CAPÍTULO

Cuando Patch se marchó, decidí que era hora de dejar de jugar a ser princesa y me puse mi ropa normal. Acababa de ponerme la camisa cuando noté que me faltaba algo: mi bolso.

Miré debajo del banco de terciopelo, pero no estaba. Aunque estaba casi segura de no haberlo colgado de un gancho, miré debajo del vestido rojo. Me puse los zapatos, aparté la cortina y corrí al centro de la tienda, donde descubrí a Marcie examinando sostenes con relleno.

—¿Has visto mi bolso?

Ella se detuvo lo bastante para decir:

—Te lo llevaste al probador.

—¿Era una alforja de cuero color marrón? —preguntó una vendedora.

—¡Sí!

—Acabo de ver a un hombre saliendo de la tienda con el bolso. Entró sin decir una palabra y supuse que era tu padre —dijo, se llevó una mano a la cabeza y frunció el ceño—. De hecho, habría jurado que lo era... pero a lo mejor me lo imaginé. Fue un momento muy extraño.

«Un truco mental», pensé.

—Tenía cabello gris y llevaba un jersey a rombos...

—¿Hacia dónde fue? —la interrumpí.

—Salió por la puerta principal y se dirigió al parking.

Eché a correr, Marcie me pisaba los talones.

—¿Crees que es buena idea? —jadeó—. ¿Y si tuviera un arma? ¿Y si fuera un desequilibrado?

—¿Qué clase de hombre roba un bolso por debajo de la puerta de un probador? —pregunté.

—A lo mejor estaba desesperado. Tal vez necesitaba dinero.

—¡Entonces debería haber robado tu bolso!

—Todo el mundo sabe que Silk Garden es una tienda de lujo —razonó Marcie—. Puede que creyera que con cualquier bolso conseguido ahí se haría con mucho dinero.

Lo que no podía decirle era que lo más probable es que fuera un Nefilim o un ángel caído. Y mi instinto me decía que estaba motivado por algo más importante que un puñado de billetes.

Alcanzamos el parking en el momento en que un coche negro salía de un hueco. El resplandor de los faros impedía ver detrás del parabrisas. El motor rugió y el coche aceleró hacia nosotras.

Marcie me cogió de la manga.

—¡Muévete, so idiota!

Haciendo chirriar los neumáticos, el coche pasó junto a nosotras, salió a la calle, se saltó el semáforo en rojo, apagó los faros y desapareció en la oscuridad.

—¿Viste qué marca era? —preguntó Marcie.

—Un Audi A6. Vi algunos números de la matrícula.

Marcie me echó un vistazo.

—No está mal, ojos de tigre.

—¿No está mal? —exclamé, lanzándole una mirada furibunda—. ¡Se ha largado con mi bolso! ¿No te parece un poco extraño que un tío que conduce un Audi necesite robar bolsos? ¿El mío, en particular? —Y, además, ¿por qué un inmortal querría hacerse con mi bolso?

—¿Era de diseño?

—¡No, de la tienda Target!

Marcie se encogió de hombros.

—Bien, fue muy excitante. ¿Y ahora, qué? ¿Lo olvidamos y volvemos a ir de compras?

—Voy a llamar a la policía.

Treinta minutos después un coche de policía se detuvo ante Silk Garden y el detective Basso se apeó. De pronto deseé haber aceptado el consejo de Marcie de olvidar el asunto. La noche iba de mal en peor.

Marcie y yo estábamos en el interior de la tienda, junto a las ventanas, y el detective Basso se acercó. Al verme al principio pareció sorprendido y cuando se cubrió la boca, me pareció que ocultaba una sonrisa.

—Alguien me robó el bolso —dije.

—Dime qué ocurrió.

—Entré en el probador para probarme vestidos para la fiesta del instituto. Cuando terminé, noté que mi bolso no estaba en el suelo donde lo había dejado. Salí y la vendedora me dijo que había visto a un hombre que se lo llevaba.

—Tenía cabello gris y llevaba un jersey a rombos —añadió la vendedora.

—¿Llevabas tarjetas de crédito en la cartera? —preguntó Basso.

—No.

—¿Efectivo?

—No.

—¿El valor total del objeto?

—Setenta y cinco dólares. —El bolso sólo había costado veinte, pero hacer una cola de dos horas para conseguir un nuevo permiso de conducir debía de valer al menos cincuenta.

—Presentaré un informe, pero no hay mucho más que pueda hacer. En el mejor de los casos, el tipo se deshará del bolso y alguien lo llevará a la comisaría. En el peor, te compras un bolso nuevo.

Marcie me cogió del brazo.

—Mira el lado positivo —dijo, palmeándome la mano—. Perdiste un bolso barato pero te harás con un vestido de lujo.

Me tendió una bolsa con el logotipo de Silk Garden que contenía un vestido.

—Ya está pagado. Puedes agradecérmelo más adelante.

Eché un vistazo al interior de la bolsa: contenía el vestido rojo cuidadosamente colgado de una percha.

Estaba en mi habitación, devorando un trozo de tarta de chocolate y contemplando con furia el vestido rojo colgado de la puerta del armario. Todavía no me lo había probado pero estaba convencida de que me parecería a Jessica en la película *¿Quién engañó a Roger Rabbit?*, pero sin sus pechos XXL.

Me lavé los dientes y la cara, y me apliqué crema de contorno de ojos. Le di las buenas noches a mamá, me dirigí a mi habitación, me puse un monísimo pijama de franela de Victoria's Secret y apagué la luz.

Tal como Patch me había aconsejado, traté de dormir y no pensar en nada. Él había dicho que podía introducirse en mis sueños, pero tenía que estar receptiva. Me sentía un tanto escéptica y a la vez esperanzada. Y no me oponía en absoluto. Tras la noche que acababa de pasar, lo único que me haría sentir mejor era que Patch me abrazara. Aunque fuera en sueños.

Tumbada en la cama, recordé los acontecimientos del día y dejé que mi subconsciente transformara los recuerdos en fantasmagorías. Recordé fragmentos de diálogos, chispazos de colores. De pronto me encontré en el probador de Silk Garden con Patch. Sólo que en esta versión sus dedos aferraban la cinturilla de mis tejanos y los míos le revolvían el cabello. Unos pocos centímetros separaban sus labios de los míos y yo podía notar la calidez de su aliento.

Me había sumergido en el sueño casi por completo cuando noté que me quitaban las mantas.

Me incorporé y vi a Patch inclinado sobre mi cama. Llevaba los mismos tejanos y la misma camiseta blanca de antes; enrolló las mantas y las arrojó a un lado.

—¿Dulces sueños? —preguntó, sonriendo.

Miré en torno. La habitación tenía un aspecto normal: la puerta estaba cerrada, la lámpara estaba encendida, mi ropa colgaba encima de la mecedora donde la había dejado y el vestido de Jessica Rabbit aún pendía de la puerta del armario. Pero pese a ello, algo parecía... extraño.

—¿Es real o es un sueño? —le pregunté a Patch.

—Un sueño.

—Guau. Estaba convencida de que era real.

—La mayoría de los sueños parecen reales. Sólo notas los fallos del guion cuando despiertas.

—Explícamelo.

—Formo parte del paisaje de tu sueño. Imagina que tu subconsciente y el mío atravesaron una puerta mental creada por ti. Estamos juntos en la habitación, pero no es un lugar físico. La habitación es imaginaria, pero no tus pensamientos. Tú elegiste el escenario y la ropa que llevas, y tú decides qué dirás. Pero a diferencia de una versión de mí mismo soñada por ti, estoy realmente en el sueño contigo y las cosas que digo y hago no son producto de tu imaginación. Yo las controlo.

Estaba segura de haber comprendido lo suficiente.

—¿Estamos a salvo aquí?

—Si lo que preguntas es si Hank nos espiará, no, lo más probable es que no.

—Pero si tú puedes hacerlo, ¿qué impide que lo haga él? Sé que es un Nefilim y, a menos que esté muy equivocada, los ángeles caídos y los Nefilim tienen poderes semejantes.

—Hasta que intenté meterme en tus sueños hace unos meses, no sabía casi nada sobre cómo funciona esto. He descubierto que requiere un vínculo estrecho entre ambos sujetos y también que quien sueña debe estar profundamente dormido; no resulta fácil elegir el momento adecuado: si te apresuras, el que sueña despertará. Si dos ángeles, o dos Nefilim, o cualquier combinación de éstos, invaden un sueño al mismo tiempo tratando de imponerse, es probable que el soñador despierte. Te guste o no, el vínculo entre tú y Hank es muy estrecho, pero si todavía no ha intentado invadir tus sueños, no creo que lo haga a estas alturas del partido.

—¿Cómo descubriste todo esto?

—Por ensayo y error. —Patch vaciló, como si avanzara con pies de plomo—. Hace poco también recibí ayuda de un ángel caído. A diferencia de mí, antes de su caída era una experta en leyes angelicales. No me sorprendería que hubiera memorizado el Libro de Enoc, un tratado sobre la historia de los ángeles. Sabía que si alguien poseía las respuestas era ella. Tuve que insistir, pero al final me lo dijo —comentó con expresión indiferente—. Con «ella» me refiero a Dabria.

El corazón me dio un vuelco. No quería sentir celos de la ex de Patch, ya que comprendía que debían de haber compartido una historia romántica. Pero sentí una enorme aversión por Dabria, tal vez combinada con un resto de odio, puesto que había intentado matarme. O quizás el instinto me decía que no dudaría en volver a traicionarnos.

—¿Así que después de todo te encontraste con ella? —pregunté en tono acusador.

—Nos encontramos hoy, por casualidad y, ya puestos, decidí obtener respuestas a una serie de preguntas que me rondaban por la cabeza. He procurado encontrar el modo de comunicarme contigo en secreto y no quería desaprovechar la oportunidad de que ella me lo dijera.

Casi no presté atención a sus palabras.

—¿Por qué te estaba buscando?

—No me lo dijo y no tiene importancia. Obtuvimos lo que queríamos y eso es lo que me importa: ahora disponemos de un modo de comunicación privado.

—¿Aún tiene michelines?

Patch puso los ojos en blanco.

Yo tenía muy presente que él había esquivado mi pregunta.

—¿Ha estado en tu estudio?

—Esto empieza a parecer un programa de preguntas y respuestas de la tele, Ángel.

—En otras palabras, ha estado allí.

—No —repuso Patch en tono paciente—. ¿Podemos dejar de hablar de Dabria?

—¿Cuándo me la presentarás? —«Le diré que se mantenga a distancia de ti.»

Patch se rascó la mejilla, pero me pareció ver que sonreía.

—Quizá no sea buena idea.

—¿Qué quieres decir con eso? ¿Acaso crees que no sabré comportarme? ¡Gracias por confiar en mí! —exclamé, furiosa con él y con mi estúpida inseguridad.

—Creo que Dabria es una narcisista y una ególatra. Mejor mantenerse a distancia.

—¡A lo mejor deberías seguir tu propio consejo!

Me volví, pero Patch me cogió del brazo y me puso

delante de él. Apoyó su frente contra la mía. Traté de zafarme pero entrelazó los dedos con los míos.

—¿Qué debo hacer para convencerte de que estoy utilizando a Dabria con un único fin: acabar con Hank, trozo a trozo si no queda más remedio, y hacerle pagar por todo el mal que le ha hecho a la chica que amo?

—No me fío de Dabria —dije, aferrada a mi indignación.

Patch cerró los ojos y suspiró levemente.

—Por fin hay algo sobre lo cual estamos de acuerdo.

—No creo que debamos usarla, incluso si puede acceder al círculo íntimo de Hank con mayor rapidez que tú o que yo.

—Si dispusiéramos de más tiempo o si existiera otra posibilidad, no vacilaría. Pero de momento ella es nuestra única oportunidad. No me traicionará, es demasiado lista. Cogerá el dinero que le ofrezco y se marchará aunque le duela su orgullo.

—No me gusta. —Me acurruqué entre sus brazos e incluso en el sueño, el calor de su cuerpo me relajó—. Pero confío en ti.

Patch me besó, un beso prolongado y tranquilizador.

—Esta noche ocurrió algo extraño —dije—. Alguien robó mi bolso del probador del Silk Garden.

Inmediatamente, Patch frunció el ceño.

—¿Sucedió después de que me marchara?

—O justo antes de que llegaras.

—¿Viste quién lo cogió?

—No, pero la vendedora dijo que era un hombre que podría haber sido mi padre, por la edad. Ella no le impidió que se marchara, pero creo que el hombre le hizo un truco mental. ¿Crees que puede ser una coincidencia que un inmortal me robe el bolso?

—Creo que nada es una coincidencia. ¿Qué fue lo que vio Marcie?

—Nada, al parecer, aunque la tienda estaba casi vacía. —Observé su mirada fría y calculadora—. Crees que Marcie tuvo algo que ver, ¿no?

—Resulta difícil de creer que no haya visto nada. Empiezo a pensar que toda la historia fue una trampa. Cuando entraste en el probador, ella podría haber hecho una llamada y avisarle al ladrón de que no había moros en la costa. Quizás haya visto tu bolso por debajo de la cortina y se lo haya comunicado.

—¿Para qué querría mi bolso? A menos que... —me interrumpí—... creyera que contenía el collar del que Hank quiere apoderarse. La ha involucrado y ella es su cómplice.

Patch apretó los labios.

—Es capaz de poner en peligro a su hija. Lo demostró contigo.

—¿Aún crees que Marcie no sabe lo que Hank es en realidad?

—No, no lo sabe. Hank debe de haberle mentido acerca del motivo por el que quiere el collar; quizá le haya dicho que le pertenece. Y ella no habrá hecho preguntas. Si tiene un objetivo, Marcie se convierte en un pit-bull.

Un pit-bull. Y que lo digas.

—Hay algo más. Antes de que el ladrón se largara, vi el coche que conducía. Era un Audi A6.

A juzgar por su expresión, comprendí que el dato significaba algo para él.

—El brazo derecho de Hank, un Nefil llamado Blakely, conduce un Audi.

Me estremecí.

—Empiezo a flipar. Evidentemente, él cree que el collar le servirá para obligar al arcángel a hablar. ¿Qué es lo que quiere averiguar? ¿Qué sabe el arcángel como para que Hank se arriesgue a la represalia de los arcángeles?

—Y justo antes del Chesvan —murmuró Patch, con aire preocupado.

—Podríamos tratar de liberar al arcángel —sugerí—. Así, aunque Hank se apodere del collar, no dispondrá de un arcángel.

—Ya lo he pensado, pero nos enfrentamos a dos grandes problemas. Primero: el arcángel desconfía aún más de mí que de Hank, y si me acerco a su jaula armará un escándalo. Segundo: en el almacén de Hank hay muchos de sus hombres. Necesitaría mi propio ejército de ángeles caídos para enfrentarme a ellos, y convencerlos de que me ayuden a rescatar a un arcángel sería bastante complicado.

Ahí pareció acabar la conversación y ambos contemplamos nuestras escasas posibilidades en silencio.

—¿Qué pasó con el otro vestido? —preguntó Patch por último, mirando el vestido de Jessica Rabbit.

—Marcie creyó que el rojo me sentaría mejor —dije, suspirando.

—¿Y tú qué opinas?

—Que Marcie y Dabria se harían amigas de inmediato.

Patch rio en voz baja, y su risa me acarició tan seductoramente como un beso.

—¿Quieres mi opinión?

—Sí, puesto que todos los demás ya han manifestado la suya.

Se sentó en la cama y se apoyó en los codos.

—Pruébatelo.

—Puede que me quede un poco estrecho —dije; de pronto me sentí un tanto incómoda—. Marcie tiende a comprar las tallas más pequeñas.

Patch se limitó a sonreír.

—Tiene una raja hasta el muslo.

La sonrisa de Patch se volvió más amplia.

Me encerré en el armario y me puse el vestido, que se deslizó por encima de mis curvas como un líquido; la raja descubría mis muslos. Salí del armario, me recogí el cabello y le dije:

—¿Me subes la cremallera?

Patch me escrutó con sus ojos oscuros y brillantes.

—No me gusta nada que acudas al baile con Scott enfundada en ese vestido. Te lo advierto: si cuando regreses a casa el vestido está arrugado, aunque sólo sea un poco, buscaré a Scott allí donde esté y pobre de él cuando lo encuentre.

—Le daré tu mensaje.

—Si me dices dónde se esconde, se lo daré yo mismo.

Tuve que esforzarme para no sonreír.

—Algo me dice que tu mensaje sería bastante más directo.

—Digamos que él lo comprendería.

Patch me cogió de la muñeca y me atrajo hacia sí para besarme, pero algo iba mal. Su rostro se volvió borroso y se confundió con el fondo. Casi no percibí el roce de sus labios y, lo que es peor, noté que me separaba de él como un trozo de cinta adhesiva que se despega de un cristal.

Patch también lo notó y maldijo en voz baja.

—¿Qué está ocurriendo? —pregunté.

—Es el mestizo —gruñó.

—¿Scott?

—Está llamando a la ventana de tu habitación. Te despertarás en cualquier momento. ¿Es la primera vez que merodea por aquí de noche?

Consideré que sería mejor no responder. Patch estaba en mi sueño y no podía hacer nada precipitado, pero eso no significaba que avivar la competencia entre ambos fuera una buena idea.

—¡Acabaremos esta conversación mañana! —fue lo único que me dio tiempo a decir antes de que el sueño y Patch se desvanecieran.

Desperté y comprobé que, efectivamente, Scott entraba en mi habitación y cerraba la ventana a sus espaldas.

—Vamos, arriba —dijo.

Solté un gemido.

—Has de dejar de hacer esto, Scott. Mañana tengo clase. Además, estaba soñando algo muy agradable —refunfuñé.

—¿Soñabas conmigo? —preguntó con una sonrisa chulesca.

—Será mejor que tengas una buena excusa —me limité a contestar.

—Mejor que buena. Me han contratado para tocar la guitarra en un grupo llamado Serpentine. Debutamos en el Devil's Handbag el fin de semana que viene. Los del grupo tienen dos entradas gratuitas y tú eres una de las afortunadas —dijo y, con un gesto teatral, depositó dos entradas en mi cama.

Cada vez estaba más despierta.

—¿Te has vuelto loco? ¡No puedes tocar en un grupo! Se supone que te ocultas de Hank. Una cosa es que asistas al baile conmigo, pero esto es ir demasiado lejos.

Scott dejó de sonreír y adoptó una expresión agria.

—Creí que te alegrarías por mí, Grey. He estado oculto durante dos meses. Vivo en una caverna y tengo que ingeniármelas para comer, y todo se está volviendo cada vez más difícil con la llegada del invierno. Me veo obligado a meterme en el mar tres veces por semana para bañarme y el resto del día lo paso tiritando junto al fuego. No tengo tele ni móvil, estoy completamente desconectado. ¿Quieres que te diga la verdad? Estoy harto de esconderme: vivir huyendo no es vida, más vale estar muerto —dijo, rozando el anillo de la Mano Negra que aún llevaba—. Me alegro de que me convencieras de que volviera a llevarlo. Hace meses que no me sentía tan vivo. Si Hank intenta algo, le espera una gran sorpresa. Mis poderes han aumentado.

Me quité las mantas de encima y me enfrenté a él.

—Hank sabe que estás en la ciudad, Scott. Sus hombres están buscándote. Has de permanecer oculto hasta... al menos hasta el Chesvan —dije, convencida de que el interés de Hank por Scott se reduciría en cuanto sus planes se pusieran en marcha.

—No dejo de decírmelo, pero ¿y si no es así? ¿Y si se ha olvidado de mí y todo esto es a santo de nada?

—Sé que te está buscando.

—¿Acaso él te lo dijo? —preguntó, pillándome en un farol.

Dado su estado de ánimo actual, fui incapaz de decirle quién me lo había dicho. Scott no se tomaría el consejo de Patch en serio y entonces tendría que explicarle por qué estaba liada con él.

—Me lo dijo una fuente confiable.

Scott agitó la cabeza.

—Intentas asustarme. Aprecio el gesto —dijo con cinismo—, pero he tomado una decisión: después de reflexionar, he decidido que, pase lo que pase, puedo enfrentarme a él. Unos meses de libertad son mejores que toda una vida en la cárcel.

—No puedes dejar que Hank te encuentre —insistí—, porque de lo contrario te encerrará en una de sus prisiones de hormigón. Te torturará. Tienes que aguantar un poco más. Por favor —supliqué—. Sólo unas semanas más.

—A la mierda con eso. Me largo. Tocaré en el Devil's Handbag, vengas o no vengas.

La repentina actitud despreocupada de Scott me resultaba incomprensible. Hasta este momento, había evitado cuidadosamente acercarse a Hank, ¿y ahora se jugaba la vida por algo tan trivial como un baile del instituto... y un concierto de rock?

De repente se me ocurrió una idea horripilante.

—Dijiste que el anillo de la Mano Negra te conecta con él. ¿Puede haberte acercado a él de algún modo? Quizás el anillo no sólo aumenta tus poderes, a lo mejor es una especie de... baliza.

—La Mano Negra no me atrapará —bufó Scott.

—Te equivocas. Y si sigues así te atrapará antes de lo que te imaginas —dije en tono suave pero con dureza.

Traté de cogerlo del brazo, pero se apartó, salió por la ventana y la cerró tras de sí de un golpe.

CAPÍTULO

Era viernes y la votación para elegir a los miembros del séquito real se realizaría durante el almuerzo. De momento, observaba las manecillas del reloj acercándose a la hora del final de la clase. En vez de preocuparme por que los cientos de personas con las que tendría que pasar los dos próximos años de mi vida se pusieran histéricas al ver mi nombre en la papeleta —y en menos de diez minutos— me concentré en Scott.

Debía encontrar el modo de convencerlo de quedarse en la caverna durante el Chesvan y, como medida de precaución, que se quitara el anillo de la Mano Negra. Si eso no funcionaba, tendría que encerrarlo. Me pregunté si podía recurrir a Patch. Seguro que conocía un par de lugares donde encerrar a un Nefil, pero ¿acaso se tomaría la molestia por Scott? E incluso si lograba convencer a Patch de que cooperase, ¿cómo haría para recuperar la confianza de Scott? Él lo consideraría una traición total. Ni siquiera podía convencerlo de que era por su propia seguridad: anoche había dejado claro que ya no daba valor a su vida. «Vivir huyendo no es vida. Más vale estar muerto.»

De repente sonó el interfono apoyado en el escritorio de la señorita Jarbowski y se oyó la voz de la secretaria.

—¿Señorita Jarbowski? Disculpe la interrupción. Dígale a Nora Grey que acuda al despacho de la secretaria, por favor —dijo, en tono un tanto compasivo.

La señorita Jarbowski dio un golpecito impaciente con el pie, por lo visto molesta por la interrupción.

—Coge tus cosas, Nora —dijo, señalándome con la mano—. No creo que regreses a clase antes de que suene la campana.

Metí mi libro de texto en la mochila y me dirigí a la puerta, preguntándome qué pasaba. Sólo conocía dos motivos por los cuales debías presentarte en el despacho: por hacer novillos y por estar ausente con excusa. Que yo supiera, ninguno de ambos era aplicable a mi caso.

Cuando abrí la puerta de la oficina lo vi: Hank Millar estaba sentado en la sala con la espalda encorvada y el rostro demacrado. Tenía el mentón apoyado en el puño y la mirada perdida.

Retrocedí automáticamente, pero Hank me vio y se puso de pie. La profunda compasión que expresaba me revolvió el estómago.

—¿Qué pasa? —tartamudeé.

—Ha habido un accidente —dijo, sin mirarme.

Al principio no comprendí nada. ¿Por qué habría de importarme que Hank hubiera sufrido un accidente? ¿Y por qué había venido hasta el instituto para decírmelo?

—Tu madre se cayó por las escaleras. Llevaba tacones y perdió el equilibrio. Tiene conmoción cerebral.

Una oleada de pánico me invadió. Dije algo, tal vez «No.» «No, esto no puede estar ocurriendo.» Necesitaba ver a mamá, ahora mismo. De repente me arrepentí de todas las palabras duras que le había dicho durante las últimas semanas y mis peores temores me arrinconaron. Ya había perdido a mi padre. Si perdía a mamá...

—¿Es grave? —Me temblaba la voz, pero no quería llorar delante de Hank. Fue un instante de orgullo que se desvaneció en cuanto me imaginé la cara de mamá. Cerré los ojos, ocultando las lágrimas.

—Cuando salí del hospital aún no podían decirme nada. He venido directamente a buscarte, ya he firmado el permiso de salida —dijo Hank—. Te llevaré al hospital en el coche.

Sostuvo la puerta, me agaché, pasé por debajo de su brazo y recorrí el pasillo. Fuera, el sol me deslumbró. Me pregunté si recordaría este día eternamente, si tendría algún motivo para recordarlo y sentir lo mismo que sentí cuando me dijeron que mi padre había sido asesinado: confusión, amargura, indefensión, abandono... Y no pude reprimir un sollozo.

Hank abrió el Land Cruiser en silencio. Alzó la mano para tocarme el hombro en gesto de consuelo, pero cerró el puño y la bajó.

Y entonces caí: todo parecía demasiado oportuno. Tal vez se debía a mi antipatía por Hank, pero se me ocurrió que estaba mintiendo con el fin de conseguir que montara en el coche.

—Quiero llamar al hospital —dije abruptamente—. Quiero averiguar si hay alguna novedad.

Hank frunció el entrecejo.

—Estamos en camino. Dentro de diez minutos podrás hablar con el médico personalmente.

—Perdóname, pero estoy un poco preocupada: estamos hablando de mi madre —dije en voz baja pero firme.

Hank marcó un número en su móvil y me lo pasó. Salió el contestador automático del hospital y la voz me dijo que escuchara las siguientes opciones con atención o que permaneciera en línea esperando a que me atendiera la operadora. Un minuto después, me conectaron con la operadora.

—¿Puede decirme si Blythe Grey fue ingresada hoy? —pregunté, evitando la mirada de Hank.

—Sí, hay una Blythe Grey registrada.

Solté el aliento. Que Hank no había mentido sobre el accidente de mamá no significaba que fuera inocente. Hacía años que vivía en la granja, y nunca se había caído por las escaleras.

—Soy su hija. ¿Puede ponerme al corriente de su estado?

—Puedo dejarle un mensaje a su médico para que se ponga en contacto contigo.

—Gracias —dije, y le dejé el número de mi móvil.

—¿Alguna novedad? —preguntó Hank.

—¿Cómo sabes que se cayó por las escaleras? —pregunté—. ¿La viste caer?

—Quedamos para almorzar. Cuando llamé a la puerta y no contestó, entré y la descubrí tendida al pie de la escalera. —Si notó un tono de sospecha en mi voz, no lo demostró. Parecía deprimido, se aflojó la corbata y se secó el sudor de la frente.

»Si le ocurriera algo... —murmuró para sus adentros, pero se interrumpió—. ¿Vamos?

«Sube al coche», dijo una voz en mi cabeza y dejé de sospechar. Sólo se me ocurrió una cosa: debía ir con Hank.

Había algo extraño en la voz, pero estaba demasiado confundida para descifrarlo. Era como si toda mi capacidad de raciocinio se hubiera desvanecido y sólo quedara espacio para esa orden: «Sube al coche.»

Miré a Hank, que parpadeó con aire amable. Sentí el impulso de acusarlo de algo, pero ¿de qué? Estaba allí para ayudar. Mi madre le importaba...

Obedientemente, monté en el Land Cruiser.

No sé durante cuánto tiempo avanzamos en silencio. Mis ideas eran un torbellino, hasta que de pronto Hank carraspeó.

—Quiero que sepas que está en muy buenas manos, las mejores. Solicité que el doctor Howett la atendiera. Él y yo fuimos compañeros de habitación en la universidad de Maine, antes de que él ingresara en Johns Hopkins.

El doctor Howlett. Procuré recordar quién era y entonces caí: era el médico que se había encargado de mí cuando regresé a casa. Después de que Hank considerase que había llegado el momento. Me corregí a mí misma. ¿Y ahora resultaba que él y Howlett eran amigos? El aturdimiento dio paso a la ansiedad; sentí una rápida e inmediata desconfianza por el doctor Howlett.

Mientras reflexionaba apresuradamente sobre el vínculo entre ambos hombres, un coche se puso a la par del nuestro. Durante un instante no comprendí qué ocurría... y entonces el otro coche embistió el Land Cruiser.

Éste se desplazó hacia un lado y rozó la valla protectora, levantando una lluvia de chispas. Solté un chillido y la parte trasera del Land Cruiser coleó violentamente.

—¡Intentan sacarnos de la carretera! —gritó Hank—. ¡Ponte el cinturón!

—¿Quiénes son? —chillé, comprobando que el cinturón estaba abrochado.

Hank pegó un volantazo para evitar una segunda embestida y el abrupto movimiento hizo que volviera a prestar atención a la carretera, que trazaba una curva cerrada hacia la izquierda y se aproximaba a un profundo barranco. Hank pisó el acelerador, tratando de adelantar al otro coche, un chevrolet El Camino de color pardo. Éste aceleró y se interpuso en nuestro carril. A través del parabrisas se veían tres cabezas y me pareció que todas eran masculinas.

Me vino a la cabeza una imagen de Gabe, Dominic y Jeremiah. Sólo era una conjetura, puesto que no distinguía sus caras, pero la mera idea hizo que soltara un alarido.

—¡Para el coche! —grité—. Es una trampa. ¡Pon la marcha atrás!

—¡Han destruido mi coche! —gruñó Hank, acelerando.

El otro coche tomó la curva haciendo chirriar los neumáticos y cruzó la línea blanca, derrapando. Hank lo siguió, acercándose peligrosamente a la valla de seguridad. El arcén descendía hacia el barranco. Desde arriba, parecía un enorme hueco cuyo borde recorríamos. Se me encogió el estómago y me aferré al apoyabrazos.

Las luces rojas traseras del otro coche se encendieron.

—¡Cuidado! —grité, apoyé una mano contra la ventanilla y la otra contra el hombro de Hank, procurando evitar lo inevitable.

Hank pegó un volantazo y el Land Cruiser se apoyó en dos ruedas. Caí hacia delante, el cinturón de seguridad me oprimió el pecho y me golpeé la cabeza contra la ventanilla. Se me nubló la vista y creí oír un estruendo general: crujidos y chasquidos estallando en mis oídos.

Me pareció que Hank gruñía «Condenados ángeles caídos», pero después comencé a volar.

No, a volar no: a caer y girar.

No recuerdo haber aterrizado, pero cuando recuperé el oremus, estaba tendida de espaldas. No dentro del Land Cruiser sino en otra parte. Tierra. Hojas. Piedras afiladas clavándose en mi piel.

«Frío, dolor, duro. Frío, dolor, duro», no dejaba de repetir mi cerebro. Era como si viera las palabras escritas.

—¡Nora! —gritó Hank, pero su voz sonó lejos.

Estaba segura de tener los ojos abiertos, mas no lograba distinguir nada, sólo una luz brillante que lo abarcaba todo. Intenté incorporarme. La orden que di a mis músculos era clara, pero en alguna parte se interrumpían las líneas; no podía moverme.

Unas manos me cogieron los tobillos y después las muñecas. Mi cuerpo se deslizó por encima de las hojas y la tierra con un curioso susurro. Me pasé la lengua por los labios y traté de decirle algo a Hank, pero cuando abrí la boca las palabras que surgieron no eran las correctas.

«Frío, dolor, duro. Frío, dolor, duro.»

Quise zafarme del letargo. «¡No! —grité, dentro de mi cabeza—. ¡No, no, no!»

«¡Patch! ¡Socorro! ¡Patch, Patch, Patch!»

—Frío, dolor, duro —murmuré incoherentemente.

Antes de que pudiera evitarlo, fue demasiado tarde. Algo me cerró la boca, y también los ojos.

Unas manos fuertes me cogieron de los hombros y me sacudieron.

—¿Puedes oírme, Nora? No intentes levantarte. Quédate tumbada de espaldas. Te llevaré al hospital.

Abrí los ojos. Vi las agitadas ramas de los árboles atravesadas por el sol; proyectaban extrañas sombras y el mundo pasaba de la luz a la oscuridad y viceversa.

Hank Millar estaba inclinado sobre mí. Tenía cortes en la cara, la sangre goteaba, le manchaba las mejillas y el pelo. Movía los labios, pero el dolor impedía que comprendiera lo que decía.

Aparté el rostro. «Frío, dolor, duro.»

Desperté en el hospital, mi cama estaba detrás de una cortina blanca de algodón. En la habitación reinaba la paz, pero también un extraño silencio. Me hormigueaban los dedos de las manos y los pies, y era como si tuviera telarañas en la cabeza. «Drogas», pensé.

Un rostro diferente se inclinó hacia mí. El doctor Howett sonrió, pero sin abrir la boca.

—Has sufrido un golpe considerable, jovencita. Muchos moratones, pero ningún hueso roto. La enfermera te administró ibuprofeno y te daré una receta antes de que te marches. Sentirás dolor durante unos días. Dadas las circunstancias, diría que debieras sentirte afortunada.

—¿Hank? —logré preguntar; tenía los labios resecos.

El doctor Howett sacudió la cabeza y rio en voz baja.

—Detestarás oírlo, pero no sufrió ni un rasguño. Parece bastante injusto.

Pese al mareo, procuré reflexionar. Algo no encajaba. Y entonces recordé.

—No. Sufrió numerosas heridas. Sangraba mucho.

—Te equivocas. Cuando Hank llegó al hospital, la sangre que le manchaba la ropa era la tuya. Te llevaste la peor parte, de lejos.

—Pero yo lo vi...

—Hank Millar está en perfecto estado —me interrumpió—. Y una vez que se te caigan los puntos, tú también lo estarás. En cuanto la enfermera te cambie el vendaje, podrás marcharte.

Sabía que en el fondo debería estar asustada. Había demasiadas preguntas y pocas respuestas. «Frío, dolor, duro. Frío, dolor, duro.»

El resplandor de las luces traseras. El choque. El barranco.

—Esto te ayudará —dijo el doctor Howlett, y me clavó una aguja en el brazo. El líquido fluyó de la aguja y se derramó en mi sangre, pero sólo sentí un pequeño escozor.

—Pero si acabo de recuperar la conciencia —murmuré, invadida por una agradable sensación—. ¿Cómo puedo estar sana? No me encuentro bien.

—Te recuperarás más rápidamente en casa —dijo, soltando una risita—. Aquí habrá enfermeras jorobándote toda la noche.

«¿Toda la noche?»

—¿Ya es de noche? Pero si sólo eran las doce del mediodía. Antes de que Hank... la clase de educación física... No he almorzado.

—Ha sido un día duro —añadió el doctor Howlett, asintiendo con la cabeza con aire de suficiencia. Quería soltar un grito, pero las drogas me lo impidieron y sólo se me escapó un suspiro.

»La resonancia magnética confirmó que no hay hemorragia interna. Tómatelo con calma unos días y en poco tiempo estarás perfectamente. —Me acarició el hombro—. Pero no puedo garantizar que vuelvas a tener ganas de subir a un coche pronto.

En medio de las brumas, me acordé de mamá.

—¿Hank está con mi madre? ¿Se encuentra bien? ¿Puedo verla? ¿Sabe lo del choque?

—Tu madre se está recuperando con mucha rapidez —me aseguró—. Aún está en la UCI y no puede recibir visitas, pero mañana pasará a planta. Entonces podrás visitarla —dijo, inclinándose hacia mí como si ambos fuéramos dos conspiradores—. Entre nosotros, si no fuera por la burocracia, te dejaría ir a verla ahora. Sufrió una conmoción bastante grave y aunque al principio hubo pérdida de memoria, dado el estado en que se encontraba cuando Hank la trajo al hospital, puedo decirte que dará un giro de ciento ochenta grados.

Me palmeó la mejilla.

—Debéis de ser una familia afortunada.

—Afortunada —repetí, aletargada.

Pero una sensación alarmante me rondaba, algo me indicaba que la suerte no tenía ninguna relación con nuestra recuperación.

Y a lo mejor tampoco con nuestros accidentes.

CAPÍTULO

uando el doctor Howlett me dio el alta, cogí el ascensor hasta la planta baja y llamé a Vee. No tenía quien me acompañara a casa y esperaba que aún fuera lo bastante temprano para que su madre le permitiera rescatar a una amiga varada.

Cuando el ascensor se detuvo y las puertas se abrieron, el móvil se me cayó al suelo: allí estaba Hank.

—Hola, Nora —dijo.

Pasaron tres segundos antes de que pudiera contestarle.

—¿Subes? —pregunté, con la esperanza de hablar en tono tranquilo.

—En realidad te estaba buscando.

—No tengo prisa —me disculpé y recogí el móvil.

—Pensé que quizá necesitaras un coche. Le dije a uno de mis muchachos que trajeran un coche de alquiler del concesionario.

—Gracias, pero ya he llamado a una amiga.

—Al menos permíteme que te acompañe hasta la puerta —dijo. Su sonrisa parecía de plástico.

—Primero tengo que ir al lavabo. No hace falta que

me esperes, de veras. Estoy perfectamente, y seguro que Marcie estará ansiosa por verte.

—Tu madre querría que te acompañe a casa.

Tenía los ojos inyectados de sangre y parecía agotado, pero no pensé ni por un instante que se debía a su papel de novio entristecido. Puede que el doctor Howlett afirmara que cuando Hank llegó al hospital estaba ileso, pero yo sabía la verdad. Había salido en peor estado que yo del choque. Mucho peor de lo explicable.

Tenía la cara hecha polvo y aunque gracias a su sangre Nefilim había cicatrizado casi de inmediato, en cuanto recuperé la conciencia y le eché aquel primer vistazo borroso, supe que algo le había ocurrido después de desmayarme. Podía negarlo, pero dado su estado uno diría que lo había atacado un tigre.

Estaba demacrado y exhausto porque hoy había luchado con un grupo de ángeles caídos. Ésa, al menos, era mi teoría. Al recordar los acontecimientos, era mi única explicación sensata. «¡Condenados ángeles caídos!» ¿Acaso Hank no había pronunciado esas palabras un momento antes del choque? Era evidente que no había planeado toparse con ellos, así que... ¿qué había planeado?

Un presagio horrendo me corroía, algo que, en retrospectiva, no había dejado de rondarme la cabeza. Hank había aparecido en el instituto. ¿Y si los acontecimientos del día hubieran sido una trampa? ¿Había arrojado a mamá escaleras abajo? El doctor Howlett mencionó que al principio sufría amnesia, un truco que Hank quizás empleó para evitar que recordara lo ocurrido. Después fue a recogerme al instituto... ¿con qué fin? ¿Qué se me escapaba?

—Huele a quemado —dijo Hank—. Estás muy concentrada en algo.

Su voz me volvió al presente. Le clavé la vista, con el

deseo de adivinar sus motivos a partir de su expresión; entonces noté que él también me miraba fijamente, con una mirada tan intensa que resultaba casi hipnótica.

La conclusión a la que estaba a punto de llegar se volvió borrosa, mis ideas se arremolinaron y no pude recordar en qué estaba pensando. Cuanto más me esforzaba por recordar, tanto mayor era mi confusión mental.

Era como si un capullo me envolviera el cerebro y me impidiera pensar. La pesada y confusa sensación de no poder controlar mis propios pensamientos se volvía a repetir una vez más.

—¿Tu amiga ha quedado en recogerte, Nora? —preguntó, sin despegar su mirada de la mía.

En lo más profundo de mi ser, sabía que no debía decirle la verdad, que debía decirle que Vee vendría a recogerme, pero ¿por qué habría de mentirle? Si le decía la verdad, me quedaría atascada en el hospital toda la noche.

—Llamé a Vee, pero no contestó —reconocí.

—Estaré encantado de acompañarte, Nora.

—Sí, gracias —contesté, asintiendo.

Estaba confundida y no lograba recuperar la claridad mental. Recorrí el pasillo junto a Hank; tenía las manos frías y temblorosas. ¿Por qué temblaba? Que Hank se ofreciera para acompañarme a casa era muy amable de su parte. Mamá le importaba lo bastante como para molestarse por mí, ¿no?

El trayecto a casa transcurrió sin incidentes y cuando llegamos a la granja, Hank también entró.

Me detuve en el umbral.

—¿Qué estás haciendo?

—Le prometí a tu madre que esta noche cuidaría de ti.

—¿Piensas quedarte toda la noche? —Las manos volvían a temblarme y, pese a tener la cabeza llena de telarañas, supe que debía encontrar el modo de que se marchara. Que se quedara a dormir no era una buena idea, pero ¿cómo obligarlo a marcharse? Él era más fuerte que yo. E incluso si lograba expulsarlo, hacía poco mamá le había dado la llave de casa. Volvería a entrar de inmediato.

—Estás dejando entrar el aire frío —dijo Hank, y con delicadeza quitó mis manos de la puerta—. Déjame que te ayude.

«Eso es —pensé, y mi estúpida confusión me hizo sonreír—. Quiere ayudar.»

Hank dejó las llaves en la encimera, se dejó caer en el sofá y apoyó los pies en la otomana. Dirigió la mirada al cojín a su lado.

—¿Quieres relajarte viendo la tele?

—Estoy cansada —dije, y procuré evitar el temblor que me agitaba el cuerpo.

—El día ha sido largo. Puede que dormir sea lo mejor.

Luché contra la nube que se cernía sobre mi cerebro, pero la oscuridad no parecía tener fin.

—¿Hank? —pregunté—. ¿Por qué quieres quedarte aquí esta noche?

Hank rio.

—Pareces realmente asustada, Nora. Sé buena chica y vete a la cama. No te estrangularé mientras duermes.

En mi habitación, empujé el tocador contra la puerta para impedir el paso de cualquiera. No sabía por qué lo hice; no tenía motivos para temer a Hank. Estaba cumpliendo con lo prometido a mamá. Quería protegerme. Si llamaba a la puerta, apartaría el tocador y la abriría.

Y sin embargo...

Me metí en la cama y cerré los ojos. Estaba agotada y tiritaba tan violentamente que me pregunté si me estaría constipando. Cuando empecé a dormirme, no luché por mantenerme despierta. Vi colores y formas borrosas y me deslicé más profundamente en mi subconsciente. Hank tenía razón: necesitaba dormir, el día había sido largo.

Sólo cuando me encontré en el umbral del estudio de Patch empecé a notar que algo no encajaba. Las brumas se disiparon y comprendí que Hank me había hecho un truco mental para someterme a su voluntad. Abrí la puerta y eché a correr, gritando el nombre de Patch.

Lo encontré en la cocina, encaramado a un taburete. En cuanto me vio, se acercó a mí.

—¿Nora? ¿Cómo has llegado aquí? Estás dentro de mi cabeza —dijo, sorprendido—. ¿Estás soñando? —preguntó, contemplándome y buscando una respuesta.

—No lo sé. Creo que sí. Me metí en la cama sintiendo una gran necesidad de hablar contigo... y aquí estoy. ¿Estás dormido?

—No, estoy despierto, pero estás eclipsando mis pensamientos. No sé cómo lo has hecho.

—Ha sucedido algo espantoso. —Me arrojé en sus brazos, intentando reprimir el temblor—. Primero mamá cayó por las escaleras, y de camino al hospital embistieron el coche de Hank. Antes de perder el conocimiento, creo que Hank dijo que el otro coche estaba lleno de ángeles caídos. Hank me llevó a casa en coche desde el hospital... ¡Le pedí que se marchara, pero se negó!

La mirada de Patch reveló su ansiedad.

—Un momento. ¿Hank está contigo a solas?

Hice un gesto afirmativo.

—Despierta. Iré a verte.

Quince minutos después llamaron suavemente a la puerta. Arrastré el tocador a un lado y entreabrí la puerta: Patch estaba al otro lado. Lo cogí de la mano y lo hice entrar.

—Hank está abajo viendo la tele —susurré. Hank tenía razón: dormir me había hecho mucho bien; en cuanto desperté, había recuperado mi proceso mental normal como para comprender lo que antes no podía: que Hank había utilizado trucos mentales para someterme a su voluntad. Dejé que me acompañara a casa sin protestar, que entrara, que se acomodara, creyendo que quería protegerme. Nada podía estar más lejos de la verdad.

Patch cerró la puerta de un suave puntapié.

—Entré a través de la buhardilla —dijo, examinándome de pies a cabeza—. ¿Te encuentras bien?

Deslizó un dedo por el corte que me recorría la parte superior de la frente y en sus ojos ardió la ira.

—Hank me hizo trucos mentales toda la noche.

—Cuéntamelo todo, a partir de la caída de tu madre.

Inspiré profundamente y le relaté la historia.

—¿Qué modelo de coche conducían los ángeles caídos?

—Un chevrolet El Camino de color pardo.

—¿Crees que era Gabe? —preguntó, frotándose la barbilla—. No es el coche que suele conducir, pero eso no significa nada.

—Eran tres. No pude ver sus caras, pero podrían haber sido Gabe, Dominic y Jeremiah.

—O tal vez otros ángeles caídos cuyo objetivo fuera Hank. Ahora que Rixon ha muerto, han puesto precio a su cabeza. Él es la Mano Negra, el Nefilim más poderoso, y numerosos ángeles caídos quieren convertirlo en su vasallo, aunque sólo sea por alardear. ¿Cuánto tiempo estuviste desmayada antes de que Hank te llevara al hospital?

—Diría que sólo unos minutos. Cuando recuperé el conocimiento, Hank estaba cubierto de sangre y parecía exhausto. Apenas pudo cogerme en brazos para meterme en el coche. No creo que sus heridas y moratones se debieran al choque, más bien a que lo obligaran a jurar lealtad.

La expresión de Patch se volvió feroz.

—Esto se termina aquí. No quiero que sigas involucrada. Sé que estás empeñada en acabar tú con Hank, pero no puedo arriesgarme a volver a perderte. —Se puso de pie y caminó de un lado a otro; su disgusto era evidente.

»Déjame hacerlo a mí. Deja que sea yo quien le haga pagar.

—Ésta no es tu lucha, Patch —dije en voz baja.

Su mirada se volvió más intensa que nunca.

—Eres mía, Ángel, no lo olvides. Tus luchas son las mías. ¿Y si hoy hubiese ocurrido algo? Ya fue bastante horrible cuando creí que era tu espíritu quien me rondaba; no podría soportar que eso ocurriera en la realidad.

Lo abracé por la espalda.

—Podría haber ocurrido algo malo, pero no fue así —dije—. Incluso si fue Gabe, es evidente que no logró lo que quería.

—¡Olvida a Gabe! Hank planea algo para ti, y quizá también para tu madre. Centrémonos en eso. Quiero que te escondas. Si no quieres quedarte en mi estudio, de acuerdo. Encontraremos otro lugar y permanecerás allí hasta que Hank esté muerto, enterrado y pudriéndose.

—No puedo marcharme. Si desaparezco, Hank sospechará algo de inmediato, y además no quiero que mi madre vuelva a pasar por lo mismo. Una nueva desaparición la destrozará. Mírala: ya no es la misma que hace tres meses. Tal vez en parte debido a los trucos mentales de Hank, pero he de enfrentarme al hecho de que mi desaparición la convirtió en una persona débil y puede que jamás se recupere. En cuanto se despierta por la mañana, siente terror. Para ella, la seguridad ha dejado de existir.

—Por culpa de Hank —dijo Patch en tono brusco.

—No puedo controlar lo que ha hecho Hank, pero

sí lo que hago yo. No me marcharé. No me mantendré al margen ni permitiré que te enfrentes a Hank a solas. Prométeme que, pase lo que pase, no me lo ocultarás. Prométeme que no actuarás a mis espaldas ni acabarás con él discretamente, incluso si crees que es por mi propio bien.

—Su fin no será discreto —dijo Patch con un brillo asesino en la mirada.

—Prométemelo, Patch.

Me contempló en silencio durante un buen rato. Ambos sabíamos que él era más rápido, más diestro en la lucha y, en el fondo, más implacable que yo. Había intervenido para salvarme muchas veces, pero esta vez, esta única vez, era yo quien lucharía y sólo yo.

Por fin, de muy mala gana, dijo:

—No me quedaré al margen viendo que tú te enfrentas a Hank a solas, pero tampoco lo mataré por mi cuenta. Antes de ponerle la mano encima, me aseguraré de que es eso lo que quieres.

Me daba la espalda, pero le acaricié el hombro con la mejilla.

—Gracias.

—Si un ángel caído vuelve a atacarte, ve a por las cicatrices de sus alas.

No comprendí a qué se refería de inmediato; luego Patch prosiguió.

—Pégale con un bate de béisbol o clávale un palo en las heridas, si no tienes otra cosa. Las cicatrices de las alas son nuestro talón de Aquiles. No sentimos dolor, pero un golpe en las cicatrices nos paraliza. Dependiendo de la herida, puede que quedemos incapacitados durante horas. Tras clavarle la barra de hierro en las cicatrices, dudo que Gabe haya salido del estado de shock en menos de ocho horas.

—Lo tendré presente —contesté—. ¿Patch?

—¿Sí? —replicó en tono seco.

—No quiero pelear. —Le recorrí los omóplatos con el dedo, sus músculos estaban tensos, todo su cuerpo estaba rígido y su frustración era evidente—. Hank ya me ha quitado a mi madre y no quiero perderte también a ti. ¿Puedes comprender por qué he de hacerlo? ¿Por qué no puedo dejar que libres mis batallas aunque ambos sepamos que en ese aspecto me llevas mucha ventaja?

Patch espiró lentamente y noté que se relajaba.

—Sólo estoy seguro de una cosa —dijo, y se volvió hacia mí—. Haría lo que fuera por ti, incluso si eso significara ir en contra de mis instintos o de mi naturaleza. Dejaría todo lo que poseo, hasta mi alma, por ti. Si eso no es amor... es lo mejor que puedo darte.

No sabía qué contestar, nada parecía adecuado, así que le cogí la cara con las manos y besé su boca tensa, cerrada.

Lentamente, los labios de Patch se amoldaron a los míos. Disfruté de la deliciosa sensación mientras su boca presionaba y se deslizaba sobre la mía. No quería que estuviera enfadado. Quería que confiara en mí, como yo confiaba en él.

—Ángel —dijo a través del beso. Luego se apartó, tratando de adivinar mis deseos.

Incapaz de estar tan próxima a él sin que me tocara, lo cogí de la nuca y lo atraje hacia mí. Me besó más intensamente, al tiempo que deslizaba las manos por mi cuerpo; el roce me provocaba descargas eléctricas bajo la piel.

Me desprendió un botón del jersey, luego dos, tres, cuatro... hasta que se me cayó de los hombros y quedé en camisola. La levantó y me acarició el estómago con el pulgar, haciéndome jadear.

Una sonrisa de pirata se asomó a su rostro y se concentró en besarme el cuello; el roce de su barba era una delicia.

Entonces me recostó contra las almohadas.

Me besó profundamente, se apoyó en los codos y de repente sus rodillas me inmovilizaron las piernas, el roce de sus labios era cálido, áspero y sensual. Me apretó contra su pecho y me aferré a él, como si soltarlo significara perder una parte de mí misma.

—¿Nora?

Dirigí la mirada hacia la puerta y solté un alarido.

Allí estaba Hank, apoyado contra la jamba y recorriendo la habitación con expresión burlona.

—¡Qué estás haciendo! —grité.

Hank no contestó; siguió recorriendo cada rincón de la habitación con la mirada.

No sabía dónde estaba Patch; era como si hubiera notado la presencia de Hank un segundo antes de que girara el picaporte. Podía estar a unos centímetros de distancia, escondiéndose. A punto de ser descubierto.

—¡Sal de aquí! —exclamé, y me levanté de un brinco—. Puede que mamá te haya dado la llave de la casa, pero esto es demasiado. Que sea la última vez que entras en mi habitación.

Echó un lento vistazo a las puertas entreabiertas del armario.

—Me pareció oír algo.

—¿Ah, sí? ¡Pues resulta que estoy viva, respiro y de vez en cuando hago algún ruido!

Después cerré la puerta y me apoyé contra ella. El corazón me latía aprisa y noté que Hank se había quedado esperando, quizá tratando de localizar el ruido que le había hecho subir para registrar mi habitación.

Por fin se alejó por el pasillo. Me había asustado hasta las lágrimas y me las sequé rápidamente. Recordé sus palabras y su expresión, procurando descubrir un indicio de que Hank sabía que Patch estaba en mi habitación.

Dejé pasar cinco interminables minutos antes de entreabrir la puerta. El pasillo estaba desierto y volví a mirar mi habitación.

—¿Patch? —susurré.

Pero estaba sola.

No pude verlo hasta que me dormí. Soñé que caminaba por un prado de altas hierbas que se abrían a mi paso. Más allá apareció un árbol seco y retorcido. Patch estaba apoyado contra el árbol con las manos en los bolsillos. Vestía de negro de pies a cabeza y su figura se destacaba contra el blanco lechoso del prado.

Corrí hacia él y me envolvió con su cazadora de cuero, con un gesto de intimidad más que para conservar el calor.

—Quiero quedarme contigo esta noche —dije—. Temo que Hank intente algo.

—No pienso perderte de vista, Ángel —dijo en tono casi posesivo.

—¿Crees que sabe que estabas en mi habitación?

Patch lanzó un suspiro inquieto casi inaudible.

—Estoy convencido de que percibió algo. Notó mi presencia y subió para investigar; empiezo a preguntarme si es más poderoso de lo que pensaba. Sus hombres están muy bien organizados y entrenados. Ha sido capaz de mantener prisionero a un arcángel y ahora es capaz de percibir mi presencia a varios metros de distancia. La única explicación que se me ocurre es la hechicería diabólica: ha descubierto el modo de encauzarla o, de lo contrario, ha llegado a un acuerdo. Sea como sea, ha invocado los poderes del infierno.

—Me estás asustando —dije, estremeciéndome—. Aquella noche, después de encontrarnos en Bloody Mary's, los dos Nefilim que me persiguieron mencionaron la hechicería diabólica, pero afirmaron que Hank había dicho que era un mito.

—Puede que Hank no quiera que nadie se entere de lo que está tramando. La hechicería diabólica podría explicar por qué cree que puede derrocar a los ángeles caídos cuando llegue el Chesvan. No soy un experto en el tema, pero quizá sirva para invalidar un juramento, incluso un juramento hecho ante el cielo. Quizá cuente con la hechicería diabólica para romper los innumerables juramentos prestados por los Nefilim ante los ángeles caídos a lo largo de los siglos.

—En otras palabras, tú no crees que sea un mito.

—Yo solía ser un arcángel —me recordó—. No formaba parte de mi jurisdicción pero sé que existe. Eso es todo lo que nosotros sabíamos. Que se originó en el infierno y el resto era una suposición. Practicar la hechicería diabólica fuera del infierno está prohibido y los arcángeles deberían estar al tanto de ello —dijo, y su voz adoptó un tono de contrariedad.

—A lo mejor lo ignoran. Quizás Hank descubrió el modo de ocultárselo. O tal vez la emplea en dosis tan pequeñas que no lo han notado.

—Ésa es una idea divertida —dijo Patch, soltando una breve carcajada que no tenía nada de jocosa—. Puede que esté empleando la hechicería diabólica para modificar las moléculas del aire, lo cual explicaría por qué me ha costado tanto trabajo seguirle el rastro. Durante todo el tiempo que espié para él, me he esforzado por no perderle la pista y averiguar cómo utiliza la información que yo le proporcionaba. Una tarea difícil, dado que se mueve como un fantasma. No deja rastros. Quizás esté empleando la hechicería diabólica para modificar la materia. No tengo ni idea de cuánto hace que la usa ni hasta qué punto ha aprendido a aprovecharla.

Ambos reflexionamos en silencio. ¿Modificar la materia? Si Hank era capaz de manipular los elementos esenciales de nuestro mundo, ¿qué más podía manipular?

Después de un momento, Patch metió la mano bajo el cuello de su camisa y se quitó una cadena de eslabones entrelazados de plata de ley ligeramente opaca.

—El verano pasado te di mi collar de arcángel. Me lo devolviste, pero quiero que vuelvas a tenerlo. A mí ya no me sirve, pero podría resultarte útil.

—Hank haría cualquier cosa por apoderarse de tu collar —protesté, apartando sus manos—. Guárdatelo. Has de ocultarlo. No podemos permitir que Hank se haga con él.

—Si Hank le pone el collar al arcángel, ella no tendrá más remedio que decirle la verdad. Le proporcionará información auténtica, y lo hará voluntariamente. En eso estás en lo cierto. Pero el collar también registrará el encuentro y lo grabará para siempre. Tarde o temprano, Hank se apoderará del collar. Mejor que coja el mío y no que encuentre otro.

—¿Grabará el encuentro?

—Quiero que busques el modo de darle el collar a Marcie —me ordenó, y puso el collar alrededor de mi cuello—. No debe resultar evidente. Ella ha de creer que te lo ha robado. Hank la interrogará y ella debe pensar que logró engañarte. ¿Podrás hacerlo?

Me aparté y le lancé una mirada de advertencia.

—¿Qué planeas?

—No lo llamaría planear —dijo, sonriendo levemente—. Diría que es un lanzamiento a la desesperada cuando sólo quedan unos segundos para el final del partido.

Reflexioné cuidadosamente sobre lo que me estaba pidiendo.

—Puedo invitar a Marcie a casa —dije por fin—. Le diré que necesito ayuda para elegir la bisutería a juego con mi vestido de fiesta. Si de verdad está ayudando a Hank a encontrar el collar de arcángel y si cree que yo tengo uno, aprovechará para registrar mi habitación. Si bien la idea no me entusiasma, lo haré —añadí, haciendo una pausa elocuente—. Pero primero quiero saber exactamente por qué lo he de hacer.

—Hank necesita que el arcángel hable. Nosotros también. Tenemos que informar a los arcángeles del cielo de que Hank está practicando la hechicería diabólica. Yo soy un ángel caído y no me escucharán. Pero si Hank toca mi collar, quedará grabado en éste. Si utiliza hechicería diabólica, el collar también lo registrará. Mi palabra no significa nada para los arcángeles, pero esa clase de prueba, sí. Lo único que tenemos que lograr es que el collar acabe en manos de ellos.

Yo seguía teniendo mis dudas.

—¿Y si no funciona? ¿Y si Hank obtiene la información que necesita y nosotros no logramos nada?

Patch asintió con la cabeza.

—¿Qué preferirías que hiciera?

Reflexioné y no se me ocurrió nada. Patch tenía razón. No nos quedaba tiempo ni teníamos más opciones. No era una situación ideal, pero algo me dijo que Patch se había pasado la vida entera tomando decisiones arriesgadas. Ya que estaba metida en un asunto tan peligroso como éste, prefería hacerlo en compañía de Patch.

CAPÍTULO

Era viernes por la noche, había pasado una semana, y mamá y Hank estaban acaramelados en el sofá del salón compartiendo un cuenco de palomitas. Yo me había retirado a mi habitación, pues le había prometido a Patch que, en presencia de Hank, no perdería los nervios.

Durante los últimos días, Hank se había mostrado irritantemente encantador: había traído a mamá a casa desde el hospital, cada noche había aparecido con platos preparados a la hora de cenar y esta mañana incluso había limpiado los canalones del techo. Yo no era tan estúpida como para bajar la guardia, pero me estaba volviendo loca tratando de adivinar qué se proponía. Tramaba algo, pero no tenía ni idea de qué.

La risa de mamá surgiendo de la planta baja hizo que perdiera los estribos y le envié un SMS a Vee.

—HOLA —respondió un instante después.

—TENGO ENTRADAS AL SERPENTINE. ¿QUIERES?

—¿SERPEN-QUÉ?

—NUEVO GRUPO DE 1 AMIGO DE LA FLIA —expliqué—. DEBUTAN ESTA NOCHE.

—TE RECOJO EN 20.

Veinte minutos después Vee aparcó haciendo chirriar los neumáticos. Corrí escaleras abajo, con la esperanza de alcanzar la puerta antes de tener que soportar la tortura de oír cómo mi madre y Hank se daban el lote; había descubierto que Hank daba besos muy húmedos.

—¿Nora? —oí la voz de mamá en el vestíbulo—. ¿A dónde vas?

—Salgo con Vee. ¡Volveré a las once! —Antes de que pudiera vetarme, salí fuera y me lancé dentro del Dodge Neon de color morado modelo 1995 de Vee.

»¡Arranca, deprisa! —grité.

Vee, a quien esperaba un futuro brillante como conductora de coches para la huida en caso de que lo de la universidad no resultara, arrancó con tanta rapidez que espantó a una bandada de pájaros posados en un árbol.

—¿De quién era el Avalon aparcado en el camino de entrada? —preguntó Vee al tiempo que atravesaba la ciudad a toda velocidad, haciendo caso omiso de las señales de tráfico. Desde que obtuvo el permiso de conducir había logrado zafarse de tres multas de tráfico por exceso de velocidad recurriendo a las lágrimas y estaba firmemente convencida de que, cuando se trataba de las leyes, era invencible.

—Es el coche de alquiler de Hank.

—Me dijo Michelle Van Tassel, a quien se lo dijo Lexi Hawkins, a quien se lo dijo nuestra vieja amiga Marcie, que Hank ofrece una importante recompensa por cualquier información que conduzca al arresto de los tres frikis que trataron de sacaros de la carretera.

«Le deseo buena suerte.»

Pero sonreí, porque no quería que Vee descubriera que algo iba mal. Lo ideal sería contarle todo, empezando por que Hank me había borrado la memoria, pero

¿cómo? ¿Cómo explicarle cosas que yo misma apenas comprendía? ¿Cómo hacerle creer en un mundo plagado de pesadillas, cuando la única prueba que tenía eran mis propias palabras?

—¿Cuánto ofrece? —pregunté—. A lo mejor logro recordar algo importante.

—No vale la pena molestarte. En cambio podrías robarle su tarjeta de crédito. Dudo de que note la desaparición de unos cientos de dólares. Y si te pesca no te hará arrestar, porque estropearía cualquier oportunidad de seducir a tu madre.

Ojalá fuera tan sencillo, pensé, con una sonrisa helada. Ojalá Hank fuera de fiar.

Detrás del Devil's Handbag había un parking diminuto y Vee condujo de un lado a otro durante cinco minutos sin hallar un hueco. Tras recorrer varias manzanas, aparcó en paralelo en el bordillo; la mitad del Neon se asomaba a la calle.

Vee se apeó, contempló el vehículo y se encogió de hombros.

—Cinco puntos por ser creativa.

Recorrimos el resto del camino a pie.

—Bien, ¿quién es ese amigo de la familia? —preguntó—. ¿Es del sexo masculino? ¿Es guapo? ¿Es soltero?

—Sí a la primera, quizás a la segunda y creo que sí a la última pregunta. ¿Quieres que te lo presente?

—No señor. Sólo quería saber si he de vigilarlo. Ya no me fío de los chicos, pero la alarma salta cuando se trata de chicos monos.

Solté una carcajada y me imaginé una versión súper limpia y emperifollada de Scott.

—Scott Parnell es cualquier cosa menos mono.

—Un momento. ¿Qué es esto? No me dijiste que el viejo amigo de la familia era Scottie *el Guapito*.

Quise decirle que se debía a que estaba haciendo todo lo posible por mantener la aparición en público de Scott en secreto, para que no llegara a oídos de Hank, pero sólo le dije:

—Lo siento, debo de haberlo olvidado.

—Hay que reconocer que nuestro chico Scottie tiene un cuerpo inolvidable.

Tenía razón. Scott no era fornido, pero sí muy musculoso y con el físico bien proporcionado de un atleta. Si no fuera por la expresión dura, casi ceñuda, con la que circulaba por todas partes, quizás atraería a muchas chicas. Tal vez incluso a Vee, quien proclamaba su odio por los hombres sin pestañear.

Giramos alrededor de la última esquina y apareció el Devil's Handbag, una anodina estructura de ladrillo de cuatro plantas cubierta de hiedra y con las ventanas oscurecidas. A un lado había una casa de empeños, al otro la tienda de un zapatero remendón de la que secretamente sospechaba que era la tapadera de un negocio de falsificación de documentos de identidad porque, ¿quién se hacía cambiar las suelas de los zapatos hoy en día?

—¿Nos preguntarán la edad? —preguntó Vee.

—Esta noche, no. No sirven bebidas alcohólicas en la barra, puesto que la mitad del grupo es menor de edad. Scott me dijo que basta con tener entradas.

Nos pusimos en la cola y cinco minutos después atravesamos la puerta. El amplio interior consistía en un escenario a un lado y una barra al otro. Había algunas cabinas junto a la barra y mesas cerca del escenario. El público era bastante numeroso y aumentaba con cada minuto que pasaba; me sentí un tanto nerviosa por Scott. Traté de descubrir rostros Nefilim entre el público, pero carecía de experiencia para reconocerlos. Aunque la verdad es que no había motivos para pensar que el Devil's Handbag fuera un lugar de reunión de no humanos, sobre todo de los leales a Hank. Sólo me limitaba a ser cautelosa.

Vee y yo nos dirigimos directamente a la barra.

—¿Qué tomáis? —preguntó el barman, un pelirrojo que no había escatimado el delineador de ojos, con varios anillos clavados en la nariz.

—Suicidio —contestó Vee—. Ya sabes, cuando pones un chorrito de todo en la copa.

—¿Tenemos edad? —pregunté, mirando a ambos lados.

—La infancia sólo se vive una vez. Anímate.

—Coca-Cola de cereza —le pedí al barman.

Mientras Vee y yo sorbíamos nuestras copas disfrutando de la excitación previa al espectáculo, se acercó una rubia delgada con un moño desordenado, y sexy. Llevaba un vestido largo de estilo bohemio: el resultado era un look hippie perfecto y chic. Sólo llevaba pintalabios rojo, llamando la atención sobre sus morritos gruesos. Clavó la vista en el escenario y dijo:

—No os he visto por aquí con anterioridad. ¿Es la primera vez?

—¿Y a ti qué te importa? —le espetó Vee.

La chica rio, y aunque era una risa suave y tintineante, se me erizó el vello de la nuca.

—¿Del instituto? —aventuró.

—Puede que sí, puede que no —replicó Vee, ceñuda—. ¿Y tú eres...?

La rubia me lanzó una sonrisa.

—Soy Dabria —dijo, mirándome fijamente—. Oí lo de tu amnesia. Una pena.

Me atraganté con mi Coca.

—Creo que te he visto en alguna parte —dijo Vee—. Pero tu nombre no me suena —añadió, frunciendo los labios.

Dabria reaccionó contemplándola con frialdad y de

repente cualquier sospecha desapareció del rostro de Vee, que quedó plácido y sin expresión.

—Es la primera vez que te veo, es la primera vez que nos encontramos —añadió Vee en tono monótono.

—¿Podemos hablar? ¿A solas? —dije, lanzándole a Dabria una mirada furibunda.

—Pensaba que nunca me lo pedirías —contestó en tono jovial.

Me abrí paso hacia el pasillo que daba a los lavabos; cuando la multitud quedó atrás, me volví hacia Dabria.

—Primero: deja de hacerle trucos mentales a mi amiga. Segundo: ¿qué estás haciendo aquí? Y tercero: eres bastante más guapa de lo que Patch me hizo creer. —Quizás esas últimas palabras fueran innecesarias, pero ahora que estábamos a solas, no tenía ganas de andarme con rodeos. Mejor ir directamente al grano.

Ella sonrió con satisfacción.

—Y tú eres bastante menos agraciada de lo que recordaba.

De pronto deseé haberme puesto algo un poco más sofisticado que tejanos, una camiseta y un sombrero de estilo militar.

—Que quede claro que ya no le interesas —dije.

Dabria se contempló las uñas pintadas antes de alzar la vista y decir con pesar:

—Ojalá pudiera decir lo mismo de mí.

«¡Te lo dije, Patch!», pensé, furiosa.

—El amor no correspondido es una mierda —fue mi único comentario.

—¿Está aquí? —Dabria estiró el cuello examinando la multitud.

—No. Pero estoy segura de que ya lo sabías, puesto que has decidido acecharlo.

Su mirada se volvió maliciosa.

—¿Oh? ¿Lo ha notado?

—Sería difícil no hacerlo: no dejas de echarte en sus brazos.

La sonrisa de Dabria se endureció.

—Quiero que sepas que si no fuera por mi pluma, que Jev guarda en el bolsillo del pantalón, no dudaría en arrastrarte hasta la calle y arrojarte delante de un coche. Puede que ahora Jev esté interesado en ti, pero yo no me fiaría. Ha hecho unos cuantos enemigos a lo largo de los años y no puedo decirte cuántos estarían encantados de encadenarlo en el infierno. No puedes tratar a los demás como lo ha hecho él y dormir tranquilo —dijo en tono de fría advertencia—. Si quiere permanecer en la Tierra, no puede dejarse distraer por una... —me recorrió con la mirada—... mocosa. Necesita un aliado, alguien que le cuide las espaldas y le resulte útil.

—Y tú te consideras la persona indicada, ¿verdad? —solté.

—Creo que deberías quedarte con los de tu clase. A Jev no le gusta comprometerse. Basta con echarte un vistazo para saber que apenas puedes con él.

—Ha cambiado —dije—. Ya no es el que tú conociste.

Dabria soltó una carcajada.

—No sé si tu ingenuidad resulta encantadora o si me da ganas de darte una bofetada para que recuperes la sensatez. Jev no cambiará nunca y no te quiere. Te utiliza para acercarse a la Mano Negra. ¿Sabes cuánto vale la cabeza de Hank Millar? Millones. Jev quiere ese dinero, al igual que todos los ángeles caídos y tal vez más, porque le serviría para untar a sus enemigos y créeme: le están pisando los talones. Les lleva ventaja porque te tiene a ti, la heredera de la Mano Negra. Ningún ángel caído tiene tanta oportunidad de acercarse a la Mano Negra como tú.

—No te creo —contesté, sin pestañear.

—Sé que quieres acabar con la Mano Negra, cielo. Y también sé que quieres ser tú quien lo destruya. Una tarea difícil, dado que es un Nefilim, pero supongamos que es posible durante un momento. ¿De verdad crees que Jev te entregará a Hank cuando puede entregárselo a las personas idóneas y recibir un cheque por diez millones de dólares? Piensa en ello.

Dicho esto, Dabria alzó una ceja y se confundió con la multitud.

Cuando regresé a la barra, Vee dijo:

—No sé tú, pero a mí no me gusta esa chica. Alcanza una cifra aún más alta que la de Marcie en mi detector de guarras horteras.

«Es peor —pensé—, mucho peor.»

—Hablando de intuiciones, todavía no me he formado una opinión acerca de ese Romeo en particular —dijo Vee, enderezándose en el taburete.

Dirigí la mirada en la misma dirección que ella y vi a Scott.

Medía más de una cabeza que la multitud y se abría paso hacia nosotras. El sol había desteñido su corto cabello castaño y con sus tejanos harapientos y su ceñida camiseta parecía un auténtico guitarrista de un grupo de rock de moda.

—Has venido —dijo con una breve sonrisa, y comprendí que estaba complacido.

—No me lo perdería por nada del mundo —dije, tratando de reprimir la inquietud, dado que Scott se negaba tozudamente a seguir oculto. Un vistazo a su mano bastó para comprobar que seguía llevando el anillo de la Mano Negra—. Ésta es Vee Sky, Scott, mi mejor amiga. No sé si ya os conocíais.

Vee le estrechó la mano y dijo:

—Me alegra comprobar que aquí hay al menos una persona más alta que yo.

—Sí, heredé la estatura de mi padre —dijo Scott; era evidente que no quería entrar en detalles. Después se dirigió a mí—. En cuanto a la fiesta, enviaré una limusina a tu casa mañana a las nueve. El chófer te llevará al baile y me reuniré allí contigo. ¿Debería haberte comprado uno de esos ramitos de flores para ponerte en la muñeca? Lo olvidé por completo.

—¿Iréis juntos a la fiesta del instituto? —preguntó Vee, alzando las cejas y señalándonos a ambos con aire desconcertado.

Tenía ganas de darme con la cabeza contra la pared por no acordarme de decírselo. Mi única excusa es que tenía mucho en que pensar.

—Como amigos —dije, para tranquilizarla—. Si tú también quieres venir... cuantos más, mejor.

—Sí, pero ya no tengo tiempo de comprar un vestido. —Vee parecía auténticamente desconsolada.

Sin pensármelo dos veces, dije:

—Mañana por la mañana iremos a Silk Garden, hay tiempo de sobra. ¿Acaso no te gustó ese vestido de lentejuelas violetas, el que llevaba el maniquí?

Scott indicó el escenario con el pulgar.

—He de hacer el calentamiento. Si os quedáis después del espectáculo, buscadme entre bastidores y os lo mostraré todo.

Vee y yo intercambiamos una mirada y me di cuenta de que su aprecio por Scott iba en aumento. Por otra parte, supliqué que nada impidiera que nos llevara a dar una vuelta y eché un vistazo en derredor tratando de descubrir a Hank, sus hombres o algún otro problema.

El grupo Serpentine subió al escenario, afinando diversas guitarras y tambores. Scott también apareció y se colgó la guitarra del hombro. Rasgueó unas notas con la púa de la guitarra entre los dientes y marcando su propio compás con la cabeza. Miré a Vee de soslayo y comprobé que marcaba el ritmo con el pie.

—¿Hay algo que quieras decirme? —pregunté, pegándole un codazo.

—Es simpático —dijo, reprimiendo una sonrisa.

—Creí que te estabas desintoxicando de los chicos.

Vee me pegó otro codazo.

—No seas pesada.

—Sólo intento aclarar los hechos.

—Si nos liáramos, él podría escribirme baladas y cosas así. Habrás de reconocer que no hay nada más sexy que un tío que compone música.

—Vaya —dije.

—No me vengas con «vaya».

En el escenario, el equipo del Devil's Handbag ayudaba a ajustar los micrófonos y los amplificadores; uno de ellos estaba de rodillas pegando los cables al escenario. Cuando se detuvo para secarse la frente vi el tatuaje que llevaba en el antebrazo y casi me caí del taburete: ponía FRÍO. DOLOR. DURO.

Antes no lo recordaba, pero ahora estaba segura: el hombre del escenario había estado allí, inmediatamente después del choque con el Land Cruiser de Hank. FRÍO. DOLOR. DURO. Era el que me agarró de las muñecas cuando perdí el conocimiento y me arrastró por el suelo. Tenía que haber sido uno de los ángeles caídos montados en aquel El Camino.

Al tiempo que yo llegaba a esa desconcertante conclusión, el ángel caído se limpió las manos, bajó del escenario de un brinco y recorrió el perímetro de la multitud. Mantuvo una breve conversación con algunas personas y avanzó hacia la parte trasera del recinto. De pronto enfiló hacia el mismo pasillo donde Dabria y yo mantuvimos una conversación.

—Voy al lavabo —le dije a Vee al oído—. Guárdame el sitio.

Rodeé a las personas apiñadas en torno a la barra y seguí al ángel caído al pasillo. Estaba en la otra punta, ligeramente inclinado hacia delante. Cuando se movió, vi su perfil: encendía un cigarrillo con un mechero. Soltó una bocanada de humo y salió fuera.

Dejé pasar unos segundos, entreabrí la puerta y me asomé. Un puñado de fumadores ocupaba el callejón pero apenas me prestaron atención. Salí buscando al ángel caído. Estaba recorriendo el callejón en dirección a la calle. A lo mejor quería fumar a solas, pero me pareció que abandonaba definitivamente el lugar.

Consideré mis opciones. Podía regresar a la barra y pedirle ayuda a Vee, pero prefería no meterla en esto. Podía llamar a Patch, pero si esperaba a que llegara, perdería de vista al ángel caído. Otra opción era aceptar el consejo de Patch e inmovilizarlo aprovechando las cicatrices de las alas, y después pedir ayuda.

Opté por darle la mayor información posible a Patch y rogué que se diera prisa. Habíamos acordado que sólo nos llamaríamos o nos enviaríamos SMS en caso de emergencia, porque no queríamos dejar rastros innecesarios que Hank pudiera descubrir. Pero no cabía duda de que esto era una emergencia.

—ESTOY EN CALLEJÓN DETRÁS DEL DEVIL'S HANDBAG —tecleé apresuradamente—. VI AL ÁNGEL CAÍDO DEL CHOQUE. PROCURARÉ DARLE A LAS CICATRICES DE LAS ALAS.

Había una pala apoyada contra la puerta trasera del zapatero y la recogí sin pensar. No tenía un plan, pero si quería inmovilizar al ángel caído necesitaba un arma. Me mantuve a cierta distancia y lo seguí hasta el extremo del callejón. Él giró hacia la calle, arrojó el cigarrillo a la alcantarilla y marcó un número en su móvil.

Oculta entre las sombras, oí fragmentos de la conversación.

—He acabado la tarea. Él está aquí. Sí, estoy seguro de que es él.

Colgó y se rascó el cuello. Soltó un suspiro de duda, o tal vez de resignación.

Aprovechando el momento, avancé sigilosamente y le asesté un golpe en la espalda, con más fuerza de la que creía tener, justo donde suponía que estaban las cicatrices de sus alas.

El ángel caído se tambaleó hacia delante y cayó de rodillas.

Más confiada, volví a golpearlo con la pala, y después le asesté tres golpes más. Como sabía que no podía matarlo, le pegué un golpe feroz en la cabeza.

El ángel caído se desplomó.

Lo empujé con el pie, pero estaba desmayado.

Oí pasos apresurados a mis espaldas y me volví, todavía aferrada a la pala. Patch surgió de la oscuridad, jadeando debido a la carrera y su mirada osciló entre el ángel caído y yo.

—Le... he dado —dije, aún sorprendida por lo fácil que había resultado.

Patch me quitó la pala de las manos y la dejó a un lado, sonriendo ligeramente.

—Este hombre no es un ángel caído, Ángel.

—¿Qué? —exclamé, parpadeando.

Patch se acuclilló junto al hombre, cogió su camisa y la desgarró. Clavé la vista en la espalda del hombre: lisa y musculosa, y sin rastro de una cicatriz.

—Estaba segura —tartamudeé—. Creí que era él. Reconocí el tatuaje...

—Es un Nefilim —dijo Patch, contemplándome.

¿Un Nefil? ¿Acababa de aporrear a un Nefil hasta dejarlo inconsciente?

Patch le dio la vuelta al cuerpo del Nefil, le desabrochó la camisa y examinó su torso. Ambos vimos la marca debajo de la clavícula al mismo tiempo: el tan familiar puño cerrado.

—La marca de la Mano Negra —dije, azorada—. ¿Los hombres que nos atacaron aquel día y que casi nos sacan de la carretera eran los de Hank? —¿Qué significaba eso? ¿Y cómo Hank pudo cometer semejante error? Afirmó que eran ángeles caídos. Parecía tan convencido...

—¿Estás segura de que éste era uno de los hombres montados en aquel El Camino? —preguntó Patch.

La ira me invadió cuando comprendí mi error.

—Oh, sí, estoy segura.

Hank organizó el choque —dije en voz baja—. Al principio creí que el choque había desbaratado su plan, pero nada fue accidental. Les ordenó a sus hombres que nos embistieran y me hizo creer que eran ángeles caídos. ¡Y fui lo bastante estúpida para creerle!

Patch arrastró el cuerpo del Nefil y lo dejó detrás de un seto, para impedir que lo vieran desde la calle.

—Así no llamará la atención antes de que se despierte —me explicó—. ¿Te vio con claridad?

—No, lo cogí por sorpresa —respondí, asustada—. Pero ¿por qué Hank consideró necesario organizar el choque? Todo el asunto parece vano. Su coche quedó totalmente destrozado, él sufrió una paliza... no lo comprendo.

—No pienso perderte de vista hasta que logremos descifrarlo —dijo Patch—. Entra y dile a Vee que no necesitas que te acompañe a casa en coche. Te recogeré ante la puerta en cinco minutos.

Me restregué los brazos, tenía la piel de gallina.

—Ven conmigo. No quiero estar sola. ¿Y si dentro hubiera más hombres de Hank?

Patch soltó un gruñido.

—Si Vee nos ve juntos, las cosas se liarán. Dile que alguien ofreció llevarte a casa y que la llamarás más tarde. Me quedaré junto a la puerta, sin perderte de vista.

—No se lo tragará. Se ha vuelto mucho más cautelosa que antes. —Rápidamente ideé la única solución posible—. Regresaré a casa con ella y, cuando se haya marchado, me reuniré contigo calle arriba. Hank estará allí, así que no aparques demasiado cerca.

Patch me abrazó y me besó.

—Ten cuidado.

En el interior del Devil's Handbag un murmullo airado recorría el público. La gente arrojaba servilletas arrugadas y pajitas de plástico al escenario. Un grupo situado al otro lado de la pista cantaba «Serpentine es una mierda, Serpentine es una mierda». Me abrí paso a los codazos hasta alcanzar a Vee.

—¿Qué pasa?

—Scott se largó. Salió corriendo. El grupo no puede tocar sin él.

Sentí un retortijón en las tripas.

—¿Se largó? ¿Por qué?

—Se lo habría preguntado si le hubiese dado alcance. Saltó del escenario y echó a correr hacia las puertas; al principio todos creyeron que se trataba de una broma.

—Hemos de salir de aquí —le dije a Vee—. La gente no tardará en ponerse violenta.

—Amén —dijo Vee, se bajó del taburete y se dirigió hacia las puertas a toda prisa.

Cuando llegamos a la granja, Vee aparcó el Neon en el camino de entrada.

—¿Qué mosca le habrá picado a Scott? —preguntó.

Estaba tentada de mentirle, pero me había hartado de andar con rodeos con Vee.

—Creo que tiene problemas —dije.

—¿Qué clase de problemas?

—Creo que cometió ciertos errores y molestó a quienes no debía.

Vee parecía desconcertada.

—¿A quienes no debía? ¿Quiénes son esas personas?

—Personas muy malas, Vee.

Ésa fue toda la explicación necesaria y Vee puso la marcha atrás.

—Bien, ¿qué hacemos aquí sentadas? Scott está allí fuera y necesita nuestra ayuda.

—No podemos ayudarle. Los que lo buscan no tienen cargos de conciencia. No se lo pensarían dos veces antes de hacernos daño. Pero hay alguien que sí puede ayudarle, y con un poco de suerte ayudará a Scott a salir de la ciudad esta noche y ponerse a salvo.

—¿Scott debe abandonar la ciudad?

—Aquí corre peligro. Estoy segura de que los hombres que lo están buscando esperan que intente escapar, pero Patch sabrá cómo engañarlos...

—¡Un momento! ¿Acaso has recurrido a la ayuda de ese chiflado para que ayude a Scott? —exclamó Vee, alzando la voz y lanzándome una mirada de reproche—. ¿Tu madre sabe que te has vuelto a liar con él? ¿No se te ocurrió que quizá deberías haberme informado de ello? No he dejado de mentir sobre él, fingiendo que nunca existió, ¿mientras tú volvías a liarte con él a mis espaldas?

Al comprobar que lo confesaba sin rastros de remordimiento me enfadé.

—¿Así que por fin estás dispuesta a decir la verdad sobre Patch?

—¿La verdad? ¿La verdad? Mentí porque a diferencia de ese cretino, me importa lo que te ocurre. Está mal de la cabeza. Cuando apareció, tu vida cambió. Y la mía también, dicho sea de paso. Prefiero enfrentarme a una panda de presidiarios que a Patch en una calle desierta. Sabe aprovecharse de la gente y, al parecer, ha vuelto a las andadas.

Estaba tan disgustada que no lograba pensar con claridad.

—Si lo vieras como lo veo yo...

—¡Si eso ocurriera, puedes apostar a que me arrancaría los ojos!

Traté de tranquilizarme. Aunque estaba enfadada, podía ser razonable.

—Mentiste, Vee. Me miraste a la cara y me mentiste. Puede que mi madre me mienta, pero nunca hubiera creído que tú lo harías. —Abrí la puerta del coche—. ¿Cómo pensabas explicármelo cuando recuperara la memoria? —añadí de pronto.

—Esperaba que no la recuperaras. —Vee alzó las manos—. Ya está: lo dije. Estabas mejor sin ella, si eso suponía olvidarte de ese friki. No piensas con claridad cuando estás con él. Es como si vieras el uno por ciento de él que tal vez sea positivo ¡y no te percatas del otro noventa y nueve por ciento que consiste en pura maldad psicópata!

Me quedé boquiabierta.

—¿Algo más? —pregunté bruscamente.

—No. Eso resume lo que pienso al respecto con bastante precisión.

Me bajé del coche y di un portazo.

Vee bajó la ventanilla y se asomó.

—Llámame cuando recuperes el sentido común, tienes mi número —gritó. Después pisó el acelerador y desapareció en la oscuridad.

Permanecí entre las sombras, tratando de tranquilizarme. Al recordar las respuestas imprecisas de Vee cuando regresé a casa del hospital con la memoria destrozada, monté en cólera. Había confiado en ella. Había contado con que me diría lo que yo no lograba descifrar. Y lo peor de todo es que había colaborado con mi madre. Ambas aprovecharon mi amnesia para alejarme de la verdad. Y, por culpa de ellas, tardé mucho más en encontrar a Patch.

Estaba tan furiosa que casi olvidé que le había dicho a Patch que nos reuniríamos calle abajo. Refrené el enfado y me alejé de la granja, tratando de verlo en la oscuridad. Cuando su figura apareció lentamente en medio de las sombras ya no me sentía tan traicionada, pero aún no estaba dispuesta a llamar a Vee y perdonarla.

Patch estaba sentado a horcajadas en una moto Harley-Davidson negra aparcada junto a la calle. Al verlo, noté un cambio: algo peligroso y seductor vibraba en el aire y me detuve abruptamente. Tenía el corazón en un puño, como si él lo oprimiera con las manos y me sometiera secretamente a su voluntad. Bañado por la luz de la luna, parecía un delincuente.

Cuando me acerqué me tendió un casco.

—¿Dónde está el Tahoe? —pregunté.

—Tuve que abandonarlo, había demasiadas personas que sabían que lo conduzco, incluso los hombres de Hank. Lo aparqué en un prado; ahora lo ocupa un sin techo llamado Chambers.

Pese a mi estado de ánimo, solté una carcajada.

Patch arqueó las cejas.

—Necesitaba reír, después de la noche que he pasado —dije.

Patch me besó y luego me ajustó la correa del casco bajo la barbilla.

—Me alegro de haberte hecho reír. Monta, Ángel. Te llevaré a mi casa.

A pesar de estar profundamente bajo tierra, cuando llegamos hacía calor en el estudio de Patch y me pregunté si las tuberías de vapor que pasaban por debajo del Delphic servían para calentarlo. También había un hogar, y Patch encendió los leños. Cogió mi abrigo y lo colgó en un armario junto al vestíbulo.

—¿Tienes hambre? —preguntó.

Ahora fui yo quien arqueó las cejas.

—¿Compraste comida? ¿Para mí? —Me había dicho que los ángeles no poseían el sentido del sabor y que no necesitaban alimentarse, así que comprar comida resultaba innecesario.

—Hay una tienda de productos orgánicos junto a la salida de la carretera. No recuerdo la última vez que fui a comprar comida —dijo, sonriendo—. Quizá me haya pasado.

Entré en la cocina, llena de electrodomésticos de acero inoxidable, encimeras de granito negro y armarios de nogal: todo muy masculino y elegante. Abrí la nevera: a un lado había botellas de agua, espinacas y rúcula, setas, raíz de jengibre, queso Gorgonzola y feta, mantequilla de cacahuete y leche. Al otro, salchichas de Frankfurt, embutidos, Coca-Cola, postres de chocolate y nata montada. Traté de imaginarme a Patch empujando un carrito de la compra a lo largo de un pasillo y cogiendo lo que le agradaba, y tuve que esforzarme por contener la risa.

Cogí un postre y se lo ofrecí a Patch, pero él negó con la cabeza, se sentó en uno de los taburetes y apoyó el codo en la encimera con aire pensativo.

—¿Recuerdas algo más sobre el choque, antes de desmayarte?

Encontré una cuchara en un cajón y tomé un bocado de postre.

—No —dije, frunciendo el ceño—. Pero quizás esto sirva: el choque ocurrió justo antes de mediodía, y al principio creí que sólo había perdido el conocimiento durante unos minutos, pero cuando desperté en el hospital era de noche. Eso significa que faltan unas seis horas... ¿qué ocurrió durante esas seis horas faltantes? ¿Estuve con Hank? ¿Estuve tumbada en el hospital, inconsciente?

La preocupación se asomó a la mirada de Patch.

—Sé que esto no te gustará, pero si lográsemos que Dabria se aproxime a Hank, tal vez averigüe algo. No puede meterse dentro de su pasado, pero si todavía conserva una parte de sus poderes y logra ver su futuro, quizá descubramos qué está tramando, porque lo que pase en su futuro depende de su pasado. Pero conseguir que Dabria se acerque a él no será fácil. Hank actúa con mucha cautela. Cuando sale, al menos dos docenas de sus hombres forman una barrera impenetrable en torno a él. Incluso cuando está en tu casa, sus hombres están fuera vigilando las puertas, recorriendo los prados y patrullando la calle.

No lo sabía, y sólo hacía que me sintiera aún más violentada.

—Hablando de Dabria, esta noche estaba en el Devil's Handbag —dije, tratando de parecer indiferente—. Fue lo bastante amable como para presentarse.

Observé a Patch detenidamente. No sabía qué reacción esperaba: la reconocería cuando la viera. Dicho sea en su honor, y para mi propia frustración, no demostró ningún interés.

—Dijo que habían puesto precio a la cabeza de Hank y ofrecido una recompensa —continué—. Diez millones de dólares para el primer ángel caído que logre atraparlo. Dijo que hay personas que no querrían ver a Hank encabezando una rebelión Nefilim y, aunque no entró en detalles, creo que sé quiénes son. No me sorprendería que allí fuera hubiese unos cuantos Nefilim que no quieren que Hank se haga con el poder, que preferirían verlo encerrado. —Hice una pausa para darle mayor peso a mis palabras—. Nefilim que están planeando un golpe de Estado.

—Diez millones parece una buena suma —comentó Patch, una vez más sin demostrar sus verdaderos sentimientos.

—¿Piensas traicionarme, Patch?

Él no dijo nada durante un buen rato, y cuando habló lo hizo en tono desdeñoso.

—Comprendes que eso es lo que Dabria quiere, ¿verdad? Te siguió al Devil's Handbag esta noche con una única intención: convencerte de que quiero traicionarte. ¿Te dijo que perdí mi fortuna jugando y que diez millones son una tentación insuperable? No, según tu expresión, veo que no es eso. Tal vez te dijo que tengo mujeres ocultas en todos los rincones del planeta y pienso utilizar el dinero para seguir atrayéndolas. Lo que más le gusta es provocar tus celos y por eso apuesto a que todavía no he dado en el clavo, pero me estoy acercando.

Alcé la barbilla, fingiendo rebeldía para disimular mi inseguridad.

—Dijo que te has creado muchos enemigos y que planeas untarlos.

Patch soltó una carcajada.

—No negaré que la lista de mis enemigos es larga. ¿Crees que puedo untarlos a todos con diez millones? Quizá sí, quizá no. No se trata de eso. Hace siglos que me mantengo un paso por delante de mis enemigos y no pienso cambiar de táctica. La cabeza de Hank en bandeja significa más para mí una recompensa, y cuando descubrí que tú compartes mi deseo, eso sólo sirvió para aumentar mi decisión de encontrar el modo de matarlo, aunque sea un Nefilim.

No sabía qué contestar. Patch tenía razón: Hank no merecía pasar el resto de su vida en alguna prisión remota. Había destruido mi vida y mi familia, y cualquier cosa que no fuera la muerte era un castigo demasiado benigno.

Patch se llevó un dedo a los labios, silenciándome. Un momento después llamaron a la puerta.

Intercambiamos una mirada y oí la voz mental de Patch: «No espero a nadie. Ve a la habitación y cierra la puerta.»

Asentí, indicando que comprendía. Atravesé el estudio en silencio y me encerré en la habitación de Patch. A través de la puerta oí la carcajada abrupta de Patch y sus palabras amenazadoras.

—¿Qué estás haciendo?

—¿Soy inoportuna? —contestó una voz apagada. Femenina y extrañamente familiar.

—Tú lo has dicho.

—Es importante.

Me sentí invadida por el temor y la cólera al identificar al visitante: Dabria se había presentado sin aviso previo.

—Tengo algo para ti —dijo ella en tono demasiado llano, demasiado seductor.

«Apuesto a que sí», pensé cínicamente. Estaba tentada de salir y darle una cálida bienvenida, pero me contuve. Quizás estaría más dispuesta a hablar si ignoraba que yo estaba escuchando. Entre mi orgullo y la posibilidad de obtener información, ganó esta última.

—Tuvimos suerte. Esta noche, hace un rato, la Mano Negra se puso en contacto conmigo —prosiguió Dabria—. Quería reunirse conmigo, estaba dispuesto a pagar un montón de dinero y yo consentí.

—Quería que le leyeras el futuro —afirmó Patch.

—Por segunda vez en dos días. Tenemos un Nefil muy minucioso entre manos. Minucioso, pero no tan cauteloso como en el pasado. Comete pequeños errores. En esta ocasión, no se molestó en acudir acompañado de sus guardaespaldas. Dijo que no quería que nadie escuchara nuestra conversación. Me dijo que le leyera el futuro por segunda vez, para asegurarse de que ambas versiones encajaban. Simulé que no me ofendía, pero tú sabes que me disgusta que me cuestionen.

—¿Qué le dijiste?

—Normalmente, mis visiones son un secreto entre la profetisa y el cliente, pero quizás esté dispuesta a hacer un trato —dijo, en tono coqueto—. ¿Qué me ofreces?

—¿Profetisa?

—Tiene cierto caché, ¿no te parece?

—¿Cuánto? —preguntó Patch.

—El primero que menciona un precio pierde: tú me lo enseñaste.

Me pareció que Patch ponía los ojos en blanco.

—Diez mil.

—Quince.

—Doce. No desafíes a la suerte.

—Siempre es divertido hacer negocios contigo, Jev. Como en los viejos tiempos. Formábamos un gran equipo.

Entonces la que puso los ojos en blanco fui yo.

—Habla —dijo Patch.

—Preví la muerte de Hank y se lo dije sin ambages. No pude darle detalles, pero le dije que pronto habría un Nefil menos en este mundo. Empiezo a creer que la palabra «inmortal» es poco adecuada. Primero Chauncey y ahora Hank.

—¿Cómo reaccionó? —fue todo lo que dijo Patch.

—No reaccionó. Se marchó en silencio.

—¿Algo más?

—Has de saber que posee el collar de un arcángel. Lo percibí.

Me pregunté si eso significaba que Marcie había conseguido robarme el collar de Patch. La había invitado a casa para que me ayudara a elegir la bisutería a juego con mi vestido, pero lo más curioso es que no había aceptado. Claro que Hank era perfectamente capaz de darle su llave y decirle que husmeara en mi habitación cuando yo no estuviera.

—No conocerás a algún antiguo arcángel que ha perdido su collar, ¿verdad? —preguntó Dabria.

—Mañana te transferiré el dinero —fue la respuesta de Patch.

—¿Para qué quiere el collar Hank? Al salir, oí que le dijo a su chófer que lo llevara al almacén. ¿Qué hay en el almacén? —insistió ella.

—La profetisa eres tú —contestó él con sorna.

La risa tintineante de Dabria resonó en el estudio; luego se volvió juguetona.

—A lo mejor debería echarle un vistazo a tu futuro. Quizá se cruce con el mío.

Entonces me puse de pie y salí de la habitación sonriendo.

—Hola, Dabria. ¡Qué sorpresa más agradable!

Ella se volvió, y al verme su expresión se volvió furibunda.

Estiré los brazos por encima de la cabeza.

—Estaba durmiendo la siesta cuando el agradable sonido de tu voz me despertó.

Patch sonrió.

—Conoces a mi novia, ¿verdad, Dabria?

—Oh sí, nos conocemos —dije en tono alegre—. Por suerte, he vivido para contarlo.

Dabria abrió la boca y luego la cerró. Sus mejillas se habían cubierto de rubor.

—Por lo visto, Hank se ha hecho con el collar de un arcángel —me dijo Patch.

—Curioso, ¿no?

—Ahora hemos de averiguar qué pretende hacer con él.

—Cogeré mi abrigo.

—Tú te quedas aquí, Ángel —dijo Patch en un tono que me desagradó. No solía manifestar sus sentimientos, pero su voz denotaba firmeza combinada con... preocupación.

—¿Te encargarás de este asunto a solas?

—En primer lugar —dijo Patch—, Hank no debe vernos juntos. En segundo, no me gusta la idea de meterte en un asunto que podría ponerse feo. Si necesitas un motivo más: te quiero. Éste es un territorio desconocido para mí, pero necesito saber que cuando acabe la noche, tú estarás aquí esperándome.

Parpadeé. Patch nunca me había hablado con tanto afecto, pero no podía olvidarme del asunto.

—Lo prometiste —dije.

—Y cumpliré con lo prometido —contestó, se puso su cazadora de motorista, se acercó a mí y apoyó su cabeza en la mía.

«Ni se te ocurra dar un paso fuera de la puerta, Ángel. Regresaré en cuanto pueda. No puedo dejar que Hank le ponga el collar al arcángel sin averiguar qué quiere. Allí fuera serías una presa fácil. Ya tiene la única cosa que quería: no le demos dos. Hemos de acabar con esto de una vez por todas.»

—Prométeme que te quedarás aquí, donde sé que estás a salvo —dijo en voz alta—. La alternativa es que le ordene a Dabria que permanezca aquí y haga de perro guardián —añadió, alzando las cejas como si me preguntara: «¿Qué has decidido?»

Dabria y yo intercambiamos una mirada disgustada.

—Vuelve pronto —dije.

Caminé de un lado a otro por el estudio de Patch, tratando de convencerme a mí misma de no echar a correr tras él. Me había prometido, prometido, que no acabaría con Hank a solas. Esta lucha era tan mía como suya, incluso más mía que suya, y dados los innumerables sufrimientos a los que Hank me había sometido, tenía derecho a darle el merecido castigo. Patch dijo que descubriría el modo de matar a Hank y yo quería ser quien lo mandara al otro mundo, donde los actos que había cometido en su vida lo perseguirían por toda la eternidad.

De pronto me invadió la duda. «Dabria tenía razón: Patch necesita el dinero. Entregará a Hank a las personas adecuadas, me dará parte del dinero y dirá que estamos en paz.» Entre pedir permiso y pedir disculpas, Patch prefería lo último: él mismo me lo había dicho.

Apoyé las manos en el respaldo del sofá, inspirando profundamente y procurando calmarme, sin dejar de idear las diversas maneras en las que sujetaría y torturaría a Patch si no regresaba con Hank vivo.

Entonces sonó mi móvil y hurgué en mi bolso para contestar.

—¿Dónde estás?

Oí que alguien jadeaba.

—Me han descubierto, Grey. Los ví en el Devil's Handbag. A los hombres de Hank. Y escapé.

—¡Scott! —No era la voz esperada, pero no por ello dejaba de ser importante—. ¿Dónde estás?

—No quiero decirlo por teléfono. He de abandonar la ciudad. Cuando llegué a la estación de autobuses, los hombres de Hank estaban allí. Están por todas partes. Tiene amigos en la policía y creo que les dio mi foto. Dos polis me persiguieron hasta una tienda de comestibles, pero escapé por la puerta trasera. Tuve que abandonar el Charger. Estoy sin coche. Necesito dinero, todo el que puedas conseguir. Tinte para el pelo y ropa nueva. ¿Me dejarías el Volkswagen? Te pagaré en cuanto pueda. ¿Puedes reunirte conmigo en mi escondite dentro de treinta minutos?

¿Qué podía decir? Patch me había pedido que no me moviera, pero no podía quedarme tranquila sin hacer nada mientras a Scott se le acababa el tiempo. Por ahora Hank estaba ocupado en su almacén y éste era el mejor momento para sacar a Scott de la ciudad. «Pedir perdón después, en efecto.»

—Estaré allí en treinta minutos —le dije a Scott.

—¿Recuerdas el camino?

—Sí. —Más o menos.

En cuanto colgué, rebusqué apresuradamente en los cajones de Patch y cogí todo lo que podría servirle a Scott: tejanos, camisetas, calcetines, zapatos. Patch era un poco más bajo que Scott, pero tendría que conformarse.

Cuando abrí el antiguo armario de caoba, olvidé las prisas y me quedé ahí, mirando. El guardarropa de Patch estaba perfectamente organizado, pantalones doblados en los estantes, camisas de vestir colgadas de perchas de madera. Poseía tres trajes: uno negro de solapas estrechas, uno lujoso marca Newman de raya diplomática y uno gris oscuro con pespuntes jacquard. Había pañuelos de seda en un cesto pequeño y en un cajón se alineaban corbatas de todos los colores, del rojo al negro pasando por el morado. Había zapatillas deportivas negras y mocasines italianos e incluso un par de chancletas. Un aroma a cedro impregnaba el aire. Era completamente inesperado. El Patch que yo conocía llevaba tejanos, camisetas y una raída gorra de béisbol, y me pregunté si alguna vez vería ese otro lado de Patch e incluso si sus múltiples lados serían interminables. Cuanto más creía conocerlo, tanto mayor era el misterio. Presa de la duda, volví a preguntarme si Patch me traicionaría esa noche.

No quería creerlo, pero la verdad es que dudaba.

Entré en el baño, cogí una maquinilla, jabón y crema de afeitar y los metí en un bolso. Después cogí un sombrero, guantes y gafas Ray-Ban espejadas. En el cajón de la cocina encontré varios carnés de identidad falsos y un fajo de quinientos dólares. Cuando Patch descubriera que le había dado el dinero a Scott se disgustaría, pero dadas las circunstancias consideraba justificable hacer de Robin Hood.

No tenía coche, pero la caverna de Scott debía de estar a menos de cinco kilómetros del parque de atracciones Delphic y me puse en camino trotando con rapidez. Me mantuve en el arcén y me cubrí la cara con la capucha de la sudadera que tomé prestada de Patch. Una larga fila de coches salía del parque de atracciones a medida que se aproximaba la medianoche y, aunque algunos hicieron sonar la bocina, logré no llamar mucho la atención.

A medida que las luces del parque quedaron atrás y el camino se acercaba a la carretera, salté por encima de la valla y bajé hacia la playa. Por suerte había llevado una linterna, así que iluminé las rocas e inicié la parte más difícil del trayecto.

Calculé que habían pasado veinte minutos y luego treinta. No tenía ni idea de dónde estaba; el panorama de la playa apenas había cambiado y el mar, oscuro y centelleante, parecía interminable. No osaba gritar el nombre de Scott, temiendo que los hombres de Hank le hubieran seguido la pista, pero de vez en cuando me detenía y deslizaba el haz de luz de la linterna por la playa, procurando indicarle a Scott dónde me encontraba.

Diez minutos después, el extraño grito de un pájaro surgió de entre las rocas. Me detuve, aguzando los oídos. El grito se repitió, más fuerte. Proyecté el haz de luz en esa dirección y un momento después, Scott siseó:

—¡Apaga esa luz!

Escalé las rocas, con la mochila golpeándome las caderas.

—Lamento el retraso —dije, depositando la mochila a sus pies—. Estaba en el Delphic cuando llamaste. No tengo el Volkswagen, pero te he traído ropa y un sombrero para ocultar tu cabello. También quinientos dólares en efectivo. Es todo lo que logré reunir.

Estaba convencida de que Scott me preguntaría dónde había logrado encontrar todo en tan poco tiempo, pero me sorprendí cuando me abrazó y murmuró:

—Gracias, Grey.

—¿Estarás bien? —susurré.

—Lo que me has traído será de ayuda. Haré autoestop y quizás alguien me recoja.

—Si te pidiera que primero hicieras algo por mí, ¿lo harías? —Cuando me prestó atención, tomé aire para coger valor—. Deshazte del anillo de la Mano Negra. Arrójalo al mar. He reflexionado al respecto. El anillo te atrae hacia Hank. Lo ha hechizado y cuando lo llevas, él tiene poder sobre ti.

Estaba segura de que el anillo estaba bajo un hechizo

diabólico y cuanto más tiempo permaneciera en el dedo de Scott, tanto más difícil resultaría quitárselo.

—Es la única explicación. Piénsalo. Hank quiere encontrarte, quiere hacerte salir del cubil. Y ese anillo le facilita la tarea.

Supuse que protestaría, pero su expresión apesadumbrada me dijo que, en el fondo, él había llegado a la misma conclusión, sólo que se había negado a reconocerlo.

—¿Y los poderes?

—No merecen la pena. Lograste sobrevivir durante tres meses sin ellos. El hechizo que Hank le echó al anillo es negativo.

—¿Acaso tiene importancia para ti? —preguntó Scott en voz baja.

—Tú me importas.

—¿Y si me niego?

—Haré todo lo posible por quitártelo del dedo. No puedo derrotarte en una pelea pero nunca me perdonaría si no lo intentara.

—¿Lucharías conmigo, Grey? —preguntó Scott, soltando un bufido.

—No me obligues a demostrártelo.

Para mi gran asombro, Scott se quitó el anillo y lo sostuvo entre los dedos, contemplándome mientras reflexionaba en silencio.

—He aquí tu momento Kodak —dijo, y lo arrojó al mar.

—Gracias, Scott —dije, soltando el aliento.

—¿Hay algo más que quieres pedirme?

—Sí, que te largues —le dije, tratando de que no notara mi desazón. De pronto no deseaba que se marchara. ¿Y si suponía una despedida... definitiva? Parpadeé tratando de contener las lágrimas.

Se echó el aliento en las manos para calentarlas.

—¿Puedes llamar a mi madre de vez en cuando, para comprobar que no se ha dado por vencida?

—Claro que sí.

—No le digas nada de mí. La Mano Negra no se meterá con ella si cree que no sabe nada.

—Me aseguraré de que esté a salvo. —Le pegué un ligero empujón—. Y ahora vete, antes de que me hagas llorar.

Durante un instante, Scott permaneció inmóvil; su mirada expresaba algo extraño. Como si estuviera nervioso, pero no del todo: más expectante que ansioso. Luego inclinó la cabeza y me besó con mucha suavidad. Estaba demasiado azorada para interrumpir el beso.

—Has sido una buena amiga —dijo—. Gracias por volver a aceptarme.

Me llevé la mano a la boca. Quería decir tantas cosas que las palabras correctas me eludieron. Ya no miraba a Scott sino detrás de él. A la hilera de Nefilim que escalaban las rocas con armas en las manos y mirada dura.

—¡Arriba las manos, arriba las manos! —gritaron, pero las palabras resonaban en mis oídos, casi como pronunciadas a cámara lenta. Oí un extraño zumbido que se convirtió en un rugido. Vi sus labios moviéndose y sus armas brillando bajo la luz de la luna. Avanzaban desde todas partes y nos rodearon a ambos.

El destello de esperanza en la mirada de Scott se apagó, reemplazado por el terror.

Dejó caer la mochila y entrelazó las manos detrás de la cabeza. Un objeto sólido surgió de la oscuridad, quizás un codo o un puño, y se aplastó contra su cráneo.

Cuando Scott se desplomó, yo aún trataba de encontrar las palabras adecuadas, pero ni siquiera pude soltar un alarido.

Al final, lo único que ambos compartíamos era el silencio.

Estaba metida en el maletero de un Audi A6 negro, maniatada y con los ojos vendados. Grité hasta quedarme ronca, pero me llevara a donde me llevara el conductor, debió de haber sido un lugar remoto, porque en ningún momento trató de silenciarme.

No sabía dónde estaba Scott. Los hombres Nefilim de Hank nos habían rodeado en la playa y luego nos arrastraron en direcciones opuestas. Me imaginé a Scott, encadenado e indefenso en una cárcel subterránea, a merced de la ira de Hank.

Di patadas contra el maletero, rodé de un lado a otro, grité y chillé... y de pronto mis gritos se convirtieron en sollozos.

Por fin el coche frenó y se apagó el motor. Unos pasos hicieron crujir la grava, alguien metió la llave en la cerradura y el maletero se abrió. Dos pares de manos me cogieron y me depositaron en el suelo. Se me habían dormido las piernas durante el trayecto y los pies me hormigueaban.

—¿Dónde quieres que deje a ésta, Blakely? —preguntó uno de mis captores. A juzgar por su voz, no tenía más de dieciocho o diecinueve años y, a juzgar por su fuerza, podría haber sido de acero.

—Dentro —contestó otro hombre, supuse que Blakely.

Me empujaron por una rampa y a través de una puerta. El interior era fresco y silencioso, el aire olía a gasolina y trementina, y me pregunté si estaría en uno de los almacenes de Hank.

—Me hacéis daño —les dije a los hombres apostados a ambos lados—. Es evidente que no puedo escapar. Al menos desatadme las manos.

Pero me arrastraron en silencio escaleras arriba y a través de una segunda puerta, me obligaron a sentarme en una silla plegable de metal y me ataron los tobillos a las patas.

Unos minutos después de que se marcharan, la puerta volvió a abrirse e incluso antes de que hablara supe que era Hank. El aroma de su colonia me causó temor y asco.

Me desató la venda con dedos ágiles y ésta se cayó. Parpadeé tratando de comprender lo que veía en la habitación escasamente iluminada. A excepción de una mesa y de una segunda silla plegable, la habitación estaba vacía.

—¿Qué quieres? —pregunté, con un ligero temblor en la voz.

Hank arrastró la otra silla y se sentó frente a mí.

—Hablar —dijo.

—No estoy de humor, pero gracias de todos modos —respondí en tono brusco.

Él se inclinó hacia mí y las arrugas que le rodeaban los ojos se acentuaron al fruncir el entrecejo.

—¿Sabes quién soy, Nora?

Estaba empapada en sudor.

—¿Así, de improviso? Eres un sucio, mentiroso, manipulador, despreciable, pequeño...

Alzó la mano y me pegó una bofetada. Un golpe duro que me hizo retroceder, demasiado horrorizada para llorar.

—¿Sabes que soy tu padre biológico? —preguntó en voz baja e inquietante.

—«Padre» es una palabra tan arbitraria... En cambio hijoputa...

Hank asintió con la cabeza.

—Entonces déjame que te pregunte lo siguiente: ¿Acaso ésa es manera de hablarle a tu padre?

Mis ojos se llenaron de lágrimas.

—Nada de lo que has hecho te da derecho a considerar que eres mi padre.

—Sea como fuere, eres de mi sangre. Llevas mi marca. No puedo seguir negándolo, Nora, y tú tampoco puedes negar tu destino.

Alcé un hombro, pero no lo bastante como para secarme la nariz.

—Mi destino no guarda ninguna relación con el tuyo. Cuando renunciaste a mí de bebé, perdiste el derecho de decidir sobre mi vida.

—A pesar de lo que pienses, nunca he dejado de participar en tu vida desde el día en que naciste. Renuncié a ti para protegerte. Tuve que sacrificar a mi familia a causa de los ángeles caídos...

Lo interrumpí con una breve carcajada desdeñosa.

—No empieces con el rollo autocompasivo y deja de echar la culpa de tus decisiones a los ángeles caídos. Decidiste renunciar a mí. Puede que en aquel entonces yo te importara, pero ahora lo único que te importa es tu sociedad Nefilim. Eres un fanático. Lo único que te importa eres tú mismo.

Hank se puso tenso, sus labios delgados como un alambre.

—Debería matarte ahora mismo por hacerme quedar en ridículo, y también a mi sociedad, a toda la raza Nefilim.

—Pues hazlo de una vez —solté; la ira eclipsaba mi angustia.

Metió la mano bajo la chaqueta y extrajo una larga pluma negra muy parecida a la que yo había guardado en el cajón del tocador.

—Uno de mis asesores la encontró en tu habitación. Es de un ángel caído. Figúrate mi sorpresa cuando descubrí que alguien de mi propia sangre mantenía vínculos con el enemigo. Me engañaste. Si andas con ángeles caídos, al final acabas por adoptar su tendencia al engaño. El ángel caído, ¿es Patch? —me preguntó directamente.

—Tu paranoia es asombrosa. Encontraste una pluma hurgando en mis cajones, ¿y qué? ¿Qué demuestra? ¿Que eres un pervertido?

Hank se inclinó hacia atrás y cruzó las piernas.

—¿De verdad quieres tomar por ese camino? No tengo ninguna duda de que el ángel caído es Patch. Noté su presencia la otra noche, en tu habitación.

—Resulta irónico que me interrogues cuando está claro que sabes mucho más que yo. A lo mejor deberíamos cambiar de papeles —propuse.

—¿Sí? ¿Y a quién se supone que debo creer que pertenece la pluma? —preguntó Hank en tono ligeramente divertido.

—Vete tú a saber —dije, desafiante—. Encontré la pluma en el cementerio cuando tú me abandonaste allí.

Hank me lanzó una sonrisa malvada.

—Mis hombres le arrancaron las alas a Patch en ese

cementerio. Supongo que la pluma es suya. Y tus mentiras empiezan a ser incoherentes.

Tragué saliva discretamente. Hank tenía la pluma de Patch y yo no tenía manera de saber si comprendía el poder que sobre él le otorgaba. Sólo podía rogar que no fuera así.

Procurando no prestar atención a esa idea aterradora, dije:

—Sé que planeaste el choque, que fueron tus hombres quienes nos embistieron. ¿A qué se debió esa farsa?

El destello de superioridad que se asomó en su mirada me inquietó.

—Era el tema siguiente en mi lista de cosas de las cuales hablar. Mientras estabas inconsciente, te hice una transfusión —se limitó a decir—. Llené tus venas con mi sangre, Nora. Mi sangre de pura raza Nefilim.

Un silencio crispado reinó entre ambos.

—Esa clase de operación nunca había sido realizada, al menos no exitosamente, pero he descubierto el modo de manipular las leyes del universo. De momento todo ha salido mejor de lo esperado. ¿Debería decirte que mi mayor preocupación fue que la transfusión te causara una muerte inmediata?

Procuré encontrar una respuesta, un modo de comprender las cosas atroces que me decía, pero estaba confusa. Una transfusión. «¿Por qué, por qué, por qué?» Tal vez por eso tenía una sensación tan extraña en el hospital. Explicaría el motivo por el cual Hank parecía tan abatido y exhausto.

—Recurriste a la hechicería diabólica para hacerlo —dije en tono nervioso.

Hank arqueó una ceja.

—¿Así que has oído hablar de la hechicería diabólica? ¿El ángel lo descubrió? —aventuró; no parecía complacido.

—¿Por qué me hiciste una transfusión? —pregunté, tratando de encontrar la respuesta. Me necesitaba para hacer un sacrificio, como doble, para hacer un experimento... porque si no era para eso entonces, ¿para qué?

—Llevaste mi sangre desde el día en que tu madre te dio a luz, pero no era lo bastante pura. No eras un Nefil de primera generación y necesito que seas de pura raza, Nora. Casi lo eres. Lo único que falta es que hagas el Juramento del Cambio ante el cielo y el infierno. Una vez que hayas prestado juramento, la transformación se habrá completado.

Sus palabras penetraron en mí lentamente, y me repugnaron.

—¿Creíste que podías convertirme en uno de tus soldados Nefilim, obedientes y con el cerebro lavado? —Me removí en la silla, tratando de liberarme.

—He visto una profecía que vaticina mi muerte. He usado un artilugio realzado mediante la hechicería diabólica para ver mi futuro y, para confirmarlo, obtuve una segunda opinión.

Apenas presté atención a lo que decía. Su confesión me llenó de ira, temblaba de furia. Hank me había violado de un modo horrendo, había manipulado mi vida, procurando cambiarme y moldearme para su conveniencia. ¡Me había inyectado su asquerosa sangre asesina en las venas!

—Eres Nefilim, Hank. Tú no puedes morir. No morirás, por más que yo lo desee —añadí en tono malévolo.

—Tanto el artilugio como un antiguo ángel caído lo han visto. No me queda mucho tiempo. Mis últimos días en la Tierra estarán dedicados a prepararte para que encabeces mi ejército y luches contra los ángeles caídos —dijo, con un primer indicio de resignación.

Todo encajaba.

—¿Este plan está basado en la palabra de Dabria? Ella no posee el don. Necesita dinero; es tan incapaz de vaticinar el futuro como tú o yo. ¿No se te ha ocurrido que en este preciso instante quizás esté partiéndose de la risa?

—Lo dudo —dijo con sequedad, como si supiera algo que yo ignoraba—. Es necesario que seas un Nefil de pura raza, Nora, para dirigir mi ejército y mi sociedad. Para aparecer como mi legítima heredera y liberar a los Nefilim de sus cadenas. Después de este Chesvan, seremos nuestros propios amos y no los vasallos de los ángeles caídos.

—Estás loco. No pienso hacer nada por ti y, sobre todo, no pienso prestar ese juramento.

—Llevas la marca. Estás predestinada. ¿De verdad crees que deseo que te conviertas en la jefa de todo lo que he construido? —dijo en tono duro—. No eres la única que no tiene elección en este asunto. El destino nos reclama y no al contrario. Primero fue Chauncey. Después me tocó a mí y ahora la responsabilidad recae sobre ti.

Le lancé una mirada colérica y llena de odio.

—¿Quieres que un pariente carnal encabece tu ejército? Coge a Marcie. A ella le gusta mangonear a las personas. Será una líder nata.

—Su madre es una Nefil de pura raza.

—No lo sabía, pero eso lo vuelve aún mejor, ¿no? Porque en ese caso, Marcie también es de pura raza. —Un bonito trío de partidarios de la supremacía.

La carcajada de Hank se volvió aún más cansina.

—Nunca sospechamos que Susanna se quedaría embarazada. Los Nefilim de pura raza no suelen tener hijos Desde el principio, nos dimos cuenta de que Marcie era una especie de milagro y que no viviría mucho tiempo. No lleva mi marca. Siempre fue pequeña y débil, y tuvo que luchar para sobrevivir. No le queda mucho tiempo: tanto su madre como yo lo notamos.

De repente me invadió una oleada de recuerdos surgidos del subconsciente. Recordé que ya había hablado de este tema, de cómo matar a un Nefil. De que había que sacrificar a un descendiente del sexo femenino que hubiera cumplido los dieciséis años. Recordé mis propias dudas acerca del motivo por el cual mi padre biológico renunciaría a mí. Recordé...

En ese preciso instante lo comprendí todo.

—Por eso no te molestaste en ocultar a Marcie de Rixon. Por eso renunciaste a mí, pero la conservaste a ella. Nunca creíste que viviría el tiempo suficiente para usarla como sacrificio.

En cambio yo lo tenía todo: la marca Nefilim de Hank y una excelente oportunidad de sobrevivir. De bebé, me ocultaron para impedir que Rixon me sacrificara, pero, ironías del destino, ahora Hank quería que yo encabezara su revolución. Cerré los ojos con el deseo de borrar la verdad.

—Nora —dijo Hank—, abre los ojos. Mírame.

Negué con la cabeza.

—No prestaré juramento. Ni ahora, ni dentro de diez minutos, ni nunca. —Me goteaba la nariz y no podía secármela. No sabía qué resultaba más humillante: eso o el temblor de mis labios.

—Admiro tu coraje —dijo él, en tono engañosamente suave—, pero existen muchas clases de coraje y ésta no te va.

Cuando me puso un mechón de pelo detrás de la oreja, un gesto casi paternal, me sobresalté.

—Jura que te convertirás en una Nefil de pura raza y comandarás mi ejército, y os dejaré en libertad a ti y a tu madre. No quiero hacerte daño, Nora. Tú eliges. Presta el juramento y podrás olvidar esta noche. Todo será agua pasada. —Desató la cuerda que me sujetaba las muñecas y ésta cayó al suelo.

Me restregué las manos temblorosas en el regazo, pero no lo suficiente para recuperar la circulación. Había dicho algo que me llenaba de terror.

—¿Mi madre?

—Así es. Está aquí, durmiendo en una de las habitaciones de la planta baja.

Mis ojos volvieron a llenarse de lágrimas.

—¿Le has hecho daño?

En vez de contestar a mi pregunta, dijo:

—Soy la Mano Negra. Soy un hombre ocupado y seré franco: éste es el último lugar donde quiero estar esta noche. Es lo último que deseo, pero no me queda otro remedio. El poder es tuyo. Presta el juramento, y tú y tu madre podréis salir de aquí, juntas.

—¿Alguna vez la amaste?

Hank parpadeó, sorprendido.

—¿A tu madre? Claro que la amaba; antaño la amaba muchísimo, pero el mundo ha cambiado. Mi visión ha cambiado. He tenido que sacrificar mi propio amor en bien de toda mi raza.

—La matarás, ¿verdad? Si no presto el juramento, eso es lo que harás.

—Mi vida ha estado definida por las decisiones difíciles que he tomado. No dejaré de tomarlas esta noche —dijo; una respuesta soslayada a mi pregunta que no dejó lugar a dudas.

—Quiero verla.

Hank indicó una hilera de ventanas al otro lado de la habitación. Me puse lentamente de pie, temerosa del estado en que la encontraría. Al mirar a través de una ventana, comprendí que me encontraba en una especie de oficina que daba al almacén situado más abajo. Mamá estaba acurrucada en un catre, y tres Nefilim armados la vigilaban mientras dormía. Me pregunté si, al igual que yo, su percepción se volvía más clara cuando soñaba y veía a Hank como el monstruo que era en realidad. Quizás, una vez que él desapareciera de su vida por completo y ya no fuera capaz de manipularla, lo vería como lo veía yo. Fue la respuesta a esas preguntas lo que me dio el valor de enfrentarme a Hank.

—¿Fingiste amarla para acercarte a mí? ¿Dijiste todas aquellas mentiras sólo para alcanzar este momento?

—Tienes frío —dijo Hank en tono paciente—. Estás cansada y hambrienta. Presta el juramento y terminemos con esto.

—Si juro y tú acabas sobreviviendo, como sospecho que harás, quiero que tú hagas tu propio juramento: quiero que te marches de la ciudad y desaparezcas de la vida de mamá para siempre.

—Trato hecho.

—Y primero quiero llamar a Patch.

—¡No! —exclamó, soltando una carcajada—. Aunque veo que por fin me has dicho la verdad sobre él. Puedes darle la noticia tras prestar el juramento.

No resultaba sorprendente. Pero tuve que intentarlo. Adopté el tono de voz más desafiante que pude.

—No prestaré juramento por ti —dije, volviendo a mirar hacia la ventana—. Pero lo prestaré por ella.

—Hazte un corte —ordenó Hank, alcanzándome una navaja—. Jura por tu sangre que te convertirás en una Nefil de pura raza y dirigirás mi ejército cuando yo muera. Si rompes el juramento, admite tu castigo: tu muerte... y la de tu madre.

—Ése no era el trato —dije, clavándole los ojos.

—Lo es ahora. Y expira en cinco segundos. El próximo incluirá la muerte de tu amiga Vee.

Le lancé una mirada colérica e incrédula, pero fue lo único que pude hacer. Me tenía atrapada.

—Tú primero —exigí.

Si no fuera por su expresión decidida, parecería casi divertido. Se hizo un corte y dijo:

—Si sobrevivo más allá del mes que viene, juro que abandonaré Coldwater y que jamás volveré a entrar en contacto contigo o con tu madre. Si rompiera este juramento, que mi cuerpo se convierta en polvo.

Cogí la navaja y me hice un corte en la palma de la mano; brotaron unas gotas de sangre y recordé a Patch haciendo lo mismo. Supliqué en silencio que me perdonara por lo que estaba a punto de hacer. Que al final nuestro amor trascendería la sangre y la raza. Entonces detuve mis pensamientos, temiendo no poder seguir adelante si seguía pensando en Patch. Mi corazón se partió en dos, me retiré a un espacio hueco en mi interior y me enfrenté a la atroz tarea.

—Ahora, con esta nueva sangre circulando por mis venas, juro que ya no soy humana sino una Nefil de pura raza. Y si tú mueres, encabezaré tu ejército. Si rompo este juramento, sé que mi madre y yo podemos darnos por muertas. —El juramento parecía demasiado sencillo, dado el peso de las consecuencias que arrastraba, y le dirigí una mirada dura a Hank.

»¿Lo hice correctamente? ¿Es todo lo que he de decir?

Su ademán astuto me dijo todo lo que necesitaba saber.

Mi vida como ser humano se había acabado.

No recordaba haber abandonado a Hank ni haberme alejado del almacén con mamá, que estaba tan dopada que casi no podía caminar. Sólo tenía un recuerdo borroso de cómo llegué desde aquella diminuta habitación hasta las calles oscuras. Mamá tiritaba de frío y farfullaba palabras incomprensibles. Noté que yo también estaba helada. Hacía mucho frío, mi aliento se convertía en una bruma plateada. Si no encontraba cobijo pronto, mamá sufriría una hipotermia.

No sabía si mi propia situación era igual de desesperada, ya no sabía nada. ¿Podía morir de frío? ¿Podía morir? ¿Qué había cambiado tras prestar juramento? ¿Todo?

Más allá había un coche abandonado, la policía había marcado los neumáticos para que lo remolcaran, y casi sin pensar, traté de abrir la puerta. Fue el primer golpe de suerte de esa noche, porque se abrió. Tendí a mamá en el asiento trasero y después manipulé los cables debajo del volante. Tras varios intentos, el motor se puso en marcha.

—No te preocupes —le susurré a mamá—. Nos vamos a casa. Todo ha acabado. —Pero en realidad me lo decía a mí misma y creí en ello porque necesitaba creer que era verdad. No podía reflexionar acerca de lo que había hecho, ni en lo lenta y dolorosa que sería la transformación cuando por fin se desencadenara. Si es que algo debía desencadenarla. Si es que aún tendría que enfrentarme a algo más.

Patch. Tenía que enfrentarme a él y confesarle lo que había hecho. Me pregunté si alguna vez sus brazos volverían a estrecharme, porque esto había cambiado todo, ¿verdad? Ya no era Nora Grey, era una Nefil de pura raza. Su enemiga.

Cuando vi una figura borrosa trastabillando en la calle, pisé el freno y el coche se detuvo. Dos ojos se dirigieron hacia mí. La chica tropezó, se enderezó y cruzó la calle tratando de correr, pero estaba demasiado traumatizada para coordinar sus movimientos. Tenía la ropa hecha jirones y el rostro paralizado por el terror.

—¿Marcie? —pregunté, alzando la voz.

Automáticamente, me incliné por encima del salpicadero y abrí la puerta del acompañante.

—¡Monta en el coche! —ordené.

Marcie se quedó ahí, apretándose el estómago y gimiendo en voz baja.

Bajé del coche y la ayudé a entrar y sentarse. Inclinó la cabeza entre las rodillas, respirando agitadamente.

—Voy... a... vomitar.

—¿Qué estás haciendo aquí?

Marcie siguió jadeando.

Me puse detrás del volante y pisé el acelerador; quería salir de esa zona abandonada de la ciudad.

—¿Tienes el móvil?

Marcie soltó un gruñido.

—Por si no lo has notado, llevamos un poco de prisa —dije en tono más duro del que era mi intención, ahora que comprendía a quién acababa de recoger: a la hija de Hank, a mi hermana. Mi hermana, esa mentirosa y estúpida traicionera.

—¿El móvil? ¿Lo tienes, sí o no?

Movió la cabeza, pero no sabía si asentía o negaba.

—Estás enfadada conmigo porque te robé el collar —dijo, con dificultad debido al hipo—. Me engañó. Me hizo creer que era una broma que ambos te gastaríamos. Aquella noche dejé la nota en tu almohada para asustarte, esa donde ponía «No estás a salvo». Mi padre me hizo algo para que tú y tu madre no me vierais, y era como estar en trance: no dudé de él y no hice preguntas. Estaba nerviosa, pero también excitada, y resultó que tú ni siquiera estabas en tu habitación. Papá también le hizo algo a la tinta para que desapareciera una vez que leyeras la nota. Creí que sería divertido. Quería ver cómo te volvías loca. No pensaba con claridad. Hice todo lo que mi padre me dijo. Era como si tuviera un poder sobre mí.

—Escúchame, Marcie —le ordené con voz firme—. Te sacaré de aquí, pero si tienes un móvil, me resultaría muy útil ahora mismo.

Marcie abrió su bolso con manos temblorosas. Hurgó y luego sacó el móvil.

—Me engañó —añadió, llorando—. Creí que era mi padre. Creí que... me quería. No le di el collar, por si te importa. Iba a dárselo. Esta noche lo llevé al almacén, tal como él me ordenó. Pero entonces... al final... cuando vi a la chica en la jaula... —se interrumpió.

No quería sentir empatía por Marcie. No quería que estuviera en el coche, y punto. No quería que confiara en mí, ni viceversa. No quería ningún vínculo entre ambas, pero de algún modo, y pese a mis deseos, sí lo había.

—Por favor, dame el móvil —dije en tono suave.

Marcie me lo tendió, se abrazó las rodillas y sollozó en voz baja.

Llamé a Patch. Debía decirle que Hank no tenía el collar y también la atroz verdad sobre lo que yo había hecho. Con cada timbrazo, sentí que la barrera que había levantado para soportar lo ocurrido se resquebrajaba. Imaginé el rostro de Patch cuando le dijera la verdad y me estremecí. Me temblaban los labios y ahogué un sollozo.

Salió el contestador y entonces llamé a Vee.

—Necesito tu ayuda —le dije—. Has de vigilar a mamá y a Marcie. —Aparté el teléfono de mi oreja cuando Vee empezó a gritar.

»Sí, Marcie Millar. Después te lo explicaré todo.

CAPÍTULO
31

Eran casi las tres de la madrugada. Dejé a Marcie y a mamá al cuidado de Vee sin darles explicaciones. Cuando Vee me las pidió, negué con la cabeza, compartimentando mis sentimientos. Me marché en silencio con la intención de encontrar una carretera solitaria donde pudiera estar a solas, pero tras dar unas cuantas vueltas, me di cuenta de que me dirigía a un lugar preciso.

Casi no veía la calzada mientras conducía hacia el parque de atracciones Delphic. Entré en el parking haciendo chirriar los neumáticos; estaba completamente desierto. No había osado reflexionar sobre lo que había hecho, pero ahora, rodeada del silencio y la oscuridad, el valor me abandonó. No era lo bastante fuerte para asimilarlo todo; apoyé la cabeza en el volante y sollocé.

Lloraba por lo que había decidido, y por lo que me había costado. Y, sobre todo, lloraba porque no tenía ni idea de cómo decírselo a Patch. Sabía que debía comunicárselo personalmente, pero estaba aterrada. Ahora que por fin nos habíamos reconciliado, ¿cómo decirle que me había convertido en lo que él más detestaba?

Marqué su número y me debatí entre el alivio y el temor cuando salió el contestador. ¿Sabría lo que yo había hecho? ¿Me estaba evitando hasta poder aceptar lo que sentía? ¿Me maldecía por haber tomado una decisión tan estúpida, pese a no tener otra opción?

«No», me dije. Era una casualidad. Quien evitaba el enfrentamiento no era Patch sino yo.

Bajé del coche y me dirigí a las puertas. Apreté la cabeza contra los barrotes, y el roce del frío metal resultó doloroso, pero el dolor no era comparable con el ansia y el arrepentimiento que me embargaban.

«¿Qué he hecho, Patch?», exclamé en silencio.

Me aferré a los barrotes pero no veía el modo de entrar; de golpe oí un chirrido y el acero se dobló como si fuera arcilla. Parpadeé, presa de la confusión, hasta que de pronto comprendí: ya no era humana, era Nefilim, con el poder y la fuerza de uno de ellos. Sentí una espantosa fascinación al comprobar el alcance de mis nuevos poderes. Si había buscado el modo de romper el juramento, rápidamente estaba llegando a un punto sin retorno.

Separé los barrotes lo suficiente como para deslizarme por ellos, entré en el parque y, cuando me acercaba a la caseta que daba al estudio de Patch, ralenticé el paso. Hice girar el picaporte con mano temblorosa, atravesé la caseta y bajé a través de la trampilla.

Traté de recordar y, tras un par de intentos, di con la puerta correcta. Entré en el estudio de Patch y de inmediato noté que algo iba mal. Percibí las huellas de un violento enfrentamiento. No podía explicarlo, pero los indicios eran tan claros como si los hubiera leído en un papel.

Seguí el invisible rastro de energía y recorrí el estudio; aún no sabía cómo interpretar las extrañas vibraciones que me rodeaban. Abrí la puerta de su habitación con el pie y entonces vi la puerta secreta.

Una de las paredes de granito negro estaba desplazada a un lado, dejando ver un oscuro pasillo. Había charcos de agua en el suelo de tierra y en las paredes ardían antorchas humeantes.

En ese instante oí pasos en el pasillo y me puse en tensión. La luz de las antorchas iluminó el rostro de rasgos cincelados de Patch y el borde de sus ojos negros, que me atravesaron implacables. Su expresión era tan despiadada que sólo pude permanecer inmóvil. No podía mirarlo, y tampoco dejar de hacerlo, embargada por una esperanza cada vez menor y una vergüenza que iba en aumento. Cuando estaba a punto de cerrar los ojos para contener las lágrimas, nuestras miradas se cruzaron. Y bastó con una mirada suya para que me relajara y mis defensas se derrumbaran.

Me acerqué a él, al principio despacio, con el cuerpo tembloroso por la emoción y después me eché en sus brazos, incapaz de seguir soportando la falta de contacto.

—Patch... no sé... por dónde empezar —solté, echándome a llorar.

Él me abrazó.

—Lo sé todo —me murmuró al oído con voz áspera.

—No, no lo sabes —protesté—. Hank me obligó a prestar un juramento. Ya no soy... es decir... ya no soy... —no podía decirlo. No a Patch. Si me rechazaba no podría tolerarlo, ni siquiera la más mínima expresión de duda, ni un destello de desdén en su mirada.

Patch me zarandeó con suavidad.

—No pasa nada, Ángel. Escúchame: sé lo del Juramento del Cambio. Créeme cuando digo que lo sé todo.

Sollocé contra su camisa, aferrándome a ella.

—¿Cómo lo sabes?

—Volví y tú te habías marchado.

—Lo siento. Scott tenía problemas. Debía ayudarle. ¡Y lo estropeé todo!

—Fui a buscarte. El primer lugar donde te busqué fue en el almacén de Hank. Creí que te había convencido de que te marcharas mediante un engaño. Lo arrastré hasta aquí y le obligué a confesarlo todo. —Patch soltó un suspiro—. Puedo contarte cómo acabó la noche, pero podrás verlo por ti misma.

Entonces se quitó la camisa.

Presioné los dedos sobre la cicatriz y me concentré en lo que quería saber. Sobre todo, en lo ocurrido hacía escasas horas, después de que Patch abandonara su estudio.

Penetré en los oscuros vericuetos de su mente y una cacofonía de voces penetró en mis oídos, al tiempo que un torrente de rostros pasaba ante mis ojos con demasiada rapidez para distinguirlos. Era como estar tendida de espaldas en una calle oscura, con los cláxones sonando y los neumáticos pasando a milímetros de mí.

«Hank —pensé con todas mis fuerzas—. ¿Qué pasó después de que Patch saliera en busca de Hank?» Un coche giró hacia mí y me precipité en el resplandor de los faros...

El recuerdo se iniciaba en la esquina de una calle oscura delante del almacén de Hank. No era aquel en el que logré irrumpir, sino el que Scott y yo intentamos fotografiar. El aire era húmedo y pesado, las nubes ocultaban las estrellas. Patch avanzaba silenciosamente por la acera, acercándose por detrás al vigilante de Hank. Se abalanzó sobre él y lo arrastró hacia atrás, impidiéndole que soltara el más mínimo grito. Le quitó las armas y las puso en la cinturilla de sus tejanos.

Entonces, cogiéndome por sorpresa, apareció entre las sombras Gabe —el mismo Gabe que trató de matarme detrás del 7-Eleven—, seguido de Dominic y Jeremiah, los tres con una sonrisa cínica en los labios.

—Vaya, vaya, ¿qué tenemos aquí? —preguntó Gabe en tono burlón, quitando la suciedad al cuello de la camisa del vigilante Nefil.

—Impedid que grite hasta que os dé la señal —ordenó Patch, y dejó al vigilante en manos de Dominic y Jeremiah.

—Será mejor que no me falles, colega —le dijo Gabe a Patch—. Cuenta con que la Mano Negra se encuentra al otro lado de esa puerta —prosiguió, indicando la puerta lateral del almacén—. Cumple con lo prometido y olvidaré pasados agravios. Si resulta que te has equivocado, descubrirás lo que se siente cuando te clavan una barra de hierro en las cicatrices de las alas todos los días, durante un año entero —añadió.

Patch se limitó a lanzarle una mirada fría.

—Aguarda hasta que te dé la señal —dijo, y se acercó a una pequeña ventana engastada en la puerta. Lo seguí y escudriñé a través del cristal.

Vi al arcángel enjaulado y a un puñado de hombres Nefilim de Hank, pero me sorprendí al ver a Marcie Millar: estaba a unos pasos de distancia, con actitud distante y expresión atemorizada. Lo que sólo podía ser el collar de arcángel de Patch colgaba de sus manos pálidas y dirigió una breve mirada a la puerta tras la cual Patch y yo nos ocultábamos.

Hubo un gran estruendo cuando el arcángel corcoveó y lanzó patadas a los barrotes de la jaula. Los hombres de Hank la azotaron con cadenas que emitían un resplandor azul, sin duda encantadas mediante hechicería diabólica. Tras recibir varios latigazos, la piel del arcángel adoptó el mismo fantasmagórico color azul de las cadenas y ella se agachó, sumisa.

—¿Quieres hacer los honores? —Hank le propuso a Marcie, y tendió la mano indicando el collar—. ¿O prefieres que sea yo quien se lo ponga en el cuello?

Para entonces, Marcie temblaba, pálida y encogida de terror, y no dijo nada.

—Venga, cielo —la instó Hank—. No tengas miedo. Mis hombres la han inmovilizado. No te hará daño. Esto es lo que significa ser un Nefilim. Hemos de mantenernos firmes frente a nuestros enemigos.

—¿Qué le harás? —tartamudeó Marcie.

Hank soltó una carcajada, pero parecía cansado.

—Ponerle el collar, claro está.

—¿Y después?

—Y después ella responderá a mis preguntas.

—¿Por qué ha de estar enjaulada si sólo quieres hablar con ella?

La sonrisa de Hank se desvaneció.

—Dame el collar, Marcie.

—Dijiste que querías que robara el collar para gastarle una broma a Nora, una broma que ambos le gastaríamos. No dijiste nada acerca de ella. —Marcie le lanzó un vistazo aterrado al arcángel enjaulado.

—El collar —ordenó Hank, tendiendo la mano.

Marcie retrocedió hacia la pared, pero su mirada la delató, porque la dirigió brevemente hacia la puerta. Hank trató de detenerla, pero Marcie fue más rápida: abrió la puerta y casi tropieza con Patch.

Él impidió que cayera y clavó la mirada en el collar del arcángel que colgaba de su mano.

—Haz lo correcto, Marcie —le dijo en voz baja—. Eso no te pertenece.

De repente comprendí que los sucesos de ese recuerdo debían de haber ocurrido instantes después de que yo abandonara el almacén con mamá... y justo antes de que recogiera a Marcie en la calle. Unos minutos después y me hubiera encontrado con Patch, que había estado ocupado en reunir a Gabe y a sus amigos para enfrentarse a Hank.

Con la barbilla temblorosa, Marcie asintió y le tendió el collar, que Patch guardó en su bolsillo en silencio. Luego, en tono duro, le dijo:

—Vete.

Un momento después les hizo una señal a Gabe, Jeremiah y Dominic, que se lanzaron hacia delante, atravesaron la puerta e irrumpieron en el almacén, seguidos de Patch, que empujaba al vigilante de Hank.

Al ver al grupo de ángeles caídos, Hank soltó un grito de sorpresa.

—Ninguno de los Nefil aquí presentes ha jurado lealtad —le dijo Patch a Gabe—. Adelante.

Gabe deslizó su mirada sonriente por el recinto y contempló uno por uno a los Nefil, pero se detuvo en Hank con expresión casi codiciosa.

—Lo que quiso decir es que ninguno de vosotros, muchachos, ha jurado lealtad... hasta ahora —dijo Gabe.

—¿Qué significa esto? —exclamó Hank, colérico.

—¿Qué te parece? —contestó Gabe, haciendo crujir los nudillos—. Cuando mi compinche Patch dijo que sabía dónde podía encontrar a la Mano Negra, despertó mi interés. ¿He mencionado que estoy buscando a un nuevo vasallo Nefilim?

Los otros Nefilim presentes no se movieron, pero vi el temor y la tensión en el rostro de todos ellos. No estaba segura de lo que Patch había pensado, pero era evidente que esto formaba parte de su plan. Me había dicho que le era difícil encontrar ángeles caídos dispuestos a ayudarle a rescatar a un arcángel, pero a lo mejor había descubierto el modo de reclutarlos. Ofreciéndoles el botín de guerra.

Gabe les indicó a Dominic y Jeremiah que se situaran a ambos lados de la habitación.

—Vosotros sois diez, nosotros cuatro —le dijo Gabe a Hank—. Haz el cálculo.

—Somos más fuertes de lo que crees —replicó Hank con una sonrisa malévola—. Diez contra cuatro. Me parece que no llevas las de ganar.

—Qué raro, a mí me parece que sí. Recuerdas las palabras, ¿verdad, Mano Negra? «Amo, soy tu vasallo.» Empieza a ensayar, porque no me iré hasta que las pronuncies. Eres mío, Nefil. Mío —dijo Gabe, señalándolo con gesto burlón.

—¡No os quedéis ahí parados! —Hank les espetó a sus hombres—. ¡Poned de rodillas a este arrogante ángel caído!

Pero Hank no se quedó para dar más órdenes y corrió hacia la puerta.

Gabe soltó una carcajada que rebotó contra las vigas, se dirigió a la puerta y la abrió.

—¿Tienes miedo, Nefil? —Su voz resonó en la oscuridad—. Será mejor que sí. Voy a por ti.

En ese momento todos los Nefilim que ocupaban el almacén huyeron por las puertas delantera y trasera, perseguidos por Jeremiah y Dominic, que gritaban y chillaban.

Patch permaneció en el almacén desierto, frente a la jaula del arcángel. Se acercó y ella retrocedió soltando un siseo de advertencia.

—No te haré daño —le dijo Patch, dejando sus manos a la vista—. Abriré la jaula y te soltaré.

—¿Por qué habrías de hacerlo? —dijo ella con voz áspera.

—Porque éste no es tu lugar.

Sus ojos de mirada exhausta lo contemplaron.

—¿Y qué quieres a cambio? ¿Qué misterios del mundo quieres que te revele? ¿Qué mentiras susurrarás dulcemente en mis oídos para obtener la verdad?

Patch abrió la puerta de la jaula y le cogió la mano.

—Lo único que quiero es que me escuches. No necesito el collar para obligarte a hablar, porque creo que cuando oigas lo que te diré, querrás ayudarme.

El arcángel trastabilló fuera de la jaula y se apoyó en Patch; sus piernas aún estaban envueltas en un resplandor azul, dañadas por la hechicería diabólica.

—¿Cuánto tiempo permaneceré en este estado? —preguntó, con los ojos llenos de lágrimas.

—No lo sé, pero ambos sabemos que los arcángeles podrán ayudarte.

—Me ha cortado las alas —dijo ella con voz ronca.

Patch asintió.

—Pero no te las ha arrancado. Hay esperanza.

—¿Esperanza? —repitió ella con vehemencia—. ¿Acaso ves algo esperanzador en todo esto? Eres el único. ¿Qué clase de ayuda quieres? —preguntó con voz abatida.

—Quiero saber cómo matar a Hank Millar —dijo Patch, sin rodeos.

—Ahora somos dos —repuso el arcángel, riendo en tono apagado.

—Tú puedes hacer que ocurra.

Ella abrió la boca para protestar, pero Patch se adelantó.

—Los arcángeles han interferido en la muerte al menos una vez, y pueden volver a hacerlo.

—¿De qué estás hablando? —se burló ella.

—Hace cuatro meses, una de las descendientes de

Chauncey Langeais se arrojó desde las vigas del gimnasio de su instituto, un sacrificio que acabó por matarlo. Se llama Nora Grey, y a juzgar por tu expresión, sé que has oído hablar de ella.

Las palabras de Patch me chocaron y no porque me sonaran extrañas. En uno de sus otros recuerdos me oí decir a mí misma que había matado a Chauncey Langeais, pero después lo negué tozudamente. Ahora no podía dejar de aceptar la verdad. Las brumas de mi cerebro se disiparon y, en una sucesión de imágenes, me vi a mí misma en el gimnasio del instituto varios meses atrás. Con Chauncey Langeais, un Nefil que me quería matar para hacerle daño a Patch.

Un Nefil que ignoraba que yo era su descendiente.

—Lo que quiero saber es por qué su sacrificio no bastó para matar a Hank Millar —dijo Patch—. Hank era su antecesor Nefil más directo. Algo me dice que los arcángeles tienen algo que ver con ello.

El arcángel le clavó la mirada en silencio. Era evidente que Patch le había hecho perder la compostura, que desde un principio había sido escasa.

—¿Se trata de otra teoría conspirativa? —dijo ella con una sonrisa ligeramente irónica.

—No es una teoría —dijo Patch—, sino un error. Un error cometido por los arcángeles. Al principio no caí, pero cuando comprendí lo que había ocurrido, supe que los arcángeles habían interferido en la muerte. Dejasteis que Chauncey muriera en lugar de Hank. ¿Por qué?, dados los problemas que Hank os ha causado.

—¿De verdad crees que hablaré contigo de ese asunto?

—Sí, después de que te enteres de mi teoría. Esto es lo que creo: pienso que hace cuatro meses los arcángeles descubrieron que Chauncey y Hank habían empezado sus escarceos con la hechicería diabólica y quisieron impedirlo. Al considerar que Hank era el mal menor, los arcángeles se pusieron primero en contacto con él. Ellos habían previsto el sacrificio de Nora y decidieron ofrecerle un trato a Hank: que Chauncey muriera en su lugar, si Hank consentía en abandonar la hechicería diabólica.

—Tu imaginación es asombrosa —dijo el arcángel, pero a juzgar por su tono de voz, Patch había dado en el blanco.

—Aún no has oído el final de la historia —dijo Patch—. Apuesto a que Hank traicionó a Chauncey. Y después a los arcángeles. Siguió con lo que aquél había empezado y a partir de entonces ha utilizado la hechicería diabólica. Los arcángeles quieren que desaparezca antes de que le transmita cómo ponerla en práctica a otro. Y quieren que la hechicería diabólica regrese al lugar que le corresponde: al infierno. Ahí es donde yo entro en escena. Quiero que los arcángeles vuelvan a interferir en la muerte. Deja que mate a Hank. Se llevará lo que sabe sobre hechicería diabólica a la tumba y, si mi teoría es tan acertada como yo creo, eso es exactamente lo que tú y los demás arcángeles deseáis. Desde luego, me consta que tú tienes tus propios motivos para querer ver muerto a Hank —añadió en tono elocuente.

—Simulemos por un momento que los arcángeles pueden interferir en la muerte. Es una decisión que no puedo tomar a solas —dijo ella—. Requeriría un voto unánime.

—Pues entonces presentémoslo a debate ante la mesa.

El arcángel abrió los brazos.

—Por si no te has dado cuenta, no estoy ante la mesa. No puedo ir hasta allí. No puedo volar. Tampoco puedo llamar a mi casa, Jev. Mientras siga afectada por la hechicería diabólica, soy un punto invisible en la pantalla de los arcángeles.

—El poder guardado en el collar de un arcángel es mayor que el de la hechicería diabólica.

—No tengo mi collar —replicó ella en tono abatido.

—Utilizarás el mío. Habla con los arcángeles. Preséntales mi idea para que la sometan a votación —Patch sacó su collar de arcángel del bolsillo, lo desabrochó y se lo tendió.

—¿Cómo sé que esto no es un truco? ¿Que no me obligarás a contestar a tus preguntas?

—No lo sabes. De momento, lo único que puedes tener es confianza.

—Me pides que confíe en un traidor. En un ángel expulsado. —Su mirada se clavó en la de Patch, en su expresión, opaca como un lago a medianoche.

—Eso sucedió hace mucho tiempo —dijo él en voz baja, y volvió a tenderle el collar—. Date la vuelta y te lo pondré.

—Confianza —repitió ella en voz tan baja como la de Patch. Parecía estar sopesando sus opciones: confiar en Patch o enfrentarse a sus problemas a solas.

Por fin dio media vuelta y se levantó el cabello.

—Pónmelo.

CAPÍTULO

Empecé a tranquilizarme cuando cobré conciencia del abrazo protector de Patch. Estábamos sentados en el suelo de su habitación y yo me apoyaba contra él. Me mecía con suavidad, murmurando palabras de consuelo.

—Así que es verdad —dije—, que maté a Chauncey. Maté a un Nefil, un inmortal. Maté a alguien. De un modo indirecto, pero lo maté.

—Tu sacrificio debería haber servido para matar a Hank.

Asentí en silencio.

—Vi como se lo decías al arcángel. Lo vi todo. Utilizaste a Gabe, Jeremiah y Dominic para vaciar el almacén y hablar a solas con ella.

—Sí.

—¿Gabe encontró a Hank y lo obligó a jurarle lealtad?

—No. Lo hubiera hecho, pero yo llegué primero. No le dije toda la verdad a Gabe, dejé que creyera que le entregaría a Hank. Pero, cumpliendo con mis órdenes, Dabria aguardaba ante el almacén. En cuanto Hank apareció, ella lo atrapó. Cuando volví aquí y descubrí que no estabas, creí que Hank te había cogido. Llamé a Dabria y le dije que me trajera a Hank para interrogarlo. Lo siento —se disculpó—. La llevé conmigo porque lo que le ocurra me es indiferente. Ella es de usar y tirar. Tú, no.

—No estoy enfadada —dije. Lo que me preocupaba era mucho más importante que Dabria—. Los arcángeles, ¿votaron? ¿Qué le sucederá a Hank?

—Querían hablar conmigo antes de votar. Dado todo lo ocurrido, no se fían de mí. Les dije que si me dejaban matar a Hank ya no tendrían que seguir preocupándose por la hechicería diabólica. También les recordé que si Hank muere, tú te convertirás en la líder de su ejército Nefilim. Les prometí que tú impedirías la guerra.

—Haré lo que sea necesario —dije, asintiendo con impaciencia—. Quiero que Hank desaparezca. El voto ¿fue unánime?

—Ellos quieren que se resuelva este lío. Me han dado luz verde con respecto a Hank. El plazo expira al amanecer. —Fue entonces cuando noté la pistola apoyada en el suelo junto a su pierna.

—Te prometí que no te privaría de ese momento y, si aún lo deseas, nunca más volveré a mencionar el tema, pero no puedo permitir que actúes a ciegas. Es irreversible y nunca olvidarás la muerte de Hank. Yo lo mataré, Nora, lo haré si me dejas. Ésa es la opción; tú eliges y te apoyaré decidas lo que decidas, pero quiero que estés preparada.

No me amilané, y recogí la pistola.

—Quiero verlo. Quiero mirarlo a la cara y ver cómo se arrepiente cuando comprenda a dónde lo han llevado sus elecciones.

Sólo pasó un segundo antes de que Patch aceptara mi decisión con una inclinación de cabeza. Me condujo al pasillo secreto, cuya única iluminación provenía de las antorchas oscilantes. Las llamas iluminaban los primeros metros pero no pude ver más allá en la oscuridad asfixiante.

Seguí a Patch a lo largo del pasillo que descendía poco a poco. Al final apareció una puerta, Patch tiró de una argolla de hierro y se abrió.

En el interior, Hank estaba preparado y trató de abalanzarse sobre Patch, pero las esposas se lo impidieron. Soltando una risita demencial, dijo:

—No te saldrás con la tuya, no te engañes. —En sus ojos brillaba la satisfacción y el odio.

—¿Como tú cuando pensaste que podías engañar a los arcángeles? —contestó Patch en tono neutro.

Hank frunció el ceño y sólo entonces vio la pistola que yo llevaba en la mano.

—¿Qué significa esto? —preguntó en tono estremecedor.

Alcé la pistola y le apunté a Hank; disfruté al ver su confusión y luego su disgusto.

—Que alguien me diga qué está pasando —pidió Hank.

—Se te ha acabado el tiempo —le dijo Patch.

—Hemos alcanzado nuestro propio acuerdo con los arcángeles —aclaré.

—¿Qué acuerdo? —preguntó Hank, y sus palabras rezumaban ira.

—Ya no eres inmortal. Al final, la muerte llama a tu puerta —repliqué, apuntándole al pecho.

Hank soltó una carcajada breve y escéptica, pero el destello temeroso de su mirada me dijo que me creía.

—Me pregunto cómo será tu existencia en el otro mundo —murmuré—. Me pregunto si ahora mismo te cuestionas la vida que has construido. Me pregunto si te cuestionas cada una de tus decisiones e intentas descubrir por qué todo salió mal. ¿Recuerdas las innumerables personas a las que has utilizado y lastimado? ¿Recuerdas cada uno de sus nombres? ¿Ves el rostro de mamá? Espero que sí. Espero que su rostro te persiga siempre. La eternidad dura mucho tiempo, Hank.

Hank tironeó de las cadenas con tanta violencia que temí que se rompieran.

—Quiero que recuerdes mi nombre, Hank. Quiero que recuerdes que hice lo que tú deberías haber hecho conmigo: tenerme un poco de compasión.

De pronto su expresión salvaje y vengativa se tornó pensativa. Era un hombre astuto, pero no estaba segura de que hubiera adivinado mis intenciones.

—No encabezaré tu rebelión Nefilim —le dije—, porque no morirás. En verdad, vivirás unos cuantos años más. Es verdad que no vivirás en el Ritz, a menos que Patch convierta esta celda en una habitación de lujo.

Arqueé las cejas, solicitando el comentario de Patch.

«¿Qué estás haciendo, Ángel?», murmuró su voz en mi cerebro.

Para mi gran sorpresa, la capacidad de dirigirme a él mentalmente era algo natural. Algo hizo clic en mi cerebro y encaucé las palabras mediante un poder mental.

«No lo mataré. Y tú tampoco, así que olvídalo.»

«¿Y los arcángeles? Teníamos un trato.»

«Esto no está bien. No deberíamos matarlo. Creí que eso era lo que yo quería, pero tenías razón: si lo mato, jamás lo olvidaré. Nunca lograré borrarlo de mi memoria y no es eso lo que deseo. Quiero pasar página. Esto es lo correcto.» Y aunque me lo callé, sabía que los arcángeles nos estaban usando para hacer su propio trabajo sucio. Y yo estaba harta de ensuciarme las manos.

Que Patch no me discutiera fue una sorpresa. Se enfrentó a Hank.

—Prefiero que sea fría, húmeda y estrecha. Además la insonorizaré. Así, por más que grites durante días, lo único que te acompañará será tu sufrimiento.

«Gracias», le dije a Patch, procurando hablar con sinceridad.

Una sonrisa maliciosa le curvó los labios.

«La muerte era un fin demasiado bueno para él. Así resultará más divertido.»

Me hubiera reído si el asunto no fuera tan serio.

—Éste es el resultado de creerle a Dabria —le dije a Hank—. No es una profetisa, es una psicópata. Aprende de tus errores.

Le di la oportunidad de pronunciar unas últimas palabras pero, tal como había sospechado, se quedó mudo. Había albergado la esperanza de que tratara de disculparse, pero no me resultaba imprescindible. En cambio, se limitó a lanzarme una leve y extraña sonrisa expectante. Me inquietó un poco, pero supongo que ésa era su intención.

El silencio reinaba en la pequeña celda. La tensión ambiental se disipó; dejé de pensar en Hank y noté que Patch estaba a mi lado, y que la incertidumbre había dado paso al alivio.

Estaba exhausta y un temblor me recorría las manos, luego empezaron a temblarme las rodillas y las piernas. Me invadió el cansancio y la sensación de mareo. Las paredes de la celda, el aire viciado e incluso Hank se desvanecieron. Lo único que me mantenía en pie era Patch.

Sin aviso previo, me arrojé en sus brazos y la intensidad de su beso me presionó contra la pared. El alivio lo hizo estremecer; me aferré a su camisa y lo atraje hacia mí: necesitaba su proximidad como nunca. Sus labios saborearon los míos. Su beso no era el de un experto: un anhelo ardiente nos unía en la fresca oscuridad de la celda.

—Salgamos de aquí —me murmuró al oído.

Estaba a punto de asentir cuando vi llamas por el rabillo del ojo. Primero creí que una de las antorchas había caído al suelo, pero las llamas danzaban en la mano de Hank con un fantasmagórico resplandor azul. Tardé un momento en comprender lo que mis ojos se negaban a dar crédito.

Lo entendí poco a poco: Hank sostenía una bola de fuego azul en una mano y en la otra la pluma negra de Patch. Dos objetos completamente diferentes: uno claro y el otro oscuro, aproximándose el uno al otro de modo inexorable. Una voluta de humo surgió de la punta de la pluma.

No había tiempo para soltar un grito de advertencia. No había tiempo para nada. En esa milésima de segundo alcé la pistola y apreté el gatillo.

El disparo arrojó a Hank contra la pared, con los brazos extendidos y la boca abierta.

Después se quedó inmóvil.

Patch no se molestó en cavar una tumba. Aún era de noche, faltaban un par de horas para el amanecer, así que arrastró el cadáver hasta la costa, un poco más allá de las puertas del Delphic, y lo empujó por el acantilado. El cuerpo desapareció entre las olas.

—¿Qué le ocurrirá? —pregunté, acurrucándome junto a Patch. El viento glacial me azotaba, me helaba la piel, pero el verdadero frío era interior y me calaba hasta los huesos.

—La marea lo arrastrará mar adentro y será pasto de los tiburones.

Negué con la cabeza: no había comprendido mi pregunta.

—¿Qué le ocurrirá a su alma? —No podía dejar de preguntarme si lo que le había dicho a Hank era verdad. ¿Sufriría durante cada instante el resto de su vida? Reprimí mi remordimiento: no quise matar a Hank, pero no me había dejado otra opción.

Patch guardó silencio, pero noté que me abrazaba más estrechamente. Entonces me tocó los brazos y dijo:

—Estás helada. Regresemos al estudio.

—¿Qué ocurrirá ahora? —insistí—. He matado a

Hank. Debo encabezar a sus hombres, pero ¿qué haré con ellos?

—Pensaremos algo —dijo Patch—. Idearemos un plan y yo estaré a tu lado hasta que logremos ponerlo en práctica.

—¿De verdad crees que será tan sencillo?

Patch soltó un bufido divertido.

—Si optara por la solución sencilla, me encadenaría junto a Rixon en el infierno. Ambos podríamos disfrutar de las llamas.

Contemplé las olas que se estrellaban contra las rocas.

—Cuando hiciste el trato con los arcángeles, ¿no les inquietó la idea de que podrías hablar? Esto los hará quedar mal. Sólo tendrías que difundir el rumor de que la hechicería diabólica es aprovechable: bastaría para desencadenar un frenético mercado negro entre los Nefilim y los ángeles caídos.

—Juré que no hablaría. Eso formaba parte del trato.

—¿Podrías haber pedido algo a cambio de tu silencio? —pregunté en voz baja.

Patch se puso tenso y noté que él había adivinado lo que estaba pensando.

—¿Acaso importa? —preguntó en tono indiferente.

Claro que importaba. Ahora que Hank había muerto, las brumas que afectaban mi memoria se disolvían como las nubes bajo el sol. No recordaba secuencias completas, pero sí imágenes. Destellos y atisbos que se volvían cada vez más claros. El poder y el control que Hank había ejercido sobre mí se esfumaban junto con su vida y empecé a recordar lo que Patch y yo habíamos pasado juntos. Los desafíos a la lealtad y a la confianza mutua. Sabía qué lo hacía reír, qué lo enfurecía. Conocía sus más profundos deseos. Lo veía con claridad, con una claridad impresionante...

—¿Podrías haberles pedido que te convirtieran en humano?

Noté que respiraba lentamente, y cuando habló lo hizo con sinceridad.

—La respuesta breve a esa pregunta es sí, podría haberlo hecho.

Las lágrimas me nublaron la vista. Me sentí abrumada por mi egoísmo, aunque racionalmente sabía que yo no había tomado la decisión por él. Sin embargo, Patch la había tomado por mí y la culpa me azotaba al igual que las olas agitadas del mar a nuestros pies.

Al ver mi reacción, Patch sacudió la cabeza.

—No, escúchame. La respuesta larga a esa pregunta es que, cuando te conocí, todo en mí cambió. Lo que deseaba hace cuatro meses ya no es lo que deseo ahora. ¿Deseaba tener un cuerpo humano? Sí, intensamente. ¿Es mi prioridad principal? No —dijo, contemplándome con expresión grave—. Renuncié a algo que deseaba por algo que necesitaba. Y te necesito a ti, Ángel, más de lo que nunca comprenderás. Ahora eres inmortal, y yo también. Eso es importante.

—Patch... —empecé a decir. Tenía el corazón en un puño.

Sus labios me rozaron la oreja, una presión suave como un aleteo.

—Te quiero —dijo, en tono franco y afectuoso—. Me hiciste recordar a quien solía ser. Hiciste que recuperara el deseo de ser aquel hombre. Ahora mismo, mientras te abrazo, creo que juntos llevamos las de ganar. Soy tuyo, si me aceptas.

Y así, sin más, olvidé que estaba empapada, tiritando y a punto de ser la próxima cabecilla de una sociedad Nefilim con la cual no quería tener nada que ver. Patch me amaba. Todo lo demás carecía de importancia.

—Yo también te quiero —dije.

Él inclinó la cabeza y soltó un suave gemido.

—Te amaba mucho antes de que tú me amaras a mí. Es lo único en lo que te supero, y te lo recordaré cada vez que se presente la oportunidad.

Sus labios sobre mi cuello adoptaron una sonrisa maliciosa.

—Larguémonos de aquí. Te llevaré a mi casa, esta vez para siempre. Tenemos asuntos pendientes que tratar y creo que es hora de que hagamos algo.

Una idea me rondaba y vacilé. El sexo era algo muy importante. No estaba segura de estar preparada para complicarme la vida —ni nuestra relación— con ese tema, y ése sólo era la principal de una larga lista de posibles consecuencias. Si un ángel caído que se acostaba con un humano creaba un Nefil —un ser que nunca debió habitar la Tierra—, ¿qué ocurría cuando un ángel caído se acostaba con un Nefil? Basándome en lo que había observado del vínculo glacial entre los ángeles y los Nefilim, quizás aún no había ocurrido, pero ello sólo me hacía desconfiar todavía más de las consecuencias.

Si bien durante los últimos meses me había contentado con considerar que los arcángeles eran los malos de la película, albergaba ciertas dudas. ¿Había un motivo por el cual los ángeles no debían enamorarse de los mortales, o en mi caso, de un Nefil? ¿Se trataba de una norma arcaica con el objetivo de separar nuestras razas... o de una salvaguarda para evitar que la naturaleza y el destino se vieran afectados? En cierta oportunidad, Patch dijo que la raza Nefilim sólo existía porque los ángeles caídos querían vengarse por haber sido expulsados del cielo. Para vengarse de los arcángeles que los expulsaron, sedujeron a los humanos a los que antes debían proteger.

Y lograron vengarse, sí señor, además de desencadenar una guerra subterránea que había hecho estragos durante siglos: a un lado, los ángeles caídos, al otro los Nefilim, y los peones humanos atrapados en el medio. Aunque me daba miedo pensarlo, Patch había prometido que la guerra acabaría con la aniquilación de una raza entera. Aún estaba por verse cuál de ellas.

Y todo porque un ángel caído acabó en el lecho equivocado.

—Aún no —dije.

Patch arqueó una ceja oscura.

—¿Aún no nos largamos o aún no te largas conmigo?

—Tengo algunas preguntas —dije, lanzándole una mirada elocuente.

Él esbozó una sonrisa, pero ésta no ocultó cierta incertidumbre.

—Debería haber adivinado que sólo te quedabas conmigo para obtener respuestas.

—Bueno, sí, y tus besos. ¿Alguna vez te han dicho que besas maravillosamente?

—La única persona cuya opinión me importa está aquí —dijo, levantándome la barbilla y mirándome a los ojos—. No tenemos que regresar a mi casa, Ángel. Puedo llevarte a la tuya, si eso es lo que quieres. O, si prefieres dormir en mi estudio, podrás hacerlo al otro lado de la cama y trazaremos una línea de Prohibido Cruzar en el medio. Acepto. No me gustará, pero acepto.

Conmovida por su sinceridad, puse un dedo bajo su camisa, procurando hacer un gesto que demostrara mi gratitud. Rocé su piel bronceada y el deseo me abrasó. ¿Por qué él hacía que me fuera tan fácil sucumbir a deseos ardientes y devoradores, y olvidara la sensatez?

—Por si todavía no lo has adivinado —dije, y mi voz adoptó un tono ferviente y sonoro—, yo también te necesito.

—¿Es un sí? —preguntó, y me rozó los cabellos, extendiéndolos por encima de mis hombros y contemplándome con intensidad—. Por favor, que sea un sí —añadió en tono áspero—. Quédate conmigo esta noche. Aunque más no sea, deja que te abrace. Que te proteja.

Mi única respuesta fue entrelazar mis dedos con los suyos y atraerlo hacia mí. Le devolví el beso con descaro impenitente, codicioso e insensato, sintiendo cómo su toque me aflojaba las articulaciones, me derretía en lugares cuya existencia ignoraba. Cómo me desmoronaba beso a beso y me hacía perder el control y me arrojaba a un caldero de pasión oscura y provocadora en el que sólo estábamos él y yo. Hasta que nuestros cuerpos fueron sólo uno.

CAPÍTULO

34

El sol había alcanzado el cenit cuando Patch aparcó la moto delante de la granja. Me apeé con una sonrisa tonta en los labios y una sensación cálida en cada centímetro de la piel. «La perfección.»

No era lo bastante ingenua para creer que duraría, pero eso de vivir el momento tenía sus ventajas. Ya había decidido que sólo me enfrentaría más adelante al hecho de mi nueva sangre Nefilim de pura raza —y a todas las consecuencias que seguramente lo acompañarían, incluso el modo en que se manifestaría mi transformación— como también al de tener que dirigir el ejército de Hank.

Ahora mismo, tenía todo cuanto podía pedir. La lista no era larga, pero sí muy satisfactoria, empezando por volver a tener al amor de mi vida entre los brazos.

—Anoche lo pasé muy bien —le dije a Patch, desprendí la correa del casco y se lo tendí—. Estoy oficialmente enamorada de tus sábanas.

—¿Acaso es lo único de lo que estás enamorada?

—No. También del colchón.

Una sonrisa se asomó a la mirada de Patch.

—Mi cama siempre estará encantada de recibirte.

No habíamos dormido con una raya de Prohibido Cruzar en el centro de la cama, porque no habíamos dormido juntos, y punto. Yo ocupé la cama, y Patch, el sofá. Sabía que él quería más, pero también quería que yo supiera lo que estaba haciendo. Dijo que podía esperar, y le creí.

—Si me das la mano, te cogeré el brazo —le advertí—. A lo mejor deberías preocuparte: podría confiscarte la cama.

—Me consideraría un hombre afortunado.

—El único inconveniente de tu estudio es la cantidad preocupantemente baja de artículos de tocador. No hay bálsamo para el cabello, brillo de labios ni protector solar —dije, indicando la puerta de entrada con el pulgar—. He de cepillarme los dientes y darme una ducha.

Patch sonrió.

—Pues ésa sí que es una invitación.

Me puse de puntillas y le di un beso.

—Cuando haya acabado, habrá llegado el día D. Iré a casa de Vee a recoger a mamá y les diré la verdad a ambas. Hank ha muerto y ha llegado la hora de contarlo todo.

No tenía muchas ganas de mantener esa conversación, pero ya había esperado bastante. No había dejado de decirme a mí misma que estaba protegiendo a Vee y a mamá, pero recurrí a las mentiras para que no descubrieran la verdad, las obligué a permanecer a oscuras porque temía que no pudieran enfrentarse a la realidad. Incluso yo misma sabía que el argumento no se sostenía.

Abrí la puerta principal y dejé las llaves en la fuente, pero no pude dar ni tres pasos antes de que Patch me cogiera del brazo. Bastó con mirarlo para saber que algo iba mal.

Antes de que Patch pudiera protegerme con su cuerpo, Scott salió de la cocina, hizo un gesto con la mano y dos Nefilim más aparecieron en el pasillo. Ambos parecían tener la misma edad que Scott. Eran altos, musculosos y de rasgos duros. Me contemplaron con curiosidad evidente.

—Scott —dije, esquivé a Patch, corrí hacia Scott y lo abracé—. ¿Qué pasó? ¿Cómo lograste escapar?

—Dadas las circunstancias, se decidió que resultaría más eficaz en la primera línea de fuego que encerrado. Nora, te presento a Dante Matterazzi y a Tono Grantham —dijo—. Ambos son tenientes en el ejército de la Mano Negra.

Patch se acercó a nosotros.

—¿Has traído a estos hombres a la casa de Nora? —preguntó, y la mirada que le lanzó a Scott expresaba sus ganas de hacer un trato que le permitiera matar a un segundo Nefil en escasas horas.

—Tranquilo, tío. Son amigos. Puedes confiar en ellos —dijo Scott.

Patch soltó una carcajada amenazadora.

—Una noticia tranquilizadora, dado que proviene de un conocido mentiroso.

Scott apretó las mandíbulas.

—¿Estás seguro de que quieres jugar a este juego? Tú también tienes un montón de secretos vergonzosos que ocultar.

«¡Vaya!»

—Hank está muerto —le dije a Scott, porque no tenía motivo para suavizar mis palabras y tampoco quería darle otra oportunidad a Patch y a Scott para intercambiar insultos provocados por la testosterona.

Scott asintió.

—Por eso me soltaron. El ejército es un pandemónium. Nadie sabe qué hacer. Casi ha llegado el Chesvan y la Mano Negra tenía planeado desencadenar la guerra, pero sus hombres están inquietos. Han perdido a su jefe, están entrando en pánico.

Procuré reflexionar sobre esa información y de repente se me ocurrió una idea.

—Te soltaron porque sabían dónde encontrarme a mí, la descendiente de Hank —aventuré, echando un desconfiado vistazo a Dante y al otro Nefil, Tono, ¿verdad? Puede que Scott confiara en ellos, pero yo aún no estaba segura.

—Lo dicho: estos hombres están limpios. Ya te han jurado lealtad. Hemos de conseguir el apoyo del mayor número posible de Nefilim antes de que todo se desmorone. Lo último que necesitamos ahora mismo es un golpe de Estado.

Me sentí mareada. En realidad, un golpe de Estado parecía una idea bastante atractiva. ¿Así que otro quería ocupar mi puesto? Pues, encantada.

Uno de los Nefilim dio un paso adelante.

—Soy Dante —me informó. Con más de uno noventa de estatura y tez morena, su apostura latina hacía honor a su nombre—. Antes de morir, la Mano Negra me informó de que aceptabas hacerte cargo del papel de líder tras su muerte.

Tragué saliva, porque no había pensado que el momento llegaría con tanta rapidez. Sabía lo que debía hacer, pero había esperado disponer de más tiempo. Decir que había temido la llegada de este momento sería quedarse corto.

Los miré a la cara, uno por uno.

—Sí, juré que encabezaría el ejército de Hank. He aquí lo que sucederá: no habrá guerra. Regresa junto a los hombres y diles que se desbanden. Todos los Nefilim que han prestado un juramento de lealtad están sujetos a una ley que ningún ejército, por más poderoso que sea, puede derrocar. Entrar en combate en este momento sería un suicidio. Los ángeles caídos planean represalias y nuestra única esperanza es hacerles comprender que no lucharemos contra ellos. No de esta forma. Se ha acabado... puedes decirles a tus hombres que es una orden.

Dante sonrió, pero su expresión era dura.

—Preferiría no hablar de esto en presencia de un ángel caído —dijo, mirando a Patch—. ¿Nos concedes un minuto?

—Creo que es inútil pedirle a Patch que se marche —dije—. Pienso contarle todo.

Al ver la expresión enfadada de Dante, añadí:

—Cuando presté juramento ante Hank, no mencioné separarme de Patch. Así que ya lo sabes: tu nueva líder Nefil sale con un ángel caído.

«Que empiece el cotilleo.»

Dante asintió con gesto brusco, pero no parecía nada conforme.

—Entonces dejemos algo claro: esto no ha acabado. Puede que esté atascado, pero no acabado. La Mano Negra montó una revolución y darla por terminada no bastará para que pase la tormenta.

—La tormenta no me preocupa. Lo que me preocupa es toda la raza Nefilim. Intento pensar en lo que más les conviene a todos.

Scott, Dante y Tono intercambiaron una mirada en silencio. Por fin Dante pareció tomar la palabra en nombre de los tres.

—En ese caso, tenemos un problema mayor, porque los Nefilim creen que lo que más les conviene es rebelarse.

—¿Cuántos Nefilim opinan eso? —preguntó Patch.

—Miles. Los suficientes para llenar una ciudad —respondió Dante, mirándome—. Si no los conduces a la libertad, habrás roto tu juramento. En otras palabras, Nora, te estás jugando la cabeza.

Miré fijamente a Patch.

«No cedas —oí su voz tranquila en la cabeza—. Diles que no habrá guerra y que eso no es negociable.»

—Juré que encabezaría el ejército de Hank —le dije a Dante—. Nunca prometí conducirlos a la libertad.

—Si no les declaras la guerra a los ángeles caídos, te enemistarás instantáneamente con miles de Nefilim —replicó.

«Y si la declaro —pensé—, es como si declarara la guerra a los arcángeles.» Habían permitido que Hank muriera porque Patch les prometió que yo sofocaría la rebelión.

Volví a dirigir la atención a Patch y supe que ambos compartíamos la misma idea espeluznante: de un modo u otro, habría guerra.

Ahora lo único que tenía que hacer era elegir a mi adversario.

10/18 Ø